Zie mij

Wilt u op de hoogte gehouden worden van de thrillers van A.W. Bruna Uitgevers? Meld u dan aan voor de nieuwsbrief via onze website www.awbruna.nl of volg ons op www.facebook.com/AWBrunaUitgevers, @AWBruna op Twitter of Instagram.

Jennifer Hillier

Zie mij

A.W. Bruna Uitgevers

Oorspronkelijke titel
Jar of Hearts

Vertaling
Els van Son
Omslagontwerp
Dog and Pony

NUR 305

Voor Mox

DEEL EEN

ONTKENNING

'Ik weet niet eens waarvoor ik wegvluchtte – ik denk dat ik het gewoon déééd.'

– J.D. Salinger, *The Catcher in the Rye*

1

Het proces heeft het nieuws nauwelijks gehaald. Dat is positief natuurlijk, want minder journalisten. Maar ook betreurenswaardig: hoe afschuwelijk en ziek moet een misdaad tegenwoordig zijn om de landelijke pers te halen?

Fucking ziek dus.

Calvin James, ook bekend als de *Sweetbay Strangler*, wordt alleen even genoemd door *The New York Times* en CNN; zijn misdaden zijn blijkbaar niet sensationeel genoeg om aandacht te krijgen in *People* of *The View*. Voor de inwoners van de noordwestelijke staten echter – Washington, Idaho en Oregon – is het proces tegen de Sweetbay Strangler belangrijk.

De verdwijning van Angela Wong, veertien jaar geleden, veroorzaakte een golf van ontzetting in Seattle en omgeving omdat Angela's vader een hoge piet bij Microsoft was (en een persoonlijke vriend van Bill Gates). Er werden zoektochten georganiseerd, interviews gegeven, en er werd een beloning uitgeloofd die elke dag werd verhoogd. Dat haar lichamelijke resten nu, na zoveel jaar, zijn gevonden – op nog geen kilometer van haar ouderlijk huis – heeft hier voor heel wat beroering gezorgd. Voor de mensen hier ligt het allemaal nog vers in het geheugen; op Twitter was #JusticeForAngela vanmorgen trending. Het stond op de negende of tiende plaats van de populairste hashtags. Niet langer dan een uur of drie, maar toch.

Angela's ouders zitten in de rechtszaal. Ze zijn ongeveer

een jaar na de vermissing van hun dochter gescheiden; haar verdwijning was de nekslag voor hun al tien jaar verslechterende huwelijk. Ze zitten een paar rijen achter de officier van justitie, naast elkaar, allebei met hun nieuwe echtgenoten, verenigd in hun verdriet en hun hoop op gerechtigheid.

Georgina Shaw kan zichzelf er niet toe zetten oogcontact met hen te maken. De aanblik van hun gezichten, getekend door verdriet en woede, is het ergste van alles. Ze had hun de afgelopen veertien jaar vele slapeloze nachten kunnen besparen. Ze had hun kunnen vertellen wat er was gebeurd, die fatale nacht waarin Angela verdween.

Geo had heel veel voor hen kunnen betekenen.

Angela's moeder was veertien jaar geleden een oppervlakkige, materialistische vrouw die zich meer bekommerde om haar status op de countryclub dan om de bezigheden van haar tienerdochter, en Angela's vader had al net zo weinig interesse in zijn dochter. Hij was een workaholic die in het weekend liever pokerde of een rondje golf liep dan dat hij tijd met zijn gezin doorbracht. Tot Angela spoorloos verdween. Dat bracht hen samen en dreef hen uiteindelijk weer uit elkaar. Ze reageerden op haar vermissing zoals iedere normale, liefhebbende ouder zou doen. Opeens waren ze heel kwetsbaar. Emotioneel.

Geo herkent Candace Wong, tegenwoordig Candace Platten, bijna niet. Vroeger was ze onmogelijk slank, maar nu is ze ten minste tien kilo aangekomen. Ze lijkt er gezonder door. Viktor Wong ziet er min of meer hetzelfde uit als vroeger, met meer buik en minder haar.

Geo had een groot deel van haar jeugd doorgebracht in Angela's huis, er talloze afhaalpizza's verorberd in de keuken en er vele malen gelogeerd als haar vader lange nachten op de spoedeisende hulp van het ziekenhuis werkte. Ze had de Wongs gesteund in de dagen nadat hun enige kind niet thuiskwam, geruststellend beweerd dat Angela gevonden zou worden, antwoorden gegeven waardoor ze zich beter voelden maar die niets met de waarheid te maken hadden. De Wongs werden uitgenodigd bij de eindexamenuitreiking van de middelbare school waar ze een speciale award kregen voor Angela's verdiensten: aanvoerder van het cheerleadersteam, sterspeelster van het volleybalteam, voorbeeldige leerling met alleen maar achten en negens. En elk jaar daarna stuurde Candace Wong Platten, waar ze ook zat op de wereld, een kerstkaart naar Geo. Twaalf kaarten, allemaal op dezelfde manier ondertekend: *'Liefs, Angies moeder'*.

Nu haten ze haar. Sinds ze de rechtszaal is binnengekomen voelt ze hun ogen al op haar branden. En nu ze in de getuigenbank zit, ook die van de jury.

Geo is voorbereid op de vragen die gaan komen en met haar blik gefixeerd op een vaag punt ver achter in de rechtszaal, beantwoordt ze die zoals ze heeft geoefend. De assistent van de openbare aanklager heeft alles met haar doorgenomen. Eigenlijk is ze hier alleen om wat meer drama en kleur aan het proces te geven door te beschrijven wat er die nacht precies is gebeurd.

De openbare aanklager heeft een sterke zaak; er is een overvloed aan bewijs tegen Calvin James nadat hij, na de moord op Angela, nog drie vrouwen heeft vermoord. Geo is hier alleen om te vertellen over de enige moord waarbij ze betrokken was; die op haar beste vriendin. Na haar getuigenis wordt ze overgebracht naar de Hazelwood-gevangenis, waar ze vijf jaar moet zitten.

Vijf jaar. Een nachtmerrie, maar ook een cadeau, het resultaat van een slimme strafverminderingsdeal, geregeld door haar peperdure advocaat die handig gebruik heeft gemaakt van de druk op de officier van justitie om de Sweetbay Strangler voorgoed op te sluiten. Het publiek schreeuwt om de doodstraf voor een seriemoordenaar zoals hij, maar dat zal het niet worden; niet in een stad die zo liberaal is als Seattle. De openbare aanklager eist levenslang voor Calvin James, dus is vijf jaar voor Geo volgens vele commentaren op #JusticeForAngela lang niet genoeg. Geo zal nog jong zijn als ze wordt vrijgelaten en genoeg tijd hebben om opnieuw te beginnen, de tijd hebben om nog te trouwen, kinderen te krijgen, een mooi leven te hebben.

In theorie in elk geval.

Ze werpt een snelle blik op Andrew, die op de derde rij van achteren stoïcijns naast haar vader zit. Door hem ziet ze er leuk uit vandaag, hij is vanmorgen haar favoriete Dior-jurk en Louboutin-pumps komen brengen. Ze vangt zijn blik.

Andrew werpt haar een klein opbeurend glimlachje toe wat haar even een goed gevoel geeft, maar dat natuurlijk niet beklijft.

Haar verloofde weet niet wat ze heeft gedaan. Maar dat zal nu niet lang meer duren, nog even en hij hoort het.

Geo kijkt neer op haar handen die keurig in elkaar gevouwen op haar schoot liggen. Haar verlovingsring met een ovale driekaraats diamant omringd door kleinere diamanten zit nog steeds om haar vinger. Nog wel.

Andrew Shipp heeft een uitstekende smaak. Natuurlijk heeft hij die! Met zo'n uitstekende opvoeding, prestigieuze familienaam en goedgevulde bankrekening is dat niet meer dan logisch. Als hij het straks uitmaakt – wat hij natuurlijk doet, het enige wat belangrijker voor hem is dan Geo, is het familiebedrijf en de goede naam – geeft ze hem die ring terug. Natuurlijk geeft ze hem terug. Dat hoort nu eenmaal zo...

Er staat een foto van Angela in posterformaat op een ezel voor de jury opgesteld. Geo herinnert zich de dag waarop die foto is gemaakt, een paar weken na het begin van hun vijfde jaar op St. Martin's, hun middelbare school. Geo heeft de volledige versie van de foto ergens thuis liggen. Hij is genomen tijdens de Puyallup Fair (tegenwoordig omgedoopt in de Washington State Fair); twee beste vriendinnen naast elkaar, Geo met een blauwe suikerspin en Angela met een smeltend ijsje in haar hand. Op de foto hier, uitvergroot en zonder Geo, straalt Angela, met een vrolijke lach en sprankelende bruine ogen, haar haar licht op in de zon. Een prachtig meisje op een prachtige dag met een prachtige toekomst.

Naast die foto staat een andere ezel met nog een tot posterformaat uitvergrote foto. Daarop zijn Angela's lichamelijke resten te zien; gevonden in het bos achter Geo's ouderlijk huis. Gewoon een hoopje botten in de aarde; op de televisie ziet het er altijd veel akeliger uit. Maar het verschil is dat deze botten écht zijn, de botten van een meisje dat veel te jong en veel te gewelddadig van het leven is beroofd.

De openbare aanklager stelt Geo allerlei vragen om voor de jury een portret van Angela Wong te schilderen, gezien door de ogen van haar beste vriendin. Ze geeft keurig antwoord en weidt nooit uit, vertelt nooit meer details dan nodig. Haar stem galmt door de luidsprekers in de rechtszaal en klinkt veel kalmer dan ze zich voelt. Het diepe verdriet dat ze sinds de moord op Angela elke dag van haar leven met zich meedraagt is niet hoorbaar, ondergesneeuwd doordat ze zo helder en duidelijk mogelijk probeert te spreken.

Vanaf zijn plek neemt Calvin haar nauwlettend op, met priemende ogen. Hij lijkt dwars door haar heen te kijken. Het voelt net zoals vroeger, alsof hij haar weer in zijn macht heeft. Geo vertelt de rechtbank over hun relatie, toen ze met elkaar gingen, toen zij net zestien was en hij nog gewoon Calvin was en niet de Sweetbay Strangler. Toen ze dacht dat ze verliefd op elkaar waren. Ze vertelt over zijn gewelddadigheid, zowel fysiek als verbaal, vertelt de gefascineerde rechtbankbezoekers over Calvins obsessieve en bazige karakter. Ze beschrijft haar angst en verwarring, dingen die ze nooit aan iemand heeft verteld, zelfs niet aan Angela en al helemaal niet aan haar vader. Dingen die jarenlang in een afgesloten laatje in haar hoofd hebben gezeten, opgeborgen in een hoekje van haar geheugen waar met grote letters VERBODEN TOEGANG op stond.

Als je kon afstuderen op compartimentaliseren – iets in een laatje opbergen, dat op slot draaien en het nooit meer opendoen – dan was Geo nu professor.

'Als u in de jaren erna in de kranten las of op het nieuws hoorde over de Sweetbay Strangler, hebt u toen ooit vermoed dat dat Calvin James kon zijn?' vraagt de officier van justitie nu.

Geo schudt haar hoofd. 'Ik keek nooit naar het nieuws. Ik had natuurlijk van mijn vader wel iets over de Sweetbay Strangler gehoord, omdat hij nog steeds in Sweetbay woont, maar ik heb nooit enig verband gelegd. Ik besteedde er eigenlijk nauwelijks aandacht aan.'

Dat is waar en als ze een korte blik op Calvin werpt, ziet ze zijn mondhoeken iets verder omhooggaan. Een millimeter. Een lachje. Haar geliefde was vroeger, op zijn eenentwintigste, al knap. Maar nu, op zijn vijfendertigste, ziet hij eruit als een filmster. Zijn gezicht is wat voller dan vroeger, hij heeft sterke, regelmatige trekken. Zijn haar, nu met een enkel draadje grijs bij de slapen, is gestyled in een perfecte net-uit-bed-look en de rimpeltjes om zijn ogen maken hem alleen nog maar aantrekkelijker. Hij is gekleed in een eenvoudig pak, zit ontspannen op zijn stoel en maakt af en toe een aantekening op een geel notitieblok dat voor hem ligt. Dat lachje ligt al vanaf het moment dat Geo de rechtszaal binnenkwam op zijn lippen. Ze vermoedt dat zij de enige is die het ziet. En dat het speciaal voor háár is.

Als ze zijn blik ontmoet, gaat er een tinteling door haar heen. Die verdomde tinteling, zelfs nu nog, na alles. Vanaf het moment dat ze hem ontmoette tot de allerlaatste keer dat ze hem zag, was die tinteling er, die enorme fysieke aantrekkingskracht. Iets wat ze vóór hem nooit had gevoeld. En na hem ook niet. Zelfs niet met Andrew. Júíst niet met Andrew; haar verloofde, hoewel ze hem eigenlijk niet meer zo kan noemen omdat de bruiloft die voor volgende zomer gepland staat nu natuurlijk niet doorgaat.

Haar handen liggen op haar schoot en ze draait de ring rond haar vinger. Ze voelt het geruststellende gewicht ervan, de zekerheid, de veiligheid. Het was een symbolisch moment toen Andrew haar die ring gaf, niet alleen omdat het een symbool was voor zijn wens om met haar te trouwen, maar ook voor het leven dat ze voor zichzelf had opgebouwd: een bachelor aan de Puget Sound State University, een master aan de University of Washington, op haar dertigste onderdirecteur – de jongste ooit – bij Shipp Pharmaceuticals.

Oké, een deel van haar succes heeft te maken met het feit dat ze verloofd was met Andrew Shipp, directeur en troonopvolger van Shipp Pharma, maar het grootste deel heeft ze zelf verdiend; ze heeft zich uit de naad gewerkt.

Het doet er allemaal niet meer toe, dat leven is voor altijd voorbij.

Aan de ene kant weet ze dat ze er goed vanaf komt. Een lage straf. Haar dure advocaat is elke cent die Andrew hem heeft betaald dubbel en dwars waard geweest. Maar aan de andere kant: vijf jaar! Vijf jaar, verdomme! In de gevangenis zal het geen zier uitmaken of ze een universitaire graad heeft, een succesvolle carrière met een salaris van zes cijfers (inclusief bonus) en ze op het punt stond deel te worden van een van Seattles oudste en meest elitaire families. Als ze vrijkomt – ervan uitgaande dat ze niet wordt vermoord in de douches – staat er een dik kruis achter haar naam. Zware delinquent. Dan krijgt ze nooit meer een baan en verschijnt elke keer dat iemand haar naam googelt de zaak van de Sweetbay Strangler op het scherm. Het internet vergeet niets. Ze zal helemaal opnieuw moeten beginnen, alles vanaf de grond weer moeten opbouwen. Nee, niet vanaf de grond, vanuit de diepe kuil die ze voor zichzelf heeft gegraven, waaruit ze haar weg omhoog zal moeten klauwen.

Helder en duidelijk vervolgt ze haar verslag van de gebeurtenissen van die nacht. De aandacht van de jury en de toeschouwers is gevangen. Met haar ogen nog steeds op een plekje achter in de zaal gericht, vertelt ze verder. Het na-de-wedstrijd-feestje bij Chad Fenton thuis. De fruitpunch waar meer wodka in zat dan vruchtensap. Dat Angela en zij vroeg weggingen en giechelend in hun blote jurkjes naar Calvins appartement waren gewankeld. Allebei stomdronken. De dreunende muziek uit Calvins stereo. Angela dansend. Angela flirtend. Nog meer drank, de wereld die om haar heen draaide, een caleidoscoop van vage vormen en kleuren tot ze het bewustzijn verloor.

Toen, een tijd later, de autorit naar Geo's huis, Calvin achter het stuur, Angela opgevouwen in de achterbak van de auto. De lange tocht diep het bos in, met alleen het licht van het minizaklampje aan Calvins sleutelring. De koele nacht. Hoe het rook naar bos en bomen. Hoe hard de grond was. Hoe ze alleen kon huilen. Geo's jurk, smerig, onder de aarde, gras en bloed.

'U hebt niet gezien dat Calvin James het lichaam in stukken zaagde?' houdt de aanklager aan.

Geo knijpt haar ogen even dicht. Hij wil de aandacht vestigen op het feit dat Angela's lijk in stukken was gezaagd. Benadrukken hoe afgrijselijk de moord was. Haar beste vriendin was al dood, maar desondanks is het monsterachtig om zoiets te doen.

'Nee, ik heb niet gekeken toen hij het deed,' antwoordt ze. Ze staart strak voor zich uit terwijl ze het zegt. Ze kijkt niet naar hem. Niet naar Calvin. Dat kan ze niet.

'Welk gereedschap gebruikte hij ervoor?'

'Een zaag. Uit het schuurtje in onze achtertuin.'

'Een zaag van uw vader?'

'Ja.' Ze doet haar ogen dicht. Ze kan het blikkeren van het metaal in het maanlicht nog voor zich zien terwijl Calvin de zaag omhooghoudt. De houten handgreep, de zigzagtanden. Later zat het zaagblad onder het bloed, stukken huid en haren.

'De grond was te... Er waren te veel stenen. Het lukte niet om een gat te maken dat groot genoeg was voor... voor haar hele...'

Geritsel en zacht gemompel in de rechtszaal. Er staat iemand op. *Andrew Shipp.* Hij kijkt naar Geo, hun blikken kruisen elkaar. Haar verloofde knikt haar toe, een verontschuldigend licht neigen van zijn hoofd. Dan loopt hij de rechtszaal uit; hij verdwijnt achter de zware deuren achterin.

Ze zal hem waarschijnlijk nooit meer zien. Dat doet meer pijn dan ze had gedacht. Ze draait de ring een paar keer ruw om haar vinger en stopt de pijn weg in een verborgen hoekje van haar geest tot het moment waarop ze hem onder ogen kan zien.

Walter Shaw, nu met een lege stoel naast hem, verroert zich niet. Geo's vader is geen man die zijn gevoelens gemakkelijk toont en het enige teken van emotie is de eenzame traan die over zijn wang glijdt. Hij kent dit verhaal ook niet en ze zal het hem niet kwalijk nemen als hij achter Andrew aan de zaal uit loopt. Maar haar vader blijft zitten. *Goddank.*

'Hoe lang duurde het? Het in stukken zagen?' vraagt de aanklager.

‘Een tijdje,’ zegt Geo zacht.

Er klinkt een snik ergens vanuit het midden van de zaal. Candace Wong Plattens schouders schokken en haar ex-echtgenoot slaat zijn arm om haar heen, hoewel het duidelijk is dat hij op het punt staat zelf ook in tranen uit te barsten. Hun huidige partners zitten stil en geschokt naast hen, niet in staat te reageren, niet wetend wat te doen. Het is niet hún dochter, niet hún verlies, maar ze voelen het net zo goed.

‘Het leek heel lang.’

Alle ogen zijn op haar gericht. Ook die van Calvin. Langzaam kijkt ze naar hem op totdat ze elkaar eindelijk echt aankijken. Voor het eerst sinds ze is binnengekomen, houdt ze zijn blik vast. Hij knikt bijna onmerkbaar, ze ziet het alleen omdat ze erop wacht. Ze wendt haar blik af en richt haar aandacht weer op de aanklager die net een slokje water neemt.

‘Dus jullie lieten haar daar dood en in stukken gezaagd achter,’ zegt de officier van justitie, terwijl hij terugloopt naar de getuigenbank. ‘En toen ging u gewoon door met uw leven, alsof het allemaal nooit was gebeurd. U loog tegen de politie. U loog tegen haar ouders. U hebt hen veertien jaar in het ongewisse gelaten, veertien jaar laten lijden, hun nooit verteld wat er met hun kind is gebeurd.’

Hij zwijgt en kijkt veelbetekenend naar Geo, naar Calvin en dan naar de jury. Als hij verdergaat, is zijn stem niet luider dan een harde fluistering zodat iedereen zich moet inspannen om hem te verstaan. ‘U liet uw beste vriendin achter in het bos, nadat uw vriendje haar in stukken had gezaagd, op nog geen honderd meter van het huis waar u woonde.’

‘Ja,’ zegt ze en ze knijpt haar ogen weer dicht. Ze weet hoe afgrijselijk ze klinkt, omdat ze weet hoe afgrijselijk het was. Maar er komen geen tranen. Die heeft ze niet meer.

Iemand in de zaal huilt nu zachtjes. Jammeren is het meer. Het is Angela's moeder, haar borstkas gaat hevig op en neer en haar gezicht gaat schuil achter haar handen. Haar felrode nagellak is afgebladderd, dat kan Geo zelfs vanaf de plek waar zij zit zien. Haar ex-man huilt niet. Maar als hij een zakdoek uit de linkerborstzak van zijn colbertje trekt om die aan zijn ex-vrouw te geven, trilt zijn hand hevig.

De aanklager heeft geen vragen meer. De rechter kondigt een lunchpauze aan. De juryleden lopen achter elkaar de zaal uit en het publiek staat op en strekt de benen. Er wordt gebeld, gejaagde journalisten tikken op laptops. De agent van de parketpolitie helpt Geo uit het getuigenbankje en ze lopen langzaam langs de tafel waarachter Calvin zit. Hij komt overeind en pakt haar hand beet als ze voorbijkomt, zodat ze even stil moet staan.

'Goed je te zien,' zegt hij. 'Zelfs nu.'

Hun gezichten zijn slechts een paar centimeter van elkaar verwijderd. Zijn ogen zijn nog precies zoals ze zich herinnert: levendig groen met een haast gouden randje om de pupillen. Ogen die ze ziet in haar dromen, wanneer ze zijn stem hoort en zijn handen op haar lichaam voelt, waarna ze badend in het zweet wakker schrikt. Maar dit is echt. Hij staat vlak voor haar.

Ze zegt niets omdat er niets te zeggen valt. Niet met iedereen rondom hen en alle ogen op hen gericht. Ze trekt haar hand uit de zijne. De parketwacht duwt haar verder.

Ze voelt dat Calvin een papiertje in haar hand heeft gedrukt en vouwt haar vingers eromheen, waarna ze haar hand in de zak van haar jurk stopt. Dan blijft ze staan om haar vader gedag te zeggen en ze schuift haar verlovingsring van haar vinger om die aan hem te geven.

Walter Shaw omhelst haar onhandig. Dan laat hij haar los en keert hij zich om, zodat ze niet kan zien hoe geëmotioneerd hij is.

Het proces is niet voorbij, maar Geo's aandeel erin wel. De volgende keer dat ze haar vader ziet, zit ze in de gevangenis.

De parketwacht brengt haar terug naar de cel onder de rechtszaal, waar ze op een bankje in de hoek gaat zitten. Als zijn voetstappen wegsterven, voelt ze in haar zak.

Het is een afgescheurd hoekje papier. Geel, afkomstig van een notitieblok. Calvin heeft er een paar woorden op geschreven, in zijn keurige, kriebelige handschrift. 'Graag gedaan', staat er, met een getekend hartje ernaast.

Ze knijpt het tot een propje en slikt het door; de enige manier waarop ze het kan laten verdwijnen.

In haar eentje in de cel zinkt ze weg in haar gedachten. Het verleden, het heden en de toekomst vermengen zich, de stemmen in haar binnenste klinken door de stemmen van de bewakers op de gang heen. Ze hoort hen praten over de laatste aflevering van *Grey's Anatomy* en vraagt zich even af of ze in de gevangenis ook *Grey's Anatomy* kan kijken. Ze heeft geen idee hoeveel tijd er is verstreken wanneer er opeens een donkere schim aan de andere kant van de tralies staat.

Het is rechercheur Kaiser Brody. Met een papieren zak van een hamburgertent en een milkshake in zijn hand. Aardbeien. De papieren zak zit vol vetvlekken en het water loopt Geo meteen in de mond. Sinds het ontbijt hier in deze cel – een klein metalen kommetje koude havermoutpap op een plakkerig dienblad – heeft ze niets meer gegeten.

'Als dat niet voor mij bedoeld is, ben je een regelrechte sadist,' zegt ze.

Kaiser houdt de zak in de lucht. 'Het is voor jou. En je krijgt het... als je me vertelt wat Calvin James daarnet in je hand stopte.'

Geo staart naar de zak. 'Geen idee waar je het over hebt.'

'Hij pakte je hand en stopte je iets toe.'

Ze schudt haar hoofd. Ze ruikt gegrild rundvlees, gebakken uitjes, friet. Haar maag rommelt luidruchtig. 'Hij heeft me niets toegestopt, Kai, dat zweer ik. Hij pakte mijn hand, zei dat het goed was me te zien en ik trok zonder iets te zeggen mijn hand weer weg. Dat is alles.'

Hij gelooft haar niet. Hij geeft de bewaker een teken, waarop die de metalen deur van het slot draait. Kaiser controleert haar handen, speurt de vloer af. Hij gebaart dat ze moet opstaan. Dat doet ze. Hij fouilleert haar, voelt in haar zakken. Zonder resultaat. Dan overhandigt hij haar de zak, berustend.

Ze scheurt het papier meteen open.

'Ho, ho, rustig aan.' Hij gaat naast haar op de koude metalen bank zitten. 'Het zijn twee burgers en er is er één voor mij.'

Geo heeft de hare al uit het papiertje gehaald. Ze neemt een enorme hap, het vet sijpelt over de voorkant van haar dure designerjurk. Het kan haar niks schelen. 'Mag dit eigenlijk wel?'

'Wat? De burger?' Kaiser haalt de bovenste helft van het broodje eraf en verdeelt een hand frietjes over het vlees. Dan legt hij het halve broodje er weer op en neemt een reusachtige hap. 'Je hebt je getuigenis ondertekend dus het interesseert niemand of ik met je praat of niet.'

'Dat je dat nog steeds doet!' Ze kijkt vol zogenaamde afschuw naar zijn hamburger. 'Friet op je burger leggen! Zo verschrikkelijk middelbare school!'

'Ach, in sommige dingen ben ik veranderd, en in sommige niet,' zegt hij. 'Ik wed dat voor jou hetzelfde geldt.'

'Vertel, waarom ben je hier?' vraagt ze een paar minuten later, als ze de helft van haar hamburger heeft verorberd en haar maag niet meer rommelt.

'Eh... Dat weet ik niet precies. Ik denk dat ik je wilde zeggen dat ik je niet haat.'

'Je hebt er alle reden toe.'

'Niet meer,' zegt Kaiser met een zucht. 'Ik kan het eindelijk afsluiten. Loslaten. En ik adviseer je hetzelfde te doen. Je hebt het zo lang geheimgehouden, zo lang met je mee moeten dragen. Veertien jaar... Dat moet heel zwaar zijn geweest, ik kan me niet voorstellen hoeveel impact dat op je moet hebben gehad. En nog. Dat is op zichzelf al een straf.'

'Ik denk niet dat Angela's ouders het met je eens zouden zijn.' Maar ze is blij dat hij het zegt. Ze voelt zich een klein beetje minder een monster. Een heel klein beetje minder.

'Maar daarom ga je ook naar de gevangenis. Zodat je het kunt uitzitten en daarna een nieuwe start kunt maken. Je redt het wel. Je bent altijd sterk geweest.' Kaiser legt zijn broodje neer. 'Toen ik erachter kwam wat je had gedaan, kon ik je wel wat dóén. Ik was woedend op je. Om wat je Angela had aangedaan. Om wat je iedereen hebt aangedaan. Wat je míj hebt aangedaan. Maar toen ik je weer zag...'

'Wat?'

'Toen herinnerde ik me weer hoe het vroeger was. We waren zulke goede vrienden met z'n drieën, verdomme. Die shit vergeet je niet zomaar.'

'Ja...' Geo kijkt hem aan. Onder zijn stoere politie-uiterlijk, ziet ze vriendelijkheid. Kaiser is in de kern altijd een vriendelijk persoon geweest. 'Ik wilde je toen eigenlijk vertellen wat er was gebeurd, wat ik had gedaan. Ik heb zo vaak op het punt gestaan. Jij had geweten wat ik moest doen. Je was altijd mijn...'

'Wat?'

'Mijn morele kompas. Ik heb een hoop klotedingen gedaan, Kai. Jou wegduwen was er een van.'

'Je was zestien.' Kaiser zucht diep. 'Een kind. Net als ik. Net als Angela.'

'Maar oud genoeg om beter te weten.'

'Als ik terugkijk, begrijp ik veel dingen een stuk beter.

Hoe je was na die nacht. Hoe je mij afweerde, je terugtrok. Dat je de rest van het jaar niet naar school kwam. Calvin heeft je echt beschadigd. Ik besefte niet hoe erg het was.' Kaiser raakt haar gezicht even aan. 'Maar vandaag heb je de waarheid verteld. Het is klaar nu. Eindelijk.'

'Eindelijk,' zegt ze hem na en ze neemt een flinke hap van haar hamburger, hoewel ze geen trek meer heeft. Liegen is gemakkelijker met een volle mond.

2

Er zijn drie soorten betaalmiddelen in de gevangenis: drugs, seks en informatie. Het laatste is het kostbaarst, maar drugs en pijpen zijn het betrouwbaarst. En omdat Geo geen drugs gebruikt, zal het geld moeten zijn. Er zijn dingen die ze nodig heeft om de gevangenis te overleven. Dingen die ze zal aanschaffen zodra het kan, zodra ze een afdeling en een baantje toegewezen heeft gekregen.

Iedere nieuwe of terugkerende bewoner van het Hazelwood Correctional Institute – of 'Hellwood', zoals het ook wordt genoemd – verblijft de eerste twee weken van haar gevangenschap op een speciale afdeling waar de gedetineerde wordt onderworpen aan een hele batterij testen en gesprekken en er een grondig antecedentenonderzoek wordt gedaan om vast te stellen op welke afdeling ze geplaatst moet worden en wat voor werk ze gaat doen. Geo hoopt op beperkte beveiliging en een baantje in de kapsalon. Maar tijdens het eerste gesprek met de gevangenispsycholoog die haar mentor is, komt ze erachter dat het eerder drie jaar maximale beveiliging en een baantje bij de schoonmaakploeg zullen worden.

'Dat is niet zo slecht,' zegt de mentor – P. MARTIN volgens het naambordje op haar bureau – in een poging haar gerust te stellen. 'Bij maximale beveiliging zijn er meer bewakers. Minimum heeft privileges, maar maximum biedt bescherming.'

Dat lijkt Geo klinkklare onzin, maar omdat ze nooit eerder in de gevangenis heeft gezeten, gaat ze er maar niet tegenin.

Drie uur geleden is ze in Hazelwood gearriveerd en de psychologe is de eerste die ze ziet die geen uniform draagt. P. Martin – Pamela? Patricia? Ze ziet nergens een aanwijzing die verraadt wat haar voornaam is – lijkt oprecht begaan met het welbevinden van de gevangenen. Geo vraagt zich af waarom ze voor deze baan heeft gekozen. Voor het geld kan het niet zijn. Haar kleding is goedkoop; de stof van het jasje trekt onder haar armen en langs de zoom van haar rok hangen losse draden.

'En je ondersteuningssysteem, hoe zit het daarmee?' Als Geo geen antwoord geeft, formuleert ze de vraag anders: 'Wie komt je hier straks bezoeken? Wie wil je graag zien als je vrijkomt? Want die dag komt, weet je, en zolang je hier bent, moet je elke dag aan die mensen denken. Dat houdt je gemotiveerd.'

'Mijn vader,' zegt Geo. Ze heeft nooit veel vrienden gehad en na het proces heeft ze die al helemaal niet meer. 'Ik zou gaan trouwen, maar... dat gaat niet door nu.'

'En je moeder?'

'Die is overleden. Toen ik vijf was.'

'Nog een laatste vraag,' zegt Martin. 'Met welk ras identificeer je je? Je lijkt wit maar op je intakeformulier staat "anders".'

'Dat klopt,' zegt Geo. 'Mijn moeder was half Filipijns en mijn vader is kwart Jamaicaans. Dus ik ben gemengd.'

De psych knikt, klikt met haar pen en maakt een aantekening in haar dossier. 'Hierbinnen is vijfenzestig procent wit en omdat jij er ook wit uitziet, pas je er zonder problemen tussen. Maar omdat je deels zwart bent, kun je ook contacten in die gemeenschap leggen. Dat is positief.'

'Ik ben ook voor een kwart Aziatisch.'

'Minder dan één procent van de gevangenen hier is Aziatisch. Dus daar heb je weinig aan.' De mentor kijkt haar vorsend aan. 'Vertel eens. Hoe voel je je? Somber? Bang? Heb je last van zelfmoordgedachten?'

'Als ik "ja" zeg, mag ik dan naar huis?'

De begeleider grinnikt. 'Goed! Gevoel voor humor! Hou dat vast!' Ze slaat het dossier dicht. 'Oké! We zijn klaar. Ik spreek je over een week. Als je me eerder nodig hebt, geef je een seintje aan een bewaarder.'

De eerste twee weken gaan zonder incidenten voorbij, hoewel er op nieuwe gevangenen extra wordt gelet in verband met suïcide. De gevangenis is tenslotte een verdomd deprimerende plek. Geo houdt zich gedeisd en praat alleen als er tegen haar wordt gepraat; ze brengt bijna al haar tijd alleen door. Op de dag dat ze zal worden overgeplaatst naar de afdeling waar ze komt te zitten, is ze al ruim voor het ochtendappèl wakker.

Het is moeilijk te geloven dat ze iets langer dan zes maanden geleden nog is geïnterviewd voor *Pacific Northwest*. Het tijdschrift wilde een artikel over Shipp Pharmaceuticals in verband met hun jaarlijkse top 100 van 'De beste bedrijven om voor te werken'. Met haar dertig jaar was Geo veruit de jongste vrouwelijke bestuurder bij het concern, en de titel van het artikel was: 'Shipp vaart een nieuwe koers: het jonge gezicht van een van Amerika's oudste ondernemingen.' Op de foto bij het artikel kijkt ze glimlachend in de camera – benen over elkaar geslagen, rok ver boven de knie, hooggehakte pumps met rode zolen – zittend op de rand van een lange tafel in een glazen vergaderruimte op de vierendertigste verdieping. Het artikel was opgehangen aan diversiteit op de werkplek, hoewel er ironisch genoeg geen woord in stond over Geo's gemengde afkomst. Het artikel focuste alleen op haar leeftijd en het feit dat ze vrouw was – beide al genoeg om een uitzondering te zijn in de bedaagde-witte-mannen-wereld van degenen die de dienst uitmaakten in de club van grote farmaceutische bedrijven – en op haar plannen om de lifestyle- en beautytak van het concern uit te bouwen.

Ze vermoedde dat de meerderheid van het directieteam bij Shipp de foto en het feit dat zíj was verkozen om hen te vertegenwoordigen, verschrikkelijk vond. Hoewel niemand dat recht in haar gezicht zei natuurlijk.

Op de dag dat ze werd gearresteerd, was Geo in diezelfde vergaderzaal bezig met een presentatie voor de directie over haar uitbreidingsstrategie. De deur zwaaide open en er beende een lange man in een oud leren jack de kamer binnen, gevolgd door drie geüniformeerde politieagenten en een nerveuze, verontschuldigend gebarende secretaresse die hen probeerde bij te houden. De twaalf hoofden aan de enorme vergadertafel keerden zich allemaal naar de deur om te zien waar alle commotie voor nodig was.

'Het spijt me, ze wilden niet wachten tot ik hen had aangekondigd,' zei de naar adem happende secretaresse, een jonge vrouw die Penny heette en pas een maand bij het concern werkte.

De man in het leren jack staarde Geo aan. Hij kwam haar ongelofelijk bekend voor en haar hersens probeerden hem koortsachtig te plaatsen. Hij droeg een politiebadge op zijn linkerborstzak en onder zijn jack zag ze de bult van een wapenholster. Hij was lang en getraind, heel anders dan... *Kaiser Brody. Krijg nou wat!* Heel anders dan op de middelbare school, toen hij twintig kilo lichter en een paar centimeter korter was!

Haar hart stond stil. De kamer begon te draaien en haar knieën voelden plotseling week. Ze zocht steun bij de tafel. De vergaderruimte, een paar seconden geleden nog koel en fris, was opeens warm en benauwd. De rechercheur zag haar reactie en lachte spottend.

'Georgina Shaw?' vroeg hij, maar hij wist natuurlijk verdomd goed dat zij het was. Hij liep om de lange ovale tafel heen naar haar toe, met de agenten in zijn kielzog, langs de geschokte gezichten van de directieleden. 'U bent gearresteerd.'

Geo protesteerde niet. Ze zei geen woord en maakte geen enkel geluid, maar klapte haar laptop dicht waardoor haar presentatie van het grote scherm achter haar verdween. De rechercheur haalde zijn handboeien tevoorschijn. Geo kneep haar ogen even dicht toen ze ze zag.

'Dit is de standaardprocedure,' zei hij met een neerbuigend lachje. 'Ik kan me verontschuldigen maar je weet dat dit me niet spijt.'

De directieleden wisten zich geen houding te geven en keken in stille verbijstering toe terwijl de rechercheur haar handen achter haar rug trok, de handboeien dichtklikte en met haar naar de deur van de vergaderzaal marcheerde. Hun verwarring was begrijpelijk, natuurlijk. De Georgina Shaw die zij kenden was niet het soort vrouw dat ergens voor gearresteerd werd. Ze was tenslotte het nieuwe gezicht van Shipp! Een van de onderdirecteuren van het concern. Ze was verdomme Andrew Shipps verloofde! Deze hele toestand leek absurd.

Toen hoorden ze de luide stem van de directeur zélf en draaiden alle hoofden zijn kant op. Andrew Shipp was niet bij de vergadering aanwezig geweest, maar zijn kantoor lag iets verderop in de gang en iemand had hem natuurlijk verteld wat er gebeurde. Hij stond in de deuropening van de vergaderruimte en versperde de weg.

'Waar bent u verdomme mee bezig?' Andrew liep op haar af en probeerde haar arm vast te pakken, maar een jonge politieagent schermde haar af. Andrews gezicht liep rood aan, ongetwijfeld omdat er nog nooit iemand het lef had gehad hem tegen te houden als hij iets wilde. 'Dit is ronduit belachelijk! Waar is uw arrestatiebevel? Hoe haalt u het in uw hoofd! Maak die handboeien onmiddellijk los! Onmiddellijk. Dit is idioot!'

Geo probeerde geruststellend naar hem te lachen, hem een seintje te geven dat hij kalm moest blijven, dat het in orde was, maar Andrew kéék niet eens naar haar. Hij stond tegenover de politieagenten, elke vezel van zijn lichaam ademde die bijzondere mengeling van woede en het zelfvertrouwen van iemand die met een zilveren lepel in de mond geboren is.

Maar de agenten trokken zich niets van hem aan. Het interesseerde hen niets dat de vrouw met de handboeien om twee etages lager een prachtig kantoor had, of dat haar huwelijksreceptie zou plaatsvinden op de pretentieuze golfclub waar de familie van haar verloofde lid van was, of dat zij het krankzinnig vond dat ze daar vierhonderd dollar vroegen voor een bord eten dat weinig meer inhield dan biefstuk met friet. Het interesseerde hen geen zier dat ze roze pioenrozen had uitgekozen voor haar bruidsboeket en dat haar jurk werd ingevlogen uit New York. Ze gaven er geen fuck om. En dat was goed. Want dat deed er allemaal niet meer toe. Waarschijnlijk had het er nooit iets toe gedaan.

De rechercheur nam haar mee naar de deur van de vergaderzaal. Zijn hand lag op haar onderrug. Hij duwde haar niet, maar leidde haar gedecideerd. Kaiser Brody rook heel anders dan vroeger. De jongen die ze vroeger kende had nooit een luchtje op, maar nu rook ze een zoete, muskusachtige geur die ze onmiddellijk herkende: Yves Saint Laurent. Ze had altijd al een goede neus gehad. Ooit had ze dezelfde geur voor Andrew gekocht, maar hij had hem nooit opgedaan. Hij kreeg er hoofdpijn van, klaagde hij. Andrew kreeg van veel dingen hoofdpijn.

De handboeien rinkelden om haar polsen. Ze zaten niet strak en met wat moeite zou ze haar handen er wel uit kunnen wringen. Kaiser had ze alleen maar voor de show omgedaan, om iets duidelijk te maken. Een scène te veroorzaken. Haar te vernederen.

Andrew liep achteruit in een poging hun de weg te versperren.

Kaiser wapperde het arrestatiebevel voor zijn neus heen en weer. 'Rechercheur Kaiser Brody, bureau Seattle. De aanklacht is moord.'

Andrew griste de papieren uit zijn hand en las die met uitpuilende ogen door. Zelfs in zijn dure pak van tweeduizend dollar zag hij er niet goed uit met zijn ronde gezicht, weke lijf en dunner wordende haar. Andrews aantrekkingskracht zat in andere dingen. En hoewel hij met geld en connecties een hoop kon bereiken, kon hij dit niet oplossen.

'Zwijgen!' droeg hij haar op. 'Geen woord! Ik bel Fred. We fiksen dit wel.'

Fred Argent was het hoofd van Shipps juridische afdeling. Hij hield zich bezig met contracten, geschillen, bedrijfsovernames. Hij had geen flauw benul van strafrecht en dat was de kennis die Geo nu nodig had. Maar er was geen tijd om die discussie te voeren. De rechercheur manoeuvreerde haar haastig de gang op terwijl de rest van het bestuur als bevroren en met open mond toekeek.

Andrew liep het hele stuk met hen mee naar de lift, door de gang en de hoek om. Het nieuws dat Geo was gearresteerd leek zich sneller te verspreiden dan ze liepen. Toen ze langs het bureau van haar assistente, Carrie Ann, kwamen, zei Geo: 'Bel mijn vader. Ik wil niet dat hij dit op het nieuws ziet.' De jongere vrouw knikte, haar ogen opengesperd. Geo zag dat er nog steeds een vlekje gemorste koffie op haar rok zat, ondanks haar verwoede pogingen dat te verwijderen. Nog niet eens een uur geleden hadden ze samen overlegd hoe ze die vlek er het beste uit kon krijgen en het kantoor afgezocht naar een vlekkenmiddel terwijl Geo vertelde over het nieuwe restaurant waar ze de avond ervoor met Andrew had gegeten.

Dat leven was voorbij. Alles waarvoor ze had gewerkt, alles wat ze tot stand had gebracht, het leven dat ze had opgebouwd, ondanks het geheim dat ze altijd verborgen had weten te houden... Het ging allemaal in rook op, recht voor haar neus.

'Het komt goed,' zei Andrew bij de lift tegen haar. 'Zwijgen, ja? Geen woord! Fred komt naar je toe op het politiebureau. We zorgen voor de allerbeste advocaat. Maak je geen zorgen.' Hij keek woedend naar Kaiser, die met een milde blik terugkeek. 'Dit is een idiote actie van u, rechercheur. U maakt een enorme fout! Commandant Heron, uw chef, is lid van mijn golfclub en ik bel hem zo direct persoonlijk. Dus u kunt een proces aan uw broek verwachten.'

De rechercheur reageerde niet, alleen zijn mondhoeken gingen lichtjes omhoog. Weer dat neerbuigende lachje. *Had hij dat op de middelbare ook al?* vroeg Geo zich af. Ze kon het zich niet herinneren.

De liftdeuren gleden dicht terwijl Andrew naar zijn secretaresse schreeuwde dat ze hem zijn mobiel moest brengen.

De volgende minuut stonden zij en de rechercheur bewegingloos voor de spiegeldeuren. Er klonk zachte muziek uit de verborgen speakers. Achter zich hoorde Geo de ademhaling van een van de agenten. Een zacht geruis dat een beetje fluitend klonk. Scheefstaand neustussenschot, waarschijnlijk. Kaisers hand lag nog steeds onder op haar rug. Dat irriteerde haar niet. Het voelde geruststellend.

Shipp deed niet aan instrumentale muzak; het was een hip bedrijf met hedendaagse en voornamelijk wat oudere easy listening in de moderne liften. De cijfers boven de deur telden langzaam af op de tonen van Oasis, muziek waar Geo op de middelbare school graag naar had geluisterd. Een van de andere agenten, een jongere vrouw die zo te horen geen neusproblemen had, zong zachtjes mee. Geo niet, hoewel ze de tekst van 'Wonderwall' uit haar hoofd kende.

Today is gonna be the day
That they're gonna throw it back to you

Ja, dit was de dag waarop ze alles voor haar kiezen kreeg, de dag waarop ze de rekening kreeg gepresenteerd. De etagenummers bleven verspringen als ze weer een verdieping passeerden, de lift schoot in hoog tempo omlaag naar de begane grond. Misschien had ze geluk... Misschien zouden ze crashen en exploderen. Zestien, vijftien, veertien...

'Je lijkt niet verbaasd me te zien,' merkte Kaiser op terwijl hij haar via de spiegeldeuren aankeek.

Geo zei niets omdat er niets te zeggen viel. Ze had dit scenario wel honderd keer in haar hoofd afgespeeld, maar zich haar vroegere vriend nooit voorgesteld in de rol van de politieman die haar arresteerde. Ze wist niet eens dat Kaiser bij de politie zát, maar ze moest erkennen dat de badge hem paste. Er was nog maar een glimp van de jongen van vroeger zichtbaar in de man van nu. Zijn kaaklijn zat niet meer onder de pukkels, maar was nu bedekt met een stoppelbaardje en zijn gezicht was hoekiger. Maar zijn ogen waren hetzelfde.

Opgejaagd. Teleurgesteld.

Hij had gelijk. Ze was niet verbaasd. Ze had heel lang op deze dag gewacht en diep in haar hart geweten dat hij zou komen. En nu was het zover. Ze hoefde niets meer te verbergen, geen geheim meer met zich mee te torsen dat een ondraaglijk blok cement van ten minste twee ton was geworden. Ze kon eindelijk de lange adem die ze veertien jaar had ingehouden, langzaam laten ontsnappen. Haar schouders zakten omlaag. Ze voelde de strak staande spieren in haar rug en nek ontspannen. Geo wierp haar vroegere vriend een glimlachje toe. Zijn wenkbrauwen gingen omhoog. Nee, ze was totaal niet verrast. Ze was opgelucht!

'Shaw' hoort ze een scherpe stem zeggen, waardoor ze uit haar gedachten opschrikt. De ochtendbel is gegaan. Ze kijkt op. Er staat een bewaker in de deuropening van haar cel, gekleed in een donkerblauw uniform en met haar haar in een strenge knot. Ze is klein maar gespierd en stevig gebouwd, en Geo twijfelt er niet aan dat ze iemand die twee keer zo groot is als zijzelf tegen de grond kan werken. 'Je beoordeling is binnen. Je wordt overgeplaatst. Kom mee.'

'Waar ga ik heen?'

'Maximum,' zegt de bewaker en Geo's hart maakt een duikeling. 'Maar naar de grote zaal omdat de afdeling wordt verbouwd.'

De 'grote zaal' is een tijdelijke oplossing. Ze heeft een andere gedetineerde tegen een bewaker horen klagen dat het er vol en benauwd is. Ze protesteert: 'De grote zaal? Kan ik niet hier blijven totdat...'

De bewaker lacht blaffend. 'Dit is geen hotel! Je dacht toch niet dat je kunt klagen als het je niet bevalt en je dan een betere kamer krijgt? Opschieten, Shaw. Opstaan! Vooruit met die luie reet van je! Voordat ik je dwing!'

Geo pakt haar schamele bezittingen haastig bij elkaar. Tegenwoordig is dat een plastic zak met wat toiletartikelen plus een sweatshirt met in grote zwarte letters DOC (Department of Corrections) erop.

'Maar je gaat wel bij de kapper werken,' vertelt de bewaker. 'Daar mag je blij mee zijn. De meeste nieuwen beginnen in de keuken, maar ze hebben iemand nodig die kan knippen en verven. Zat je buiten in de beautybranche?'

'Zo'n beetje,' zegt Geo.

'Hé!' De bewaker neemt haar aandachtig op terwijl ze door de gang lopen. 'Ik ken jou! Ben jij niet die meid die haar vriendin in stukken heeft gesneden? Een hele tijd geleden?'

Geo geeft geen antwoord.

'Dat is echt ziek,' vervolgt de bewaker en het is lastig te bepalen of ze nou walgend of bewonderend klinkt. Misschien allebei. 'Nou, ik begrijp niet dat ze jou straks met scharen laten werken.'

Ik ook niet, denkt Geo. *Ik ook niet.*

3

In het begin verwachtte Geo absoluut niet dat ze ermee weg zou komen. Angela Wong was te populair, te levenslustig om te geloven dat ze er zelf voor had gekozen om van de aardbodem te verdwijnen. Maar toen de eerste dagen voorbijgingen zonder dat er iemand bij haar voor de deur stond, begon ze zich af te vragen of het mogelijk was dat niemand erachter zou komen wat ze op haar geweten had. De dagen werden weken. De weken werden maanden. En algauw waren er jaren voorbij en leek het of het verleden altijd begraven zou blijven. Een wrange, maar passende uitdrukking in dit geval.

Toen de waarheid haar uiteindelijk inhaalde, verraste dat haar niet, maar was ze er ook totaal niet op voorbereid. Want hoe kun je je nou eigenlijk voorbereiden op de gevangenis? Niet door films en televisieseries, die spannend moeten zijn en dienen als entertainment. De werkelijkheid van in de gevangenis zitten – de troosteloosheid, de eentonigheid, het trage voorbijkruipen van de tijd, de constante vrees gemolesteerd te worden – is afgrijselijk. De eerste twee weken op de afdeling Screening en Plaatsing van de nieuw binnengekomen gedetineerden, had ze een privécel met een toilet en een wasbakje tot haar beschikking. Dat lijkt een enorme luxe vergeleken met de nachtmerrie die ze nu tegemoet gaat, de 'gen pop'-afdeling. De afdeling waar de *general population* zit, een doorsnede van de gedetineerden en dus allerlei soorten misdadigers door elkaar, van belastingontduikers tot moordenaars.

Welkom in Hellwood.

Haar mentor, P. Martin, had gelijk: maximum beveiliging heeft meer bewakers, maar meer bewakers maken het niet veiliger; vooral niet als je moet slapen in een drukke zaal waar iedereen een klotehumeur heeft; met name de bewakers zelf. Hoewel Hazelwood normaliter niet uitpuilt van de gevangenen, worden er op dat moment twee afdelingen verbouwd en moeten de andere drie dat opvangen. Het teveel aan gedetineerden wordt naar een grote recreatiezaal gesluisd die is omgebouwd tot een gemeenschappelijk verblijf. Een slechter scenario is er niet in het gevangenisleven.

Alle hoop op enige privacy wordt de bodem in geslagen. Op de afdeling vindt elke dag wel een gevecht plaats. Er wordt gestolen, persoonlijke bezittingen zijn er niet veilig. Er hangt een dreigende, gewelddadige sfeer. Vijftig volwassen vrouwen die zo dicht op elkaar moeten leven en slapen: dat is niet te doen. De voormalige recreatiezaal is gevuld met vijfentwintig stapelbedden in rijtjes van vijf. Het lijkt er kleiner dan het is omdat het er nooit stil is en de doordringende stank van zweet en winden maken het er extra benauwd.

De bewaarder brengt Geo naar een stapelbed achter in de hoek, helemaal aan de andere kant van de zaal. Als ze langsloopt, wordt ze door iedereen bekeken en Geo doet haar best een neutraal gezicht te trekken zodat niemand denkt dat ze zwak of vijandig is. Hierbinnen is iedereen gelijk, de een net zo slecht als de ander. Geo beseft dat ze er anders uitziet dan de rest. Haar donkere haar is opgelicht met dure highlights. Ze heeft een perfect gebit. Geen gezichtstatoeages, geen enkele tatoeage zelfs. Ze hoort niet bij een bende buiten de muren en heeft niets van doen met drugs. En anders dan het grootste deel van haar medegedetineerden, is dit de eerste keer dat ze vastzit. Hoewel ze dezelfde grijze gevangeniskleding draagt als de rest, is ze totaal anders en dat zien ze. Ze is een groentje. Dat ruiken ze.

'Hier is het,' zegt de bewaker op vlakke toon als ze voor een stapelbed blijft staan.

Op het bovenste bed ligt een sweatshirt en op het onderste zwerven twee beduimelde tijdschriften. Geo weet niet welk bed voor haar is. 'Het bovenste of het onderste?' vraagt ze.

De bewaker haalt haar schouders op en draait zich om om te gaan. 'Geen idee. Vraag dat je slaapje maar.'

Een enorme blanke vrouw van onbepaalde leeftijd – ergens tussen de dertig en de vijftig, verder komt Geo niet – komt op haar af waggelen. Ze moet ruim over de honderdvijftig kilo wegen en Geo vangt een vleug van haar zure lichaamsgeur op als ze vlakbij is. Haar haar is boven op haar hoofd in een slonzige, stroachtige, bleekblonde knot bijeengebonden, waardoor haar donkere uitgroei (van een centimeter of drie) in het oog springt. Ze heeft geen hals, alleen een reeks dubbele kinnen. Haar getekende wenkbrauwen – dunne zwarte lijntjes – fronsen als ze Geo ziet. Op al haar worstvingers is een letter getatoeëerd. FUNS op haar rechterhand, OVER op de linker.

Ja, het plezier is voorbij, dat klopt.

De vrouw laat zich op de onderste matras neerzakken. Tussen de stapelbedden staat een laag metalen kastje. Op het deurtje ervan zijn een stuk of zes foto's geplakt waarop de vrouw iets jonger en iets minder dik is. Op één ervan staan er een magere zwarte man en een klein jongetje naast haar. De jongen is net zo gebouwd als zijn vader, maar zijn ronde gezichtje is een duidelijke mengeling van hun tweeën, met een mokkakleurige huid, grote bruine ogen en een brede grijns met veel te grote tanden. Ze zien er alle drie gelukkig uit.

Haar slaapje is, ondanks haar intimiderende uiterlijk, een moeder. *Oké. Zo erg kan het niet zijn.*

'Ik ben Bernadette,' zegt ze. Ze heeft een lage stem en een licht accent. Iets Oost-Europees. Pools misschien. Of Tsjechisch. Ze steekt haar hand onder de matras en trekt een zakje zuurstokken tevoorschijn. Ze biedt er Geo geen aan, maar werpt haar wel iets wat op een glimlachje lijkt toe. 'Iedereen noemt me Bernie.'

'Georgina,' zegt ze met een glimlachje terug. 'Iedereen noemt me Geo.'

'Welkom.' Als Bernie naar haar opkijkt, ziet Geo zwarte ringen vuil in haar hals die verborgen zaten tussen de vetplooien van haar vele kinnen. 'We delen een stapelbed dus moet je de regels weten.'

'Oké.' Geo staat nog steeds met haar spulletjes in haar handen; ze weet niet waar ze ze moet laten. De vrouw zit op het onderbed, dus het bovenste zal wel voor haar zijn, maar daar ligt het sweatshirt van Bernie nog steeds en ze durft er niet aan te komen.

'Eén. Van mijn eten afblijven! Altijd!' De enorme vrouw neemt nog een hap van haar zuurstok en kauwt met open mond. 'Als er iets te eten op mijn bed ligt, is dat geen uitnodiging om er wat van te pakken. En ik wil ook niet dat je me erom vraagt.'

'Snap ik.'

'Twee. Ik snurk. Hard. Als je over me klaagt tegen de bewaking, sla ik je in elkaar. Vraag maar aan m'n vorige slapie. Als je last hebt van mijn gesnurk, vraag je maar om oordoppen.'

'Geen probleem.' Geo kan alleen maar denken dat ze waarschijnlijk het meeste last van de geur van de vrouw zal hebben.

'Drie. Ik wil het bovenbed. Dus jij slaapt onder.'

'Echt?' vraagt Geo verrast. Ze dacht dat onderbedden

meer geliefd waren en buiten dat kan ze zich niet voorstellen dat deze enorme vrouw met haar gewicht elke keer als ze even wil liggen, naar boven klimt.

'Ja, het lijkt er ietsjes frisser. Al die wijven liggen maar te boeren en te ruften en om twaalf uur 's nachts lijkt het hier wel of je in de toiletten slaapt. Ik heb een gevoelige neus,' zegt Bernie en haar kleine, priemende oogjes dagen haar uit om daar iets op terug te zeggen. 'Heb je problemen met het onderbed?'

'Nee, helemaal niet,' zegt Geo terwijl ze zich afvraagt of iemand ooit is omgekomen door een instortend bovenbed. Verpletterd worden in je slaap lijkt haar een klotemanier om te sterven.

Alsof ze haar gedachten leest, zegt Bernie: 'Maak je geen zorgen. Het bed houdt het wel. Als je daar bang voor bent.'

Geo schudt haastig haar hoofd. 'Nee hoor.'

'Eerste keer in Hellwood?' Haar nieuwe slapie trekt nog een zuurstok uit het zakje en bijt er de helft vanaf. Haar tanden zijn rood van de kleurstoffen die erin zitten. Het doet denken aan bloed.

'Ja,' antwoordt Geo. Het lijkt haar beter om daar eerlijk over te zijn. 'Heb je tips voor me?'

De vrouw haalt haar schouders op. 'Het is hier niet slecht. Niet zo slecht als de meesten denken. Je went eraan. Dit gedoe is natuurlijk klote – ze maait met haar enorme arm in de richting van de zaal – maar het wordt beter als we onze cellen terughebben. Ik heb overal gezeten. Dit is niet de beste plek, maar ook niet de slechtste.'

Geo knikt. Ze vraagt niet waarom ze hier zit. Dat is onbeleefd, heeft ze begrepen. En de vrouw vragen om op te staan zodat ze op haar eigen bed kan gaan zitten, is natuurlijk ook onbeleefd. Dus wijst ze op de foto's op het kastje. 'Je gezin?'

'Ja!' zegt Bernie en er verschijnt een grijns op haar gezicht. 'Die foto's heb ik opgehangen om me eraan te herinneren wie er op me wachten.' Ze staat eindelijk op en laat een kuil in de vorm van haar kont op de matras achter.

De lakens ruiken al naar haar maar Geo dwingt zichzelf om terug te lachen als ze eindelijk haar spullen op het bed kan leggen. Het metalen frame kreunt als Bernie langzaam naar het bovenbed klimt en daar gaat liggen. 'Heb je een vent buiten?'

'Dat weet ik niet zo goed.' Dat is het meest waarheidsgetrouwe antwoord dat ze kan geven. 'Hé, mogen we gebruikmaken van de telefoons?'

'Ja. Tot een halfuur voor het licht uitgaat,' zegt Bernie. 'Op de gang, bij de toiletten. Maar meld je eerst bij de bewaker voor je weggaat, want die moet je de zaal uit laten.'

De vrouwen fluisteren onderling als Geo naar het bewakershokje loopt, maar niemand zegt iets tegen haar. Ze vraagt zich af of ze het over haar hebben omdat ze op televisie is geweest of omdat ze nieuw is. Allebei waarschijnlijk.

Er staat een lange rij voor de telefoons en de dienstdoende bewaker vertelt haar dat ze niet langer dan vijftien minuten mag bellen en dan moet ophangen en weer achteraan in de rij mag gaan staan. Geo wacht voor haar gevoel zowat een uur voordat er een telefoon vrijkomt, ademt dan diep in en toetst Andrews mobiele nummer in. De telefoon gaat vijf keer over en schakelt dan over op voicemail.

In de veronderstelling dat hij misschien niet opneemt omdat hij het nummer niet herkent, probeert ze zijn werknummer. Zijn secretaresse neemt op, wat betekent dat ze een '1' moet indrukken om de kosten te accepteren.

'Ha Bonnie,' zegt ze. 'Is Andrew er?'

'Mevrouw Shaw,' zegt de secretaresse nerveus. Geo weet meteen dat alles is veranderd. Bonnie en zij noemden elkaar altijd bij hun voornaam. 'Het spijt me, maar meneer Shipp wil u niet spreken.'

Geo sluit haar ogen. Mevrouw Shaw. Meneer Shipp. Ze doet haar ogen weer open. 'Dat heeft hij tegen je gezegd?'

'Ja mevrouw. Ik mag alleen deze ene keer met u praten.'

Geo blaast haar adem uit, langzaam, en probeert te bedenken wat ze nu moet zeggen. Als ze weer begint te praten, klinkt haar stem verstikt. 'Wat wil hij dat ik doe met mijn verlovingsring?' De ring ligt in een doosje bij haar vader thuis, samen met andere persoonlijke bezittingen, omdat haar eigen huis op het moment te koop staat. 'Wil hij dat ik hem opstuur of haalt hij hem liever op?'

'Hij wil dat u hem naar het kantoor stuurt.' Geo hoort dat Bonnies stem hapert en ze beseft dat dit gesprek voor haar ook moeilijk moet zijn.

'Bonnie...'

'Geo, ik kan niet met je praten.' Bonnie zegt het op gedempte toon. 'Het spijt me. Echt. Het is hier een heksenketel. We krijgen doorlopend telefoontjes; iedereen wil weten of Andrew iets te zeggen heeft over zijn vroegere verloofde en het feit dat een van de onderdirecteuren van het concern is veroordeeld voor moord en het vriendinnetje is geweest van een seriemoordenaar.'

'Maar ik ben niet veroordeeld voor...'

'Het gaat erom wat iedereen dénkt,' zegt Bonnie. Ze fluistert nu bijna. 'En je weet hoe het hier is, Geo. Iedereen is bezorgd om de reputatie van Shipp Pharmaceuticals. We hebben er een persverklaring uit moeten doen.'

'Wat stond daarin?' Als Bonnie niet meteen antwoordt, zegt Geo: 'Alsjeblieft, Bonnie. Alsjeblieft. Zeg het.'

'Dat we je op geen enkele manier zullen vergeven of ondersteunen en dat we meeleven met de familie van het slachtoffer. Andrew...' Bonnie zwijgt even. 'Andrew heeft de tekst zelf opgesteld. Sorry.'

'Hij heeft mijn advocaatkosten betaald.' Geo's stem klinkt hol, zelfs in haar eigen oren.

'Ja, dat weet ik. Daar heeft hij flink voor op zijn donder gekregen van zijn vader, maar toen was je nog met hem verloofd. Geo, het spijt me, maar ik moet nu echt ophangen.' Bonnie klinkt nu echt ontdaan. 'Alsjeblieft... alsjeblieft, bel maar niet meer.'

De verbinding wordt verbroken.

Dat was het dan... Geen afscheid, geen kans om iets uit leggen of zich te verontschuldigen. Andrew heeft hun relatie beëindigd. Alles afgekapt. En hij is ook nog zo laf om de klap niet zelf uit te delen, maar dat aan zijn secretaresse over te laten. Een relatie van twee jaar. Weg. Zonder pardon. Ze hangt de hoorn op de haak en stapt opzij voor de volgende gevangene. Maar niet snel genoeg. Hun schouders raken elkaar.

De ogen van de vrouw vernauwen zich. Ze is kleiner dan Geo, maar er staat totaal geen angst op haar gezicht te lezen. 'Uitkijken, bitch.'

'Sorry,' zegt Geo. Ze doet haar best oprecht te klinken, hoewel het de schuld van de andere gevangene was. Een gevecht is natuurlijk het laatste wat ze wil, maar als de andere vrouw er eentje begint, heeft ze geen andere keus dan terugvechten. Anders is ze voortaan de pineut, vindt iedereen haar een watje. En ze heeft genoeg tv gekeken om te weten dat ze, als ze in elkaar wordt geslagen en haar later door een bewaker wordt gevraagd wie dat heeft gedaan, nooit, nooit iemand moet verraden. Klikken tegen de bewakers is een doodzonde. In de gevangenis is een verklikker de enige die nog lager in de pikorde staat dan een pedofiel (en die staat verdomde laag). Als je één keer de fout in gaat, blijf je je hele verdere leven een verklikker. Niemand zal je ooit nog vertrouwen en iedereen zal zijn (of in dit geval haar) best doen om je gevangenisbestaan tot een hel te maken.

Bernie is in een goed humeur als Geo terugkomt. Ze ligt nog steeds uitgestrekt op haar matras, een enorme berg vrouw. De zuurstokken zijn op, het lege plastic zakje bungelt over de rand van het bed. Ze rolt op haar zij en omdat Geo naast het bed staat, zijn hun ogen vrijwel op dezelfde hoogte.

'Goed telefoontje?' vraagt Bernie.

'Je vroeg daarstraks of ik een vent had buiten. Ik kan je nu officieel meedelen dat ik die niet heb.'

De vrouw steekt haar hand uit en veegt een lok haar uit Geo's gezicht. 'Maakt niet uit. Hierbinnen hebben we geen mannen nodig. We kunnen prima zonder.'

Geo, niet op haar gemak, doet een stap naar achteren. Ze weet de neiging om zichtbaar te huiveren te onderdrukken, maar vanbinnen gaat ze zowat over haar nek. De gedetineerde die op het bed naast het hunne ligt, werpt een korte blik op hen. Geo ziet medelijden in haar ogen voordat ze snel weer wegkijkt. Of misschien verbeeldt ze zich dat. Misschien is ze paranoïde.

Die nacht gebeurt er niets engs en de nacht erop ook niet, hoewel Geo urenlang met gebalde vuisten en opeengeklemde kaken wakker ligt, en het ergste verwacht. Elke avond voordat ze in slaap valt, kan ze nauwelijks geloven dat dit hier nu haar leven is. En elke ochtend wordt ze met datzelfde gevoel wakker. Die depressie waar P. Martin haar voor waarschuwde heeft haar eindelijk in de greep. Ze kan het gevoel dat ze hier niet hoort, dat er ergens een gigantische fout is gemaakt, niet van zich afschudden. Maar de deken van ontkenning waaronder ze zich verschuilt, biedt absoluut geen bescherming. Hij is verstikkend, dat is alles. Hij maakt haar kwetsbaar. Het lijkt of iemand haar leven aan diggelen heeft gegooid en de scherven weer aan elkaar heeft gelijmd, maar verkeerd. De scherven zijn dezelfde maar zitten allemaal op de verkeerde plaats.

Op haar derde dag in de slaapzaal merkt ze dat haar slapie in een opvallend goed humeur is. Ze lopen die avond samen naar de eetzaal en zitten tegenover elkaar aan een tafel met vier andere vrouwen. Bernie kletst tegen Geo en de andere gevangenen en is helemaal enthousiast over het gezellige bezoek van haar zoon die ochtend. Elke keer als ze lacht, legt ze haar hand op Geo's arm. Het lijkt vrij onschuldig maar geeft haar toch een onbehaaglijk gevoel.

Een vrouw met een chocoladebruine huid en een korte afro staart vanaf een tafeltje vlakbij Geo's kant op. Haar blik is niet vijandig, gewoon openlijk nieuwsgierig. De andere vrouwen aan haar tafel lijken eerbied voor haar te hebben en kijken af en toe ook naar haar waarna ze iets tegen elkaar mompelen. Geo vraagt zich af wat ze zien als ze naar haar kijken. Ze weet dat ze eruitziet als een witte, maar als je beter kijkt is haar etniciteit duidelijk te zien aan de lichtbruine ondertoon van haar huid, haar ietwat amandelvormige ogen. Haar haar is echter steil. Het haar van haar moeder.

Als Geo klaar is met eten, staat de zwarte vrouw haar op te wachten bij de plek waar je je dienblad moet inleveren. De andere vrouwen van haar tafel staan achter haar, op een paar passen van haar vandaan maar dichtbij genoeg om te reageren als er iets gebeurt. Haar beveiliging, begrijpt Geo.

'Ben jij zwart?' vraagt de vrouw. Het is bijna nobel hoe ze praat. Ze heeft een mooie stem en geen accent. Van dichtbij heeft ze een prachtig gezicht, een mooie gladde huid zonder rimpels, en hoge jukbeenderen. Haar ogen zijn bijna zwart.

'Een achtste,' zegt Geo. Ze wil precies zijn, maar legt het verder niet uit.

'Ik zie dat je vrienden met Bernadette bent geworden.' De vrouw werpt een korte blik op Bernie die nog aan hun tafel zit te eten. Dan glijden haar ogen terug naar Geo en neemt ze haar van top tot teen op. 'Ze noemen haar de mammoet.' Dat behoeft geen nadere uitleg.

'Niet bevriend. We delen een stapelbed.'

De vrouw knikt. 'Laat me weten hoe dat bevalt. Zo niet, dan kunnen we je misschien overgeplaatst krijgen.'

Bernies goede humeur houdt de hele avond aan. Het begint Geo te dagen dat haar stemming direct verband houdt met eten, met hoe kort het geleden is dat ze iets naar binnen heeft gepropt. Ze blijft kletsen tot de lichten uitgaan en vertelt Geo over de verschillende gevangenissen waarin ze heeft gezeten, zelfs in Oregon en Californië. Drugs en diefstal voornamelijk; de geijkte misdrijven voor de meeste vrouwen in Hellwood. Een veelpleger, een carrière in de criminaliteit. Je zou denken dat ze na een derde veroordeling een ander vak gaat uitoefenen, maar zo werkt de criminele geest niet.

De deuren naar de grote zaal staan de hele dag open, tenzij er een lockdown is en alle gevangenen achter slot en grendel moeten wegens een alarmsituatie. 's Avonds, als de lichten uitgaan, gaan ze op slot. Dus als je moet plassen, moet je een van de bewakers in hun hok, waar ze meestal zitten te dutten of televisie aan het kijken zijn, vragen om je eruit te laten. Die avond wordt Geo, zodra ze in bed ligt, overvallen door een enorme vermoeidheid. Ze slaapt slecht sinds ze hier op zaal is en dat wreekt zich. Uiteindelijk zakt ze weg in een diepe slaap.

Pas als de dikke worstvingers van haar bovenbuurvrouw diep in haar vagina zitten, wordt ze wakker. Bernie ligt boven op haar, haar overtollige vlees hangt als een gigantische waterballon over Geo's lijf, de huid warm, klam en zoutig. Haar adem ruikt naar zure melk en haar kleine kraaloogjes lijken krenten in een berg deeg, ze kijken dwars door haar heen. Bernie glimlacht en likt Geo's gezicht van haar kin tot haar jukbeen. In het donker lijkt haar tong paars.

Onderbed. Daarom dus! Nu snapt ze het. Makkelijker om iemand te verkrachten. Omdat hun stapelbed helemaal aan de andere kant van de zaal staat, zijn ze vanuit het bewakershokje moeilijk te zien. En om het nog lastiger te maken, heeft Bernie de punten van haar laken onder de matras van het bovenbed gestopt, zodat het fungeert als een gordijn. Als er een bewaker hun kant op kijkt, ziet die alleen een laken. Dat geeft Bernie de tijd om, mocht een bewaker het laken wegrukken, te doen alsof het seks met wederzijds goedvinden is. De straf daarvoor is overplaatsing naar maximale beveiliging, maar daar zitten ze al.

Geo doet haar mond open om te gillen, maar daar is Bernie op voorbereid en ze stopt een sok in Geo's mond. Dat is eigenlijk niet nodig, omdat haar longen toch al helemaal in elkaar gedrukt worden door de mammoet, die meer dan twee keer zo zwaar is als zij en drie keer zo breed. Ze stikt. In paniek begint ze te trappen en te kronkelen, maar Bernie maakt zichzelf alleen nog maar zwaarder. Haar stinkademhaling versnelt in Geo's oor terwijl ze zichzelf betast. 'Vind je het lekker? Ah, word maar lekker nat voor me, schat.'

Nauwelijks in staat zich te verroeren, probeert Geo het laken vast te grijpen, maar ze krijgt het niet goed genoeg te pakken om het weg te kunnen rukken. Het lukt haar alleen om het iets te verschuiven, zodat er een spleet ontstaat waardoor ze recht in het gezicht kijkt van de gevangene in het bed naast hen. Na een paar seconden draait de vrouw zich om. Zelfs in een zaal vol vrouwen, is ze helemaal alleen met haar verkrachter.

Niet in staat iets te doen, heeft ze geen andere keus dan stilliggen. Er glijden stille tranen over haar wangen. Een minuut later rolt Bernie grommend van haar af, zodat Geo een paar keer naar adem kan happen.

'Niemand kan iets zien hier, bitch,' fluistert Bernie terwijl ze haar kleren goed doet. 'De beveiligingscamera's halen deze hoek niet, dus je kunt maar beter je kop dichthouden, dan hoef ik je niet uit de weg te ruimen. Maar je vond het lekker, hè. Echt wel!'

Er ontsnapt een luide snik uit Geo's keel die meteen wordt gesmoord door een harde stomp in haar gezicht. Dan trekt Bernie het laken weg en klimt ze terug naar haar eigen bed.

Geo drukt haar gezicht in haar kussen zodat ze zonder dat iemand het hoort kan huilen. Ze begrijpt er helemaal niets van. Bernie is een móéder! De foto van haar zoon zit op dat klotekastje geplakt, nog geen halve meter van haar vandaan. De rest van de nacht hangt de zure zweetlucht van de mammoet om haar heen en ligt ze verstijfd in bed, met haar benen strak tegen elkaar gedrukt voor het geval Bernie besluit nog eens naar haar bed af te dalen. Het luide gesnurk boven haar stelt haar enigszins gerust.

Maar slapen doet ze niet. Net zomin als de vorige keer dat ze verkracht werd, al die jaren geleden. Uit ervaring weet ze dat het een tijd duurt voordat je hart weer iets kan voelen, en nog veel langer voordat het ophoudt met bloeden.

4

De volgende ochtend neemt Geo lusteloos een paar hapjes waterige havermout en verbrande toast. Bernie zit op haar gewone plek tegenover haar. Vandaag begint ze in de kapsalon, iets waar ze relatief gezien naar uitkeek, maar het enige wat ze nu nog wil is zich op een stille plek verstoppen.

Bernie was de dag ervoor al in een goed humeur, maar nu is ze dat helemaal.

Geo heeft tot dan toe nog oogcontact met haar weten te ontwijken, maar als hun blikken elkaar kruisen, glimlacht de mammoet breed naar haar.

Zonder haar ogen van Geo los te maken, beweegt Bernie haar vingers suggestief langs elkaar, brengt ze naar haar neus en snuift. Dan steekt ze haar wijs- en middelvinger in haar mond en zuigt erop. De vrouwen aan hun tafel lachen nerveus om haar obscene toneelstukje. Geo's maag draait zich om en voordat ze het kan inhouden braakt ze over haar dienblad en de voorkant van haar eigen T-shirt. Havermout blijkt er exact hetzelfde uit te zien als je het uitkotst als wanneer je het in je mond steekt.

'Shit!' De gevangene naast haar springt op. 'Smerige kutbitch.'

Een seconde later staat er een bewaker bij hun tafel. 'Opstaan, Shaw,' zegt hij, zijn gezicht een en al afschuw als hij de uitgebraakte havermout op Geo's shirt en broek ziet. 'Moet je naar de ziekenboeg? En wat is er met je gezicht gebeurd?'

Geo's jukbeen is blauw van de vuistslag die Bernie er een

paar uur daarvoor op heeft gegeven, maar dat is maar een fractie van de pijn die ze voelt. Ze schudt haar hoofd, nog steeds misselijk. Ze wil echt door niemand aangeraakt worden; het laatste wat ze wil is onderzocht worden door een verpleegster. Iedereen kijkt naar haar, inclusief de mammoet. 'Alleen eh... alleen een douche, denk ik. Verder is er niets aan de hand.'

'Meteen naar de badkamer dan.' Hij spreekt in zijn walkietalkie. 'Gevangene in eetzaal. Komt nu.'

Geo verlaat de kantine, beschaamd, terwijl de andere gevangenen haar met een minachtende grijns om hun mond nastaren. Ze hoeft niet naar Bernie te kijken om te weten dat zij net zo geniet van haar vernedering als de rest.

Ze doucht in een klein hokje met een gescheurd gordijn en houdt haar plastic slippers aan. De kraan staat op zijn heetst, maar het water wordt niet warmer dan lauw en na acht minuten stopt de waterstraal automatisch, of ze nou klaar is of niet. Ze zeept zich zo snel mogelijk in, zowel haar lijf als haar haren – haar shampoo is al gejat – en schrobt haar huid met haar nagels helemaal rauw.

Als de douche afslaat, schuift ze het gordijn iets open en voelt ze met haar hand naar de handdoek die ertegenover aan een haakje hangt. Maar die hangt niet waar hij moet hangen. Ze schuift het gordijn verder open en schrikt als ze iemand met haar handdoek over haar arm tegenover haar hokje tegen de muur ziet staan.

Het is de zwarte vrouw van de vorige dag. Zonder haar entourage vandaag. Ze zijn alleen in de wasruimte.

'Ik ben Ella Frank,' zegt ze. Als Geo niet in beweging komt, strekt ze haar hand met daarin de handdoek naar haar uit. 'Je moet het ijskoud hebben.'

Dat is waar, maar Geo kan niet bij de handdoek als ze niet uit de douche stapt. Uiteindelijk doet ze dat, druipend van het water, en de vrouw reikt haar de handdoek aan. Geo wikkelt hem snel om haar lichaam. Ze beeft, maar niet alleen van de kou. Ze kent Ella Franks reputatie. Die kent iedereen in de gevangenis, maar tot dan toe wist Geo niet precies hoe ze eruitzag. Het dringt pas tot haar door op het moment dat de vrouw zegt hoe ze heet. En nu staan ze hier tegenover elkaar, Geo ook nog eens bijna naakt. Ze heeft geen wapens om mee te slaan of te steken, geen laarzen om mee te trappen. Ze weet niet wat de vrouw van haar wil, maar ze weet wel dat ze het niet aankan om weer verkracht te worden. Dan gaat ze nog liever dood.

'Ik doe je geen kwaad,' zegt Ella Frank. 'Ik ben de mammoet niet.'

Geo's keel zit opeens dicht. 'Weet je het dan?'

'Ik heb hier overal ogen en oren.'

'Waarom heb je gisteren niets gezegd?' De woorden zijn eruit voordat Geo het weet en ze doet haar ogen even dicht omdat ze zo bot klinkt.

'Het is niet mijn taak om je te beschermen. Tenzij je dat wilt.' De vrouw kijkt Geo strak aan. Intens. Zonder met haar ogen te knipperen. Ze zijn allebei ongeveer even groot – de zwarte vrouw is iets slanker – maar Geo twijfelt er niet aan dat Ella Frank haar zonder pardon en zonder enige moeite ter plekke kan doden. 'Je weet wie je voor je hebt?'

Geo knikt. Het hele verhaal komt terug. Op de foto's in de media, als de vrouw van drugsbaron James Frank, was Ella altijd onberispelijk gekleed, met lang zwart haar en felroze lippenstift. De gevangenisversie van Ella Frank is minder uitbundig – haar haar is kort, de lippen niet gestift, en haar kleding is dezelfde grauwe gevangenisplunje als iedereen aanheeft – maar ze ziet er net zo gevaarlijk uit als toen. Het zit in de manier waarop ze staat, waarop ze praat, hoe ze Geo aankijkt. Ella leidde het beveiligingsteam van haar echtgenoot, ze doodde zijn vijanden of degenen die dat konden worden met een schot door het hoofd uit een kleinkaliberwapen dat ze op haar dijbeen droeg. Ze zit vast voor de moord op twee rivalen, maar er wordt beweerd dat ze op z'n minst tien personen heeft omgebracht.

Hier in de gevangenis is ze net zo machtig als erbuiten. Ella Frank is verantwoordelijk voor bijna alle drugs die met vaste regelmaat Hazelwood binnenkomen. Op het moment is ze verstrikt in een territoriumgevecht met een andere drugsdealer en de situatie begint steeds grimmiger te worden.

Anders dan de meeste vrouwen in Hazelwood, zal ze nooit vrijkomen; Ella Frank heeft twee keer levenslang. Ze zal hier sterven, wat betekent dat ze echt niets te verliezen heeft en uiterst gevaarlijk is.

'Jij bent Georgina Shaw,' zegt Ella. 'Ik heb over je gelezen. Topbaan buiten. Ik wed dat je een hoop geld hebt verdiend.'

'Klopt, maar ik heb ook veel uitgegeven.'

Ella lacht zachtjes. 'Ja, dat snap ik. Het leven is kort. Je kunt er maar beter van genieten zolang het duurt, toch?' Haar ogen houden die van Geo vast, ze kijken haar nog steeds strak aan. De irissen zijn zo donker dat Geo haar pupillen niet kan zien. 'Maar... je slapie vindt je blijkbaar meer dan leuk. Wat vind jij daarvan?'

'Afschuwelijk,' zegt Geo. Het komt als gekerm uit haar keel.

Ella knikt. 'Ik ken Bernadette nog uit een andere gevangenis. Ik wed dat haar extra extra large onderbroek kletsnat werd toen ze hoorde dat jij het stapelbed met haar zou delen. Je bent precies haar type. Wit. Knap. Beschaafd. Je begrijpt dat het niet zal ophouden?'

'Ja.' Het klinkt bijna jammerend.

'Ik kan ervoor zorgen dat het ophoudt,' zegt de zwarte vrouw, met haar ogen nog steeds strak op Geo gericht. 'Ik kan ervoor zorgen dat niemand hier je ooit nog aanraakt. Wil je dat? Wil je mijn hulp?'

Geo knijpt haar ogen dicht; ze weet dat het antwoord dat ze nu geeft, allesbepalend is. 'Ja.'

'Mijn hulp is niet gratis.'

Ze doet haar ogen weer open. 'Dat weet ik.'

'Oké,' zegt Ella en ze glimlacht. 'Ik zal het regelen. Kleed je aan. Maar voor ik wegga, wil ik je nog wat advies geven. Van vrouw tot vrouw.'

Geo werpt een blik op de schone kleren die op het plankje naast Ella liggen. Ze durft ze niet te pakken. Dan moet ze nog een stap naar haar toe doen. 'Natuurlijk,' zegt ze.

'Doe alsof je de boel hier helemaal onder controle hebt. Hoofd rechtop, borst vooruit. Ga voor niemand uit de weg. Met jouw uiterlijk, met je mooie wittemeidenhaar en je knappe wittemeidengezichtje, zul je hier altijd opvallen. Je wordt nooit onzichtbaar. En al helemaal niet met jouw verleden. Dus heb er schijt aan, wees trots op jezelf. Als de een of andere bitch je iets in de weg legt, dan schakel je d'r uit. Snap je? Ik kan je beschermen en dat zal ik ook doen, maar ik kan ook morgen de pijp uit gaan. En dan?'

Geo knikt. 'Ik snap het. Bedankt.'

Ella geeft Geo haar kleren aan. Als ze ze aanpakt, glijdt haar handdoek naar beneden en staat ze opnieuw naakt voor de andere vrouw. Ella's ogen glijden snel over haar lijf. Ze grinnikt. 'Ja, ja, je bent prachtig. Maar je bent mijn type niet. Ik hou van een stevige lul.'

Geo kleedt zich haastig aan.

'Een van mijn meiden komt straks naar de kapsalon,' zegt Ella. 'Geef haar wat ze vraagt.'

Er gaan twee uur voorbij voordat er iemand de salon binnenkomt. Geo herkent haar als een van de vrouwen van Ella's beveiligingsgroepje. Met één oog op de camera aan het plafond gericht, geeft ze de vrouw wat ze vraagt.

'Maak je niet druk,' zegt de vrouw. 'De bewaker die de

camera in de gaten moet houden is... een beetje afgeleid op dit moment.'

Nog niet eens een halfuur later, is de vrouw terug. 'Ik heb hem afgespoeld, maar leg hem maar in de bleek,' zegt ze. 'En je hebt dat ding geen moment uit het oog verloren. Snap je?'

Geo snapt het.

Een halfuur later, als ze in de kantine zit voor de lunch, is er een lockdown.

Bernadette Novotny, alias 'de Mammoet', is dood.

Het nieuws verspreidt zich als een lopend vuurtje in de gevangenis. Bernie is gevonden in de wasserij, achter de kledingpers. Hoe het is gebeurd is duidelijk: meerdere steekwonden hebben haar halsslagader doorboord; ze is in een paar seconden doodgebloed.

Net zoals alle gevangenen in de eetzaal ligt Geo op de vloer met haar handen naast haar hoofd. De bewakers zoeken het moordwapen en halen Bernies vijanden – het zijn er veel – een voor een naar hun kantoortje om ze te ondervragen. Maar ze zullen er niet achter komen, dit wordt nooit opgelost. De schaar die Geo aan Ella's medewerker heeft gegeven, heeft al in de bleek gelegen en is schoon en door dezelfde bewaker die hem die ochtend aan haar heeft verstrekt veilig opgeborgen in een afgesloten kast.

De bewakers zijn de hele dag zoet met het ondervragen van de gevangenen. Ze hebben geen enkele aanwijzing en Geo is als eerste aan de beurt omdat ze een stapelbed met de dode deelde. Maar ze zegt wat iedereen zegt: ze heeft niks gezien, niks gehoord en geen idee wie het kan hebben gedaan. Ze negeert het gefluister en de blikken van de andere gedetineerden en overweegt heel even om de vrouw op het stapelbed naast haar te beschuldigen, de vrouw die heeft gezien dat ze werd verkracht en zich toen gewoon omdraaide. Maar ze doet het niet. Als de situatie omgekeerd was geweest, had ze waarschijnlijk precies hetzelfde gedaan.

Later die dag wordt het lijk eindelijk weggehaald. De lockdown wordt opgeheven en het gevangenisleven keert weer terug naar de normale gang van zaken. Maar het is toch een nieuwe normale gang van zaken. Het bed boven haar is leeg en Geo slaapt als een os. Voor het eerst sinds ze in Hellwood zit, is ze acht uur onder zeil.

De volgende ochtend bij het ontbijt komt Ella Frank tegenover haar zitten. Ze lacht naar Geo en Geo lacht terug. Ze zitten als twee goede vriendinnen aan een tafeltje hun te gare worstje en rubberachtige eieren te eten.

'Hoe gaat het, Georgina?' vraagt Ella op plezierige toon. 'Je ziet er uitgerust uit.'

'Ik heb goed geslapen,' antwoordt ze. 'En mijn vrienden noemen me Geo.'

Ella grinnikt. 'O, dus we zijn nu vrienden? En ik maar denken dat we gewoon een simpele zakendeal hadden. Ik doe iets voor jou en jij doet iets voor mij. *Quid pro quo*. Zo werkt het hier.'

'Hmm... Stel dat het meer is dan een simpele zakendeal?' vraagt Geo. Ze is echt niet van plan om drugs in haar reet te verstoppen of deel uit te gaan maken van Ella's bewakingsteam. 'Stel nou eens dat we... zakenpartners worden? Jij hebt een zaak te runnen en ik ben een zakenvrouw. Zoals je weet was ik nogal goed in mijn werk. Een van mijn verantwoordelijkheden – waarschijnlijk de allerbelangrijkste – was zo veel mogelijk winst maken. Ik denk dat jij en ik heel goed samen kunnen werken. En eigenlijk denk ik dat je dat allang hebt bedacht. Anders had je geen moeite gedaan me te helpen.'

Ella glimlacht en ze ziet er opeens een stuk jonger uit. Zachter. Maar haar stem, hoe honingzoet die ook klinkt, heeft een ijzeren ondertoon. 'Je leert snel, G. Maar je vergeet één ding: ik heb je niet nodig.'

Het is Geo's beurt om te glimlachen. 'Je hebt kinderen, toch?'

'Sorry?' Ella's toon is staalhard.

'Heb je er ook over nagedacht om een studiefonds voor hen te beginnen?' vraagt Geo haastig voordat Ella bloedlink wordt. Ze begeeft zich op gevaarlijk terrein: alleen al het noemen van iemands kinderen kan je hier je leven kosten. 'Ik weet dat ze nog klein zijn, maar ik wed dat het slimmerds zijn. Hoe moet het als ze op een dag naar de universiteit willen? Studieleningen kunnen verlammend werken. Ik kan je daarmee helpen.' Ze zwijgt even om het aanbod door te laten dringen. 'Er is geen enkele reden waarom het jouw gezin financieel niet voor de wind zou kunnen gaan. Op een legale manier. Ik kan je helpen een spaarcentje voor hen te vergaren. Iets waar ze op kunnen bouwen als ze groot zijn.'

Ella's donkere ogen nemen haar op, op zoek naar een teken dat Geo haar iets probeert voor te spiegelen. Maar als ze niets kan ontdekken, zegt ze uiteindelijk: 'Oké, ik luister.'

Ze praten verder tot het ontbijt is afgelopen.

Als Geo na haar werk terugkomt bij haar stapelbed, ziet ze dat haar toiletzakje, dat ze die ochtend na haar douche heeft vergeten op te bergen in haar locker, nog steeds op haar bed ligt. Maar deze keer heeft niemand eraan gezeten. Er zitten zelfs een nieuw stuk zeep, tandpasta en shampoo in!

Een paar minuten later komt er een bewaker naar haar toe. 'Shaw, je wordt overgeplaatst,' blaft ze.

Geo fronst haar voorhoofd. 'Waarheen?'

'Privécel. Er is er net een vrijgekomen.'

'Huh? Ik dacht dat alle units vol waren vanwege de bouwwerkzaamheden.'

De bewaker trekt haar wenkbrauwen op. 'Wil je verhuizen of niet? Raap je spullen bij elkaar. Ik verwacht je zo op de gang.'

En Geo zoekt haar bezittingen opnieuw bij elkaar. Dan loopt ze de zaal uit, haar medegevangenen gaan zelfs voor haar opzij en een paar vrouwen wenden hun ogen af als ze hen aankijkt. Een teken van onderwerping. Respect.

In de echte wereld, de buitenwereld, verdien je respect door hard werken, bewondering, loyaliteit en soms liefde. In de gevangenis is er maar één manier: door angst.

In haar nieuwe privécel vindt Geo een mobieltje onder haar matras, precies zoals Ella Frank heeft gezegd.

5

De brief ziet er vanbuiten onschuldig uit.

Een eenvoudige blauwe envelop met haar naam, gevangenisnummer en het adres van Hazelwood Correctional Institute in een keurig regelmatig handschrift. De naam en de afzender herkent Geo niet. Ze maakt de envelop open en haalt er een bijpassend vel lichtblauw papier uit, keurig opgevouwen: een brief in hetzelfde nette handschrift. Ze leest.

Dertig seconden later zit de brief weer in de envelop en heeft ze hem tussen de pagina's van een boek dat ze al twee keer heeft gelezen op de plank boven haar bureautje geschoven. Om nooit meer aangeraakt te worden.

Ze kijkt neer op haar handen. Ze beven. *Hij heeft haar geschreven! Godverdomme!* De herinneringen dreigen haar te overspoelen, door de muur heen te breken die ze jarenlang zorgvuldig om haar hoofd en hart heeft gebouwd. Ze wil niet aan hem denken; het is altijd zoveel gemakkelijker geweest om te doen alsof hij niet bestaat. Haar handigheid in compartimentaliseren, de verschillende delen van haar leven in laatjes op te bergen en op slot te doen, is haar redding geweest. Anders was ze nu knettergek.

Nee! Nee! Nee! Verdomme!

Ze voelt iets op haar gezicht en brengt haar hand naar haar wang. Geschokt ontdekt ze dat ze huilt.

Godverdomme!

'Voel je je klote?' De gedetineerde van de cel naast de hare staat in de deuropening en kijkt haar meelevend aan. Haar buurvrouw is een oudere vrouw die tegen de zestig loopt, een levendig mens met kastanjebruine krullen en een expressieve mond die altijd lacht, eet of vloekt. Soms alle drie tegelijk.

Ella Frank is Geo's zakenpartner, maar Cat Bonaducci is haar vriendin. De eerste echte vriendin in lange tijd. De laatste was Angela.

'Mwah, nogal,' zegt Geo, maar ze wenkt dat Cat gewoon binnen moet komen. 'Wat is er?'

'Ik wil een nieuwe foto maken. Voor dat penvriendengedoe waar ik je over heb verteld. Kun je mijn haar doen?' Ze houdt een pakje Nice'n Easy-kleurshampoo omhoog, het enige merk dat te koop is in de gevangeniswinkel.

'Schrijf-een-gevangene? Weet je zeker dat het niet date-een-gevangene is?' Geo veegt haar ogen af. 'Ja hoor, ik heb nog wel even tijd voordat mijn eerste klant komt.'

Cat loopt achter Geo aan de cel uit. Ze drukken de zoemer in om doorgelaten te worden en zetten koers naar de facilitaire opleidingsvleugel, waar de gevangeniskapper huist. Cat heeft ook haar opmaakspullen meegenomen, ze zal straks wel vragen of Geo haar wil helpen met haar make-up. Hoewel gedetineerden officieel niet meer dan zes verschillende make-upspullen mogen hebben, is het een prehistorische regel die niet wordt gehandhaafd. Hoe beter de vrouwen eruitzien, hoe beter ze zich voelen. En hoe beter ze zich voelen, hoe beter de moraal. En dan zijn er minder gewelddadige incidenten.

De salon is een kaal kamertje met een haarwasbak, en Geo heeft alleen toegang tot de schaar als een bewaker het kastje van het slot doet en ze tekent dat zij hem heeft. Ze maakt het doosje van Nice'n Easy open en begint Cats kleurshampoo te mengen.

'Wat is er met je?' vraagt Cat als Geo de verf op de grijze uitgroei van haar vriendin aanbrengt. 'Zat je nou te huilen?'

Geo reageert niet. Ze wil het niet over de brief hebben. Het verleden moet het verleden blijven; dat is de enige manier waarop ze door kan. 'Misschien. Oké, geen geklets terwijl ik mijn wonderen verricht.'

'Je hebt me nooit verteld hoe je zo goed bent geworden in haar en make-up,' zegt Cat terwijl ze haar ogen sluit. De chemische lucht is sterk. 'Ik dacht dat je buiten een kantoorbaan had.'

'Ik heb een jaar op de opleiding voor schoonheidsspecialist gezeten. Voordat ik ging studeren.'

'Nee! Je lult!'

Geo glimlacht. 'Dat is precies hoe mijn vader reageerde, hoewel in andere woorden. Toen ik hem na mijn eindexamen vertelde dat ik me had opgegeven voor de Emerald Beauty Academy, dacht hij dat ik een grap maakte. Hij vond het pure tijdverspilling.'

Om precies te zijn had Walter Shaw gezegd: 'Zo'n opleiding is voor mensen die niet naar de universiteit kunnen, Georgina. Je hebt er verdomme de capaciteiten voor en nu wil je naar een school die wordt bevolkt door vroegtijdige schoolverlaters?' Maar dat zegt ze niet tegen Cat, die de middelbare school nooit heeft afgemaakt.

'Ik vond het gewoon leuk,' zegt ze daarom. 'Ik was vijf dagen per week bezig met alles wat er te leren valt over make-up en haar. En daarna kwam ik via een stage terecht bij Shipp Pharmaceuticals. En de rest is, zoals ze dat zeggen, geschiedenis. Ze hebben een interne opleiding en dus heb ik daar gebruik van gemaakt. En daarna heb ik me omhooggewerkt.'

Door haar verhaal moet ze aan Andrew denken. Ze zit hier nu al twee maanden en haar ex-verloofde staat nog steeds op haar goedgekeurde bezoekerslijst. Ze heeft nooit de moeite genomen hem eraf te halen. Daarvoor moet je naar het bezoekerskantoor en zeggen dat ze zijn naam moeten verwijderen en Andrew Shipp – met zijn rijke, witte, belangrijke reet – verdient het kleine beetje energie dat haar dat kost gewoon niet. Niet dat ze hem een vreselijke ziekte toewenst. Ze wenst hem helemaal niets toe. Haar vader heeft eens gezegd dat je in je leven maar één kans op ware liefde krijgt en als dat klopt, heeft Geo de hare op haar zestiende al verspild aan een vriendje dat een seriemoordenaar bleek te zijn en bekendstond als de Sweetbay Strangler.

Ze weet nog dat ze dat een idiote benaming vond toen Kaiser Brody die op de dag van haar arrestatie aan haar vertelde. Ze zaten tegenover elkaar in de verhoorkamer van het politiebureau in Seattle. Fred Argent, hoofd van de juridische afdeling bij Shipp, zat naast haar en wist niet hoe hij het had toen Kaiser vertelde wat Calvin James, Geo's vroegere vriendje, op zijn geweten had.

Maar nu klonk die bijnaam lang niet zo vreemd meer.

'Wacht,' had Fred gezegd, terwijl hij eruitzag als het prototype van de bedrijfsjurist van een grote firma waartoe hij was opgeleid; achter in de vijftig, wit en woedend bij de gedachte dat een van Shipps directieleden werd behandeld als een ordinaire crimineel. 'Ik verkeerde in de veronderstelling dat u mevrouw Shaw hebt gearresteerd in verband met de moord op ene Angela Wong.'

'Dat klopt, maar dat is niet de enige misdaad waarvan Calvin James wordt beschuldigd,' reageerde Kaiser. 'In de afgelopen tien jaar heeft hij voor zover we weten nóg drie vrouwen vermoord.'

Geo ademde scherp in. Fred had zich meteen naar haar toe gebogen en in haar oor gefluisterd. Zijn adem rook naar whisky; het was geen geheim dat de oude jurist een fles Jack Daniel's in zijn bureaula had liggen. Waarschijnlijk had hij een paar versterkende glazen achterovergeslagen voordat hij naar het bureau kwam. 'Ik heb Daniel Attenbaum gebeld, de beste strafpleiter in Seattle. Hij zal zo hier zijn. Andrew heeft gezegd dat u zich nergens om hoeft te bekommeren. Hij betaalt alle kosten van zijn persoonlijke rekening. En voorlopig zegt u niets! Afgesproken?'

Geo knikte. Kaiser bekeek hen tweeën geamuseerd. Toen sloeg hij een dikke map open en pakte de foto's eruit.

Twee. A4-tjes. Kleur. Hij legde ze naast elkaar en schoof ze over de tafel hun kant op. 'Angela Wong,' zei hij.

Fred Argent keek en trok meteen wit weg, zijn ogen schoten een paar keer heen en weer tussen de foto's. Geo wierp een korte blik omlaag, ademde in en wendde haar ogen af. Het was precies zo afgrijselijk als ze zich had voorgesteld.

'Mijn god.' De jurist sloeg een hand voor zijn mond. 'Is dat...' Hij maakte zijn zin niet af. Hij kon het niet. Fred bracht de meeste dagen door in zijn comfortabele kantoor, met het opstellen van contracten, het lezen van de kleine lettertjes en het bespreken van de juridische aspecten van de farmaceutische industrie. Dit was een schok voor hem, zoveel was duidelijk.

Aan de andere kant was een foto van een stapeltje menselijke botten en halfvergane kleding voor iedereen natuurlijk schokkend.

'Haar tasje lag ernaast,' zei Kaiser. Hij richtte zich tot Geo. 'Met haar rijbewijs en haar schoolpasje erin. En haar camera. Er is geen twijfel over haar identiteit. Ze is het.'

Geo zei niets.

'Herinner je je die camera?' Kaiser lachte. 'Een of ander duur ding dat haar vader had gewonnen bij een golftoernooi. Klein, maar niet digitaal natuurlijk. Dat had je in die tijd nog niet. Het was een vijfendertig millimeter. Ze kocht de filmpjes bij de 7-Eleven. En ze had hem altijd bij zich. Ze nam overal foto's van. Weet je dat nog?'

Geo wist het nog.

'Het rolletje van die avond zat er nog in,' ging Kaiser verder. 'We hebben het laten ontwikkelen. Wil je de afdrukken zien? Wij staan er vaak op. Echt een sprong terug in de tijd.'

Vanbinnen schudde Geo heftig haar hoofd. Maar uiterlijk vertrok ze geen spier.

'Pardon?' begon Fred Argent. 'Ik vrees dat mij hier iets ontgaat. U spreekt tegen mevrouw Shaw alsof u een bekende van haar bent. Is dat zo? Kent u haar van vóór deze... eh... situatie?'

'Bijblijven jongen,' reageerde Kaiser nonchalant en Geo schoot bijna in de lach. Dat was exact wat hij op de middelbare altijd zei. 'Mevrouw Shaw en ik kennen elkaar al heel lang. We waren – hoe zeggen ze dat tegenwoordig – BFF's. *Best Friends Forever*. En dat waren we ook met Angela Wong. Toch, Geo?'

Geo vertrok nog steeds geen spier.

Kaiser haalde nu een kleinere envelop vol foto's uit het dossier. Hij legde ze in een stapeltje voor Geo neer. 'Dit zijn ze. De foto's van het rolletje in Angela's toestel. Bekijk ze maar eens goed. Je zult het leuk vinden. We zien er allemaal zo jong uit.'

Ze wilde niet kijken, maar ze moest wel.

Op de bovenste foto, van een paar dagen voor Angela's dood, stonden ze alle drie in de hal van Angela's huis. Kaiser had de foto gemaakt; van hun reflectie in de lange spiegel die in de hal hing.

Geo pakte de foto van het stapeltje om hem beter te kunnen bekijken. Kaiser had gelijk: ze zagen er nog ontzettend jong uit. Hijzelf was magerder en een stuk minder lang dan nu. Geo, aan zijn ene kant, zag er verlegen en onzeker uit en Angela, aan zijn andere kant, poseerde flirtend met de camera, een hand op haar heup en haar haar naar voren over haar schouder geworpen. Geo zag er knap uit. Angela was een schoonheid.

Ze bladerde door de rest van het stapeltje. Angela had inderdaad overal foto's van gemaakt: de school, de cheerleaderstraining, de rugbywedstrijd, Chad Fentons feestje... En Calvin. Hij stond op de laatste foto. Met Geo. Ze zaten naast elkaar op zijn bed, in zijn appartement, na het feest. Geo droeg een kort blauw jurkje dat bijna tot aan haar slipje omhoog was geschoven. Haar hoofd rustte op Calvins schouder en zijn hand lag op haar dijbeen.

Calvin kon nooit in haar buurt zijn zonder haar aan te raken. Hij streelde haar, speelde met haar haar, gaf kneepjes in haar hand. Er ging een huivering door haar heen. Hier had ze lang niet aan gedacht. Dat had ze zichzelf niet toegestaan.

Ze herinnerde zich niet dat die foto werd genomen. Maar waarom zou ze ook? Op de foto was het niet te zien, maar ze was stomdronken geweest die avond, ze had nauwelijks op haar benen kunnen staan.

'Wie is dat?' Fred Argent keek fronsend met Geo mee.

'Dat is de Sweetbay Strangler in de tijd dat hij met Georgina datete,' zei Kaiser.

Een scherpe inademing. Deze keer niet van Geo. Ze keek opzij naar Shipps bedrijfsjurist en zag zweetdruppeltjes langs zijn haarlijn. De bloeddruk van de man was waarschijnlijk met twintig punten omhooggeschoten. De verloofde van zijn CEO bleek diep in de problemen te zitten. En hij was opgezadeld met de taak haar te beschermen, iets waar hij duidelijk niet capabel voor was.

'Wat het bijzonderst is, is dat we door de vondst van Angela's lichamelijke resten na al die jaren nog drie moorden hebben kunnen oplossen. In een oogwenk.' Kaiser knipte met zijn vinger om te benadrukken hoe gemakkelijk dat was gegaan. We hadden zijn DNA voor drie andere moorden al in ons databestand, maar kenden zijn identiteit niet. Maar toen lieten we het rolletje in Angela's camera afdrukken. Het was een schok – een ongelofelijke schok – voor me toen ik besefte dat Angela op de avond van haar dood bij Calvin James was. En jij ook.'

'Maar dat betekent niet dat ze...' begon Fred, maar Kaiser stak zijn hand op.

'Daarmee hadden we een identiteit bij een verdachte,' vervolgde de rechercheur tegen Geo. 'We wisten Calvin te traceren en konden hem arresteren in een wegrestaurant in Blaine. Je weet waar Blaine ligt, toch? Vlak bij Canada. De klootzak wilde de grens over. Had een paspoort en alles. Als hem dat was gelukt, hadden we hem misschien nooit gepakt. Raad eens wat hij deed toen we hem arresteerden. Raad eens!'

Geo zei niets.

'Hij zat gewoon een salade te eten!' beantwoordde Kaiser zijn eigen vraag. 'Is dat niet idioot? Je denkt nooit na over wat seriemoordenaars eten, toch? Behalve dan bij Jeffrey Dahmer natuurlijk.'

Fred Argent verbleekte.

'Sorry, foute grap,' zei Kaiser grijnzend, duidelijk zonder enige spijt. 'Maar psychopaten zijn op vele gebieden net zoals wij. Ze letten op hun gewicht, op hun bloeddruk. Wisten jullie dat een procent of vijf van alle CEO's psychopaat genoemd kan worden? Dat heb ik eens ergens gelezen.'

Vier procent. Geo had hetzelfde artikel gelezen.

'En je maakte razendsnel carrière in het concern van je verloofde, hè? Over hoeveel mensen ben je heen gewalst om zo ver te komen? Ja, ik heb je in de gaten gehouden. Kent die rijke kroonprins van je je geheim?' Kaiser formuleerde het ogenschijnlijk beleefd, maar zijn toon was bijtend. 'Als je na de nacht waarin je Angela hebt vermoord naar de politie was gegaan, had je drie levens kunnen sparen. Calvin James was eenentwintig, jij was nog maar zestien. Je had een deal kunnen sluiten met de rechter. Misschien had je zelfs nooit de binnenkant van een cel hoeven zien. Je had haar ouders veertien jaar leed kunnen besparen. Ze de onzekerheid van het niet weten waar hun dochter was of wat er met haar was gebeurd kunnen besparen. Je had haar vrienden en vriendinnen de pijn van al die onbeantwoorde vragen kunnen besparen. Omdat je het de hele tijd wist, Georgina. Je wist het. Je wíst het!'

Hij schreeuwde ze niet, die laatste twee zinnen, maar ze kwamen hard aan. Geo kromp ineen alsof hij haar een klap had gegeven.

'Wil je weten wat hij met die andere drie vrouwen heeft gedaan? De vrouwen die hij heeft vermoord omdat jij je mond nooit hebt opengedaan?' Kaiser ademt nu snel, zijn borstkas zwoegt op en neer. Hij haalt weer een aantal foto's uit het dossier en schuift ze naar hen toe. Ze zijn afstotelijk; de lijken verkleurd en vlekkerig. Omdat ze een wanstaltige dood zijn gestorven. 'Hij heeft ze eerst verkracht, toen gewurgd en daarna in de bossen begraven. Waarschijnlijk dacht hij dat het nog wel een keer zou lukken om ermee weg te komen. Hij vond het blijkbaar opwindend, dus waarom zou hij het niet nog een keer doen? En nog een keer. En nog een keer. En jij bent gewoon doorgegaan met je leven alsof er nooit iets was gebeurd. Je hebt verdomme je beste vriendin vermoord!'

De woorden doen pijn. Geo krimpt nog verder in elkaar. 'Ik hield van haar,' fluisterde ze nog een keer. 'Dat weet je.'

'Georgina, niets zeggen,' waarschuwde Fred haar. Zijn telefoon piepte en hij bekeek het bericht. 'Verdomme, Attenbaum zit vast in het verkeer. Hij is hier op z'n vroegst pas over twintig minuten. Geen woord tot hij er is, echt niet, Georgina!'

'Calvin zegt dat jij haar stiekem haatte,' zei Kaiser.

Geo's maag kromp samen. 'Is Calvin hier?'

'Was. Hij is al overgeplaatst.' Kaiser boog zich naar haar toe, zijn ogen lieten Geo geen moment los. 'Je zou hem niet herkennen. Hij heeft lang haar, een volle baard. Maar ik weet zeker dat hij zichzelf zal fatsoeneren voor het proces. Hij zei dat Angela en jij destijds elkaars rivalen waren. En het is gek, maar zodra hij dat zei, besefte ik dat hij gelijk had. Ik was altijd bezig vrede te stichten tussen jullie, maar ik dacht dat al dat gesnauw tegen elkaar en die jaloezie typisch meidendingen waren.'

'Ik heb nooit gewild dat haar iets ergs overkwam.'

'Jezus, Georgina, alsjeblieft!' zei Fred Argent met een boze blik op de dichte deur, alsof hij daarmee ervoor kon zorgen dat Daniel Attenbaum binnenstapte.

'Het goede nieuws is dat het de openbare aanklager niet om jou gaat,' zei Kaiser, de geijkte zin uit elke detectiveserie op de televisie uitsprekend. 'Maar om Calvin.'

'Wat willen ze van mij? Wat kan ik doen?' vroeg ze.

Fred Argent slaakte een diepe zucht en verborg zijn gezicht in zijn handen.

'Getuigen,' zei Kaiser. 'De officier van justitie zal waarschijnlijk akkoord gaan met een *plea bargain* in ruil voor het jou kunnen ondervragen tijdens het proces. Maar dat kun je beter snel beslissen, voor ze van gedachten verandert en besluit dat ze je niet nodig heeft.'

'Georgina, Andrew zei...' begon Fred, maar ze schudde haar hoofd.

'Het doet er niet toe wat Andrew zei.' Geo ademde diep in. 'Je kunt nu beter gaan, Fred. Ik wacht op Attenbaum. Als je Andrew ziet, zeg hem dat ik van hem hou en dankbaar ben voor zijn hulp en steun. En dat het me spijt dat ik hem zo in verlegenheid breng. Jullie kunnen mijn ontslag plus de daarbij horende vergoeding op schrift zetten, dan zal ik de papieren vanavond nog ondertekenen.'

'Vergoeding?' Fred leek volkomen overrompeld.

Geo keek hem aan en wist een berouwvol lachje te produceren. 'Ik moet mezelf natuurlijk distantiëren van het concern. Dit is heel slechte publiciteit voor Shipp. Maar het is wel passend dat jullie me eerlijk behandelen. Ik ben een waardevolle werknemer geweest en ik wil eenvoudigweg krijgen waar ik recht op heb. Mij lijkt één jaarsalaris plus de bonus die ik nog tegoed heb heel redelijk.'

'Dat is... nogal voorbarig,' zei Fred, zijn mond hing een beetje open. 'Andrew zal...'

'Het proces wordt toegankelijk voor het publiek, vermoed ik. Maar als ik een geheimhoudingsovereenkomst teken – wat ik graag doe als mijn ontslagvergoeding een fair bedrag is – kunnen we voorkomen dat mijn persoonlijke situatie Shipp beschadigt. Bespreek het met Andrew. Ik ben er zeker van dat hij het met me eens zal zijn dat dat het beste voor het concern is.'

Ze voelde dat Kaiser haar bekeek en wist wat hij dacht. *Wat een moment om een zakelijke deal te sluiten.* Maar ze had natuurlijk nooit zo jong een directiefunctie bij een groot concern gehad als ze niet in staat was geweest om onder druk te onderhandelen.

Godzijdank is dat een kwaliteit die ze met zich mee kon nemen. Een kwaliteit die het verschil kan maken tussen de gevangenis overleven of eraan onderdoor gaan. En het is zelfbehoud: haar carrière is voor altijd voorbij. Het beste waarop ze nog kan hopen is het investeren van de ontslagvergoeding. En dat rendement samen met alles wat Ella en zij verdienen oppotten. Dan is er een kans dat ze, als ze vrijkomt, genoeg heeft om opnieuw te beginnen. En ze kan natuurlijk altijd haar vergunning als schoonheidsspecialist vernieuwen en een salon openen.

Ze legt de laatste hand aan Cats make-up en overhandigt haar vriendin dan een plastic spiegeltje. 'Klaar. Kijk maar.'

Cat bekijkt zichzelf en knikt goedkeurend. 'Waar zat je met je gedachten? Je was mijlenver weg! Heb je iets gehoord van wat ik de afgelopen tien minuten heb gezegd?'

'Sorry,' zegt Geo met een zucht. 'Ik heb mijn dag niet.'

'Je bent in Hellwood! Hier is geen enkele dag je dag!' Cat staat op. 'Ik ga. Zie je in de kantine. Doei.'

Cat huppelt zowat de deur uit. Een kleine vrouw met zo'n groot hart en zoveel energie, dat Geo haar het liefst buiten de gevangenis al had gekend. Cat heeft een paar reusachtige fouten gemaakt in haar leven, maar ze is in de kern een goed mens.

Geo's volgende 'klant' is geen goed mens. Ze neemt plaats op de kappersstoel, overhandigt Geo een paar pagina's die ze uit oude modetijdschriften in de recreatiezaal heeft gescheurd en zegt dat ze een pony wil. Geo luistert beleefd en probeert de gedachte aan wat deze vrouw op haar kerfstok heeft uit haar hoofd te zetten. Ze had samen met haar man een crèche, waar ze de kinderen naakt filmden, waarna ze de beelden verkochten aan een kinderpornosite. Nu zit ze haar straf voor haar eigen veiligheid uit in een extra bewaakte cel en mag ze twee keer per jaar naar de kapper. Haar man is twee jaar geleden doodgeslagen in de mannengevangenis.

Dit is mijn leven nu, denkt Geo. Ze wordt omringd door slechte mensen die de wereld alleen maar slechter maken, die nemen, nemen en nemen en absoluut niets teruggeven. En zelf is ze op vele manieren even slecht als zij. Dit is wat ze verdient. Ze pakt haar schaar en begint te knippen.

Zie je wel, pap? Ik zei toch dat die opleiding tot schoonheidsspecialiste van pas zou komen.

Het is bijna lunchtijd als ze pauze heeft. Op weg naar de kantine wordt ze staande gehouden door Shawna Lyle, een bewaker. De vrouw is nog geen 1 meter 60 en onder haar strakzittende uniform zijn de vetrollen rondom haar middel en haar dikke bovenbenen goed te zien. Maar haar fysieke zachtheid is bedrieglijk; ze laat niet met zich sollen. 'Er is bezoek voor je.'

‘Wie is het?’ Geo’s maag rommelt. Ze heeft gehoord dat ze vandaag chili krijgen, wat een van de weinige gerechten is die hier smaken zoals ze horen te smaken.

‘Ik ben verdomme je secretaresse niet.’ Als blikken konden doden, zat Geo nu in de gehaktmachine. ‘Wil je hem zien of niet?’

Het zal haar vader wel zijn, hoewel die normaliter op zondag komt. Geo is niet in de stemming om te socializen, maar loopt toch achter de bewaker aan door de gang naar de bezoekersruimte. Het is een open vertrek met een stuk of tien tafeltjes met stoelen eromheen, een rij snoep- en drankautomaten langs de muur, een mooi uitzicht op de tuin achter de gevangenis en zelfs een gedeelte waar de kinderen kunnen spelen.

‘Niet daar,’ zegt de bewaker. ‘Daar.’ Ze wijst naar een van de privékamertjes. Veel minder comfortabel, maar wel met volledige privacy; geen bewakers die toekijken, geen camera’s, alleen een kleine tafel met vier stoelen en een deur die gesloten kan worden. De kamers worden meestal gebruikt voor advocaatbezoeken, maar de chique Daniel Attenbaum is niet meer nodig nu het proces tegen Calvin voorbij is.

Verbouwereerd duwt ze de deur open.

Kaiser Brody staat tegen de tafel geleund iets op zijn telefoon te controleren.

‘Wat doe jij hier?’ vraagt ze, terwijl ze zich in stilte afvraagt of ze hem op de een of andere manier heeft opgeroepen omdat ze eerder die dag met haar hoofd helemaal in het verleden zat.

Kaiser neemt haar aandachtig op. Ze voelt zich ongemakkelijk onder zijn onderzoekende blik. Gevangeniskleren zijn absoluut niet flatteus en ze heeft geen make-up op. De vorige keer dat ze elkaar ontmoetten zag ze er stukken beter uit. Maar hij ook. Hij heeft donkere wallen onder zijn bloeddoorlopen ogen. Een stoppelbaardje van drie dagen bedekt de onderste helft van zijn gezicht.

'Hoe gaat het?' vraagt hij.

'Het gaat. Met jou?'

'Doe de deur maar dicht, alsjeblieft.' Ze doet wat hij vraagt. Hij legt zijn telefoon weg en recht zijn rug. 'Ik ga het je rechtuit vragen. Heb je sinds je hier zit contact gehad met Calvin James?'

'Natuurlijk niet!' zegt ze, maar ze voelt dat haar adem versnelt. 'Hij zit toch ook in de gevangenis? Gedetineerden mogen geen contact met elkaar hebben. En trouwens, waarom zou hij? We hebben geen band meer met elkaar.'

'Weet je dat zeker?'

In gedachten ziet ze de brief die ze eerder die dag heeft ontvangen voor zich. Het blauwe papier in de blauwe envelop met die onbekende naam en dat onbekende adres. Maar ze duwt het beeld snel weg. 'Ja, dat weet ik zeker.'

Kaisers ogen zoeken haar gezicht af. 'Wat heeft hij je toen tijdens het proces gegeven? En zeg nou niet "niks" want ik weet dat hij je iets heeft gegeven. Het was een snipper papier, klein, geel, van zijn notitieblok afgescheurd. Wat had hij daarop geschreven?'

'Niks...'

'Stop,' zegt hij en hij steekt zijn hand op. 'Hou verdomme op met dat gelieg. Ik wéét dat hij je iets heeft gegeven. Ik heb het gezíén. En ik moet weten wat het was, dus hou me verdomme niet voor de gek, Georgina. Was het een telefoonnummer? Iets waardoor je contact met hem kon opnemen? Wat heeft hij je gegeven, verdomme?'

De laatste zin schreeuwt hij. Ze voelt speekselspetters op haar gezicht. Geschrokken door zijn woede veegt ze snel over haar wang terwijl ze een paar stappen naar achteren doet tot ze de deur tegen haar rug voelt.

'Een paar woorden. Ik weet niet meer wat er stond. Hij

had er een hartje bij getekend.' Het is een halve leugen, ze weet nog precies wat erop stond: graag gedaan. Maar dat kan ze Kaiser niet vertellen, omdat hij dan zal willen weten wat Calvin daarmee bedoelt. En dat zal ze hem nooit vertellen. Nooit.

'Het was geen adres? Geen telefoonnummer?' Kaisers kaken spannen zich. Allebei zijn handen zijn tot vuisten gebald, zijn knokkels zijn wit. Hij staat op het punt een woede-uitbarsting te krijgen en opeens is ze bang dat hij haar zal slaan. Ze kijkt op naar het plafond. Geen camera's te zien.

'Nee,' zegt ze nog een keer, in de hoop dat ze nu overtuigender klinkt. 'Het was een onzinbriefje. Wat ik me ervan herinner is het hartje. Er stond echt geen contactinfo op. Dat zweer ik. Waarom is dat zo belangrijk?'

'Omdat hij uit de gevangenis is ontsnapt,' zegt Kaiser, en Geo's hart staat stil. 'Drie dagen geleden. Met hulp van binnenuit. Een bewaker en zijn mentor. Allebei vrouwen. En allebei dood.'

Haar mond gaat open, maar er komt geen geluid uit. Ze klapt hem weer dicht en opent hem opnieuw, maar kan nog steeds niks bedenken om te zeggen. Dus doet ze hem weer dicht.

'Oké. Je wist het dus niet.' Kaiser lijkt tevreden met haar reactie. Hij laat een lange zucht ontsnappen en leunt weer tegen de tafel. 'Ik geloof je.'

'Natuurlijk wist ik dat niet,' zegt Geo; ze heeft eindelijk haar stem terug. 'Maar waarom moet ik dat weten? Ik zit hier. Ik kan je op geen enkele manier helpen hem te vinden.'

'Ik dacht dat je het wel zou willen weten,' antwoordt Kaiser. 'Want op een gegeven moment kom je vrij en ik wil niet dat ik dan te horen krijg dat ik je niet heb gewaarschuwd.'

'Waarvoor hebt gewaarschuwd?'

Kaiser steekt zijn hand in zijn zak en haalt daar een vel geel papier uit.

Het is hetzelfde papier als waarop Calvin heeft zitten tekenen tijdens haar getuigenverhoor in de rechtszaal. Aan de onderkant is een hoekje afgescheurd: het stukje dat hij aan haar heeft gegeven. Dat ze heeft doorgeslikt.

Ze pakt het van Kaiser aan en vouwt het open. Langs de randen staan allerlei tekeningetjes, krabbels, losse woorden en tekstjes. Maar in het midden heeft Calvin een groot hart getekend. En in het hart staan twee initialen in een vloeiend schuin handschrift.

GS.

Haar hart staat zeker een seconde stil en begint dan drie keer sneller dan normaal te bonken. Ze doet haar uiterste best om niets te laten merken.

'Ik heb sterk het gevoel dat hij gaat proberen contact met je te zoeken,' zegt Kaiser terwijl hij over zijn gezicht wrijft. Hij ziet er doodmoe uit. 'Ik weet niet hoe, maar als het gebeurt, moet je het me vertellen.'

De blauwe brief schiet weer door haar gedachten maar verdwijnt weer.

Geo geeft hem het vel papier terug. 'Dat doet hij niet,' zegt ze zo zeker en overtuigd dat ze het zelf bijna gelooft. 'Hij heeft er geen enkele reden toe. Maar ik moet weg.' Als ze nu niet gaat, kijkt hij dwars door haar heen. Ze draait zich om en doet de deur open.

'Georgina,' zegt Kaiser. 'Pas goed op jezelf hier.'

Ze blijft staan en draait zich dan nog één keer om naar haar vroegere vriend. Die badge, dat versleten leren jack, die stoppels... hij ziet eruit als iemand die ze niet kent. Misschien heeft hij ooit van haar gehouden, toen ze nog heel jong waren, kinderen, maar dat is lang geleden, toen ze zijn liefde nog waard was. Alles is anders nu. Het doet pijn hem te zien; hij doet haar denken aan degene die ze vroeger was.

'Ik wil niet meer dat je op bezoek komt, Kai,' zegt ze zacht. 'Ik wil je niet meer zien.'

DEEL TWEE

WOEDE

‘Wie tegen monsters vecht, moet oppassen dat hij daarmee niet zelf in een monster verandert.’

– Friedrich Nietzsche

6

De zachte ping van een e-mail wekt Kaiser Brody en hij pakt zijn iPhone van het nachtkastje om die te bekijken. Het is pas halfzes in de ochtend en nog niet licht buiten. Naast hem murmelt Kim zachtjes, maar ze verroert zich niet. Haar blonde haar ligt in een krans warrige strengen op het kussen en hij kijkt even naar haar met die bekende mengeling van gevoelens die hem altijd bekruipt als ze er is. Hij moet haar om zes uur wakker maken, zodat ze genoeg tijd heeft om thuis te komen voordat haar man – die nachtdienst heeft deze week – thuiskomt en merkt dat ze de hele nacht is weggeweest.

Of misschien maakt hij haar gewoon níét wakker. Kijken wat er dan gebeurt, welke excuses ze dan aanvoert, zowel tegenover haar man als tegenover hem, als ze hem later vertelt dat ze zich een paar dagen gedeisd moeten houden tot 'thuis de rust is weergekeerd'.

Hij slaakt een zucht en klikt de e-mail open.

Hij is van de bewaker in het Hazelwood Correctional Institute, die hij betaalt om hem een maandelijks rapport over gedetineerde 110214 te sturen, tevens bekend als Georgina Maria Shaw. Het kost hem maar honderd dollar die hij anoniem betaalt via PayPal, wat niet veel is. Maar vijf jaar lang, elke maand, dat tikt natuurlijk wel aan. Vandaag is echter de laatste keer, Georgina komt volgende week vrij.

Vijf jaar, verdomme. Aan de ene kant lijken die voorbijgevlogen en aan de andere kant is het alsof er niets is veranderd.

Het PDF-rapport verschaft veel informatie die weinig betekent. Een gedetailleerd rapport van haar inkomende en uitgaande telefoontjes, haar inkomende en uitgaande mail, en een lijst van al haar bezoekers van de afgelopen maand. Buiten haar advocaat en Kaiser zelf, is Georgina's vader de enige die haar ooit heeft bezocht in de gevangenis. Haar ex-verloofde, die kakkerige CEO met zijn weke buik en dunne haar, is niet één keer geweest.

Haar telefoongegevens lijken iets meer prijs te geven. Het maandelijkse telefoontje met ene Raymond Yoo, volgens zijn website een 'onafhankelijke financiële planner, gespecialiseerd in unieke en out-of-the-boxoplossingen'. Met andere woorden: een vent die verstand heeft van geld witwassen. En zoals elk jaar op dezelfde dag heeft Georgina interlokaal gebeld met Lucilla Gallardo, een negentigjarige vrouw in Toronto. Haar oma van moeders kant.

Er zit ook gedetailleerde info bij over haar bezoeken aan de medische afdeling (maar één in het afgelopen halfjaar, wegens uitslag op haar schouder), haar werk (in de gevangeniskapsalon), en zelfs over wat ze koopt in de gevangeniswinkel (tampons, vochtinbrengende crème, chocola).

Als ze klachten indient of disciplinaire straffen krijgt, zouden die ook in het rapport worden vermeld, maar daar is in alle vijf jaar dat ze vastzit nooit sprake van geweest. Wat niet betekent dat er op dat vlak niets is gebeurd...

Kaiser leest deze rapporten elke maand aandachtig door en houdt zichzelf voor dat hij op zoek is naar tekenen van contact tussen Georgina en haar ex-vriendje, Calvin James.

Maar als hij eerlijk is tegen zichzelf (maar waarom zou hij dat verdomme willen?) weet hij dat het eenvoudigweg is omdat hij wil weten hoe het met haar gaat. De laatste keer dat hij haar zag heeft ze hem duidelijk gevraagd om niet op bezoek te komen. Dus dat heeft hij niet gedaan. Maar dat betekent niet dat het hem niet interesseert.

Niet dat hij zich schuldig voelt omdat hij haar heeft opgepakt. Nee, niet echt. Maar hij kan ook niet zeggen dat hem dat een goed gevoel gaf.

Bij elk rapport zit een persoonlijk geschreven commentaar van de bewaker, waarin details over Georgina's leven van de afgelopen maand staan. Dit is waar hij die honderd dollar voor betaalt, de dingen die níét in het rapport staan. Met wie ze bevriend is, met wie ze ruziemaakt, met wie ze neukt of wie ze belazert, welke illegale middelen de bewaker denkt dat ze verstopt houdt, haar algehele moraal.

Georgina maakt het goed. Haar beste vriendinnen zijn Cat Bonaducci, een oudere vrouw die vijftien jaar heeft omdat ze iemand heeft doodgereden toen ze dronken achter het stuur zat, en Ella Frank.

Dé Ella Frank. Getrouwd met James Frank, drugsbaron, die levenslang heeft en in de Washington State Penitentiary zit.

Georgina is al in een vroeg stadium met Ella bevriend geraakt en de bewaker heeft verschillende keren opgemerkt dat ze waarschijnlijk betrokken is bij Ella Franks drugshandel.

Maar dat interesseert Kaiser geen fuck.

Voor zover hij kan zien hebben de Franks geen contact met Calvin James – ook bekend als de Sweetbay Strangler – en dat is het enige wat hem interesseert. Hoe Georgina de gevangenis overleeft, is niet zijn zaak.

'Alles oké?' Kims gezicht ligt diep verzonken in het kussen, haar stem klinkt gedempt. Het is donker in de slaapkamer, het enige licht komt van Kaisers telefoon.

'Ga maar weer slapen,' zegt hij en dat doet ze.

Aan de ene kant vindt hij het prettig dat Kim er is omdat het fijn is naast iemand in bed te liggen die hem begrijpt, zijn werk begrijpt en niet meer van hem verwacht dan hij kan geven. Maar aan de andere kant vindt hij het klote dat ze er is, omdat ze getrouwd is en hij het verkeerd vindt wat hij doet.

Ze hebben het er nooit over waar dit heen gaat. Hun affaire – een rotwoord, maar hij gelooft erin de dingen bij hun naam te noemen – is ruim een jaar geleden begonnen. Kims echtgenoot, Dave, zit ook bij de politie. Hij werkt bij een ander bureau en heeft een idioot dienstschema. De uren dat ze moeten werken komen maar zelden overeen. Kim en haar man waren van plan kinderen te krijgen, maar eerst heeft Kim dat uitgesteld en nu doet Dave dat. Ze is eenzaam, verlangt naar aandacht en bevestiging en heeft een warm lijf tegen zich aan nodig, net zo hard als Kaiser dat nodig heeft.

Maar dit kan zo niet eeuwig doorgaan. Het duurt eigenlijk al veel te lang en hij begint echt ziek te worden van al het stiekeme gedoe, van alles geheim moeten houden voor de mensen op het werk. Het is het niet waard. En al helemaal niet omdat hij niet echt van haar houdt en dat ook nooit zal doen. Eigenlijk weet hij niet of hij überhaupt nog in staat is echt van iemand te houden.

Dat maakt hem de ideale rechercheur. Niemand die baalt omdat hij te veel uren maakt, geen kinderen om zich zorgen over te maken, geen plannen voor uitjes met het gezin die hij kan verpesten. Niemand om voor te zorgen, niet eens een plant of een goudvis.

Hij kan de uren werken die hij wil, slapen als hij er behoefte aan heeft en eten wanneer hij trek heeft. Hij voelt zich alleen 'single' als het Kerstmis is en soms dán niet eens. Wat een klotewoord, 'single', een etiket dat je krijgt opgeplakt zodat je je een loser voelt. Mensen zijn gewoon mensen, alleen of niet.

Ooit was hij getrouwd met een verpleegkundige die hij op

de spoedeisende hulp leerde kennen toen hij gehecht moest worden, nadat hij tussenbeide was gekomen in een caféruzie; vlak na het behalen van zijn diploma van de politieacademie. Het huwelijk duurde een tumultueuze achttien maanden en eindigde net zo heftig als het begon. Hij verweet haar niets; hij was onmogelijk om mee te leven, ging helemaal op in zijn werk en zette haar nooit op de eerste plaats. Ze verliet hem voor een vent die ze via internet had ontmoet en toen de inkt op de scheidingspapieren droog was, had hij gezworen nooit meer te trouwen.

Hij leunt achterover in de kussens en strijkt een lok haar van Kims wang. Je zou toch denken dat haar man na een jaar wel door zou hebben dat zijn vrouw niet thuis slaapt als hij aan het werk is. Maar tot nu toe heeft hij niks in de gaten en misschien komt dat wel doordat hij het niet wíl weten. Kaiser heeft Dave één keer ontmoet, een paar maanden geleden, bij de jaarlijkse regiobarbecue. Hij had de man de hand geschud. Als hij iets vermoedde, had hij in elk geval niets laten blijken. Hij had vriendelijk naar hem gelachen en hem een warme handdruk gegeven. Ze hadden even over sport staan praten, wat mannen nu eenmaal doen als ze elkaar niet kennen en niet weten waar ze het anders over moeten hebben.

Kim verroert zich weer, opent één oog en kijkt naar hem op. 'Hoe laat is het?'

'Maak je geen zorgen,' zegt hij. Hij kent de spelregels. 'Ik wek je om zes uur.'

Ze lacht naar hem, trekt het dekbed over zich heen en valt weer in slaap.

Hij loopt het rapport nog eens na, op zoek naar details die er niet in staan. Is Georgina gelukkig? Eenzaam? Blij dat ze vrijkomt of ziet ze er tegenop om weer in de maatschappij terug te komen na wat ze heeft gedaan?

Toen Angela Wongs beenderen werden gevonden nadat

ze veertien lange jaren werd vermist, stond Seattle op z'n kop.

Iedereen herinnerde zich de zaak nog goed. Er deden wilde speculaties de ronde over wat er met haar kon zijn gebeurd. Mike Bennett, de spelverdeler van het rugbyteam van St. Martin's High School en Angela's aan-en-uitvriendje, werd stevig verhoord over haar verdwijning, waardoor sommigen het idee hadden dat hij haar had vermoord. Het had Mikes leven kunnen verwoesten, maar toch had Georgina geen mond opengedaan.

Het enige wat hij haar niet heeft gevraagd op de dag van haar arrestatie, is: 'Waarom?' Waarom had ze het gedaan? En waarom had ze het geheimgehouden? Diep vanbinnen wist hij het antwoord. Hij had het niet gevraagd omdat hij niet wilde dat ze weer tegen hem loog. Hij herinnert zich nog goed hoe ze was met Calvin James. Het effect dat hij op haar had. Een enorm effect. Ze gedroeg zich anders in zijn bijzijn. Praatte anders in zijn bijzijn. Bewoog zich anders in zijn bijzijn. Het leek of Calvin een knop in haar kon omzetten waarvan niemand ooit had beseft dat die er wás. Zelfs Georgina zelf niet.

Calvin James veranderde haar leven. Hij had al hun levens veranderd... in negatieve zin. Hij had de ontsnapping van het decennium op zijn naam staan en daarbij zijn mentor en een bewaker gedood. De drie mannen die tegelijkertijd met hem waren ontsnapt, werden in de maanden erna allemaal dood aangetroffen. Maar Calvin James niet. Die liep nog ergens rond.

Kaiser herinnert zich het gesprek op het bureau dat hij vlak na Calvins arrestatie had. De Sweetbay Strangler zat op z'n gemakje in de verhoorkamer, zijn handen losjes op de tafel, zijn polsen in de boeien, ontspannen. Spijkerbroek, T-shirt, geen sieraden behalve een horloge met een leren band om zijn rechterpols, wat Kaiser altijd vreemd had gevonden omdat Calvin rechtshandig was. Hij leek zich nergens zorgen om te maken, alsof hij ervan uitging dat de wereld zich vanzelf zou voegen naar zijn wensen.

Wat uiteindelijk ook altijd zo was, toch? De arrogante klootzak.

'Je weet waarom je hier zit, neem ik aan?' vroeg Kaiser.

Calvin knikte. 'Je denkt dat ik iemand heb gedood.'

Zijn advocaat boog zich naar hem toe. 'Ik raad u sterk aan te zwijgen, meneer James. Laat het spreken liever aan mij over.'

Calvin haalde zijn schouders op. Onbezorgd. Ongeïnteresseerd.

Hij had een pro-Deoadvocaat, een magere, schriele man die Kaiser maar één keer eerder had meegemaakt. Aaron Rooney was pas acht maanden daarvoor afgestudeerd. Hij scharrelde zijn kostje bij elkaar door voor de overheid als toegevoegde advocaat te werken, wat zo ongeveer het slechtste baantje met de slechtste cliënten is dat een beginnend advocaat kan hebben. Er viel helemaal nergens eer aan te behalen als pro-Deoadvocaat. Op z'n hoogst deed je wat proceservaring op, maar het grootste deel van de zaken werd zonder tussenkomst van een rechter geregeld zodat je zelden de binnenkant van de rechtszaal zag. Rooney was gekleed in een zakkerig bruin pak, had een baard van vijf dagen en haren die met te veel gel waren gladgekamd.

'We zijn lang naar je op zoek geweest,' zei Kaiser. 'Drie slachtoffers in de afgelopen negen jaar, allemaal in een ondiep graf. Ik weet zeker dat er meer zijn, maar die hebben we nog niet gevonden. Het duurde even voordat we je identiteit wisten. En omdat we geen naam voor je hadden, hebben we je de Sweetbay Strangler gedoopt.'

'Goeie naam,' zei Calvin.

'Wil je weten hoe we je uiteindelijk hebben kunnen traceren?'

'Vertel het maar,' zei de advocaat.
'Het eerste meisje dat je hebt vermoord, jaren en jaren geleden, is eindelijk gevonden, waarmee het aantal moorden dat je hebt gepleegd nu officieel op vier staat.' Kaiser hield Calvins gezicht scherp in de gaten. Zijn gezichtsuitdrukking was neutraal met slechts een vleugje beleefde interesse. Heldere ogen. Knappe klootzak. Had filmster kunnen zijn als hij een andere weg had gekozen, maar mannen als Calvin James – mannen die vrouwen verkrachten en vermoorden – kozen nooit een andere weg. Hun begeerte ging altijd voor. 'Je herinnert je je eerste toch? Je hebt haar lichaam in stukken gezaagd en begraven in de bossen. Cheerleader. Ze zat nog op de middelbare school.'
Calvin reageerde niet, maar bleef op dezelfde beleefde manier aanhoren wat hij te zeggen had.
'Voor het geval dat je het bent vergeten: ze heette Angela Wong. Ze was zestien en werd veertien jaar geleden als vermist opgegeven.' Kaiser duwde een opengeslagen map over de tafel naar hem toe met een oude schoolfoto van Angela. 'Ze zou nu dertig zijn. Net zo oud als ik. Ze was een goede vriendin van me, wat me een stuk kwader maakt dan anders als ik tegenover een moordenaar zit.'
'Als u persoonlijk iets tegen mijn cliënt heeft...' begon Rooney.
'Kop dicht,' zei Kaiser tegen hem zonder zijn ogen van Calvins gezicht af te wenden. 'Angela was een schoonheid, vind je niet? En nu is er niets anders van haar over dan een hoopje botten en haar tasje. O, en haar camera, waar foto's van jou op stonden.' Hij boog zich naar hem toe. 'Vertel eens. Wist je al vanaf de dag dat je haar ontmoette dat je haar zou vermoorden? Ging het je vanaf het begin om Angela?
Ik weet niet of je het had gepland of niet en het kan me ook geen fuck schelen. Maar toen je haar had vermoord,

had je de smaak te pakken, hè? Behalve dan dat je de anderen niet in stukken zaagde. Alleen Angela. Alleen de eerste.'

Calvin James' lippen bewogen even, maar hij zei niets.

'Je bent een zieke klootzak,' zei Kaiser. 'Is dat de reden dat je destijds zo dik met Georgina was, zodat je haar beste vriendin te pakken kon nemen?'

Bij het horen van Georgina's naam ging Calvins mond een fractie open. Toen glimlachte hij, de relatie werd hem eindelijk duidelijk. 'Ik kén jou,' zei hij zacht. 'Holy shit. Jij bent dat vriendje van hen van de middelbare school, dat magere ventje dat altijd als een hondje achter hen aan liep, dankbaar voor elk snippertje aandacht dat je kreeg. Je was een volhouder, dat moet ik je nageven.' Zijn grijns werd breder en onthulde zijn regelmatige, witte tanden. 'Ik zie dat je uiteindelijk toch nog mannenvlees hebt gekregen. Je ziet er goed uit, vriend. Helemaal macho, een echte volwassen vent. En ook nog een badge en een wapen. Kijk eens aan!'

Kaiser grijnsde terug.

'Vertel eens, hoe gaat het met onze schattige Georgina?' vroeg Calvin. 'Hoe lang heeft ze je in de *friendzone* gehouden? Zijn jullie tweetjes ooit dronken geworden en met elkaar gaan vrijen? Hoe ver kreeg je je hand onder haar rok voordat ze die wegsloeg? De mijne sloeg ze nooit weg.'

'Dit is allemaal heel fascinerend, maar wie is Georgina?' kwam Calvins advocaat met een gepijnigd gezicht tussenbeide.

De twee mannen negeerden hem.

'In hoeverre was ze erbij betrokken?' Kaiser richtte zich alleen tot Calvin. 'Heeft ze je geholpen?'

'Je hebt haar niet gesproken?' Calvin leunde naar achteren op zijn stoel en wreef over zijn kin. De handboeien rinkelden. Hij zag er superontspannen uit. 'Dat moet je echt aan haar vragen. Ik kan niet voor haar antwoorden. Dat zou ze zeker niet leuk vinden.'

'Op z'n hoogst was ze medeplichtig,' zei Kaiser met een snelle blik op Aaron Rooney. De man leek volkomen de kluts kwijt. 'En op z'n minst getuigt ze tegen je. We gaan haar later op de dag ophalen.'

Calvin snoof minachtend. 'Dus jullie zijn geen vrienden meer tegenwoordig.'

'We hebben je, Calvin, geheid, je hoeft het me niet te vertellen,' zei Kaiser met een ijzig glimlachje. 'Georgina vertelt het me wel. En zelfs als ze dat niet doet, kom ik erachter wat er die nacht precies is gebeurd. Zoals je al zei, ik ben een volhouder, een hond die zijn bot niet loslaat bij dit soort dingen. Ik graaf en graaf tot ik het weet. Ik zie je in de rechtszaal.' Hij duwde zijn stoel naar achteren en stond op.

'Is ze nog steeds mooi?' vroeg Calvin. 'Niet dat ze zo mooi was als Angela, maar Georgina had iets, toch? Iets... bijzonders. Ik geloof dat wij de enige twee waren die dat zagen. Dat hebben we dan tenminste gemeen.'

'Fuck you,' zei Kaiser, steigerend bij de gedachte dat hij en deze walgelijke moordenaar iets gemeen hadden.

Calvin James lachte...

Kaisers telefoon trilt op het nachtkastje naast hem. Hij schrikt op uit zijn overpeinzingen. Het is vijf minuten voor zes en niemand belt hem op dit uur van de dag tenzij er iemand dood is. Hij kijkt wie het is en neemt op; hij is tenslotte rechercheur en dit is zijn chef.

'Goedemorgen, inspecteur,' zegt hij zacht om Kim niet wakker te maken.

'Goedemorgen.' De vrouwenstem aan de andere kant van de lijn is schor, de stem van iemand die haar hele leven al een zware roker is geweest en nog maar pas is gestopt. Luca Miller. 'Je klinkt wakker.'

'Ben al een tijdje op. Heb je iets voor me?'

'Twee lijken in de buurt van Green Lake.' Ze hoest in zijn oor. 'Eigenlijk een zaak voor Canning, maar ik dacht dat jij wel interesse zou hebben.'

'Hoezo?'

'Een van hen is een in stukken gezaagde vrouw. Begraven in een reeks ondiepe graven.'

Kaiser gaat rechter op zitten. 'Waar zei je precies dat het was?'

'Dat heb ik nog niet gezegd,' antwoordt ze en ze noemt de precieze locatie.

'Je lult,' zegt hij verbijsterd als de gps in zijn hoofd aangeeft waar dat precies is. 'Ik neem een douche en ben er over een halfuur.'

'Geen haast, ze zijn al dood.' Luca Miller zegt het zonder een spoor van sarcasme. Ze doet haar werk al lang en stelt gewoon een feit vast. 'De technische recherche is net begonnen. Een uur is prima. En als je er bent doe je wat je ter plaatse kunt doen en heb ik Peebles paraat voor je.'

Ze heeft het over Greg Peebles, hoofd van de pathologische dienst voor King Country. Hij is de allerbeste, het neusje van de zalm, maar hij is meestal niet op korte termijn beschikbaar omdat hij heel veel gevraagd wordt.

'Peebles? Echt?' reageert Kaiser. 'Hoe ga je dat voor elkaar boksen? Over een olielamp wrijven en een wens doen?'

'Er zijn twee lijken, zei ik,' zegt Luca. 'Het andere is van een kind.'

Dat is het. Kinderen gaan altijd voor. En als het kind samen met een in stukken gezaagde vrouw is gevonden, is de kans groot dat het kind niet door een ongeluk is gestorven.

Hij verbreekt de verbinding. Naast hem gaat Kim rechtop zitten. Ze wrijft in haar ogen, haar verwarde haren hangen over haar blote schouders. Ze is geen klassiek mooie vrouw maar ze is ontegenzeggelijk aantrekkelijk, en haar glimlach heeft een warmte waar mensen voor vallen. Ze wordt regelmatig met Jennifer Aniston vergeleken. 'Wat is er aan de hand?'

Hij vertelt het en als hij klaar is met zijn verhaal, lijkt ze een stuk wakkerder.

'Denk je dat het Calvin James is?' vraagt ze.

'Het kan toeval zijn, maar je weet dat ik niet geloof in toeval. Maar het is al na zessen en jij moet aanstalten maken om te vertrekken.' Kaiser stapt uit bed en loopt naar de badkamer. Dat is niet ver. Zijn appartement is klein, maar dat bevalt hem. Minder schoon te maken. En bovendien is hij maar zelden lang thuis. 'Ik ga douchen.'

'Wil je gezelschap?'

Hij houdt zijn pas even in en slaakt een zucht. Dit moet echt ophouden. Het kan zo niet doorgaan. Het is verkeerd en stiekem en hoe langer het duurt, hoe gecompliceerder het wordt. Ze wérken samen, verdomme! Ze is zijn partner!

Hij antwoordt niet en doet net of hij haar niet heeft gehoord.

Maar hij laat de deur van de badkamer open.

7

Er landt een druppel water op Kaisers voorhoofd, van een tak of een blad ergens boven hem. Het heeft gemotregend en de geur van bomen en aarde zou verfrissend zijn geweest – onder andere omstandigheden. Kaiser is al meer dan vijf jaar niet meer in deze bossen geweest, maar toch ziet de plaats delict er akelig hetzelfde uit als toen. Alleen zijn er deze keer twee slachtoffers: een vrouw en een kind.

De vrouw is als eerste gevonden. Of, om preciezer te zijn: de lichaamsdelen van de vrouw zijn als eerste gevonden. Haar romp is tussen twee bomen in een graf van ongeveer één meter diep begraven. Eromheen ligt een reeks ondiepe minigrafjes met daarin haar voeten, onderbenen, bovenbenen, handen, onderarmen, bovenarmen en haar hoofd. Haar ogen zijn weg. De technische recherche is nog naar ze op zoek, maar ze zullen niet gevonden worden. Wat rest zijn twee slordige gaten. Er moet een reden voor zijn dat de moordenaar haar ogen uit hun kassen heeft geschraapt.

Hoe ze eruitzag toen ze nog leefde, valt moeilijk te zeggen. Haar gezicht is grijs en koud, de huid wasachtig, de lippen teruggetrokken in de klassieke doodsgrijns. Er zit te veel vuil en aarde in haar haar om te kunnen zeggen of dat zwart of bruin was. Aan de manier waarop haar huid rafelt is te zien dat ze met een getand stuk gereedschap in stukken is gesneden. Misschien een zaag. Een lijk in stukken is altijd afschuwelijk, maar dit is extra gruwelijk.

Ze is op bijna precies dezelfde plek begraven als Angela Wong.

Hij richt zijn aandacht op het kind. Gelukkig is het lichaam intact. Een jongetje, gevonden op een dikke meter afstand van de vrouw. Zijn grafje is een halve meter diep, bijna een meter lang en maar een centimeter of dertig breed. Een klein graf voor een klein dood jongetje.

Het kind lijkt een jaar of twee, gezien zijn lengte en het aantal tanden dat hij heeft. Hij heeft een Spider-Man-pyjamabroek aan en een blauwe hoody, geen T-shirt, en glimmende rode regenlaarsjes aan zijn voetjes. Hoewel de doodsoorzaak altijd officieel wordt vastgesteld door de patholoog-anatoom, is het overduidelijk dat het joch is gewurgd. De donkerrode plekken rond zijn hals en de zelf veroorzaakte bijtsporen op zijn tong wijzen allebei op verstikking, evenals de kenmerkende puntbloedingen in het oogwit. In medische termen: petechieën. Buiten een paar vage blauwe plekken op zijn schenen – normaal voor een actieve peuter – ziet hij er ongeschonden uit. Hij heeft nog puppyvet: dikke wangetjes en een bol buikje. De bovenkant van zijn luier komt boven zijn pyjamabroek uit.

Niet veel meer dan een baby...

De hoody is opengeritst zodat zijn borstkas zichtbaar is. In eerste instantie leken het bloedvlekken. Maar opgedroogd bloed loopt uit in de regen en dit is niet uitgelopen. De moordenaar heeft op hem getekend, met donkerrode lippenstift: een perfect hart. En midden in het hart staan twee woorden.

ZIE MIJ.

'Ik zie je,' zegt Kaiser zachtjes tegen het dode kind. 'Ik zie je.'

De politiefotograaf bukt en maakt nog wat meer foto's van het jongetje, de heldere flits van de camera doet alles eromheen oplichten, een waas van glimmende stipjes regen. 'Dit is afschuwelijk, hè? Heb je ooit zoiets meegemaakt, Kai?' vraagt ze.

Kaiser moet de aandrang om de hoody van het jongetje dicht te ritsen onderdrukken. 'Ja,' zegt hij kortaf.

Ze wacht tot hij erover uitweidt, maar dat doet hij niet. Dan doet ze een stap terug, ze voelt aan dat hij het er verder niet over wil hebben en ze laat hem alleen met zijn gedachten.

Kaiser knikt naar het ambulancepersoneel dat geduldig naast een brancard staat te wachten, om duidelijk te maken dat de lijken naar het mortuarium vervoerd mogen worden. De technische recherche verzamelt de delen van het lijk van het vrouwelijke slachtoffer, die allemaal apart gefotografeerd en gecatalogiseerd worden.

Zijn dit moeder en zoon? Is dit het werk van Calvin James? Het hart op de borst van het jongetje doet denken aan de tekening op het gele notitieblok in de rechtszaal. Alles wijst op de Sweetbay Strangler.

Behalve de verdwenen ogen. Dat is nieuw. En het vermoorde kind is natuurlijk ook nieuw. Maar ook monsters kunnen veranderen, net als mensen.

De plaats delict is inmiddels afgezet met geel politielint en wordt bewaakt. De toegang tot dit deel van de bossen wordt gevormd door een pad dat tussen twee huizen door loopt, aan het einde van Briar Crescent, een doodlopende straat. Kaiser loopt het bos uit, terug naar de straat en is niet verrast wanneer hij een behoorlijke menigte achter de wegblokkades ziet staan. Nieuwsgierige buurtbewoners natuurlijk, plus een paar journalisten en televisiebusjes.

Nog geen tweehonderd meter verderop ligt het huis met de blauwe deur. Het huis waar Georgina vroeger woonde. Hij heeft er sinds zijn zestiende geen voet meer binnen gezet, maar hij kan het gerecht dat altijd stond te sudderen in de keuken nog ruiken. Georgina en haar vader, een arts die het altijd druk had, waren geen geweldige koks, maar ze maakten heerlijke stoofschotels in de stoofpan.

Hoeveel keer heeft Kaiser niet op die deurbel gedrukt om haar op te halen voor de film of om iets te gaan eten in het winkelcentrum? Hoe vaak heeft hij niet in de woonkamer gezeten en met haar naar *Melrose Place* gekeken, een serie waar hij eigenlijk een hekel aan had maar waarvan hij genoot omdat ze er samen naar keken? Hoe vaak hebben ze niet op avonden dat haar vader tot laat moest werken op de vloer van haar slaapkamer gezeten, Slurpees van de 7-Eleven gedronken en geluisterd naar Soundgarden of Pearl Jam? Hier, negentien jaar geleden, in deze straat, toen ze allebei in de onderbouw van St. Martin's zaten en goede vrienden waren.

Toen Angela er nog was. Voordat ze vermist werd, voordat haar gezicht op posters door de hele stad hing, voordat haar lichamelijke resten veertien jaar later in ditzelfde bos werden ontdekt. Voordat Calvin James werd opgepakt. Voordat Georgina de gevangenis in ging.

Voordat.

Voordat.

Voordat.

Kaiser vraagt zich af wie er nu in dat huis wonen, hij vraagt zich af of ze weten welke bagage het huis met zich meedraagt, de geheimen die erin verborgen liggen. Na de vondst van Angela's beenderen, is het uitgebreid gefotografeerd. De pers was extra geïnteresseerd vanwege het feit dat haar lijk op een plek werd gevonden die niet eens een voetbalveld verwijderd was van het bed waarin de vrouw die van haar moord werd beschuldigd, elke nacht sliep.

Kim Kellogg komt naar hem toe lopen, gekleed in een strakke spijkerbroek en een kort jackje, haar blonde haar bijeengebonden in een staartje. De enige indicatie dat zijn partner geen studente maar politierechercheur is, is de goudkleurige badge op haar jasje. Kim is ordelijk, hij is chaotisch en samen zijn ze een goed team. In bed ook, als hij eerlijk is.

Iedereen heeft een zwak punt. Dat van Kaiser is dat hij al zijn leven lang valt op vrouwen die niet te krijgen zijn.

'Wat heb je?' vraagt hij kortaf en professioneel. Er zijn te veel agenten in de buurt om op een andere toon tegen haar te praten.

'Ik heb vermiste personen in Seattle gecheckt,' begint ze. Er waait een blonde lok over haar gezicht en Kaiser kan nog net voorkomen dat hij die automatisch wegveegt. 'Geen enkele match met het jongetje. Ik heb een verzoek uit doen gaan naar de omliggende steden dus ik denk dat we wel gauw zullen horen wie hij is.'

'Hij is weldoorvoed, zijn kleren zijn vrij nieuw,' zegt Kaiser. 'Iemand hield van dat joch. En de vrouw?'

'Nog niets. Ik heb twee agenten op het bureau die ermee bezig zijn, maar er zijn te veel vermiste vrouwen in die leeftijdscategorie.'

'Waar is de vent die ze heeft gevonden?'

Kim wijst naar een ouder echtpaar op het trottoir dat in gesprek is met een paar buren. 'Meneer en mevrouw Heller. Híj heeft hen gevonden; zíj heeft het alarmnummer gebeld. Ik breng ze naar je toe.'

Cliff Heller is een gepensioneerde man van dik in de zestig met sneeuwwit haar en dito baard. Hij ziet er diep geschokt uit doordat hij de lijken heeft ontdekt. Roberta Heller is zeker dertig centimeter korter dan hij, draagt een zachte witte badjas en heeft één roze krulspeld in haar haar, vlak boven haar voorhoofd. In tegenstelling tot haar man lijkt ze opgewonden en zelfs blij, waarschijnlijk omdat ze een rol heeft in het spannendste wat er in tijden in deze buurt is gebeurd. Haar enthousiasme zou flink getemperd worden bij het zien van de twee doden.

‘Ik heb een Corvette uit ’69 die ik al jaren aan het opknappen ben,’ vertelt Cliff Heller aan Kaiser. ‘De carrosserie is nog in goede staat en het zou leuk zijn als ik haar weer aan de praat krijg. Na het ontbijt ging ik naar de garage om er nog even wat aan te werken voordat we weg moesten naar de kerk...’

‘Die stomme Corvette interesseert hem niet,’ onderbreekt zijn vrouw hem.

‘Ja. De hond begon te blaffen en ik dacht, ik laat haar even het bos in rennen.’ Heller slaakt een zucht. ‘Normaal maak ik een wandeling met haar maar het regende...’

‘Die regen interesseert hem niet,’ snauwt zijn vrouw weer.

‘En toen vond u de lichamen,’ spoort Kaiser hem aan.

‘Maggie vond ze,’ zegt Heller. Zijn schouders gaan omlaag en hij wijst naar het huis, waar Kaiser een goudharige hondenkop voor het raam ziet die alle commotie op straat bekijkt. ‘Ze begon eerst hard te blaffen en toen te graven. Opeens zag ik een arm uit de aarde steken. Ik haastte me erheen, ik dacht dat het een etalagepop was of zo, maar toen ik dichterbij kwam besefte ik dat het een losse arm was die nergens aan vast zat. Het was... het was een hele schok. Ik deinsde achteruit en toen ontdekte ik het kind.’

Hellers kin begint te beven en zijn stem klinkt verstikt. ‘Ik weet dat ik hem niet had moeten aanraken, maar toen ik zijn gezichtje en armpje boven de aarde uit zag steken, reageerde ik zonder nadenken. Ik heb hem eruit getild. Hij is nog zo klein. Wij hebben kleinkinderen van die leeftijd...’ Hij ademt diep in en doet zijn ogen dicht. Als hij ze even later opent, is hij wat kalmer. ‘Ik hoop dat ik de plaats delict niet heb verpest?’

‘U hebt gereageerd zoals ieder normaal mens zou doen.’

‘Godzijdank.’ Door de bevestiging dat hij niets heeft verknoeid lijkt Heller zich wat beter te voelen. Zijn vrouw wrijft met een hand over zijn rug. In de andere heeft ze een beker koffie waaruit ze een slokje neemt terwijl haar ogen om haar heen flitsen en ze alles in de gaten houdt wat de rechercheurs doen.

Kaiser stelt nog een paar vragen. Geen van de Hellers heeft de avond ervoor iets vreemds opgemerkt, er stonden geen onbekende auto's in de straat geparkeerd, ze hebben geen lichtbundels van zaklampen gezien en geen geluiden of stemmen gehoord.

'We gaan nogal vroeg naar bed,' legt Cliff Heller uit. 'Halfnegen, negen uur op zijn laatst. Dus daarna zouden we sowieso niets hebben gezien.'

'Zeg, heeft dit iets te maken met Angela Wong?' vraagt Roberta Heller vol interesse terwijl ze opkijkt naar Kaiser. De roze krulspeld boven haar voorhoofd wiebelt. 'U weet wel, dat meisje dat lang geleden hier is verdwenen? Haar lichamelijke resten zijn hier in de bossen gevonden, ik weet niet of u daarvan op de hoogte bent? Het kan met elkaar te maken hebben. Walter moet gek worden van de vraag wat er hier in godsnaam aan de hand is.'

Kaiser schrikt op. 'Walter?'

'Walter Shaw,' zegt mevrouw Heller. Ze wijst naar het huis met de blauwe voordeur. 'Zijn dochter is degene die...'

'Ik weet het.' Kaiser staart naar de deur. 'Dus hij woont er nog?' Hij zou gezworen hebben dat Walter het huis een paar jaar geleden had verkocht.

'Ja! En zijn dochter trekt over een paar dagen bij hem in!' Roberta Heller snuift. 'Hier! In deze buurt! Ze heeft in de gevangenis gezeten, weet u. Ik mag Walter, maar ik kan u vertellen dat die dochter van hem heel andere koek is! Arrogante meid met haar belangrijke baan, liep hier altijd op haar hoge hakken rond te klikken als ze op bezoek kwam. En al die tijd lag haar beste vriendin hier in het bos begraven! Ik had altijd al het gevoel dat er iets niet klopte bij haar...'

'Genoeg, Roberta. Genoeg,' zegt haar man terwijl hij zijn hand op haar arm legt.

Kaiser moet zich inhouden om die roze krulspeld niet van haar kop te rukken. In plaats daarvan overhandigt hij zijn visitekaartje aan Cliff Heller en zegt: 'Als u nog iets bedenkt, kunt u me dag en nacht bellen.'

De lichamen worden vervoerd. Kim heeft goed werk verricht en de menigte verder teruggedrongen in de doodlopende straat. Slechts een handvol mensen ziet hoe de afgedekte overblijfselen, een deel ervan heel erg klein, in de ambulances worden geladen. Cliff Heller ziet eruit alsof hij weer op het punt staat in tranen uit te barsten en zelfs het gezicht van zijn vrouw verzacht iets bij het zien van het kleine hoopje op de brancard.

Kaiser neemt de tijd om het handjevol toeschouwers te bekijken. Het lijken allemaal buurtbewoners, ze hebben koppen koffie en hondenriemen in hun handen, en er zijn er nog best een aantal in pyjama. Burgers worden altijd aangetrokken door de opwinding van een plaats delict.

Dan blijven zijn ogen hangen bij een gezicht. Niet een gezicht in de menigte. Een gezicht achter glas. Er is iemand thuis in het huis met de blauwe deur. Kaiser loopt erheen en een paar seconden later gaat zijn vinger naar de deurbel. De deur gaat open voordat hij die kan indrukken.

Walter Shaw staat in de deuropening. Hij is een centimeter of tien korter dan Kaiser, die bijna 1 meter 90 is. Zijn kortgeknipte haar is grijzer en hij heeft meer rimpels om zijn ogen en mond dan vijf jaar geleden, toen Kaiser hem voor het laatst zag. Buiten dat ziet Georgina's vader er min of meer hetzelfde uit.

'U woont hier echt nog?' vraagt Kaiser, hoewel dat meer een conclusie is dan een vraag. 'Ik dacht dat u het huis wel verkocht zou hebben. Na het... Na het proces.'

'Ook goedemorgen.' Walter lijkt helemaal niet blij hem te

zien. 'De markt was aan het inzakken en ik had geen zin om het voor een appel en een ei te verkopen. En bovendien: wie wil hier nou wonen? Te veel slechte publiciteit. Dankzij jou.'

'Komt Georgina hier weer wonen als ze vrijkomt?'

'Dit is mijn huis en dus ook het hare.' De oudere man slaat zijn armen over elkaar. 'En waar zou ze anders in godsnaam naartoe moeten?'

Kaiser staart Walter Shaw aan, de vader van zijn beste vriendin van de middelbare school, de vader van de vrouw die hij heeft gearresteerd. Hij heeft aan Walts tafel gezeten, Walts stoofschotels gegeten, Walts bier gedronken als hij niet thuis was en hij is verliefd geweest op Walts dochter.

Georgina's vader staart terug. Het lijkt een strijd die geen van de twee mannen wil opgeven, maar ze weten ook allebei niet wat ze verder moeten zeggen.

Kaiser is de eerste die de stilte verbreekt. 'Walt, ik geef om je dochter. Dat heb ik altijd gedaan. Ik hoop dat je begrijpt dat ik gewoon mijn werk deed.' Het is niet echt een spijtbetuiging, maar meer kan hij er niet van maken.

Na een tijdje knikt Walter. Het is niet echt een acceptatie, maar ook híj kan er niet meer van maken. Hij gebaart naar de drukte op straat. 'Wat is daar trouwens allemaal aan de hand?'

'Dat zijn we nog aan het uitzoeken,' zegt Kaiser. 'Tussen twee haakjes: heeft Georgina nog iets tegen u gezegd over waar ze denkt dat Calvin James uithangt?'

Walter fronst zijn voorhoofd. Hij vindt het een vervelende vraag. Voor Kaiser hem anders kan formuleren, wordt de deur voor zijn neus dichtgesmeten.

8

Het dode jongetje is geïdentificeerd als Henry Bowen, tweeëntwintig maanden oud. Zijn ouders, Amelia en Tyson Bowen uit Redmond, hebben hem vroeg in de ochtend als vermist opgegeven en voor zover zij weten wordt hun zoontje nog steeds vermist. Kaiser zal hun als ze arriveren moeten vertellen dat Henry is overleden.

Daarmee zijn twee mysteries opgelost. Ze kennen de naam van het kind en ze weten dat de onbekende vrouw niet de moeder van het kind is. Hoewel het wat het politieonderzoek betreft waarschijnlijk gemakkelijker was geweest als ze dat wel was geweest.

Dankzij de wonderen van de moderne techniek, oftewel de smartphone, is de foto die Amelia Bowen heeft gebruikt voor de melding van de vermissing van haar zoontje pas de avond ervoor, voor het slapengaan, genomen. Kaiser twijfelt er geen moment aan dat het hun zoon is. Hij heeft hetzelfde haar, dezelfde voortandjes, dezelfde Spider-Man-pyjama. Wat er met Henry is gebeurd, heeft ergens tussen halftwaalf 's avonds, toen zijn moeder de beeldbabyfoon controleerde, en halfnegen 's ochtends, toen ze wakker werd en die weer bekeek, plaatsgevonden.

'Wat weten we over de ouders?' vraagt hij aan Kim. Ze zitten in het mortuarium, in een kamertje waar de medewerkers pauzeren. Kim is naar hem toe gekomen.

Ze haalt haar kleine zwarte notitieboek tevoorschijn. Hoewel ze een genie is in technologie, is Kaisers partner heel ouderwets als het op aantekeningen aankomt; ze schrijft alles liever op dan dat ze het intoetst in haar telefoon, zoals de meeste politiemensen tegenwoordig. Ze gebruikt zelfs een potlood, zodat ze fouten weer kan uitgummen. Ze zegt dat het met de hand noteren haar helpt zich te concentreren.

'Ze werken allebei voor Microsoft; hij als softwarespecialist en zij op de marketingafdeling. Ze wonen in een mooi huis, dat ongeveer één miljoen waard moet zijn. Zij rijdt in een Lexus en hij in een BMW. Henry zat op een crèche, de Rainbow Jungle, vlak bij de campus van Microsoft.'

'Rijk dus,' zegt Kaiser.

Kim trekt een gezicht. 'Niet rijk. Gegoede middenklasse, voor Redmond in elk geval.'

Hij bestrijdt het niet. Hij is opgegroeid in een appartement in Seattle met een alleenstaande moeder en kreeg minstens drie keer per week macaroni met kaas uit een pakje voorgeschoteld. Zijn grootouders schraapten geld bij elkaar zodat hij naar een katholieke openbare school kon. Kim is opgegroeid op de Eastside, vlak bij de buurt van Bill Gates en heeft op een privéschool gezeten. Hun definities van 'rijk' lopen op z'n zachtst gezegd nogal uiteen.

'Wat nog meer? Hoe klonken ze aan de telefoon?'

'Ik heb ze niet gesproken, ik heb de agent die hen hierheen brengt aan de lijn gehad.' Kim zet een kop koffie voor zichzelf. Het is algemeen bekend dat het mortuarium van het politiebureau in Seattle de beste koffie heeft van heel het korps. Hoe dat komt, weet niemand. 'De moeder zegt dat hij gewoonlijk om een uur of zeven wakker wordt en dan begint te krijsen, maar omdat ze allebei niets hoorden vanmorgen, zijn ze wat langer in bed blijven liggen. Om een uur of halfnegen is ze naar hem toe gegaan. Het raam stond wijd open en het jongetje was weg. Toen heeft ze haar man gewekt en meteen het alarmnummer gebeld omdat hij nog niet zelf uit zijn bedje kan klimmen.'

'Hebben ze een oppas of een babysitter?' vraagt Kaiser, denkend aan de vermoorde vrouw.

'Zijn enige verzorgers zijn die op de crèche en een tienermeisje dat naast het gezin woont, dat oppast als de ouders uitgaan. Met dat meisje is alles in orde, ik heb haar Instagram bekeken en ze heeft vanmorgen al drie selfies gepost.' Kim geeft een ruk aan haar staartje. 'Geen van de vier verzorgers op de crèche correleert met ons slachtoffer. Twee zijn te oud en de andere twee zijn Jamaicaans. Dus moeten we de Bowens vragen of zíj haar herkennen.'

Kaiser kijkt naar haar op. 'En hoe had je dat willen doen? Een foto maken van haar neus en haar mond?'

'Shit, je hebt gelijk, de ogen zijn weg! Dat was ik even vergeten.'

Kaiser onderdrukt een zucht. Kim is slim. Georganiseerd, heel precies in aantekeningen en rapporten. Grondig. Maar zo nu en dan vergeet ze zonder enige reden een detail dat duidelijk belangrijk is. Er valt geen peil op te trekken waarom. En daar wordt hij compleet gestoord van. Maar hij verbijt zich.

'Wanneer verwacht je de ouders hier?' vraagt hij.

'Over een uur, misschien wat later. Het is druk op de weg. Een wedstijd van de Seahawks.'

'Ik ga naar Peebles.' Kaiser staat op en rekt zich uit. De wervels van zijn ruggengraat kraken dankbaar. 'Bel me als ze er zijn.'

Hij klopt voordat hij naar binnen gaat, hoewel hij betwijfelt of Peebles wel iets hoort als hij al zijn aandacht bij zijn werk heeft. De lijken liggen allebei op een onderzoekstafel op ongeveer anderhalve meter van elkaar, en de patholoog staat over het jongetje gebogen. Het kind is vanaf zijn middel bedekt met een wit laken, het hart op zijn borstkas helder en duidelijk zichtbaar.

ZIE MIJ.

Wat betekent dat verdomme? Hij trekt een paar latexvrije handschoenen aan en raakt het hart zachtjes aan. Het vlekt niet.

De vrouw is – er is geen betere manier om het uit te drukken – weer in elkaar gepuzzeld en vanaf een afstandje lijkt ze bijna intact. Maar dat is ze niet. Onder het felle licht zijn de ruimten die haar hoofd, benen, voeten, armen en handen van haar torso scheiden akelig evident.

'Ik vind het afschuwelijk dat ik een kind moet doen,' zegt Peebles tegen Kaiser op zijn typische trage manier van praten. Wat er ook gebeurt, de patholoog klinkt nooit gehaast, hij klinkt nooit gestrest of gespannen. Het is natuurlijk een geweldige eigenschap om je nooit van je stuk te laten brengen, maar Kaiser vindt het vaak verdomde lastig, zeker wanneer hij onder druk staat om antwoorden te krijgen. Zoals nu. 'Dit is echt het minst favoriete onderdeel van mijn werk.'

'Maar een vrouw in stukken is oké?'

Peebles haalt zijn schouders op. 'Daar heb ik het niet over, Kai. Het is niet iets objectiefs. Als ik een volwassen lijk op mijn snijtafel heb, denk ik toch altijd even, een fractie van een seconde maar: wat kan iemand gedaan hebben om zoiets te verdienen? In welke situatie hebben ze zich gemanoeuvreerd? Maar als het een dood kind is, denkt niemand dat. Niemand. Kinderen zijn onschuldig. Klein. Ze kunnen zichzelf niet verdedigen. Ze hebben niets gedaan om het geweld tegen hen te rechtvaardigen. Kinderen horen geen slechte dingen te overkomen. Dat gaat tegen alles in wat we als geciviliseerde maatschappij acceptabel vinden. Het appelleert aan je instinct om kinderen te beschermen.' Hij zwijgt even en kijkt dan op. Het felle licht van zijn hoofdlamp schijnt recht in Kaisers ogen. 'Oké, misschien was dat toch een lichtelijk gekleurd verhaal.'

'Kun je die lamp uitdoen?' vraagt Kaiser, terwijl hij een hand voor zijn gezicht houdt om dat af te schermen.

'Sorry.' Peebles steekt zijn hand omhoog en knipt de lamp uit.

'Dus. De lichamen zijn schoon. Geen sporen van DNA.'

'Kom op, Greg.' Kaiser staart naar het kind voor hem. Hij is het niet oneens met Peebles; er is iets ongelofelijk verkeerd aan het zien van zo'n klein mensje op een autopsietafel. Hij zit bij moordzaken en is erop getraind objectief te zijn, maar een dood kind raakt rechtstreeks aan de kern van wat hem mens maakt. Maar dat geldt ook voor een in stukken gehakte vrouw en hij hoopt dat hij zijn empathie nooit zal kwijtraken. 'Dat is verdomme niet wat ik wil horen. Kom op, wat heb je? Begin maar met het kind.'

'Hij is bijna twee, afgaand op zijn gebit. Maar dat weet je al.' Peebles knipt zijn hoofdlamp aan en praat weer op zijn gewone professionele trage manier. De toon die hij altijd gebruikt als hij zijn bevindingen beschrijft. 'Weldoorvoed, geen tekenen van seksuele trauma's of fysiek geweld. Geen sporen van lichaamssappen behalve een flinke hoeveelheid opgedroogd spuug op zijn hoody. Waarschijnlijk zijn eigen spuug; zijn kiezen kwamen door.'

'Niets onder de vingernagels?'

'Een beetje zand en wat vuil, maar dat hoort bij kinderen. Hij is nog maar kortgeleden in bad geweest. Je kunt de shampoo nog ruiken als je dicht bij hem bent.' Peebles buigt zich over het hoofdje en snuift. Bij ieder ander zou dat creepy zijn. 'Burt's Bees, hetzelfde spul als mijn kinderen hadden toen ze klein waren. Zo'n 'natuurproduct'. Hij is niet verwaarloosd. Zijn ouders hielden van hem.' Zijn hoofd schiet omhoog en de hoofdlamp verblindt Kaiser opnieuw. 'Wacht. De ouders zijn de daders niet, toch?'

'Ziet er niet naar uit,' zegt Kaiser, terwijl hij zijn ogen tot spleetjes knijpt. 'Doodsoorzaak?'

'Alles wijst op verstikking. Uit de druksporen in de hals concludeer ik dat iemand zijn of haar handen heeft gebruikt. Ik gok dat het een man was, gezien de grootte van de plekken – die flinke vingers suggereren – maar daar zou ik mijn geld niet op inzetten... Na mijn scheiding heb ik even gedatet met een vrouw die extreem grote handen had. Het was nogal verontrustend. Alles wat ze aanraakte leek er heel klein door.'

Ondanks de ernst van de situatie, moet Kaiser grinniken.

Peebles knippert met zijn ogen, niet begrijpend wat er nou precies zo grappig is.

Ze verplaatsen zich naar de volgende tafel.

'Nu onze onbekende. Rohypnol en alcohol in haar bloedbaan, lichte sporen van THC. Ze heeft in de afgelopen twee dagen marihuana gerookt,' zegt Peebles. 'Ze is ook seksueel actief geweest – sporen van condoomglijmiddel en spermatozoïden – en hoewel er wat aanwijzingen zijn dat de seks hardhandig was, kan ik niet bevestigen dat ze is verkracht. Huidresten onder haar vingernagels. Voor een deel haar eigen huid, maar ik zal het testen. Ze is in stukken gedeeld met een zaag. En zeker weten post mortem.'

'Hoe post mortem?'

'Meteen na haar dood. Het moet een troep zijn geweest. De ongelijkmatigheid van de zaaglijn wijst erop dat de moordenaar het met de hand heeft gedaan. Dus geen kettingzaag. Geen tatoeages, een kleine moedervlek boven op haar rechterdijbeen. Bruin haar maar nog donkerder bruin geverfd. Gemanicuurde nagels. Ze was waarschijnlijk rond de 1 meter 65 en woog zo'n zestig kilo. Ik schat haar eenentwintig, tweeëntwintig jaar oud. Maar ook nu weer: zet er geen geld op in.'

'En haar ogen?' vraagt Kaiser.

'Eruit gehaald met een stomp voorwerp. Mijn eerste gedachte was een lepel, maar nu denk ik aan een botermesje omdat er kleine scheurtjes zijn die daarmee stroken.' Peebles gaat rechtop staan en doet de hoofdlamp af die een deukje in zijn grijzende haar achterlaat. 'Ik ben er vrij zeker van dat ze is gewurgd met een vreemd voorwerp, iets stijfs wat om haar keel is geslagen.'

'Bungeekoord?'

'Een riem waarschijnlijk. Er zitten krassen op de zijkant van haar kaak. Ze heeft er waarschijnlijk naar geklauwd. En kneuzingen op haar rug, alsof iemand haar met een knie tegen de grond heeft gehouden en haar van achteren heeft verstikt. Moet ik het voordoen?'

'Niet nodig,' zegt Kaiser. Hij kan het zich voorstellen.

'Doet dit je aan iets denken?' vraagt Peebles. Zijn opgetrokken wenkbrauwen vertellen Kaiser dat ze allebei dezelfde gedachte hebben. 'Of aan iemand?'

'Calvin James.' Hij laat een diepe zucht ontsnappen als hij aan de vrouwen denkt die de Sweetbay Strangler na Angela Wong heeft vermoord. Ze zijn alle drie op een soortgelijke manier gedood, tot aan het detail van de knie in de rug toe, maar hij zegt verder niets en Peebles dringt niet aan. Greg is de patholoog-anatoom en Kaiser is de rechercheur en ze gaan nooit op elkaars stoel zitten.

'Ik geloof dat ik heb gelezen dat hij in Brazilië was gesignaleerd,' merkt Peebles op. 'Hij deed zich voor als iemand die daar was geboren, en zag er gezond en gebruind uit. Of was het Argentinië? Het is al wel een paar jaar geleden.'

Kaiser reageert niet. Hij had hetzelfde gelezen maar geen enkel politiekorps in welk land dan ook had ooit aanwijzingen gehad die sterk genoeg waren om hem te traceren. En dat gold ook voor de Verenigde Staten.

'Ik trek me terug zodat jij tijd met hen hebt.' De patholoog stroopt zijn handschoenen uit. Ze werken al lang samen en als iemand weet wat in dit stadium van een moordonderzoek Kaisers manier van werken is, is het Greg Peebles wel.

Als de deur achter Peebles dichtvalt, schuift Kaiser een kruk tussen de twee onderzoekstafels in. Hij focust zich eerst op het kind. Dit kleine jochie was gisteravond nog in leven. Lachend, spetterend in bad, spelend met zijn speeltjes. Eén van zijn ouders – of samen – had zijn haar gewassen met Burt's Bees natuurlijke shampoo, liefdevol, in de veronderstelling – wat natuurlijk volkomen gerechtvaardigd was – dat er nog tienduizend keer zou worden gebadderd, tienduizend keer zou worden gelachen, tienduizend keer naar bed zou worden gebracht.

Ze krijgen straks het ergste nieuws van hun leven te horen. Ze zullen jammeren, schreeuwen, hysterisch worden, af en toe momenten van ontkenning en ongeloof hebben. Ze zullen huilen om het kind, zich dan op elkaar richten, de een zal de ander verwijten dat hij of zij het raam niet op slot heeft gedaan, elkaar verwijten dat ze niet meteen bij Henry zijn gaan kijken toen ze hem niet hoorden die ochtend. Alleen de tijd kan uitwijzen of ze erdoorheen komen, maar het scheidingspercentage van ouders die een kind verliezen door ontvoering of andere misdaden is exorbitant hoog. Ze zijn elkaars pijnlijkste herinnering aan het allerergste dat hen ooit is overkomen.

En de vrouw. Ze was iemands dochter, kleinkind, vriendin. Geen zwerfster. Haar tanden zijn wit, ze heeft haar haar geverfd, haar vingernagels zijn bedekt met een laag gel, iets waarvoor je betaalt bij een manicure. Dakloze vrouwen geven geen geld uit aan dat soort dingen. En toch had iemand haar verkracht, geweld aangedaan, in stukken gesneden alsof ze een kartonnen doos was die bij het vuilnis moest.

Iets waar alleen een monster toe in staat is. Kaiser had

eerder zo'n monster ontmoet. Hij was aan hem voorgesteld door zijn vroegere vriendin Georgina.

En wat weet zij hiervan? Ze zit dan wel in de gevangenis, maar heeft ze op de een of andere manier contact gehad met Calvin James, op een manier die niet voorkomt in de maandelijkse rapporten? Weet ze dat er twee lijken zijn gevonden in de bossen achter haar ouderlijk huis? Slechts een paar dagen voordat ze vrijkomt en daar weer intrekt? Twee slachtoffers die op dezelfde manier zijn vermoord als haar vroegere vriendje dat deed?

Kaiser beteugelt zichzelf. Het is uiterst gevaarlijk om aan te nemen dat dit het werk is van de Sweetbay Strangler. Hij moet objectief zijn, anders ziet hij iets over het hoofd. En daarbij, het zou ongelofelijk roekeloos en dom van Calvin James zijn om hier terug te komen. Niet dat psychopaten dezelfde logica hebben als normale mensen...

Kaiser raakt het hart op de borstkas van het jongetje nogmaals aan. De donkerrode lippenstift lijkt echt op bloed. Met een beetje geluk kunnen ze erachter komen welk make-upmerk het is en als het iets exotisch is, iets wat moeilijk te verkrijgen is, zou het een aanwijzing kunnen opleveren. Het is vergezocht, maar voorlopig hebben ze niets anders om op af te gaan.

'Ik snap niet hoe je hier zo in je eentje kunt zitten,' klinkt Kims stem achter hem en hij schrikt op. Ze houdt een vel papier in haar hand. 'Ik weet dat je op deze manier werkt, maar het is vreemd, eng gewoon.'

Kaiser slikt zijn ergernis in over haar opmerking en het feit dat ze hem stoort. 'Wat is er?'

'De ouders zijn er.'

'Dat is snel!' Gealarmeerd staat Kaiser op. 'Het lichaam is niet klaar. Het jongetje moet gewassen worden voor ze hem kunnen zien.'

'Ik dacht dat ze er langer over zouden doen, maar het verkeer stroomde blijkbaar goed door. Je moet in elk geval even met ze praten. Ze zijn gek van bezorgdheid.'

'Kut.' Kaiser denkt snel. 'Oké. Bel de psychologische begeleiding. Regel dat er een rouwtherapeut hierheen komt. Nu meteen. En zorg dan dat je ergens een masker voor me vandaan haalt.'

Kim knippert met haar ogen, verward. 'Wat voor soort masker?'

'Gewoon een masker,' zegt Kaiser ongeduldig. Hij haat het dingen te moeten uitleggen. Hoe leuk hij Kim ook vindt, het irriteert hem dat ze na een jaar samen werken en samen slapen, nog steeds zijn gedachten niet kan lezen. 'Geen gemaskerd bal-masker. Iets eenvoudigs, een slaapmasker of zo, zodat ik die lege oogkassen van de vrouw kan bedekken en een foto kan maken. Hopelijk kunnen ze ons dan vertellen wie ze is.'

'O! Daar heb je geen masker voor nodig. Er is een app.'

'Huh?'

Kim steekt haar hand uit en plukt zijn telefoon uit de zak van zijn jack. Ze tikt wat dingen in en geeft het toestel dan terug.

'Het is een censuurbalkje-app,' zegt ze. 'Eerst neem je de foto en dan kun je waar je maar wilt een zwart balkje plaatsen.' Als ze de uitdrukking op zijn gezicht ziet – Kaiser weet zelf maar al te goed dat hij geen ster is wanneer het op nieuwe technologie aankomt – pakt ze de telefoon weer terug. 'Laat mij maar.'

Ze houdt het toestel boven de tafel waarop de onbekende vrouw ligt en maakt een foto. Dan tikt ze weer een aantal dingen op de telefoon in en geeft hem terug aan Kaiser. Het duurt allemaal minder dan een minuut. 'Klaar. Opgeslagen in je fotogalerij. Ik heb hem zelfs een beetje gefilterd om wat kleur aan haar gezicht te geven. Zorg alleen dat je hun niet per ongeluk het origineel laat zien.'

Hij bestudeert de foto en moet erkennen dat hij onder de indruk is. De vrouw op de foto – haar hoofd vanaf de hals met een zwart balkje voor haar oogkassen – ziet er nog steeds dood uit, maar niet meer zó dood. Dankzij het filter lijkt haar grijze huid wat rozer. 'Dit werkt echt! Bedankt.'

Ze legt een hand op zijn arm. 'Dit zit je meer dwars dan normaal, hè Kai? Denk je dat het Calvin James is?'

Het is duidelijk dat iedereen dat denkt, anders zouden ze dat niet steeds vragen. Kim was zijn partner niet toen Angela's stoffelijke resten werden gevonden. En Kaiser heeft niet eens de onderzoeken naar de eerste twee Sweetbay Strangler-moorden gedaan; die werden geleid door een andere rechercheur. Maar inderdaad, het komt hard aan. Het voelt allemaal te bekend, te dicht bij huis, alsof dit allemaal gebeurt om hem aan het verleden te herinneren.

Maar dat is weer een te beperkte manier van denken en heel gevaarlijk. Het is niet zijn taak om de bewijzen te vinden die passen bij de theorie. Hij moet een theorie bedenken die gebaseerd is op bewijzen. Hij moet objectief zijn, maar dat wordt steeds moeilijker.

In de lift raakt Kim zijn hand aan en zegt ze zachtjes: 'Dave werkt vanavond, de nachtdienst. Ik kan na halfelf naar je toe komen en de hele nacht blijven. Als je wilt.'

'Misschien,' zegt Kaiser.

Maar hij weet al dat hij wil dat ze komt en hij haat zichzelf erom.

9

Henry Bowens ouders reageren precies zoals Kaiser dacht. Ze krijsen, huilen, beschuldigen de politie, beschuldigen elkaar en worden dan langzaam steeds stiller terwijl ze allebei voor zichzelf proberen te verwerken met welke nieuwe realiteit ze moeten leven.

Amelia Bowens ogen staan glazig. Ze zit stilletjes op een blauw bankje in de vergaderzaal van het bureau. Ze ziet er lamgeslagen uit, maar vanbinnen woedt een verzengend vuur. Tyson Bowen loopt als een gekooide tijger heen en weer, zijn ogen fel en intens, zijn handen tot klauwen gekromd, klaar om iemand te verscheuren. Gezien Henry's leeftijd had Kaiser jongere ouders verwacht, maar de Bowens zijn halverwege de veertig.

'We hebben hem geadopteerd.' Amelia Bowens stem klinkt zacht en vlak. 'Tyson en ik kennen elkaar van de middelbare school, maar we hadden het altijd zo druk dat we besloten met kinderen te wachten tot we minstens dertig waren en daarvóór van ons leven samen te genieten.'

Tyson Bowen staat stil. 'Amelia, niet...'

Kaiser heft zijn hand op. Het is beter haar te laten praten; ze zal responsiever zijn en beter in staat zich iets te herinneren als ze de dingen op haar eigen manier mag vertellen. Natuurlijk gaat de eerste vraag die hij haar straks zal stellen over Henry's biologische moeder, nu hij weet dat Amelia dat niet is. Hij heeft zijn telefoon in zijn hand, de censuurbalkfoto van het vrouwelijke slachtoffer slechts één tik van hem vandaan.

Maar niet nu. Nog niet.

'Al onze vrienden leken ook te wachten met kinderen,' gaat Amelia verder. 'En het was leuk om uit eten te gaan, iets te gaan drinken, om zesentwintig, achtentwintig en negenentwintig te zijn en ons niet druk te hoeven maken over slapeloze nachten en oppassen en de kosten van een kind. Toen we dertig werden, was het nog steeds niet het juiste moment omdat we besloten dat we wat verder wilden zijn in onze carrières voordat we wat minder hard gingen werken om ouders te worden. We werkten hard, maakten allebei promotie en bedachten dat we eerst een goed huis moesten hebben, in een goede buurt, met goede scholen, voordat we aan kinderen begonnen. En toen waren we opeens vijfendertig en probeerden we zwanger te worden; om er vervolgens achter te komen dat we te lang hadden gewacht en het niet meer lukte. Na vier IVF's en twee miskramen, besloten we te adopteren. We werden er na twee jaar wachten uitgepikt. Toen we bericht kregen dat Henry's biologische moeder óns had uitgekozen, waren we dolgelukkig.'

Het afstandelijke in haar stem is langzaam vervaagd. Ze zwijgt. De nonchalante knot boven op haar hoofd is scheefgezakt en ze steekt haar hand op om met een bruine haarlok te spelen die aan één kant is losgeraakt.

'We waren erbij, in de verloskamer. De eerste keer dat ik hem in mijn armen hield, één minuut na zijn geboorte, voelde hij meteen helemaal van mij. Het deed er niet toe dat hij net uit het lichaam van een andere vrouw was gekomen. Hij was van mij, dat voelde ik, en ik weet dat Henry het ook voelde want hij keek naar me op en het was gewoon duidelijk. En ik dacht: waarom hebben we in godsnaam zo lang gewacht? Waarom dachten we dat alles perfect moest zijn? Want kínderen zijn perfect en alles valt op z'n plek als je je kind in je armen houdt. Alle dingen waarvan je dacht dat je je daar zorgen om moest maken, vallen in het niet en zijn niet belangrijk meer.' Ze kijkt haar man aan. Tyson Bowen staat in een hoek en kijkt haar met tranen in zijn ogen aan. 'En nu is hij weg! Dat kan toch niet... dat kan toch niet... dat kan toch niet...'

Ze buigt voorover, happend naar adem omdat ze wordt overmand door haar verdriet. Haar man gaat naast haar zitten en houdt haar stevig vast.

'Ik laat u even alleen,' zegt Kaiser. Ze reageren geen van beiden. Op dat moment bestaan alleen zij tweeën, in elkaars armen, met hun verstikkende verdriet.

Hij glipt de kamer uit en geeft de rouwtherapeut een teken dat ze naar binnen kan.

Het zoontje van de Bowens is dood en hoewel er enige urgentie bij is om te achterhalen wat er met hem is gebeurd, kan hij hun ook tien minuten gunnen om te huilen. Hij loopt naar zijn bureau aan de andere kant van de gang en logt in op zijn computer.

'Het rapport over de lippenstift die is gebruikt op het jongetje is al binnen,' zegt Kim. Ze zit aan haar bureau, recht tegenover hem. 'Ik zag dat je met de ouders in gesprek was, dus heb ik je maar niet gestoord.'

'Ja, ik zie het,' zegt hij terwijl hij het rapport openklikt. 'Verdomde snel zeg!'

'Dat komt doordat ik ze maar in één richting heb laten zoeken,' zegt Kim en hij kijkt op. 'Ik heb gevraagd of ze konden nagaan of het een merk is dat door Shipp Pharmaceuticals wordt gemaakt.'

'Waarom zou dat...' begint hij, maar dan houdt hij abrupt zijn mond omdat hij het verband legt. 'O, oké!'

Shipp Pharmaceuticals, het concern waar Georgina vroeger werkte. En dat, precies dat, is waarom hij Kim waardeert.

Voor elk overduidelijk detail dat ze mist, maakt ze het goed met iets waar niemand ooit aan zou hebben gedacht.

'Mijn intuïtie had het goed. Het is inderdaad een product van Shipp.' Er klinkt triomf door in haar stem. 'Ze staan op het punt een nieuwe cosmeticalijn te lanceren en deze lippenstift brengen ze maar in tien verschillende tinten. De kleur van het hart op dat jochie is er één van.'

'Op het punt te lanceren?' herhaalt hij.

'Die lippenstiften zijn nog niet overal verkrijgbaar. Alleen bij Nordstrom en alleen bij hun flagshipstore hier in Seattle. En ook pas sinds één week.'

'Eén week?'

Ze glimlacht, blij dat hij er blij mee is. 'Precies.'

'Bel de winkel en...'

'Al gedaan. Ze sturen het materiaal van de beveiligingscamera's meteen op.'

Hij leunt achterover en werpt haar een glimlach toe. 'Fantastisch werk.'

'Er lopen allemaal lijntjes naar Georgina Shaw, Kai.' Kim zit te wippen op haar stoel, haar paardenstaart wipt met haar mee. 'Iemand probeert haar aandacht te krijgen. Ik heb Hazelwood gebeld en kopieën van haar bezoekers-, telefoon- en postlogboeken opgevraagd. Misschien heeft ze contact gehad met Calvin James.'

Maar zelfs als ze dat heeft gehad, zal dat niet in de logboeken te zien zijn. Dat weet Kaiser natuurlijk maar al te goed. Maar hij kan Kim moeilijk vertellen dat hij een gevangenenbewaarder heeft betaald voor informatie over Georgina, dus zegt hij alleen: 'Goed gedaan.'

'Jij kunt natuurlijk ook altijd nog met haar gaan praten. Over een paar dagen komt ze vrij.'

Kaiser wendt zich af. Hij wil niet dat zijn partner nu zijn gezicht ziet. Zijn gevoelens voor Georgina zijn gecompliceerd. Altijd al geweest.

'Ik weet dat jullie tweeën vroeger bevriend waren, maar dat is al zo lang geleden,' gaat Kim verder. 'Zorg dat je objectief blijft en niets je in de weg staat om deze moorden op te lossen. Het vrouwelijke slachtoffer is op exact dezelfde manier vermoord als Angela Wong. Ze is in hetzelfde bos begraven, vlak bij Georgina's huis. De lippenstift komt van een firma waarvoor ze heeft gewerkt. Heb je enig idee hoeveel merken lippenstift er in de Verenigde Staten zijn, Kai? Ik heb het opgezocht. Duizenden. Grote namen, kleine namen, merken die niet meer bestaan maar nog wel verkrijgbaar zijn op eBay. Dit is geen oude lippenstift die nog ergens bij de moordenaar rondslingerde. Hij is met zorg uitgekozen.'

Kims hersens draaien op volle toeren, ze staat helemaal in de analytische stand. Dat weet hij door de manier waarop ze praat, snel en extra duidelijk, en door het feit dat ze hem niet aankijkt. 'Het moet Calvin James zijn. Hij loopt nog steeds vrij rond en het kan zijn dat hij terug is. En misschien weet je vroegere vriendin Georgina daar meer van.'

'Je hebt niet gezien hoe ze vijf jaar geleden was ten tijde van de rechtszaak, Kim,' zegt hij. 'Ze kéék niet eens naar hem. Terwijl ze in de getuigenbank zat, heeft ze niet één keer oogcontact met hem gemaakt, behalve op het allerlaatst en dat kwam alleen doordat hij iets tegen haar zei.'

'Was ze bang?'

'Nee, het was geen angst. Iets anders. Wrok misschien. Meer alsof hij haar herinnerde aan de persoon die ze zelf vroeger was en dat ze hem daarom haatte.'

Calvin James werd dan wel beschuldigd van de moord op vier vrouwen, het was de arrestatie van Georgina Shaw die de zaak bij de media onder de aandacht bracht. Een van de directeuren van een groot farmaceutisch concern die in haar tienerjaren betrokken was bij de moord op haar beste vriendin? Dat was spannender dan een film, smeuïger dan alle afleveringen van de nieuwste detectiveserie achter elkaar bekijken. Niets is leuker dan het leed van andere mensen. Vooral als het om iemand gaat die alles heeft wat jij niet hebt: schoonheid, hersens, diploma's, een geweldig salaris en een rijke verloofde.

Kaiser kent drie versies van Georgina Shaw. De eerste is het meisje op de middelbare school; een schattig cheerleadertje dat vrienden had in elk sociaal milieu en alleen maar goede cijfers haalde. De tweede was het meisje dat ze werd nadat ze Calvin had ontmoet; afwezig, bezeten, ontoegankelijk en op zichzelf gericht. De derde was de vrouw die hij veertien jaar later had gearresteerd in de vergaderruimte van Shipp; succesvol, volwassen, doodop... en berouwvol.

Welke versie zou ze nu zijn?

Kim zit aan de telefoon met iemand die alleen haar man kan zijn, gezien de lieve toon waarop ze praat. Kaiser gaat terug naar de Bowens, zijn hoofd is bij de vragen die hij nu moet gaan stellen.

Is het mogelijk dat Georgina nog steeds verliefd is op Calvin en dat haar ontwijkende gedrag tijdens het proces vijf jaar geleden toneelspel was? Hij heeft haar iets toegestopt die dag, iets wat nog steeds aan Kaiser vreet als hij eraan denkt. Ze ontkent dat het iets belangrijks was, maar hij gelooft er niks van. Natuurlijk gelooft hij haar niet. Niemand kan beter liegen dan Georgina Shaw, hoeveel berouw ze ook heeft.

Hij opent de deur van de vergaderzaal. De Bowens zitten ineengedoken op de bank. De rouwtherapeute praat zachtjes. Ze kijken alle drie op als hij binnenkomt.

'Excuses,' zegt hij. Het heeft geen pas hen te vragen hoe het gaat.

'We willen weten wie het heeft gedaan,' zegt Tyson Bowen. Hij is iets kalmer dan eerder, maar niet veel. Zijn stem beeft. Naast hem knikt zijn vrouw instemmend.

‘Vanzelfsprekend.’ Kaiser haalt zijn telefoon tevoorschijn en tikt erop om de foto van de dode vrouw met het censuurbalkje op het scherm te krijgen. ‘Wilt u deze foto bekijken en me vertellen of u deze vrouw herkent.’

Amelia Bowen buigt naar voren, bekijkt de foto aandachtig en slaakt een kreet. ‘Dat is Claire Toliver,’ zegt ze. ‘O mijn god!’ Ze kijkt haar man aan ter bevestiging, en hoewel het bij hem een paar seconden langer duurt, knikt hij instemmend.

‘Wie is Claire Toliver?’ vraagt Kaiser.

‘Henry’s biologische moeder,’ antwoordt Amelia Bowen. ‘Is ze dood? Wat is er met haar ogen?’

Kaiser beantwoordt de eerste vraag, maar de tweede niet. Dat hoeven ze niet te weten.

10

Het rapport dat Kim heeft opgevraagd bij Hazelwood zit de volgende ochtend in Kaisers mail. Omdat het alle vijf jaar dat Georgina heeft gezeten beslaat, is het te zwaar om op zijn telefoon te downloaden, dus gaat hij met een kop koffie achter Kims bureau zitten en logt hij in op haar computer. Zijn partner komt pas over een uur. Ze is vanochtend vroeg vertrokken uit zijn appartement om thuis te gaan douchen en zich te verkleden. Als ze er niet is, zit hij liever aan háár bureau. Dat is opgeruimder. Kim is netter. Haar bureau is altijd leeg, de pennen staan als een boeket in een aardenwerken mok. Kaisers bureau ziet er totaal anders uit: alsof het overhoop is gehaald door een junk op zoek naar drugs.

Hij scrolt snel door het rapport heen. Het bevat minder gegevens dan de rapporten die hij elke maand van de bewaker krijgt en de persoonlijke aantekeningen ontbreken natuurlijk ook. Maar het is interessant om de afgelopen vijf jaar van Georgina Shaws leven in één lang spreadsheet opgesomd te zien. Het geeft Kaiser een ander perspectief op de informatie dan hij voorheen had.

Haar post, bijvoorbeeld. Zoals iedere bekende gevangene, krijgt Georgina fanmail en in die vijf jaar heeft ze meer dan duizend brieven ontvangen. Slechts tien van die brieven zijn afkomstig van hetzelfde adres. Op de een of andere manier is Kaiser dat niet opgevallen in de maandelijkse rapporten en hij vermoedt dat hij het heeft gemist omdat daar alleen de namen van de afzenders in stonden, en die verschillen allemaal van elkaar.

Degene die Georgina heeft geschreven vanaf een adres in Spokane, Washington, gebruikte elke keer een andere schuilnaam. Tony Stark, Clark Kent, Bruce Banner, Charles Xavier, enzovoort. De 'echte namen' van stripsuperhelden.

'Fuck,' mompelt Kaiser. Het is een enorme blunder dat hem dat niet is opgevallen en een misser die hij louter en alleen zichzelf kan verwijten.

Hij haalt het adres in Spokane door de database en de naam Ursula Archer duikt op. Midden zestig, vroegere bibliothecaresse, man is een jaar ervoor overleden. Kaiser pakt de telefoon en toetst het nummer in.

Dertig seconden later heeft hij haar aan de lijn. Het duurt nog een keer vijftien seconden om uit te leggen wie hij is en waarom hij belt, maar de vrouw is niet wantrouwig. Ze klinkt eerder blij dat ze iemand spreekt.

'U belt waarschijnlijk over Dominic,' zegt Ursula Archer. Haar stem is zacht en scherp tegelijk, elke lettergreep wordt helder gearticuleerd. Ze doet Kaiser denken aan een lerares op de middelbare school. 'Hij heeft een paar jaar geleden bij ons gewoond. We zijn drie jaar zijn pleegouders geweest. Hij heeft brieven aan een vrouw geschreven zei u?'

Kaiser slikt zijn teleurstelling in. De brieven zijn duidelijk niet van Calvin James afkomstig. 'Ja, aan een gevangene in Hazelwood Correctional Institute genaamd Georgina Shaw.'

De vrouw zucht en hij kan bijna voor zich zien hoe ze aan de andere kant van de lijn haar hoofd schudt. Op de foto van haar rijbewijs op het scherm voor hem staat een grijzende donkerblonde vrouw met een korte bob die iets langer is aan de voorkant.

'De naam doet geen belletje rinkelen,' zegt ze. 'Maar Dominic heeft vrij veel gevangenen geschreven. Het begon als een project op school. Hij deed een of ander onderzoek naar het leven in de gevangenis na een bezoek van "Scared Straight" aan zijn school. Kent u dat programma?'

Kaiser had er alleen vaag over gehoord, maar hij wist waar het om draaide: voormalige gevangenen die kinderen proberen te overtuigen dat ze hun school moeten afmaken en zich niet moeten inlaten met drugs en straatbendes. Hij werpt een snelle blik op de klok aan de wand en vraagt zich af hoe hij het gesprek kan beëindigen. 'Ja, mevrouw. Nou, sorry dat ik u heb lastiggevallen...'

'Maar in elk geval, Dominic besloot zich voor zijn sociale project te verdiepen in het leven achter de tralies en kwam daarbij een website tegen waarop stond hoe je kunt schrijven met gevangenen, en opeens kregen we post uit gevangenissen door het hele land binnen. Graham, mijn overleden echtgenoot, was er nogal op tegen. Het waren tenslotte veroordeelde misdadigers die brieven aan ons thuisadres schreven! Hij wilde dat Dominic stopte met alle correspondentie, maar ik heb hem ervan weten te overtuigen dat het geen kwaad kon en hij er niet zo moeilijk over moest doen. Uiteindelijk hebben we een postbus in het postkantoor voor hem gehuurd zodat de brieven daarnaartoe gestuurd konden worden. En we hebben hem natuurlijk op het hart gedrukt nooit persoonlijke informatie te geven en nooit geld te sturen.'

Hoewel dit totaal niet bruikbaar is voor het onderzoek, is Kaiser toch nieuwsgierig. 'Waar schreef hij dan over met hen?'

'In eerste instantie was hij gefascineerd door hoe ze daar terecht waren gekomen, maar na een tijdje schreef hij alleen nog met vrouwelijke gevangenen. Sommigen stuurden hem zelfs liefdesbrieven. Ik denk dat hij al die aandacht wel leuk vond.'

Kaiser grinnikt onhoorbaar. 'Nou, dank u wel voor uw tijd...'

'Ik denk vaak aan hem, weet u. Hij heeft een moeilijke jeugd gehad, zat al sinds hij heel klein was in de pleegzorg.' Ursula slaakt een diepe zucht in zijn oor. 'Maar hij heeft een uitzonderlijke overlevingsdrang, hij komt er wel uit, daar geloof ik heilig in.'

'Hij gebruikte namen van superhelden als afzender,' vertelt Kaiser.

'O, ja, dat is typisch iets voor hem,' zegt Ursula met een lach. 'Hij wilde altijd iemand anders zijn.'

Het kost nog zeker een minuut voordat Kaiser beleefd een einde kan maken aan het gesprek, maar hij is niet geïrriteerd, de vrouw klonk eenzaam.

'Nee, hè!' hoort hij achter zich en als hij omkijkt, staat Kim achter hem met een kop koffie in haar hand. 'Je weet dat je eigen bureau nog geen halve meter verderop staat? Ik haat het als je aan het mijne gaat zitten. Je maakt overal een... troep van.' Ze wuift afkeurend met haar vrije hand.

'Ik zit hier graag,' zegt hij maar hij staat op en maakt plaats voor haar. 'Het is zo lekker schoon en opgeruimd. Zelfs de lucht aan jouw kant ruikt frisser. Ik dacht dat je pas over een halfuur of zo zou komen.'

'Ik had besloten om vroeg te zijn,' zegt ze en haar lichaamstaal verandert heel subtiel; iets wat alleen iemand die haar heel intiem kent kan opmerken. En Kaiser kent haar intiem. Ze dempt haar stem. 'Dave zat me op te wachten toen ik thuiskwam. Hij heeft me niks gevraagd,' voegt ze er haastig aan toe als ze Kaisers gezicht ziet, 'maar hij zei dat hij dacht dat het tijd werd om eens samen een weekendje weg te gaan. Dus we gaan vrijdag naar Scottsdale, naar het resort waar we zijn getrouwd. Hij heeft het al geboekt.' Ze houdt Kaisers blik wel tien seconden vast voordat ze haar ogen afwendt.

'Ah.' Hij zorgt ervoor dat hij luchtig klinkt. 'Dat klinkt goed. Ik weet zeker dat jullie het fantastisch zullen hebben.'

Meer krijgt hij niet uit zijn keel. Het trieste gevoel dat hem overvalt verrast hem, ondanks het feit dat hij weet dat hun affaire al eeuwen geleden had moeten eindigen.

Nee. Die hele affaire had verdomme nooit moeten beginnen!

Hij vlucht in het druk opruimen van zijn bureau zodat ze niet hoeven te praten terwijl hun relatie als een rits foto's door zijn hoofd gaat: Kim, naast hem in bed, leunend tegen de kussens, terwijl hij nog iets doet op de computer, haar blote borsten beschenen door het licht van zijn laptop, haar tepels als verse muggenbulten. Kim die haar hand in zijn boxershort laat glijden terwijl ze haar man belt dat ze late dienst heeft. Kim in de douche, die ochtend nog, het water glijdt over haar rug terwijl ze voorover bukt zodat hij haar van achteren kan nemen. Hij slikt de herinneringen weg met een flinke slok hete koffie waardoor hij zijn keel verbrandt.

Dan gaat de telefoon op zijn bureau. Hij is dankbaar voor de afleiding. Het is Julia Chan die hem terugbelt, de vrouw die een appartement deelt met de biologische moeder van Henry Bowen. Hij heeft haar gisteravond geprobeerd te bereiken, nadat Claires ouders hun dochter in het mortuarium hadden geïdentificeerd. Het was een lange avond, zeker omdat Kim daarna nog naar zijn appartement kwam.

'Ik heb uw bericht gehoord, maar ben nu onderweg naar mijn werk,' zegt ze. Ze klinkt wat afwezig en een beetje ongerust. 'Ik heb een vergadering straks en ik ben al laat. Waar gaat dit over?'

'Ik heb een paar vragen over Claire Toliver,' zegt hij. 'Kan ik vandaag op uw kantoor langskomen om u te spreken?'

'Natuurlijk. Doe me een plezier en zwaai met uw badge. Dat is de enige manier om me eerder uit een meeting te krijgen.'

Hij vertrekt zonder Kim gedag te zeggen. Maar bij de lift

blijft hij even staan en werpt hij nog een laatste blik op haar. Haar blonde haar, bijeengebonden in een staartje. Ze lijkt te voelen dat hij dat doet en kijkt op. Snel wendt hij zijn ogen af en stapt de lift in.

Het is voorbij.

Kut.

Godzijdank.

11

Strathroy, Oakwood & Strauss ziet er net zo uit als elk ander groot advocatenkantoor waar Kaiser ooit is geweest en om acht uur 's morgens bruist het er al van de activiteit. Hij wordt verwelkomd door een enorm gegraveerd logo achter de receptiebalie, waar twee jonge vrouwen met koptelefoons achter zitten – waarschijnlijk net van school af – die met verveelde efficiëntie opnemen en doorverbinden. Zijn badge trekt hun aandacht en hij krijgt de verzekering dat degene voor wie hij komt zo snel mogelijk voor hem zal worden gelokaliseerd. En zou hij misschien een kop koffie willen terwijl hij wacht?

Ja, ja, graag.

De koffie is heet, de melk schuimend en voorzien van een snufje kaneel. En nog verdomde lekker ook! Hij drinkt langzaam, met kleine slokjes.

De ouders van Claire Toliver namen het nieuws van de dood van hun dochter gisteravond slecht op, maar dat is logisch natuurlijk. Haar vader stelde vragen waar Kaiser geen antwoord op had. De snikken van haar moeder waren door het hele mortuarium te horen. En nu is hij hier, bij het advocatenkantoor waar Claires huisgenootje werkt, en hoopt hij meer te weten te komen over het leven van de vermoorde jonge vrouw.

Hij gebruikt de wachttijd om de socialmedia-accounts van het slachtoffer te bekijken. Hij kan er maar één vinden; een LinkedIn-profiel. Dat verbaast hem; Claire is tenslotte van een generatie voor wie social media superbelangijk zijn. Ze heeft geen Facebook, geen Instagram, geen Twitter. Haar profiel op LinkedIn vertelt hem dat ze is afgestudeerd aan Puget Sound State University, een bachelor in politieke wetenschappen heeft en een minor in Frans. Ze zat nu in haar tweede jaar rechten en deed een stage van drie maanden bij Strathroy, Oakwood & Strauss 'omdat de firma speciaal focust op vrouwenrechten binnen de mensenrechten.' Een fan van Hilary Clinton, dat is duidelijk.

De professionele foto die Claire op LinkedIn heeft gezet lijkt totaal niet op het lijk op de tafel in het mortuarium. En toch is ze het zonder twijfel. Hetzelfde lange, donkere haar, dezelfde vorm gezicht. Het enige detail dat de foto toevoegt zijn haar ogen. Blauw. Een mooie jonge vrouw met een zonnige toekomst.

'Rechercheur?' hoort hij en Kaiser kijkt op. Er staat een aantrekkelijke jonge vrouw van begin twintig voor hem. 'Ik ben Julia Chan. Sorry dat ik u heb laten wachten. Ik zat in een vergadering en mijn telefoon stond op stil. Iemand moest me komen halen.'

'Geen probleem,' zegt Kaiser en hij schudt haar uitgestoken hand. De hand is klein maar haar handdruk is stevig.

'We kunnen in een van de spreekkamers gaan zitten,' zegt ze. 'Stagiaires mogen eigenlijk alleen in een hokje in de kantoortuin, maar daar hebben we geen privacy.'

Hij loopt achter haar aan de gang door en de hoek om. Ondanks het vroege uur is iedereen al tiptop gekleed en loopt iedereen met een soort verontrustende gewichtigheid. Er worden in het voorbijgaan nieuwsgierige blikken op Kaiser geworpen, maar Julia Chan loopt gedecideerd door, haar taupekleurige pumps tikken met machinale precisie op de vloerbedekking. Ze draagt een zwarte knielange plooirok met een kraakheldere witte blouse, haar haar is opgestoken in een wrong, laag in haar nek. Ze gaan de eerste spreekkamer binnen en ze doet de deur dicht.

Nu ze alleen zijn, ziet hij pas hoe gespannen haar gezicht staat.

'Ik dek haar al sinds vorige week donderdag,' zegt Julia, terwijl ze aan de tafel gaat zitten en gebaart dat hij hetzelfde moet doen. 'Dit is niet de eerste keer dat ze zoiets doet. Ik zweer het, als ze niet dood is, vermoord ik haar eigenhandig! Ik wist gewoon dat het een slecht idee was om dezelfde stageplaats te kiezen.'

'Wat doet?' vraagt Kaiser.

'Verdwijnen. Dat heeft ze al eerder geflikt. Had ze de een of andere vent ontmoet en zat ze het hele weekend bij hem. Maar dat aan mij vertellen? Ho maar! Vergeten! Drie dagen later komt ze weer opdagen! Ik was woedend! Zo onbetrouwbaar. En nu schakelt haar telefoon meteen weer over op de voicemail, dus haar batterij is leeg of ze heeft hem gewoon uitgezet.'

Julia had Claires ouders duidelijk nog niet gesproken. Ze brengt haar hand naar haar mond en begint op een vingernagel te kluiven. Kaiser kijkt naar haar andere hand die op de tafel ligt. De nagels zijn rafelig en afgebeten. Ze ziet dat hij kijkt en verstopt haar handen haastig onder de tafel.

'Strathroy, Oakwood & Strauss tolereert nul procent stageverzuim,' zegt Julia. 'Je moet ernstig ziek zijn om niet te komen en je kunt maar beter een briefje van de dokter meebrengen als bewijs. Toen ze afgelopen donderdag niet kwam opdagen, heb ik onze baas verteld dat er een familielid van haar was overleden en dat ze mij had gevraagd dat aan hem door te geven. Hij was er echt niet blij mee, maar ik kan haar straks toch niet zomaar weg laten sturen? Ik hoop dat ze geen overlijdensakte of zo willen zien als ze boven water komt. Dus... Is ze dood of hoe zit het?'

Wat hij nu gaat zeggen, één woord, zal voor altijd een impact hebben op het leven van deze jonge vrouw en hij zegt het zo vriendelijk en voorzichtig mogelijk. 'Ja.'

Julia knippert met haar ogen. Ze zoekt Kaisers gezicht af naar een teken dat hij een grapje maakt en als ze ziet dat dat niet zo is, versteent ze. Pas ruim een halve minuut later zakt ze ineen op haar stoel. 'Fuck.' Er springen tranen in haar ogen maar ze knippert ze weg. Haar nagels gaan weer naar haar mond. 'Fuck!' zegt ze nog een keer. 'Hoe?'

'Ze is vermoord. We zijn de rest nog aan het uitzoeken.'

'Vermóórd?' Haar blik vliegt naar zijn badge. 'Dit is een moordonderzoek?'

'Ja.'

'Hoe dan?' vraagt ze opnieuw, krachtiger deze keer en er rolt een traan over haar wang. Ze veegt hem weg, bijna kwaad, alsof hij haar irriteert en er in dit gesprck geen plaats voor is.

'Het is niet belangrijk voor je om dat te weten...'

'U kunt het me óf nu vertellen, óf ik google later net zo lang tot ik het weet.' Julia's donkere ogen staan vol verdriet. Maar daarachter ligt vastberadenheid. Ze is een sterke jonge vrouw en ze wil antwoorden. 'En ik weet zeker dat het minder traumatisch zal zijn als ik het van u hoor, dus vertel het me maar. Alstublieft. Ze is mijn vriendin. Ik moet het weten.'

Dus vertelt Kaiser wat hij weet. Zo zachtzinnig mogelijk. Dat haar vriendin is gewurgd, in stukken is gezaagd en begraven lag in het bos.

Hij zegt niets over Henry. Hij weet niet of ze weet dat Claire een baby heeft gekregen die ze heeft afgestaan voor adoptie. Het is niet aan hem om dat nu te onthullen.

Julia Chan luistert zonder hem te onderbreken. Als hij zwijgt, staat ze op, strijkt haar rok glad en zegt: 'Excuseer me even.' Ze laat hem alleen in de spreekkamer, iets wat hij al half had verwacht. Iemand een doodsbericht moeten brengen is altijd moeilijk, en hoewel hij probeert niet aan Kim te denken, betrapt hij zichzelf erop dat hij wenst dat ze erbij was. Ze is beter in dit soort dingen dan hij. Hij gebruikt de tijd om zijn berichten te checken en stopt zijn telefoon net terug in zijn zak als Julia weer binnenkomt. Ze is een dikke tien minuten weggeweest.

Ze gaat weer naast hem zitten maar rolt haar stoel deze keer iets verder weg. Ze heeft haar zelfbeheersing terug en is klaar om te praten. Het enige teken van haar emoties zijn haar ogen: die zijn rood en opgezet van het huilen. Als ze begint te praten is haar stem schor en ietwat haperend.

Kaiser begrijpt wat ze doet, want dat doet hij zelf ook elke dag. Julia Chan probeert het te begrijpen, het een plek te geven en op te bergen tot een geschikter moment. Op een dag zal ze een fantastische juriste zijn.

'Ik hoop dat u me nu gaat vertellen dat u de klootzak die het heeft gedaan al gepakt heeft of in elk geval gáát pakken!' zegt ze. 'En ik hoop dat u hem aan flarden scheurt, net zoals hij met haar heeft gedaan.'

'Ja, ik beloof je dat ik die klootzak die dit op zijn geweten heeft te pakken krijg,' zegt Kaiser en hij meent het. Dat kan hij haar met een gerust hart beloven. 'Claires ouders vertelden dat je haar huisgenootje bent.'

'Ja! Al sinds het eerste jaar op de universiteit. We waren meer dan kamergenoten, we waren goede vriendinnen. We zijn allebei enig kind dus waren we eerder zusjes...' Julia's gezicht vertrekt maar ze onderdrukt haar verdriet.

'Ik probeer na te gaan waar ze was en wat ze deed in de dagen voor ze werd vermoord,' zegt Kaiser. 'Haar ouders hadden haar al een paar weken niet gezien.'

'Ja, ze heeft het druk. Hád het druk,' verbetert Julia zichzelf en dan betrekt haar gezicht weer. 'Ze werkt – werkte, shit – parttime in een koffietentje in het U-district. The Green Bean. De laatste keer dat ik haar heb gezien, ik denk dat het vorige week woensdag was, was daar. Ik volg naast mijn stage nog een avondcursus en ga vaak bij haar langs om daar te studeren. Dan geeft ze me gratis lattes. Maar in elk geval, die avond is ze niet teruggekomen naar ons appartement.'

'Is dat een uitzondering?'

'Nee, niet echt. Maar ze appt dan altijd en dat heeft ze nu niet gedaan, dus dacht ik dat ze met die vent was met wie ze aan de praat was geraakt.'

Kaiser gaat meer rechtop zitten. 'Welke vent?'

'Gewoon, een vent. Ik heb niet echt goed gekeken. Hij zat in de hoek.'

'Leeftijd? Lengte? Kleur haar?'

'In elk geval blank. Hij had een pet op, ik kon zijn gezicht nauwelijks zien vanaf mijn plek. Jeans en een T-shirt. Niet mager, maar ook niet overdreven gespierd. Gladgeschoren, geloof ik. Hij had lange benen dus ik denk dat hij lang was.' Haar hoofd gaat met een schok omhoog. 'O, shit. Is hij... Denkt u dat híj haar heeft vermoord?'

'Dat weet ik niet,' zegt Kaiser en dat is het eerlijkste antwoord dat hij kan geven. 'Ik moet alle aanwijzingen nagaan, het onderzoek is net gestart. Wat kun je me nog meer vertellen?'

'Dit is alles,' zegt Julia en deze keer betrekt haar gezicht helemaal en glijdt er een eenzame traan uit haar ooghoek. 'Ik weet niet zeker of ze met hem is meegegaan. Maar dat soort dingen deed ze wel. Ze is een schoonheid en er waren altijd mannen die haar wilden versieren. In een relatie heeft ze geen interesse, dus eh, houdt ze het liever... vluchtig.' Ze stopt, knijpt haar ogen dicht en ademt diep in. 'Wás,' zegt ze als ze ze weer opent, 'ze wás een schoonheid.'

'Ik heb haar foto op LinkedIn gezien.'

Julia snuift minachtend. 'Dat is haar professionele foto. Zo stijf en ingetogen is ze in het echt helemaal niet.' Ze haalt haar telefoon uit de zak van haar rok, scrolt door haar foto's en reikt hem het toestel aan.

Het is een foto van hen tweeën, opgetut voor een avondje uit. Julia Chan is een knappe meid maar Claire Toliver was, om het zacht uit te drukken, een schoonheid. Gekleed in een laag uitgesneden zwart mini-jurkje en op hoge hakken zou ze zo kunnen doorgaan voor een actrice of een model. Lang, bijna zwart haar, smalle taille, goede borsten, enorm lange benen. Het woord dat in hem opkomt als Kaiser de foto bekijkt is 'weelderig'.

'Dat was vorig voorjaar in Vegas, toen we net geslaagd waren.' Er glijdt een glimlachje over Julia's gezicht. 'Dat was een superleuk weekend. In mei gaan we naar Miami, als we... Shit...'

Kaiser laat haar huilen en wacht geduldig tot ze zichzelf weer onder controle heeft. De deur van de spreekkamer gaat open en er kijkt een vrouw van middelbare leeftijd om het hoekje; haar gezicht vertrekt bezorgd als ze ziet dat Julia in tranen is. 'Alles in orde hier, Julia? Gaat het?'

'Ja, Heather, dank je.' Julia veegt snel met haar handen over haar gezicht. 'We zijn bijna klaar, ik kom zo.'

De vrouw doet de deur dicht maar niet zonder Kaiser een boze blik toe te werpen, alsof ze wil zeggen: klootzak, dat je haar aan het huilen maakt.

'Hebt u het al aan haar ouders verteld?' vraagt Julia.

'Gisteren, ja,' zegt Kaiser terwijl hij in zijn zak naar een zakdoek zoekt. Hij vindt er een, gekreukt maar schoon en biedt die haar aan. 'Via hen heb ik jou gevonden.'

'Ik zal ze moeten bellen.' Ze snuit haar neus. 'En de Bowens ook. O, god... Hoe moet ik ze vertellen dat...' Haar stem sterft weg.

Verrast zegt Kaiser: 'De Bowens? Je weet van Henry?'

Ze kijkt hem aan alsof hij het stomste heeft gezegd wat hij maar kan zeggen. 'Dat ze haar zoontje heeft afgestaan voor adoptie? Natúúrlijk! We woonden sámen! Ik heb naast haar gezeten toen ze al die adoptievideo's bekeek en probeerde een gezin uit te zoeken. En bovendien is het nogal lastig om je dikke buik te verbergen voor een huisgenoot.'

'Ik wilde er niet van uitgaan dat het algemeen bekend was...'

'Nou, dat was het niet echt maar het was ook geen geheim dat ze angstvallig verborgen hield.' Julia wrijft over haar ogen. 'Ze raakte halverwege haar examenjaar zwanger. Ze heeft nou niet direct op Facebook gezet dat ze zwanger was of zo, en je zag er niet veel van want ze droeg wijde kleren en bovendien was het natuurlijk zomervakantie, dus bijna niemand wist ervan. Niet dat ze het ontkend zou hebben als iemand ernaar vroeg. Het is alleen... mensen hebben de neiging om helemaal enthousiast te worden als iemand in verwachting is en dat maakte het natuurlijk lastig om te vertellen dat ze de baby wilde afstaan.'

'Begrijpelijk.'

'Hoe weet ú van het bestaan van de Bowens?' Julia staart hem aan. 'Haar ouders praten nooit over Henry; het is een gevoelig onderwerp; dus ik kan me niet voorstellen dat ze erover zijn begonnen.'

Kaiser zwijgt. Als Claire en Julia zo close waren, weet ze misschien allerlei dingen die van belang kunnen zijn voor het onderzoek en hij wil graag dat ze geconcentreerd blijft en meer vertelt. Ze is nu al zo aangedaan dat ze bij het nieuws over Henry's dood misschien instort. Dus hij weet niet zeker of hij haar vraag wel wil beantwoorden...

'Dat hebben ze ook niet...' zegt hij uiteindelijk. 'We weten van de Bowens omdat we Henry, toen we Claire vonden, ook hebben gevonden.'

'Hè? Ik snap het niet!' En het is duidelijk dat ze het echt niet begrijpt. 'Ze zag Henry nooit! Het was wel een open adoptie maar ze wist alleen hoe het met hem ging via e-mails van de Bowens. Ze had verder geen relatie met hem. Er was afgesproken dat ze Henry op een gegeven moment zelf zouden laten beslissen wat hij wilde, als hij er oud genoeg voor was. Jee... Gaat het wel met hem?'

'Ik ben bang van niet.'

Hij geeft haar de tijd om het tot zich te laten doordringen.

Julia staart hem aan alsof ze wacht op de clou. Als die niet komt, leunt ze naar achteren in haar stoel en gaan haar vingers weer naar haar mond. Ze bijt. Hevig. Er is weinig nagel meer over, nog even en ze zit op het vlees.

'Mag ik je een foto laten zien?' vraagt Kaiser. Hij haalt zijn telefoon tevoorschijn.

'Van Claire?' Met een van afschuw vertrokken gezicht stopt Julia abrupt met het kluiven op haar vinger.

'Nee, van de vent met wie ze misschien zat te praten toen bij The Green Bean, de laatste keer dat je er was.'

Haar gezicht ontspant heel even en ze knikt.

Kaiser zoekt een foto op van Calvin James. De recentste die hij kan vinden is van vijf jaar geleden; de gevangenisfoto van de dag waarop Kaiser hem had opgepakt. Het naambordje is eraf gesneden. Hij overhandigt Julia de telefoon en vraagt zich af of ze het nieuws volgt en hem zal herkennen als de Sweetbay Strangler.

Julia fronst haar wenkbrauwen terwijl ze de foto verder inzoomt. Ze tuurt ernaar en kijkt dan met een verward gezicht naar Kaiser op. 'Ik begrijp het niet...'

'Is dat niet de man van de koffietent?'

'Nee, natuurlijk niet!' zegt Julia. Ze kijkt hem bevreemd aan. 'Dat is Calvin.'

Ze herkent hem! Maar dat ze hem bij zijn voornaam noemt, is merkwaardig. 'Dus je weet wie hij is?'

'Natuurlijk weet ik dat!' zegt Julia en de frons tussen haar wenkbrauwen verdiept zich. 'Maar dat is niet de vent met wie Claire die avond stond te kletsen. Dat zou idioot zijn geweest. Dat had ik echt niet laten gebeuren, dat ze nog een keer iets met hem begon.'

'Nog een keer?'

'Ik vertelde toch dat ze al eerder een paar dagen was verdwenen? Toen was ze bij hém. Schijnbaar vielen ze als een blok voor elkaar en hadden ze geweldige seks. Ze hebben zelfs nauwelijks met elkaar gepraat, alleen maar seks gehad. Ze wist zijn achternaam niet eens. Maar ze was helemaal weg van hem. Toen ze eindelijk weer kwam opdagen, leek ze wel zo'n emoji met twee hartjesogen.' Julia schudt haar hoofd. 'Ze was helemaal van de wereld. Hij was ouder, totaal anders dan de jongens die ze meestal versiert en ze dacht dat het misschien wel echt iets kon worden. Maar toen ze hem de volgende dag een appje stuurde, gaf hij geen antwoord. En de weken erna ook niet. De zak. En een tijdje later, toen ze ontdekte dat ze zwanger was, heeft ze geprobeerd hem te bellen omdat ze vond dat hij het moest weten. Maar toen was het nummer niet meer in gebruik.'

'Wacht!' Kaiser steekt zijn hand op. Hij vraagt zich af of hij het allemaal wel goed begrijpt. 'Wát?'

'Weet u dat dan niet?' Julia kijkt hem aan alsof hij een idioot is. 'De man op die foto is Henry's biologische vader.'

Kaiser doet zijn mond open om iets te zeggen, maar hij is te zeer verbijsterd.

'Die klootzak is allang uit beeld,' zegt Julia vlak en ze trekt een gezicht. 'En dat is maar goed ook. Opgeruimd staat netjes. Hé. Is hij opgepakt? Was dat een politiefoto die u me liet zien?'

Kaiser zit alles nog te verwerken en antwoordt flauwtjes: 'Ja. Ik begrijp dat je niet naar het nieuws kijkt? Geen probleem, dat doe ik ook niet. Het is toch allemaal vreselijk.'

'Maar, waar is hij dan voor opgepakt?'

Hij neemt haar op. Ze wil het echt weten. Hij kan het haar

net zo goed vertellen. Zoals ze al eerder zei, anders googelt ze net zo lang tot ze het antwoord heeft.

'Moord. Calvin James is de Sweetbay Strangler.'

'Huh... Wát?'

'Ja.' Zegt Kaiser en hij ziet Julia's vingers weer terug naar haar mond vliegen. Ze knauwt weer, nu tot bloedens toe. 'Ja...'

DEEL DRIE

ONDERHANDELEN

'Je redt jezelf of je wordt niet gered.'

– Alice Sebold, *Lucky*

12

Vijf jaar is lang om onderbroeken te dragen die niet lekker zitten.

Gevangenisonderbroeken zijn ruw en kriebelig. Net zoals gevangenislakens. En gevangeniskleding. De gevangenis is niet bedoeld om comfortabel te zijn. Hij is bedoeld om de misdadiger weg te houden uit de buitenwereld of de buitenwereld weg van de misdadiger. Wat niet hetzelfde is en een belangrijk verschil.

Geo, plat op haar rug in de gevangenisbibliotheek, spreidt haar benen wijder. Haar onderbroek ligt naast haar hoofd en de goedkope vloerbedekking voelt als schuurpapier tegen haar blote billen. Ze kan zich niet herinneren wanneer ze voor het laatst seks op een echt bed heeft gehad. De vloerbedekking ruikt vaag naar schimmel en of het nou door de vezels of de schimmel komt, sinds ze hier seks heeft, heeft ze een chronische uitslag achter op haar schouders die maar niet verdwijnt.

Ze denkt aan die uitslag terwijl ze afwezig staart naar de bos zwart haar die tussen haar benen op en neer gaat. Haar schouder jeukt ontzettend en de tube hydrocortisonzalf zit in de zak van haar broek. Haar broek ligt ergens achter haar hoofd. Kan ze erbij?

Bewaker Chris Bukowski kijkt op en likt zijn lippen. 'Wat is er? Geen zin?'

'Ga door. Ik ben er bijna.'

Bukowski's hoofd gaat weer omlaag en Geo veegt met

haar hand boven haar hoofd maar voelt de broek niet. Ze maakt een paar kreungeluiden en beweegt haar heupen in hetzelfde ritme als hij. Ze doen het alleen oraal omdat Bukowski, nog maar vijfentwintig en een van de nieuwere bewakers in Hazelwood, doodsbang is dat ze zwanger wordt. Je kunt geen voorbehoedmiddelen krijgen in de gevangenis en dat is logisch omdat de gedetineerden geen seks mogen hebben en al helemaal niet met de bewakers natuurlijk. Bukowski riskeert zijn baan en een gevangenisstraf als ze ooit worden betrapt, maar dat is Geo's probleem niet. Wat haar betreft is bevriend zijn met een bewaker een manier om haar leven iets makkelijker te maken.

Bukowski en zij zijn nu ongeveer een halfjaar 'bevriend'. In die tijd heeft Geo speciale privileges gekregen, zoals extra vers fruit bij de maaltijden en een tv in haar cel. Hij brengt ook boeken, cosmetica en tandpasta die je niet in de gevangeniswinkel kunt krijgen voor haar mee. Het is gek hoe zoiets stoms en futiels als Sensodyne plotseling zo belangrijk kan zijn. Alles wordt uitvergroot in de gevangenis. Buiten stoot je per ongeluk tegen iemand aan, zeg je 'sorry' en loop je verder. Het ergste wat je dan kan gebeuren is een vuile blik en een opmerking dat je uit je doppen moet kijken. Hierbinnen kan het je een paar dagen ziekenboeg opleveren als je tegen de verkeerde bitch aan loopt.

Bukowski is niet getrouwd maar heeft al sinds de middelbare school dezelfde vriendin. De relatie is uitgeblust. Lori – of was het Traci? – zou zeker niet gelukkig zijn met wat haar vriendje uitvreet op z'n werk. Hij is niet de eerste bewaker met wie Geo seks heeft, maar gelukkig zal hij wel de laatste zijn. Bukowski is verliefd op haar – wat óók zijn probleem is – maar het begint irritant te worden. Hij is gelukkig wel aardiger dan zijn voorgangers. Behulpzaam. Enthousiast. Schattig zelfs. Op dit moment likt hij haar zoals een jong hondje iemands hand likt. Het is alleen niet haar hand.

Dertig seconden later doet ze net of ze klaarkomt en wisselen ze van positie. Geo maakt het niet uit of ze nou geeft of ontvangt. Geestelijk is ze toch ergens anders en ze denkt aan honderd andere dingen terwijl haar lippen en tong efficiënt hun werk doen. Gelukkig heeft Bukowski terwijl hij haar befte ook de hele tijd aan zichzelf gezeten, dus is hij er al bijna. Ze liggen op hun gewone plek, een weinig gebruikt stukje in het non-fictiegedeelte, ergens tussen auto-onderhoud en klusjes in huis. De andere bewaker is met lunchpauze en de bibliotheek is nog tien minuten gesloten. Dat is eigenlijk het enige positieve als je het in de gevangenis met iemand doet die je niet aantrekkelijk vindt; je moet snel zijn.

Drie minuten later trekt Bukowski zijn polyester broek glimlachend op. Hazelwood heeft de uniformen van de bewaarders een paar maanden geleden veranderd: ze zijn niet grijs meer maar blauw, en donkere kleuren staan Bukowski goed. Hij zal wel als een knappe vent te boek staan, denkt ze. Niet dat dat ertoe doet.

Bukowski geeft haar een fles water aan en ze neemt een flinke slok. Hij kijkt naar haar als ze haar haar gladstrijkt in een poging het te fatsoeneren zodat niemand zich afvraagt waarom het opeens zo slordig zit.

'Morgen kom je vrij!' zegt hij. 'Wat is het eerste wat je gaat doen?'

Dat vraagt iedereen. Het is een stomme vraag. Geo heeft er tot nu verschillende antwoorden op gegeven, afhankelijk van wat ze denkt dat de ander wil horen. 'In bad,' zegt ze nu. 'Een lang, heet schuimbad met een glas rode wijn erbij.'

'Heerlijk. Ik kan niet wachten om erbij te komen zitten.'

Alleen een verliefde gevangenisbewaker kan zoiets tegen een gedetineerde zeggen en denken dat dat romantisch is.

Geo heeft verdomme vijf fucking jaar vastgezeten! Omgaan met een bewaker is echt het allerallerlaatste wat ze wil als ze vrij is! Ze forceert een glimlach en neemt nog een grote slok water die ze in haar mond laat rondwervelen voordat ze slikt. Bukowski's smaak is sterk en blijft hangen. 'Ik geloof niet dat je vriendin dat zal waarderen, Chris.'

'Ik denk erover het uit te maken.'

Geo zwijgt even. 'Waarom?'

'Je weet waarom.' Hij stopt zijn hemd in zijn broek en gespt zijn riem vast. 'Morgen ben je een vrije vrouw. Dan kunnen we openlijk met elkaar omgaan. Echte seks hebben. Heb je al gedacht over aan de pil gaan? We...'

'Je bent tien jaar jonger dan ik, Bukowski,' zegt Geo. 'En ik ben een ex-gedetineerde. Nou niet direct een winnende combinatie.'

'Nou en? Het is speciaal wat wij hebben.'

Het is strafbaar wat wij hebben... denkt Geo, maar dat zegt ze niet. Volgens de wet kunnen gevangenen nooit vrijwillige seks met bewaarders hebben. Dit wordt beschouwd als verkrachting. Hij kijkt ongerust, dus glimlacht ze naar hem en zegt ze: 'We gaan het zien. Geef me een paar dagen om te wennen. Je weet dat ik bij mijn vader logeer tot ik een eigen plek krijg.'

Dat is wat hij wil horen en hij ontspant. Bukowski tevreden houden in de vierentwintig uur die haar nog rest voor ze vrijkomt, is belangrijk. Het is nooit Geo's bedoeling geweest dat het zo serieus werd tussen hen (van zijn kant dan) en nu moet ze oppassen dat ze hem niet kwetst. Ze heeft met eigen ogen gezien wat er kan gebeuren als een gedetineerde zich de woede van een bewaker op haar hals haalt. Twee jaar geleden probeerde een jonge gevangene na een gevangenisstraf van twee jaar haar intieme relatie met een bewaker te beëindigen; vijf dagen voor ze vrijkwam. De bewaker, een oudere vent, getrouwd, met vijf kinderen, nam het niet goed op. De dag erna werd er een zakje heroïne in haar cel gevonden en kreeg ze er nog eens vijf jaar bij. Zo eenvoudig kon het gaan.

Voordat ze de bibliotheek verlaten, geeft Bukowski haar nog een snelle kus. Geo moet zich beheersen om niet in elkaar te krimpen. Seks is tot daaraan toe, maar kussen is iets anders.

Dan gaan ze ieder een kant op en met een beetje geluk was het de laatste keer dat Geo seks in de gevangenis heeft gehad.

Ze haast zich de gang door en ziet algauw een lange, broodmagere, knokige vrouw haar kant op komen. Yolanda Carter. Geo houdt haar pas niet in maar uiteindelijk moet ze wel omdat de vrouw haar de weg verspert. Ze blijft staan. Dit gaat geen prettig gesprek worden, weet ze. Zo hebben ze al eerder tegenover elkaar gestaan en dat verliep niet bepaald soepel.

'Wat moet je, Boney,' vraagt ze.

De vrouw heeft een korte afro die aan beide kanten is opgeschoren en haar lange magere armen zitten helemaal onder de tattoos. Een paar scherpe ellebogen steken onder de mouwen van haar gevangeniskleding uit. Hoe ze aan haar bijnaam komt is duidelijk: ze is meer bot dan vlees. Maar dat ligt niet aan een dieet; Geo heeft haar zien schransen als een wolf. Ze praat ongeveer net zo snel als haar spijsvertering voedsel verwerkt en klinkt agressief. 'Waar is die zwarte bitch van je?' vraagt Boney met een licht accent. Haar stem is bijna net zo zwaar als die van een man. Het gerucht gaat dat ze een Nigeriaanse prinses is, maar dat praatje heeft Boney waarschijnlijk zelf de wereld in geholpen.

'Ze is mijn bitch niet. En ik ben de hare niet!'

Boney legt een hand op Geo's arm. 'Vertel haar maar...'

'Raak me niet aan,' zegt Geo zacht en ze staart de vrouw recht in de ogen.

Boney trekt haar hand weg en zet een halve pas naar achteren. 'Zeg maar tegen je vriendin dat ik haar te grazen neem als ze nog eens aan een van mijn klanten verkoopt. En niet alleen hierbinnen. Ik heb vrienden buiten. Ik pak haar kinderen.'

'Het zijn haar klanten en ik vertel haar helemaal niks.' Geo draait zich om en loopt weg.

'O, dus je bent alleen maar de bank, hè?' roept Boney haar na; haar bariton galmt door de gang. 'Jij dacht dat je er verder buiten staat? Echt niet, bitch. Echt niet. Je bent erbij betrokken vanaf de eerste dag dat je haar zag, bitch.'

Zonder een blik achterom loopt Geo verder. Als ze de hoek om is, blijft ze even staan om op adem te komen en haar hartslag tot bedaren te laten komen.

In de gevangenis is geen plaats voor zwakte. Het is allemaal leuk en aardig om een vriendelijk mens te zijn, coöperatief en zonder morren te doen wat je wordt opgedragen, maar zodra iemand moeilijk begint te doen, je plek bedreigt, moet je op je strepen staan. Nooit toegeven. Nooit laten merken dat je bang bent. Anders word je met huid en haar verslonden. En als iemand je iets flikt, moet je wraak nemen. Altijd. Elke keer weer. Elke keer. Want als je dat niet doet, blíjven ze je iets flikken.

Toch, Bernie?

Als ze wordt binnengelaten op de afdeling, ziet ze Cat voor zich lopen die door een bewaker naar haar cel wordt begeleid. Drie jaar geleden zijn ze allebei overgeplaatst vanuit de maximale beveiliging naar een minder zwaarbeveiligde afdeling, Geo wegens goed gedrag en Cat omdat ze ziek was. Hun cellen liggen naast elkaar.

Somber ziet Geo dat Cats kleding alweer meer om haar snel vermagerende lijf floddert dan een week geleden. Het is moeilijk haar vriendin zover te krijgen iets te eten en nog moeilijker om ervoor te zorgen dat ze het binnenhoudt.

Kellerman, de bewaker die de taak heeft Cat van en naar het ziekenhuis te rijden, ziet er geïrriteerd uit. Cat heeft steun nodig bij het lopen, maar hij helpt haar niet. Zijn hand raakt haar elleboog nauwelijks aan, alsof hij het walgelijk vindt in haar buurt te komen. Alsof kanker besmettelijk is.

'Hoe ging het?' vraagt Geo als ze hen inhaalt.

'Goed,' zegt Cat. Ze klinkt positief maar haar ogen doen niet mee. Haar gezicht is nog bleker dan normaal en de kringen onder haar ogen hebben de dieppaarse kleur van een aubergine. Haar donkerrode haar, dat op een goede dag perfect zit, wordt ontsierd door een brede baan grijze uitgroei en hangt slap en slierterig rond haar gezicht. 'Andere dag, zelfde shit.'

'Wat doe jij hier, Shaw?' Kellerman is gebouwd als een gewichtheffer, met vlezige armen en een brede borstkas, en vriendelijker dan hij op het eerste gezicht lijkt. Maar hij is wel ontzettend strikt en gespeend van alle humor. 'Je hoort tot halfvier aan het werk te zijn.'

Geo heeft haar antwoord klaar. 'Bukowski zei dat ik de salon eerder mocht sluiten om te helpen met Cat. Ze begint zo met kotsen, nog een minuut of twee, schat ik.'

Kellerman aarzelt. Het is zijn taak om Cat terug te brengen naar haar cel, maar een zieke, brakende vrouw is wel heel erg walgelijk...

'Nou, goed dan,' zegt hij alsof hij hun een plezier doet. 'Maar je brengt Bonaducci rechtstreeks naar haar cel, begrepen? Geen omwegen, behalve de wc.'

'Ah, wat jammer, ik hoopte nog zo op een flinke wandeling!' zegt Cat.

De bewaker neemt haar vorsend op, maar ondanks haar grapje voelt ze zich duidelijk belabberd. De transpiratie op haar voorhoofd accentueert hoe bleek ze is; haar ogen staan glazig en ze lijkt niet goed te kunnen focussen.

‘Rechtstreeks naar jullie cellen,’ zegt Kellerman nog een keer voordat hij zich omdraait en wegloopt.

Geo legt haar arm om haar vriendin heen om haar te ondersteunen terwijl ze langzaam door de gang lopen. Cat voelt aan als een vogeltje waarvan de holle botten kunnen breken bij iets te veel druk. Ze lijkt nauwelijks meer op de robuuste, levendige vrouw die Geo vijf jaar geleden leerde kennen. Als ze bij Cats cel zijn, helpt Geo haar vriendin op het bed. Dan pakt ze de fles water van haar tafeltje, die daar al klaarstaat. Na twee eerdere chemokuren hebben ze een routine.

‘Rustig,’ zegt Geo als Cat gulzig drinkt en het water langs haar kin druipt. ‘Neem de tijd.’

Als Cat genoeg gedronken heeft, laat ze zich achterover zakken, haar gezicht vertrokken van pijn en uitputting. ‘Kut, ik haat dit.’

‘Ja...’ Geo strijkt zachtjes over Cats haar, althans, wat daar nog van over is. Ze hééft het nog gelukkig, maar het is dun en heeft zijn vroegere glans verloren. Na een chemokuur ziet ze altijd bleek, maar vandaag lijkt haar huid wel vloeipapier. ‘Hou vol. Dit was de laatste.’

‘Ja, van deze ronde,’ zegt Cat. ‘Maar hoeveel rondes komen er nog? Ik ben zieker van die klotechemo dan van die kanker.’

Geo legt Cats kussen goed en trekt haar sportschoenen uit. Dan drapeert ze de deken over haar heen en schuift ze de emmer op de vloer dichter naar het bed toe. Op een gegeven moment moet Cat braken en omdat er geen toilet is in de cel, moet dat in de emmer. ‘Natte’ cellen (met wasbak en wc) bestaan alleen op de maximale beveiliging. Maar Cat weigert terug te gaan naar de max-afdeling. De gedetineerden zijn er erger en bovendien heeft ze daar geen vriendinnen.

Geo zorgt elke week na Cats chemo dat de emmer kots

wordt geleegd en schoongemaakt. Ze helpt haar als ze naar de wc moet, bij het douchen, bij het tandenpoetsen. Dat vindt ze geen enkel probleem; voor Cat zorgen geeft haar het gevoel dat ze nog steeds iets goeds kan doen, dat ze nog steeds een goed mens kan zijn. Dat vergeet je snel in een gevangenis.

'Bekijk het van de zonnige kant,' zegt Geo met een glimlach. 'Je hebt je chemo achter de rug en morgen voel je je alweer wat beter en heb je meer energie. En zaterdag komt Lenny...'

'Die komt niet,' zegt Cat.

'Hè? Hoe bedoel je?'

'Hij wil scheiden.' Cats stem hapert en haar ogen worden vochtig. 'Lenny wil bij me weg. Hij heeft een vrouw ontmoet, in een casino en hij zegt dat hij verliefd is. Ze heeft een nagelsalon.' Cat steekt een knokige hand op en werpt er een trieste blik op. Haar nagels zijn superkort en geel van de giftige chemicaliën die elke week in haar lichaam worden gepompt. 'Ze zal wel fantastische nagels hebben,' mompelt ze. 'Niet van die afschuwelijke als de mijne.'

Geo is geschokt. 'Waarom heb je dat niet verteld? Sinds wanneer weet je dat?'

'Sinds vorige week.'

'En dat heb je de hele tijd voor je gehouden?' Geo voelt dat ze woedend wordt en moet haar best doen zich in te houden. Woede helpt Cat niet. Maar het is zo verschrikkelijk oneerlijk. 'De klootzak!'

Cat en Lenny kennen elkaar via het 'schrijf-een-gevangene'-programma. Ze hebben zes maanden gecorrespondeerd voordat hij eindelijk een keer op bezoek kwam. Lenny is vrachtwagenchauffeur en elke maand drie weken van huis. Hun relatie werkte best goed: Lenny had eindelijk een vrouw die niet altijd op hem zat te vitten dat hij zoveel weg was. Door de week telefoneerden ze en elk weekend dat hij thuis was kwam hij op bezoek. Achter Hazelwood staan een aantal caravans met een volledig uitgeruste keuken, een groot tweepersoonsbed en een tv, waar echtparen elke paar maanden vierentwintig uur met elkaar mogen doorbrengen. Samen eten, films kijken en seks hebben. Cat straalde altijd een hele week als ze van zo'n dagje terugkwam en vertelde dan alles tot in de kleinste details aan Geo.

Toen ze acht maanden eerder ziek werd, bezwoer Lenny dat hij haar nooit in de steek zou laten. Cat is in de zestig, maar voor ze kanker kreeg, zag ze er vijftien jaar jonger uit dan ze is. Het gezicht van Lenny op het moment dat Cat 'ja' tegen hem zei in de gevangeniskapel staat in Geo's geheugen gegrift. En ze weet ook nog precies hoe Cats ogen straalden.

Nu zijn de bruine ogen van haar vriendin dof en glazig. De kanker heeft haar glanzende haar verdord, haar wangen uitgehold, haar huid hangt in ruime plooien om haar hals. Haar ooit prachtige kastanjebruine haar heeft nu een soort roestkleur, hoezeer Geo haar best ook doet om er in de salon nog iets van te maken. Ze is zo mager geworden dat haar vel als een extra laag kleding om haar heen slobbert.

Cat heeft verdomme darmkanker, stadium vier, het laatste, en haar man kan niet wáchten? Ze kan Lenny wel vermoorden! Zonder hem gaat het nog harder bergafwaarts met Cat.

'Niet kwaad op hem zijn.' Cats stem haalt haar uit haar gedachten. 'Ik weet wat je denkt. Jij komt morgen vrij en dan ga je hem opzoeken en op z'n donder geven en dwingen bij me op bezoek te komen. Maar dat ga je niet doen, oké?'

Het was inderdaad exact wat Geo van plan was. 'Geef me één goede reden waarom niet.'

'Omdat ik het je vraag.' Cat geeft een kneepje in haar hand. 'Het is niet alleen de kanker die me kapotmaakt, lieverd. Niet alleen Lenny. Het is deze kloteplek. Zo grijs, zo monotoon, het feit dat elke rotdag hetzelfde is. Het dagelijkse gekat en gedoe tussen vrouwen die te oud zijn om in een studentenhuis te wonen, want dat lijkt het hier toch? Zonder de leuke kleren en de vriendjes?'

Geo doet haar mond open om iets te zeggen, maar Cat is nog niet klaar.

'Ik kan het Lenny niet echt kwalijk nemen dat hij niet meer van me houdt. Alles waarvan hij hield bij mij, is weg. Mijn uiterlijk. Mijn lach. Mijn zin in seks. De laatste keer in de camper heb ik zowat de hele tijd geslapen. Ik kon hem nog net aftrekken, maar dat was echt alles.' De oudere vrouw doet haar best om te glimlachen, maar het is een heel flauw lachje. 'Hier heeft hij niet voor getekend. We hadden plannen voor als ik vrijkwam. Mount Rushmore, Mount St. Helens, de Grand Canyon... We zouden overnachten in motels, neuken als beesten, uit elke plaats waar we kwamen een shotglaasje meenemen. Dat ik ziek ben verpest dat allemaal. Het is allemaal helemaal anders nu.'

'Hij is godverdomme een ontrouwe klootzak,' fulmineert Geo kwaad. Ze kan zich niet beheersen. 'Het is een rotstreek. Oneerlijk.'

'Ja,' zegt Cat geduldig. 'En ja, je hebt gelijk. Maar dat wisten we al, dat het leven niet eerlijk is. Morgen kom je vrij en ik wil dat je naar huis gaat en nooit meer omkijkt. Bouw je leven opnieuw op. Zoek een man. Trouw, krijg kinderen. Vergeet al deze zooi. En kom hier nooit meer terug! Nooit! Hoor je me? Ik wil niet dat je bij me op bezoek komt. Zelfs niet op mijn sterfbed.'

'Hou op.' De tranen prikken achter Geo's ogen maar ze knippert ze weg voordat ze kunnen vallen. 'Je gaat hier niet dood. Je krijgt gratie omdat je ziek bent. Je kunt nu elk moment een antwoord op je verzoek verwachten. En als je eruit bent, neem ik je mee naar alle plekken die je maar wilt...'

'Ik red het niet, Geo,' zegt Cat zacht terwijl ze Geo's arm streelt. 'Accepteer dat nou maar.'

'Nee...'

'Acceptéér het, Geo!' zegt Cat streng.

Nooit, denkt Geo, maar ze knikt. Ze gaat geen ruziemaken met een doodzieke vrouw.

Cats ogen glijden naar de televisie op het bureautje. 'Wat doet dat ding hier?'

'Dat is je nieuwe televisie,' zegt Geo. 'Ook wel bekend als mijn oude televisie. Twintig centimeter non-high definition kleur, voor uw kijkplezier, mevrouw!'

'Ik wou dat ik twintig centimeter van iets anders had voor mijn plezier.'

Geo snuift. 'Pfft, alsof je dat aankan.'

'Je zou verbaasd staan. Ik ben misschien klein, maar op sommige punten groots en machtig.'

Ze barsten allebei in lachen uit.

'Nou, in elk geval is dit ding nu van jou,' zegt Geo met een klapje op het toestel. Ze zet het aan en zoekt een zender op. 'Kijk, *The Young and the Restless* is bezig.'

Ze gaat op de stoel naast het bed zitten. Technisch gezien moet Cat toestemming hebben om een tv in haar cel te hebben, maar Geo kan zich niet voorstellen dat iemand nog het lef zal hebben haar doodzieke vriendin iets te weigeren wat ze strikt gezien niet nodig heeft. *The Young and the Restless* is Cats favoriete soapserie. Het is een soort troost voor haar om de twee hoofdrolspelers weer te zien ruziën.

'Wanneer dringt het nou eindelijk eens tot haar door dat hij niet goed is voor haar?' zegt Cat met een dramatische zucht.

'Nooit,' zegt Geo terwijl ze haar voeten op het tafeltje legt. Ze knabbelt op een van Cats crackers en vijlt haar nagels met een nagelvijltje dat ze in de gevangeniswinkel heeft gekocht. 'Ze gaan eeuwig zo door, tot een van de twee de pijp uit gaat. Het is een soapserie, Cat.'

De ironie van haar nagels doen terwijl ze naar *The Young and the Restless* kijkt ontgaat haar niet. Vijf jaar geleden had ze regelmatig een afspraak bij de nagelstudio vlak bij haar huis. De eigenaresse was een kleine Vietnamese vrouw die May heette en Engels leerde van Amerikaanse soapseries. Er hing een grote televisie in de hoek van de salon en *The Young and the Restless* schetterde altijd keihard door de ruimte. Dan zat Geo relaxed op een comfortabele neplederen stoel met haar voeten in een ontspannend badje, terwijl May haar manicuurde en af en toe vragen stelde als: 'Wat beteken schandaal?', 'Wat beteken vreemdgaan?', waarop Geo het probeerde uit te leggen.

Die manicuresessies komen haar nu als absurd luxueus voor. Net zoals haar Range Rover, haar lakens van Egyptisch katoen, haar talloze paren Stuart Weitzman-pumps. Alles is bij haar vader opgeslagen omdat haar eigen huis verkocht is en hoewel ze ernaar uitkijkt om weg te zijn uit Hellwood, ziet ze ertegen op om terug te gaan naar het huis van haar jeugd. Maar ze heeft geen andere keus.

The Young and the Restless is afgelopen en als Geo zich omdraait ziet ze dat Cat slaapt, ze ademt diep en regelmatig. Geo blijft een tijdje naar haar zitten kijken met een hart dat zwelt van liefde maar tegelijkertijd verscheurd wordt door verdriet. De perkamentachtige huid, de blauw dooraderde oogleden, de droge, ingevallen lippen. Hoe kan ze haar lieve vriendin hier achterlaten om alleen te sterven?

Klote-Lenny. Het is zo oneerlijk.

'Jezus, zit niet zo gluiperig naar me te kijken.' Cat heeft haar ogen dicht maar er speelt een glimlachje om haar lippen. 'Ik hou ook van jou, schat. Maar hou op met dat geloer en gun een oude vrouw een beetje rust.'

Het nieuws begint. Geo kijkt met een half oog naar de

blonde presentator die de belangrijkste nieuwsberichten van de dag opnoemt. En dan staat het huis van haar vader plotseling op het scherm.

Ze gaat rechtop zitten en trekt de tv iets naar zich toe. Het is het huis van haar jeugd, geen twijfel mogelijk. Dezelfde taupegrijze buitenkant, dezelfde helderblauwe deur, dezelfde donkerrode Japanse esdoorn die al eeuwen links van de garage staat. Geo spitst haar oren om te horen wat er wordt gezegd, ze wil het geluid niet harder zetten omdat Cat weer ligt te dutten.

'De politie heeft de identiteit van de slachtoffers nog niet bekendgemaakt maar wij kunnen bevestigen dat het gaat om een meerderjarige vrouw en een minderjarig jongetje,' zegt de nieuwslezeres, haar stem helder en onbewogen. 'Beide lichamen zijn gevonden in de bossen achter Briar Crescent in de buurt Sweetbay, waarmee de bewoners worden herinnerd aan een soortgelijke vondst ruim vijf jaar geleden. Na de reclame meer nieuws over hierover.'

De reclame begint en Geo zinkt terug in haar stoel. Haar hart wordt omklemd door een ijzeren vuist. Naast haar ligt Cat te snurken.

Calvin is terug.

Precies op tijd om haar thuis te verwelkomen.

13

De eerste keer dat Geo Calvin James zag, was ze zestien.

Het was een dag als elke andere. Ze was samen met Angela en Kaiser, en ze kwamen alle drie met een drankje de 7-Eleven uit die ietsje verderop in de straat van hun middelbare school lag. Voor Angela en haar een Slurpee – druiven voor Ang en blauwe bessen voor Geo – en een Big Gulp Mountain Dew voor Kai (die Slurpees afgrijselijk vond).

De rode Trans Am Pontiac stond twee parkeerplekken voor Angela's schattige kleine Dodge Neon, een cadeau van haar ouders voor haar zestiende verjaardag. Angela's vader was een van de onderdirecteuren van Microsoft en haar moeder kwam uit een welgestelde familie, dus Angela was rijk. Dat was iets waar ze nooit over opschepte, maar waar ze ook geen geheim van maakte. Het wás gewoon zo.

Rond de Trans Am stonden vier jongens van een jaar of twintig. Ze rookten sigaretten en dronken stiekem bier uit blikjes in papieren lunchzakjes. Het was halfdrie op een donderdagmiddag. Dat had meteen al de eerste rode vlag moeten zijn.

De jongens – mannen? – namen hen op omdat ze hun kant op kwamen. Ze waren in hun schooluniform: alle drie eenzelfde wit buttondown overhemd met het logo van St. Martin's op het borstzakje. Angela en Geo droegen identieke bruingrijze kilts, kniekousen en zwarte instappers, Kaiser een grijze broek en een bruine stropdas. Geo voelde dat de houding van de twee anderen veranderde toen ze dichter bij de jongens kwamen. Kaiser, lang maar stakerig, leek iets ineen te krimpen terwijl de jongens hem minachtend bekeken. Angela bloeide echter op onder hun aandacht en wiegde iets meer met haar heupen dan even daarvoor.

'Meisjes van St. Martin's,' zei een van de jongens, hard genoeg voor hen om het te horen. Zijn vrienden lachten. 'Is een van die twee je vriendinnetje, bro?'

Kaiser antwoordde niet. Hij wachtte gewoon bij het achterportier aan de bestuurderskant, zijn vaste zitplaats, en leek het liefst in het niets te willen verdwijnen.

Angela zette haar Slurpee op het dak en draaide de auto van het slot. Haar koele blik verhulde haar opwinding over het feit dat jongens die zoveel ouder waren dan zij, aandacht aan haar besteedden. Ze stapten alle drie in.

Geo rolde met haar ogen terwijl ze het portier dichtsloeg en haar veiligheidsgordel vastmaakte. 'Die zijn toch veel te oud,' zei ze tegen Angela. 'Ze drinken bier, dus zijn ze minstens eenentwintig. En nog midden op de dag ook! Waarom zijn ze niet aan het werk?'

'Ze zullen wel geen werk hebben,' zei Kaiser vanaf de achterbank, nu beter op zijn gemak omdat ze veilig in de auto zaten. 'En ze zitten vast niet op de universiteit, want zo zien ze er niet uit.'

'Niet zo veroordelend, Kai,' wees Angela hem kattig terecht terwijl ze haar zonneklep naar beneden klapte om haar gezicht te inspecteren. Dat had ze vijf minuten voordat ze de 7-Eleven binnengingen ook al gedaan en vijf minuten daarvoor ook, toen ze in de auto stapten om van school naar de supermarkt te rijden. Tevreden dat er niet opeens een puistje was ontsproten in de laatste driehonderd seconden en dat haar gezicht nog steeds perfect was – wat het was, daar kon niemand omheen – deed ze de klep weer omhoog. Haar donkere ogen keken langs Geo heen naar het groepje jongens dat nog steeds naar hen stond te kijken. ‘Misschien werken ze ’s nachts, weet jij veel?’ vervolgde ze en richtte zich daarna tot Geo: ‘En trouwens... Heb jij liever iemand van school, dan? Kijk dan, die ene is leuk.’

‘Welke?’ vroeg Geo terwijl ze een slokje van haar Slurpee nam. Ze durfde niet te kijken.

‘Die lange. Mijn god!’ zei Angela een beetje ademloos. ‘Serieus. Die is knap! Jared Leto-gezicht, Kurt Cobain-uitstraling.’

Geo waagde een blik in de richting van het groepje jongens. De lange jongen zag er inderdaad best knap uit als je van dat soort ‘bad boys’ hield. Angela in elk geval wel. Gescheurde spijkerbroek, zwart T-shirt, haar een beetje te lang en glad naar achteren gekamd, gebeeldhouwd gezicht. Hij zag dat ze naar hem keek en ze wendde haar gezicht af.

‘Ang, kom op, rijden! Ik moet voor *Melrose Place* mijn essay voor Engels nog afmaken.’

‘Ja, kunnen we eindelijk gaan?’ klonk Kaiser chagrijnig vanaf de achterbank.

‘Hij komt hierheen,’ siste Angela. ‘Doe je raampje omlaag; kijken wat hij wil. God, ik hoop dat die Trans Am van hem is.’

‘Ik ga mijn raampje echt niet...’

Ze schrokken allebei toen er op de ruit werd getikt. Geo schoot in de lach. Zulke dingen gebeurden altijd als Angela ergens naartoe ging. Haar beste vriendin hoefde zich alleen maar op straat te vertonen, of er kwam al iemand op haar af. De dag daarvoor nog was er midden op de parkeerplaats van het winkelcentrum een auto abrupt omgekeerd (waarbij hij bijna iemand had aangereden) om Angela’s nummer te vragen. Ze had het niet gegeven; was niet onder de indruk van zijn auto, een oude Jetta vol roestplekken.

Geo draaide het raampje open. De geur die naar binnen waaide was het eerste wat ze opmerkte; een bedwelmende mix van Budweiser, Eternity van Calvin Klein en Marlboro's. Als 'geen ideale schoonzoon' een geurtje was, zou het precies zo ruiken.

'Ja? Is er wat?' vroeg ze. Ze klonk kattiger dan ze bedoelde en ze wist dat ze tuttig deed.

Angela boog zich over Geo heen om door het open raampje naar de jongen te glimlachen, haar lange haren kriebelden op Geo's benen. Ze probeerde Geo's tuttige reactie goed te maken.

Het zou toch niet gebeuren dat deze ongelofelijk lekkere gozer haar niet leuk vond omdat Geo iets stoms zei. De jongen lachte terug; eerst naar Angela en toen naar Geo; hij hield haar blik vast en ze voelde een tinteling in haar buik. Angela had gelijk. Hij was echt super!

'Bro,' zei hij uiteindelijk met een knikje naar Kaiser achterin zonder zijn ogen los te maken van Geo.

'Hé,' reageerde Kaiser. Zijn stem sloeg over.

'Je hebt je beker op het dak laten staan,' zei de jongen tegen Angela terwijl hij Geo strak bleef aankijken. 'Het zou zonde zijn als je Slurpee omvalt als je wegrijdt, toch?'

'O shit! Bedankt dat je me waarschuwt!' Angela deed het portier open en stapte half uit om haar drankje van het dak van de auto te pakken.

'Blauwe bessen?' vroeg hij Geo, met een knikje naar de beker in haar hand.

'Hoe weet je dat?'

'Je hebt een blauwe tong.'

'O!' Ze bloosde. 'Ja, dat is dan wel duidelijk. Hoewel ik niet begrijp waarom je naar mijn tong kijkt. Ik vind het nogal pervers, eigenlijk.'

Hij lachte en ze was tevreden dat ze zo ad rem had gereageerd.

'O mijn god!' mompelde Kaiser vanaf de achterbank, maar áls de jongen hem hoorde, reageerde hij in elk geval niet.

Zijn intense blik bracht Geo van haar stuk. En ze kon nergens anders naar kijken, behalve naar hem. Hij had groene ogen die rondom de pupil goudkleurig waren. Katachtig. Ze contrasteerden enorm met zijn donkere haar. Zijn ene arm lag nonchalant op de rand van het geopende raampje. 'Heb ik je hier niet eerder gezien?'

'Wauw, wat een originele vraag,' zei Angela terwijl ze het portier met een klap dichttrok.

Geo wierp een snelle blik op haar vriendin. Angela keek chagrijnig, haar lippen waren een dunne streep. Ze was natuurlijk boos dat zo'n coole gozer geen aandacht aan háár besteedde. Hij kéék niet eens naar haar. Angela probeerde haar teleurstelling te verbergen door net te doen of ze ongelofelijk verveeld was.

'Heb je die zin helemaal zelf bedacht of van je vader gejat?' zei Angela kattig.

De jongen grijnsde en knipoogde naar Geo alsof hij wilde zeggen: we weten allebei waarom ze baalt, maar wat kan ons dat schelen.

'Hoe heet je?' vroeg hij aan Geo, Angela negerend.

'Ze heet "te jong",' snauwde Angela voordat Geo antwoord kon geven. 'Nou, leuk je gesproken te hebben, maar we moeten huiswerk maken. Dat herinner je je vast nog wel van heel lang geleden, hè?'

O, nu is hij opeens te oud? dacht Geo vol ongeloof, en ze antwoordde: 'Georgina. Geo voor vrienden.'

'Dan noem ik je Georgina,' zei hij. 'Want ik vind dat we méér moeten zijn dan vrienden.'

Ze lachte.

Naast haar slaakte Angela een geërgerde zucht. Ze startte de auto.

Geo wist exact waarom Angela baalde en zo onbeschoft deed. *Nou, jammer dan!* Hoe vaak had Geo er niet als een muurbloempje bij gezeten als haar beste vriendin weer eens versierd werd? Er was zelfs een woord voor: granaat. In elke groep meiden is er één de lekkerste en één de granaat. Angela was altijd de knapste die alle aandacht kreeg, op wie de jongens afkwamen als vliegen op de stroop, voor wie ze elkaar afmaakten. Geo was de granaat, tegen haar moesten ze aardig zijn, haar met fluwelen handschoentjes aanpakken omdat ze de boel kon laten ontploffen. Als de granaat je niet mocht, vertrok de hele meidengroep en waren je kansen bij die ene knappe verkeken.

Maar vandaag waren ze van rol gewisseld! Geo had geen idee hoe dat opeens had kunnen gebeuren en ze was er niet op voorbereid geweest. Net als Angela. Niet dat Geo lelijk was. Helemaal niet, ze zag er leuk uit en meestal voelde ze zich ook best knap. Maar Angela Wong was een beauty, met lang zwart haar tot aan haar middel, donkere amandelvormige ogen, een porseleinwitte huid. En ze had zelfvertrouwen; ze was een van de populairste meisjes op school. Als Angela iets tegen je zei, kreeg je het gevoel dat je uitverkoren was. Aan de andere kant kon ze je ook met één vuile blik vermorzelen.

Die kwaliteiten had Geo allemaal niet. Maar toch wilde deze toffe gast háár! Logisch dat Angela pissig was. Hij speelde het spel ook niet goed... Angela was nu de granaat en ze stond op ontploffen! Gelukkig had hij het net op tijd in de gaten.

'Luister, ik kwam je ook vertellen dat mijn vriend daar je helemaal fantastisch vindt,' richtte hij het woord nu tot Angela terwijl hij op het groepje jongens wees. Eén ervan stak zijn hand op en zwaaide. 'Dat is Jonas. Hij speelt in een band. Morgenavond treedt hij op in de G-Spot. We kunnen gratis naar binnen en de barkeeper is een vriend van me dus alle drankjes zijn gratis. Jullie hebben wel een ID, toch?'

Hij bedoelde een valse identiteitskaart en natuurlijk hadden ze die, hoewel Geo altijd heel nerveus was als ze de hare gebruikte, wat trouwens niet vaak gebeurde.

Angela, nog steeds op haar teentjes getrapt, draaide haar hoofd om om Jonas, die in Geo's ogen wel vijfentwintig leek, te bekijken. Maar hij was leuk om te zien en het feit dat hij in een band speelde zou Angela zeker aanspreken.

'Misschien,' zei ze uiteindelijk, maar ze glimlachte flauwtjes.

Geo liet een zucht ontsnappen. De pin bleef dus gelukkig in de granaat. Op dit moment, in elk geval. 'Zit jij ook in die band?' vroeg ze de jongen.

'Nee... Niks voor mij. Ik kan voor geen meter wijs houden. Maar ik steun mijn maten, snap je? Als zij iets graag willen, wil ik het ook. Voor hen. Vrienden hè.' Het was een steek onder water naar Angela, maar die had het te druk om het door te hebben; ze keek weer in het spiegeltje van de zonneklep of ze er nog steeds goed uitzag. Hij glimlachte samenzweerderig naar Geo en ze glimlachte terug, het voelde alsof ze nu al een geheimpje deelden. Het voelde nu al intiem.

'Ik geef je mijn nummer, oké?' zei hij. 'Heb je een pen?'

Geo diepte er een op uit het portiervakje en gaf hem die aan. Hij stak zijn arm door het raampje en pakte haar hand vast, waarna hij op z'n gemak zijn nummer op haar onderarm schreef. Het kietelde en ze wilde lachen, maar ze werd er vanbinnen ook helemaal warm en week van, en ze voelde zich een beetje duizelig. Geo keek omlaag naar het nummer op haar arm. Zijn naam stond erbij: Calvin.

'Nou, ik hoop jullie morgen te zien.' Calvin hield haar hand een seconde langer vast dan noodzakelijk. 'Jij bent natuurlijk ook welkom, bro,' zei hij achteloos tegen Kaiser alsof hij nu pas weer bedacht dat hij er ook nog was.

'Ik weet zeker dat ik te veel huiswerk heb,' zei Kaiser terwijl hij een slok nam van zijn Big Gulp.

'Tot snel, Georgina,' zei Calvin en hij kuste haar hand voordat hij die losliet.

Angela startte de auto en reed heel langzaam langs de drie andere jongens die tegen de rode Trans Am aan geleund stonden, het parkeerterrein af.

'Jonas is leuk,' begon Geo als zoenoffer en ze draaide haar hoofd om om tegen Kaiser op de achterbank te zeggen: 'Toch, Kai?'

'Jullie willen echt niet weten wat ik vind,' zei hij bozig.

'Ja, best wel, hè?' zei Angela, maar ze klonk onzeker.

Ze reden een tijdje in stilte. Geo koesterde zich in de gloed van Calvins interesse in haar en wilde er het liefst van alles over zeggen, maar ze wist dat de rest van de middag verpest zou zijn als ze nu te snel haar mond opendeed. Angela moest erover beginnen, daar moest ze op wachten en Angela had tijd nodig om voor zichzelf te beslissen dat het oké was wat er was gebeurd. Dus Geo zweeg. Ze staarde naar haar onderarm. Glimlachend. Ze kende Calvins nummer nu al uit haar hoofd, voor het geval de inkt eraf ging en ze nog niet de kans had gehad hem te bellen.

'Tjezus, dat je het nummer van die zak wilde!' Kaiser klonk niet erg blij. 'Je vader vermoordt je. Hij is fucking óúd.'

'Hou je kop, Kai,' zei Geo kwaad. Ze verwachtte niet dat hij er nou bij zou staan juichen – om andere redenen dan Angela trouwens – maar zijn kop houden en geen commentaar geven was toch wel het minste wat hij kon doen. Zoiets gebeurde haar niet elke dag en ze wilde ervan genieten. 'Ik vertél het helemaal niet aan mijn vader.'

Angela slaakte een zucht. 'Oké. Goed. Maakt mij het uit. Hij is lekker, lucky bitch dat je bent. We kunnen maar beter gaan bedenken wat we morgenavond aandoen. Jij gaat toch ook mee, Kai?'

'Echt niet.'

Wat ze aanhad bleek er niet veel toe te doen. De avond

erop bracht ze door in een achterkamertje van de G-Spot, vrijend met Calvin op een oude groene bank die naar bier en pizza rook. Het was zelfs de eerste keer dat ze tongzoende. Ze hadden 'het' nog niet gedaan omdat Geo nog maagd was en daar echt nog niet aan toe was, maar ze had zijn handen niet tegengehouden en ze overal naartoe laten gaan waar hij maar wilde: onder haar bloesje, in haar beha, onder haar rok en in haar slipje. Hij gaf haar het eerste orgasme dat ze ooit met iemand anders had gehad en ze kwam ongelofelijk klaar terwijl ze hem recht aankeek. Ze wist niet dat het zo heftig kon voelen.

Daarna had hij zijn vingers door de hare gevlochten en gefluisterd: 'Dit is krankzinnig, ik val zo op je dat het gewoon pijn doet.'

Die avond met Calvin was de eerste en de laatste keer dat hun relatie prachtig voelde. De eerste en laatste keer dat het ongecompliceerd was. De eerste en laatste keer dat het puur voelde in Geo's hart en in haar hoofd. Als ze die ene avond op de een of andere manier kon bewaren, apart, los van alles, en ze zich die zonder alle andere dingen kon herinneren, zou het zelfs een gelukkige herinnering zijn. Calvin James was haar eerste liefde tenslotte.

Maar zo werkt het niet. Het verleden is altijd bij je, je draagt het altijd met je mee, of je er nu aan wilt terugdenken of niet, of je er verantwoordelijkheid voor neemt of niet. Je draagt het verleden met je mee omdat het je verandert. Natuurlijk, je kunt proberen het te begraven, net doen of het niet is gebeurd, maar uiteindelijk haalt het je in. Het hoort bij je. Dat weet Geo uit ervaring.

Want iets wat is begraven, kan terugkomen. En dat doet het ook.

14

1826 dagen. Zo lang heeft Geo in Hazelwood gezeten. En ze had al uren geleden vrijgelaten moeten worden, als er niet een klein probleempje was.

Er is een lockdown. Alarm. De gevangenis is totaal vergrendeld.

Yolanda Carter, de broodmagere zwarte gedetineerde die ook wel Boney werd genoemd, is vanmorgen neergestoken in de douches. Nadat ze vermist werd bij het appèl, is ze door een bewaker gevonden in de douche waar ze waarschijnlijk al ruim een uur lag terwijl de gedetineerden die zich klaarmaakten voor de dag, in en uit liepen. Maar natuurlijk heeft niemand iets gezien of gehoord. Iedereen zwijgt. Zo gaat dat in de gevangenis. Niemand wil de bitch zijn die klikt.

Geo heeft niet gezien wat er is gebeurd, maar volgens de geruchten – die in een gevangenis sneller gaan dan het licht – was Boneys dood een scène uit een horrorfilm. De douche, die na acht minuten automatisch stopt, had niet veel weggespoeld en de gedetineerde/drugsdealer lag naakt en helemaal rood van haar eigen bloed met alleen haar doucheslippers aan ineengedoken op de tegels. Toen Geo het hoorde, verbaasde het haar niet, en al helemaal niet na het gesprek van de dag ervoor dat ze met het slachtoffer had gehad. Boney probeerde al een tijd terrein van Ella Frank af te pikken, niet alleen in Hellwood, maar ook buiten. Daarom moest Boney verdwijnen. Iemand die het gezin van een ander bedreigt, iemands kínderen, roept dat over zichzelf af. Misschien had ze dat, als ze zelf kinderen had gehad, begrepen. Maar ze had geen kinderen en nu is ze dus dood. Iedereen weet dat Ella erachter zit, zelfs de bewakers die haar de hele ochtend hebben ondervraagd. Maar het bewijzen is een heel ander verhaal.

De alarmbel gaat als teken dat de lockdown voorbij is. Geo zwaait haar benen over de rand van haar bed; ze heeft opeens haast. Het kost weinig tijd om haar spulletjes uit te zoeken. Ze hoeft maar weinig mee te nemen. Een notitieboekje met nummers, een stapeltje verjaardags- en kerstkaarten en een pakketje ongeopende brieven op blauw papier die met een touwtje bij elkaar gebonden zijn. De kaarten zijn van haar vader, ze stopt ze in de goedkope weekendtas die ze haar hebben verstrekt. Haar vader is niet zo'n schrijver, en op het overgrote deel staat alleen: KOP OP MEID! LIEFS, PAPA, maar het voelt niet goed om ze weg te gooien.

De brieven... Wat moet ze daarmee? Ze zijn niet van haar vader en ze heeft alleen de eerste gelezen. Voor de honderdste keer overweegt ze ze weg te gooien, maar zelfs nu kan ze dat niet over haar hart krijgen. Ze stopt ze in de tas, bij de kaarten en het notitieboekje. Haar mobieltje, haar derde hier, heeft ze al aan Ella gegeven. Ella zal het doorverkopen voor waarschijnlijk drie keer zoveel als er buiten de muren voor wordt betaald. En ze zal geen tekort hebben aan kandidaten.

De rest laat ze achter voor Cat. Haar televisie, boeken, make-up en de twee dekens die ze niet langer nodig heeft. Het is heel frustrerend dat er nog steeds geen bericht is over Cats aanvraag voor vervroegde vrijlating in verband met haar gezondheid en Geo is van plan om daar, als ze buiten is, werk van te gaan maken. Toen haar eigen moeder aan kanker overleed, was ze pas vijf en kon ze helemaal niets voor haar doen. Maar nu wel. Nu kan ze wel iets doen.

'Nou, je zou toch denken dat je als een Speedy Gonzales zou maken dat je wegkwam zodra de lockdown voorbij was,' klinkt het droogjes vanuit de deuropening.

Het is Cat, ze lacht naar haar. Geo fronst haar voorhoofd, hoewel haar vriendin er vandaag een stuk beter uitziet. Ze heeft weer wat kleur in haar gezicht en haar ogen staan helderder, hoewel de manier waarop ze tegen de deurpost leunt duidelijk aangeeft dat ze doodmoe is.

'Wat doe jíj hier nog?' vraagt Geo boos. 'Je had een afspraak!'

'Dacht je dat ik je liet gaan zonder gedag te zeggen?'

'Dat hebben we gisteravond toch al gedaan. Cat, die afspraken zijn belangrijk!'

'Nou, misschien wil ik dan nóg een keer gedag zeggen.' Cat loopt langs Geo heen en laat zich op het bed neerzakken. Dan klopt ze op de plek naast haar. 'Het was maar een controleafspraak. Die kan echt wel tot morgen wachten.'

Geo onderdrukt een zucht en gaat naast Cat zitten.

Cat pakt haar hand en geeft er een kneepje in. 'Voor het geval mijn vervroegde vrijlating niet wordt goedgekeurd, wil ik zeker weten dat je weet hoe fantastisch ik het vind wat je allemaal voor me hebt gedaan,' zegt Cat.

'Die wordt echt wel goedgekeurd.' Geo weet waar dit gesprek heen gaat en ze wil het niet horen. Ze kan het niet horen. Ze is er niet aan toe. Dat zal ze nooit zijn.

Cat zucht. Officieel moet ze nog drie jaar en Geo begrijpt heel goed dat optimisme hier gevaarlijk kan zijn. Optimisme kan de minuten laten voelen als dagen, drie jaar dertig laten lijken. Maar haar vriendin moet vrijkomen! Cat Bonaducci zal niet sterven in dit klotehol! Al moet ze hemel en aarde bewegen!

'Je moet positief blijven...' zegt ze, maar Cat snoert haar de mond.

‘Sst! Laat een oude vrouw uitspreken. Je gedraagt je heel onbeleefd!’

Geo kan een lachje niet onderdrukken. ‘Nou, vooruit dan maar. Ga door.’

‘Ik zit hier al verdomde lang. Negen jaar. De eerste vier waren ongelofelijk shit. Er waren dagen dat ik niet wist hoe ik er ooit doorheen moest komen. En toen kwam jij,’ Cats ogen worden vochtig, ‘en werd het allemaal beter. Je bent het beste wat me ooit is overkomen.’

Geo bijt op haar lip. Ze gaat niet huilen. Ze staart naar een stip op de muur tot ze zichzelf weer onder controle heeft en geeft Cat een paar klapjes op haar bovenbeen. ‘Je weet dat het voor mij precies hetzelfde was. En dat zal ook nooit veranderen, waar je ook bent.’

Cat steekt haar hand in haar zak. ‘Ik heb gisteren een doos spullen van Lenny binnengekregen. Hij heeft de rest ergens opgeslagen, maar mijn oude foto’s naar me opgestuurd omdat hij dacht dat ik die nog wel zou willen zien voor ik...’ Ze maakt haar zin niet af. ‘In elk geval dacht ik dat je het leuk zou vinden om deze te zien.’

Geo kijkt omlaag naar de foto in Cats hand. Het is een verbleekte kleurenfoto van een jonge vrouw in een strak, zwart korset en een dunne zwarte panty, met bunnyoren in het lange kastanjebruine haar dat over haar smalle bleke schouders golft en grote bruine ogen, aangezet met een dikke streep eyeliner. Haar middel is superdun, haar borsten zijn zacht en welig. Om haar hals heeft ze een dun zwart koord met een plateau sigaren eraan.

‘Ik ben ooit sigarenmeisje in de Playboy Club geweest,’ zegt Cat met een glimlach. ‘Negentien was ik hier.’

‘Dit ben jíj?’ Geo draait de foto verbijsterd om. Op de achterkant staat in verschoten blauwe inkt geschreven: *Catherine ‘Cat’ Bonaducci, Chicago, 1973*. Ze draait de foto weer om en bewondert hem. ‘Holy shit!’

'Cat, altijd Cat, nooit Cathy!' Haar vriendin tikt op de foto. 'Ik wil dat jij hem houdt, dat je je me zo herinnert.'

De plotselinge brok in Geo's keel doet pijn. Cat lijkt totaal niet meer op de vrouw van de foto, geen spat. Haar borsten zijn niet stevig, haar huid rimpelig, haar lippen schraal en haar haar dor. Maar haar ogen, die zijn hetzelfde. Groot, warm, een prachtige tint koffiebruin. Catherine Bonaducci is nog steeds mooi, als je de tijd neemt om goed te kijken.

'Nou, dit is niet hoe ik me jóú wil herinneren,' zegt Geo. 'Toen kende ik je niet. Maar ik zal hem voor je bewaren. Ik lijst hem in en hang hem op. En als je vrijkomt, krijg je hem terug.'

'Voor het geval we elkaar niet meer zien...'

'Hou op.'

'... wil ik dat je weet hoe speciaal je bent. Je krijgt misschien nooit meer een baan bij een groot concern. Ik weet dat dat moeilijk is. Maar je hebt hersens en je hebt geld. Ik weet zeker dat het wel goed komt met je.' Cat kust haar op de wang. 'Ik hou van je, Georgina. Als van een eigen kind.'

Geo wil heel graag iets opbeurends zeggen, iets positiefs, maar ze kennen elkaar te goed. Cat houdt niet van geklets en Geo weet ook niks te zeggen nu. Cat is ziek. Ze gaat dood, misschien niet morgen, misschien niet de komende drie maanden, maar wel snel. De vraag is of ze binnen de muren van Hellwood zal sterven, ergens in een ziekenhuis, of met Geo die haar hand vasthoudt naast zich.

Aan kanker doodgaan is afgrijselijk. Kanker neemt de tijd en vreet je van binnenuit op. Als ze kon kiezen, ging Geo liever op de manier van Boney, kort en snel. In de laatste dagen voor haar dood hield haar vader haar weg bij haar moeder, bang dat zijn dochtertje achtervolgd zou worden door het beeld van haar stervende moeder. Maar wat Geo nu achtervolgt is de herinnering dat ze op een ochtend wakker werd en te horen kreeg dat haar moeder die nacht was gestorven. Ze heeft nooit de kans gehad om echt afscheid van haar te nemen, haar een laatste kus te geven terwijl haar wang nog warm was. Dat heeft ze haar vader nooit helemaal kunnen vergeven.

Er staat iemand in de deuropening en beide vrouwen kijken op. Het is Chris Bukowski. Geo is niet bijzonder verrast dat de bewaker er vandaag is, ook al staat hij niet ingeroosterd op haar afdeling. Ze had kunnen weten dat hij afscheid zou willen nemen en met haar mee zou lopen op haar weg naar de vrijheid; ze hoopt alleen dat hij niet voorstelt eerst nog even langs de bibliotheek te gaan.

'Klaar?' vraagt hij.

Geo staat op en kijkt nog één keer om zich heen. Ze zal het niet missen hier met die grijze wanden, die grijze vloer en geen enkel raam. Er is werkelijk niets wat ze hier van wil onthouden, behalve de kleine, magere vrouw die nog op het bed zit. Ze helpt Cat omhoog en pakt haar beide handen vast. 'Ik zie je gauw, ja? Ga naar al je afspraken en probeer zo veel mogelijk te eten en te drinken. Zorg dat je sterk blijft want als je hieruit komt, gaan we samen zóveel leuke dingen doen.'

'Georgina...'

'Ik wacht op je.' Ze omhelst Cat, zo anders nu dan op de foto die intussen in haar tas zit. Geo wil heel erg graag zeggen dat ze van haar houdt. Maar Bukowski staat te wachten en ze krijgt de woorden niet uit haar keel.

Ze pakt haar tas en loopt voor de allerlaatste keer haar cel uit, achter Bukowski aan door de gang en van de afdeling af. Op weg naar de uitgang wordt hij tegengehouden door een andere bewaker en terwijl de twee een of ander incident bespreken, hoort ze iemand zachtjes haar naam fluisteren. Ella Frank staat om het hoekje en wenkt haar.

Met een snelle blik op Bukowski die nog steeds diep in gesprek is met de andere bewaker, loopt Geo naar haar toe.

Ze is verrast Ella te zien, ze nam aan dat ze nog steeds zou worden ondervraagd vanwege de moord op Boney.

'Ik wilde je gedag zeggen,' zegt Ella en ze duwt iets in Geo's hand. Het is een stukje papier met een adres erop. 'Ik heb gebeld, hij verwacht je. Ga vandaag, ja? Vóór de kinderen uit school komen.'

'Doe ik. Dank je. Voor... alles.'

'Jij ook,' zegt Ella zacht.

Geo werpt een snelle blik achterom en ziet dat Bukowski bezig is het gesprek te beëindigen. Als ze weer voor zich kijkt, is Ella verdwenen.

Voordat ze echt de gevangenispoort uit kan lopen, moet er nog een ritueel van ten minste een halfuur afgewerkt worden: papieren tekenen, oude bezittingen terugkrijgen, informatie in het systeem zetten. Bukowski blijft in de buurt rondhangen, hoewel hij, met een vermoorde gedetineerde eerder die dag, vast belangrijkere dingen te doen heeft.

Voor het werk dat ze de afgelopen vijf jaar heeft gedaan – voornamelijk in de salon waar ze vier dollar per dag verdiende – heeft ze een bedrag tegoed, dat verrekend wordt met de kosten die nog openstaan in de gevangeniswinkel. Uiteindelijk krijgt ze tweehonderddrieëntwintig dollar en achtenveertig cent mee. De man die haar dat uitbetaalt, noemt het bedrag met een bepaald soort tevredenheid, alsof Geo er trots op moet zijn.

'Is dat veel?' vraagt ze.

'De meeste gedetineerden vertrekken hier met alleen de honderd dollar die ze sowieso meekrijgen.' De man, van middelbare leeftijd, kalend, bril met dikke jampotglazen, staart haar van achter zijn bureau aan. 'Dat je méér krijgt betekent dat je gespaard moet hebben.'

Geo heeft nooit gespaard. Dat hoefde helemaal niet, haar financiële planner had instructies om elke maand een bedrag over te maken naar haar gevangenisrekening, dus geld voor betere shampoo en een snack uit de gevangeniswinkel was nooit een probleem. 'Kan ik het geld op het tegoed van een andere gevangene storten?'

'Die vraag heb ik nog nooit gekregen.' De man fronst zijn voorhoofd. 'Heb je haar registratienummer?' Geo geeft hem Cats nummer en hij tikt het een en ander in op zijn toetsenbord. 'Geregeld. Heb je de tijden van de bus nog nodig?'

Ze schudt haar hoofd. 'Ik word opgehaald.'

'Dan ben je nu officieel uit de gevangenis ontslagen.' De man duwt wat formulieren en een plastic zak met de kleding die ze droeg op de dag dat ze aankwam in Hazelwood in haar handen. 'Hier en hier tekenen en dan kun je je verkleden in de wc aan het einde van de gang. Laat je gevangeniskleding achter in de mand daar. Je mag ze ook meenemen. Als souvenir.' Hij lacht om zijn eigen grapje waarbij hij onregelmatige, bruine koffievlektanden ontbloot.

Fuck! Echt niet!

In de wc trekt Geo haar kleren uit en haar oude kleren weer aan. Tot haar teleurstelling ontdekt ze dat de Diorjurk die ze droeg tijdens het proces tegen Calvin strak zit en trekt bij de heupen en de buik. Ze is dus aangekomen van al dat opgewarmde kant-en-klaareten dat ze de laatste vijf jaar naar binnen heeft gewerkt. Maar toch moet ze, als ze in de spiegel kijkt, erkennen dat het fijn is om er weer als een persoon uit te zien in plaats van een gedetineerde. Haar hoge hakken voelen vreemd aan haar voeten; strak en hard na vijf jaar sportschoenen. Gek dat ze vroeger altijd hakken droeg en ze nog comfortabel vond zitten ook.

Als ze de wc's uitkomt, staat Bukowski haar op te wachten. Zijn mond valt open als hij haar ziet. 'Wauw!' zegt hij en zijn gezicht wordt rood. 'Holy shit! Je ziet er... Wauw!'

'Dat zal ik maar als een compliment opvatten. Dank je.'

Ze lopen samen door de gang naar de dubbele deuren

met EXIT erboven. Bukowski drukt op de knop van de zoemer en blijft dan staan. 'Je hebt mijn nummer, hè?' vraagt hij zacht. Hij kijkt even op naar de camera boven haar hoofd. Geo had altijd een hekel aan alle camera's in Hazelwood, maar nu is ze er voor het eerst blij mee, omdat hij haar nu niet zal proberen te kussen of aan te raken.

'Ja.' Dat is een leugen. Geo heeft zijn nummer niet. Bukowski heeft het op een servetje geschreven en dat heeft ze in haar zak gestopt. Voor zover ze weet, zit het nog steeds in die zak, in een rode broek die nu in een plastic mand op de wc aan het einde van de gang ligt. 'Ik bel je als ik een beetje ben gesetteld.'

De deuren roepen haar. Daarachter is haar vader... haar vrijheid.

'Ik zal je missen.' Bukowski's ogen zijn vochtig.

Doe die deur verdomme open, zak. Ze hangt haar weekendtas over haar schouder. 'Ik jou ook, Chris.'

De bewaker drukt eindelijk de rode knop in en de dubbele deur schuift open. Regendruppels en de frisse ochtendlucht slaan in haar gezicht. Ze ziet haar vader naast zijn oude Lexus staan, dezelfde als hij vijf jaar geleden had. Hij zwaait. Ze zwaait terug en zonder nog een blik op Bukowski trekt ze haar hoge hakken uit en rent ze op blote voeten naar hem toe.

'Fijn je te zien, pap,' zegt ze met verstikte stem als ze in Walter Shaws armen verdwijnt. Tijdens zijn bezoekjes mochten ze elkaar even kort omhelzen en Geo heeft zelf gewild dat haar vader maar één keer per maand kwam. Vaker maakte het te moeilijk.

'Insgelijks, lieverd. Kom, we taaien af.'

Ze lacht iets te hard om zijn belegen uitdrukking. Typisch Walt. Vroeger zou ze met haar ogen hebben gerold, maar nu niet. Ze stapt in en houdt haar adem nog een tijd in terwijl ze langs de laatste bewakingscheck rijden, de poort uit.

Pas als ze op de openbare weg zijn, ademt ze weer uit.

'Honger?' vraagt haar vader. 'Ik ben onderweg langs een wegrestaurant gekomen, op ongeveer een halfuurtje rijden. Heb je trek in een hamburger met friet?'

Geo schudt haar hoofd, 'Weet je waar ik nu echt zin in heb, pap? Een groene thee-latte van Starbucks. En ik moet onderweg nog bij iemand langs. Wat denk je, zou dat allebei lukken?'

'Tuurlijk. Bij wie moet je langs?'

'De broer van een vriendin uit Hazelwood,' zegt ze behoedzaam. Ze wil niet tegen hem liegen maar ze kan hem ook de hele waarheid niet vertellen. 'Hij verwacht me. Je hoeft niet uit te stappen, het duurt maar een paar minuten.' Ze geeft hem het adres. Het is in aan de zuidkant van Seattle.

Walt trekt zijn wenkbrauwen op. 'Georgina, je bent toch niet betrokken bij iets duisters, hè?'

Ze draait het raampje een paar centimeter open. Er valt niet veel te zien op dit stuk snelweg, behalve kilometers asfalt, eindeloze grijze wolken en regendruppels op de voorruit. Maar de lucht ruikt naar vrijheid en ze ademt diep in. Ze denkt aan het notitieblokje in haar tas dat ze altijd in haar zak had als het niet in het ontluchtingsrooster in het plafond van de kapsalon verstopt zat. Er staan banknummers, inloggegevens en wachtwoorden in. Plus de naam van de financiële planner die Geo gebruikte om Ella Franks geld wit te wassen. Over een paar uur wordt alles overgeschreven naar Ella's broer, Samuel, het enige volwassen familielid dat Ella nog heeft en de man bij wie haar kinderen opgroeien. Samuel krijgt de sleutel van het paradijs en in ruil daarvoor krijgt Geo een pistool van hem om zichzelf en haar vader te beschermen tegen het monster dat nog steeds ergens rondwaart.

'Nee, pap,' zegt ze. 'Niet meer.'

15

Vanaf een afstandje lijkt het bloed, maar als ze de oprit op rijden, wordt duidelijk dat het rode verf is.

MOORDENAAR, staat er in een reeks boze strepen op de witte dubbele garagedeuren. Groot genoeg om aan het einde van de straat te kunnen lezen. Het past helemaal niet in zo'n keurige, vriendelijke buitenwijk en het woord krijst je toe, alsof iemand het daadwerkelijk schreeuwt.

Walt zet de motor uit.

Geo staart naar de garage en werpt dan een voorzichtige blik op haar vader. Zijn grote handen liggen allebei nog op het stuur; zijn knokkels zijn wit en hij klemt zijn kaken op elkaar. Walter Shaw woont al meer dan veertig jaar in deze buurt. Het is het enige huis dat hij ooit heeft gehad; de hypotheek was voordat Geo naar Hazelwood ging allang afbetaald. Haar vader is een goed mens, een succesvolle arts en een gewaardeerd lid van de maatschappij. Dit verdient hij niet. Iemand heeft zijn huis ontheiligd en dat is haar schuld. Er gaat een steek door haar heen, hevig, pijnlijk, alsof ze wordt aangevallen met een bot mes.

'Pap...'

'Toen ik vertrok stond dat er nog niet,' zegt hij. Hij rukt de sleuteltjes uit het contact en gooit ze op haar schoot. 'Ga maar naar binnen. Ik regel dit wel. Nú, Georgina!'

Ze doet gehoorzaam wat hij haar opdraagt en neemt de lege Starbucks-beker en haar weekendtas mee, met daarin het pistool dat ze onderweg bij Samuel heeft opgehaald.

Straks verstopt ze het onder haar hoofdkussen. Het is maandag en midden op de middag, dus is het rustig op straat; de meeste mensen zijn nog op hun werk. Maar ze heeft toch het gevoel dat ze in de gaten wordt gehouden, van achter de ramen door de buren wordt bekeken omdat ze getuige willen zijn van de niet-zo-triomfantelijke thuiskomst van Walts beruchte dochter.

MOORDENAAR. Niet het welkom dat ze had verwacht, maar dat betekent niet dat ze het niet verdient.

Het huis ziet er nog precies zo uit als ze het zich herinnert. Comfortabel. Onwerkelijk. Als ze in de vestibule even stilstaat, ruikt het bekend, een geur die niet is veranderd sinds ze een klein meisje was. Walts gewone stoofpot staat in de elektrische slowcooker te pruttelen in de keuken. Het huis is niet groot, maar altijd ruim genoeg geweest voor hun tweetjes.

De trouwfoto van haar ouders staat nog steeds midden op de schoorsteenmantel in de woonkamer, een kleurenfoto met die kenmerkende groenige jarenzeventigwaas. Walter en Grace Gallardo Shaw waren een knap stel. Haar vader, voor een kwart Jamaicaans, ziet er keurig uit in een grijze smoking met een satijnen streep en brede revers. Haar moeder, half Filipijns, draagt een eenvoudige kanten jurk met wijd uitlopende mouwen, haar zwarte haar is opgestoken in een wrong. Ze waren een elegant paar, van gemengd bloed, in een tijd waarin zo'n verbintenis lang niet zo geaccepteerd was als nu. Geo heeft het beste van hen allebei geërfd.

De bruidsjurk van haar moeder moet nog steeds op zolder hangen, tenzij haar vader hem heeft weggedaan. Geo heeft altijd gedacht dat zíj die zou dragen op haar trouwdag. Maar na haar verloving met Andrew leek de jurk plotseling niet meer te passen bij alles wat ze voor de rest van de dag van plan waren. Te bescheiden, te ouderwets. Ze schaamt zich als ze eraan terugdenkt. Soms is ze bang dat dát de werkelijke reden is waarom ze in de gevangenis is beland: om zichzelf te redden van zichzelf.

Ze bekijkt de rest van de foto's op de schoorsteenmantel, foto's die ze vijf jaar niet heeft gezien. Op de meeste ervan staat Grace Shaw, maar de enige echte herinneringen die Geo aan haar moeder heeft, zijn uit de periode dat ze ziek was. Toen Geo nog maar twee was, werd er een knobbeltje in Grace' borst ontdekt en een paar maanden na haar dochters vijfde verjaardag is ze gestorven. Geo pakt de foto waarop ze op haar moeders schoot zit, op haar vijfde verjaardag, omringd door ballonnen en met een enorme chocoladetaart voor zich op tafel. Haar moeder draagt een kleurige sjaal om haar hoofd om haar kaalheid te verhullen.

Haar vader heeft maar twee vriendinnen gehad na de dood van zijn vrouw. De eerste toen Geo op de basisschool zat en de tweede toen ze op de middelbare zat. Het waren allebei aardige vrouwen, maar geen van de relaties hield lang stand. Slechts een paar maanden.

'Je hebt maar één hart,' zei Walter tegen zijn dochter nadat de tweede voorbij was. Hij leek verdrietig, maar zonder spijt. 'Ik heb het mijne aan je moeder gegeven op de dag dat ik haar ontmoette. En ze heeft het nog steeds.'

Geo had lange tijd gedacht dat dat waar was. Eén hart, één kans in de liefde. Met Calvin had het zeker zo gevoeld. Op haar zestiende kon ze zich niet voorstellen dat ze ooit nog zo verliefd op iemand anders zou worden als op Calvin James, en dat was ook niet gebeurd. Met Andrew was het anders geweest. Minder hartstochtelijk, minder allesverzengend, minder opwindend en minder spontaan, maar hartstikke veilig. Verdomde veilig. Volwassener. Zoals het waarschijnlijk hoort in een gezonde relatie.

Volgens haar vader is Andrew intussen getrouwd met een vrouw die vroeger voor Shipp werkte. Ze hebben een jaar geleden een tweeling gekregen. Meisjes. Geo verwijt Andrew niet dat hij is doorgegaan met zijn leven. In zijn plaats had ze hetzelfde gedaan.

Ze hoort de hogedrukreiniger buiten. De garagedeuren schoonspuiten is wel het laatste wat haar vader vandaag kan gebruiken. Ze zucht en gaat de trap op naar boven.

Ze was net achttien toen ze uit dit huis vertrok om te gaan studeren. Eerst had ze in een studentenhuis op de campus gezeten en daarna met vier andere meisjes een woning iets buiten het universiteitsterrein gehuurd. Ze had thuis kunnen blijven wonen en naar PSSU op en neer kunnen reizen, maar ze wist dat ze weg moest.

En daarna had ze nooit meer thuis gewoond.

Niet omdat haar vader een moeilijke man was. Juist het tegenovergestelde. Toen ze opgroeide kreeg ze nooit een tijd waarop ze thuis moest zijn. Er waren eigenlijk nooit regels. Ze kreeg nooit een takenlijst voor het huishouden, omdat dat niet nodig was. Ze wisten het samen te redden, de leegte die haar moeder achterliet toen ze stierf te vullen. Geo waste af omdat haar vader kookte, ze maakte het huis vanbinnen schoon omdat hij de buitenkant en de tuin deed. Ze bleef zelden tot laat weg omdat Walt niet kon slapen zolang ze niet thuis was en ze niet wilde dat hij doodmoe naar zijn werk ging. Ze kreeg zoveel vrijheid dat ze nooit de behoefte had gevoeld om er uitgebreid gebruik van te maken. Gek hoe die dingen werken.

Ze overweegt eerst haar oude slaapkamer binnen te gaan, maar het idee van een schuimbad is te verleidelijk. Haar badkamer ziet er nog exact hetzelfde uit en Geo glimlacht bij de gedachte dat ze zo, voor het eerst in vijf jaar, in een warm bad zal liggen. Ze doet de stop in de afvoer en draait de kraan open. Op haar vijftiende heeft ze de muren lila geverfd en na alle jaren in die grijze gevangenis is het heerlijk om weer kleur te zien. Of was ze zestien? Ze denkt even na. Het was voordat ze Calvin leerde kennen, dus was ze net zestien.

Gek dat ze dat nog steeds doet. Haar herinneringen zijn keurig in compartimenten opgeborgen. Vóór Calvin. Na Calvin. Vóór de gevangenis. En nu, na de gevangenis.

Ze kleedt zich uit terwijl het bad volloopt en bekijkt zichzelf in de spiegel. Ze schrikt ervan. Ze is ouder. Niet dat ze er ouder uitziet dan vijfendertig, nee. Ze kan nog best voor dertig doorgaan. Maar ze is veel ouder dan de laatste keer dat ze hier voor de spiegel stond, in deze badkamer, in dit licht. Ze heeft fijne lijntjes om haar ogen die er op haar achttiende niet waren en tussen haar wenkbrauwen is een fronsrimpel geëtst. Haar huid, vroeger stralend, is dof en vermoeid na vijf jaar slecht eten, slapeloze nachten en nauwelijks frisse lucht.

Maar ze is thuis! Eindelijk! Ze is eindelijk thuis!

Langzaam laat ze zich in het bad zakken, het hete zeperige water sluit zich om haar lijf. Het voelt zo heerlijk dat ze kreunt. Ze sluit haar ogen en ontspant. Twintig minuten later, als haar vingers week en verschrompeld zijn en het water koud begint te worden, komt ze eruit. Ze slaat een oude handdoek om en voelt zich geestelijk tien kilo lichter dan de dag ervoor. Het is bijna niet te geloven dat ze die ochtend nog in de gevangenis zat, een crimineel tussen de criminelen was en aan een ontbijt van te hard gekookte eieren en waterige havermout zat.

Haar goede stemming duurt niet lang. Zodra ze haar slaapkamer binnengaat – de slaapkamer uit haar jeugd – komt het allemaal terug. Er is niets veranderd, de kamer is nog precies zoals hij was, het lijkt of ze er maar even uit is weggelopen. Opeens is ze weer zestien.

De gebloemde sprei. *Calvin.*

Het raam waardoor hij in het holst van de nacht naar binnen klom. *Calvin.*

De lege weckpot op het kastje, die ooit vol zat met snoep. *Calvin.*

De herinneringen overrompelen haar, ze wordt erdoor verpletterd. Er klauwt paniek in haar. Duizelig zoekt ze steun bij de muur om haar evenwicht te hervinden. Ze ademt een paar keer diep in en uit. Met gesloten ogen dwingt ze zichzelf terug te tellen vanaf tien. Ze focust op het rijzen en dalen van haar borstkas en luistert naar haar eigen ademhaling. Een eenvoudige manier om te ontspannen, iets wat ze jaren geleden in een yogales heeft geleerd. Bij de vijfde inademing is ze uit de gevarenzone, bij de achtste is ze gekalmeerd. Haar hart klopt weer in een normaal tempo en ze doet haar ogen open.

Calvin is dan misschien niet verdwenen, maar hij is ook niet hier. En dat is voorlopig voldoende.

De middagzon die door de kanten gordijntjes – die er al hangen vanaf haar babytijd – wordt gefilterd, zet haar kamertje in een zachtroze gloed. De poster van Mariah Carey hangt nog op dezelfde plek naast de deur. Er staan vanillegeurkaarsen op de boekenplank, de ene verder opgebrand dan de andere, naast pockets van Stephen King en een stapeltje jaarboeken van de middelbare school, strikken die ze heeft gewonnen met dans- en cheerleaderwedstrijden en de knuffelgorilla die haar vader op haar twaalfde in de Woodland Parkdierentuin voor haar kocht. 'Kijk mama, ze hebben een aapje gevangen!' had een klein kind blij geroepen toen ze uit de cadeauwinkel kwam met het aapje bungelend aan haar hand. Iedereen om hen heen had gelachen.

De ingelijste foto van haar en Angela staat nog steeds op het nachtkastje. Niet aangeraakt in al die jaren. Hij is een week voordat haar beste vriendin stierf genomen op de kermis, toen ze zestien waren. Een bevroren moment in de tijd. Daarna kon ze er niet meer naar kijken, maar ze kon hem ook niet weghalen.

Het was de foto die gebruikt was op de 'VERMIST'-poster die op alle lantarenpalen in Seattle had gehangen, in alle kranten had gestaan en op tv was vertoond. En later ook in de rechtszaal. Logisch: Angela stond er zo stralend op, zo levenslustig.

Ze pakt de lege weckpot op. De pot gevuld met de zure suikerhartjes, die Calvin voor haar had meegebracht. Een cadeau, zijn manier om spijt te betuigen na de eerste keer dat hij haar had geslagen. Geo was nooit echt dol op suikerhartjes geweest, ze waren eerst zoet op je tong en dan vanbinnen brandend zuur. Het was Calvins lievelingssnoep, niet het hare. Maar ze had zijn cadeau natuurlijk wel aangenomen omdat de roze hartjes leuk stonden in de weckpot. Uiteindelijk at Calvin ze allemaal op en waren ze langzaam verdwenen tot alleen de lege pot er nog stond.

Dit had ik jaren geleden moeten doen, denkt ze. Ze smijt de pot met kracht tegen de muur en wacht op het bevredigende geluid van versplinterend glas. Maar hij ketst af, laat een deuk in de muur achter en beschadigt de verf... maar breekt niet.

16

In het begin bestond haar wereld alleen uit hem.

Het was magisch. Bedwelmend, een roes; dat is het woord dat het best beschrijft hoe het is als je jong bent en je voor het eerst ongelofelijk verliefd voelt. Ze hield van zijn geur en hoe die als hij weg was in haar kleren hing. Ze kende de vorm van zijn hand en hoe haar eigen hand daarin paste; de exacte plekken waar ze het voelde als zijn vingers haar een kneepje gaven. En het bleef magisch, zelfs toen het gewelddadig werd. Dat is het deel dat niemand je ooit uitlegt.

De eerste keer dat Calvin haar sloeg, was na een concert van Soundgarden. Ze had, op zijn verzoek, 'iets sexy's' aan. Een zwart, laag uitgesneden truitje en een kort rokje dat ze van Angela had geleend. Er stond de hele tijd de een of andere gast naar haar te staren en omdat ze aan het einde van de avond naar hem had gelachen, had Calvin zich gedwongen gevoeld hem op zijn bek te slaan. Toen ze die avond thuiskwamen in zijn appartement, kregen ze ruzie. Calvin schreeuwde, verweet haar van alles en gooide met dingen. Geo schreeuwde terug, in eerste instantie verdedigde ze zich nog omdat ze zeker wist dat ze niets verkeerds had gedaan, maar dat maakte hem alleen nóg woedender.

Het was verwarrend; hij leek te willen dat andere jongens naar haar keken. Maar niet te lang. En ze mochten ook niet naar haar lachen of haar aanspreken. Hij wilde dat ze er sexy uitzag, maar ze mocht zich er absoluut niet naar gedragen. De grenzen van wat mocht en wat niet luisterden nauw, en ze waren dun, bijna onzichtbaar. Ze wist nooit precies waar ze lagen, tot hij het haar duidelijk maakte. Niet met woorden. Met stompen, slaan en trappen, waardoor ze het gevoel kreeg klein en onbelangrijk te zijn.

Het was een gewelddadige relatie, maar dat was iets heel anders dan Geo altijd had gedacht. Natuurlijk wist ze dat slaan verkeerd was. Natuurlijk, ze was geen debiel. Ze hadden het er op school zelfs over gehad, in groep acht en daarna in de brugklas bij maatschappijleer. En aan het begin van de bovenbouw was er iemand op St. Martin's gekomen om te vertellen hoe je uit een gewelddadige relatie kon ontsnappen. In de gangen op school hingen altijd posters om meiden die in een gewelddadige relatie verstrikt zaten aan te sporen hulp te zoeken. *Kom praten!* Iedereen wist dat geweld in een relatie verkeerd was. Net zoals roken, drinken, drugs, onbeschermde seks, seks zonder wederzijds goedvinden, enzovoort. Er was niemand die dat niet wist. Onwetendheid was het probleem niet.

Het probleem was dat het nooit ging over hoe een gezonde relatie voelt. Dat een relatie je niet het gevoel hoort te geven dat je er geen controle over hebt, je niet hoort te veranderen in iemand die je niet wilt zijn. Maar hoe maak je dat duidelijk aan iemand die nog nooit een relatie heeft gehad? Hoe leg je een meisje van zestien dat nooit verliefd is geweest uit hoe liefde hoort te voelen?

En nog iets waar je in al die voorlichting en lessen niets over hoorde: hoe snel geweld normaal wordt. Geo was nooit geslagen door haar vader, nooit. Er was geen patroon uit haar jeugd dat zich herhaalde. Maar ze was gewoon zo ongelofelijk verliefd op Calvin dat ze begon te wennen, begon te accepteren dat dit erbij hoorde, dat het de prijs was die ze moest betalen om zijn vriendin te zijn, een relatie met hem te hebben. Want het alternatief – níét zijn vriendin zijn – was ondenkbaar.

En natuurlijk sloeg hij niet altijd. Negenennegentig procent van de tijd was hij lief, aardig en genereus. Geo zat heus niet van top tot teen onder de blauwe plekken, ze liep geen gebroken botten op. Dus, oké, hij werd af en toe woedend. Meestal om iets stoms van Geo, iets stoms dat zij deed waardoor ze ruzie kregen. Dan maakte ze hem nóg kwader omdat ze iets gemeens of sarcastisch zei of hem kwetste. En dan sloeg hij. Einde van de ruzie. Niet echt belangrijk. Alle stellen maakten ruzie. Meestal was hij lief. En als het goed ging, was het geweldig.

Maar als het slecht ging, was het verschrikkelijk.

Diep vanbinnen, heel diep vanbinnen, vond ze het ook een heel klein beetje leuk. Hoe jaloers hij was, hoe woedend hij kon worden. Het was zo gemakkelijk om zijn behoefte aan controle over haar te verwarren met liefde, te geloven dat hij zo kwaad werd omdat hij om haar gaf, dat hij haar afschermde omdat hij zoveel van haar hield. Soms zocht ze expres de grenzen op, om te kijken hoever ze kon gaan voordat hij ontplofte, hoe gek ze hem kon krijgen. Dat was haar manier om hem ook naar háár hand te zetten, want ja, ze deden het allebei.

En ja, ze hield zichzelf voor de gek. Het was helemaal niet oké. Helemaal niet. Maar ze was zo verliefd op hem, ze hield van hem. Met elke vezel van haar lijf.

Na school stond Calvin haar meestal op te wachten met zijn felrode Trans Am. Elke keer als ze de schooltrappen af holde en hem zag, ging er een golf van trots door haar heen. Daar stond hij, leunend tegen zijn auto. Op háár te wachten. Het leek wel een film! Zoiets als *Sixteen Candles*, zij het gewone meisje en hij de onbereikbare coole gast. De andere meiden staarden en hoewel Calvin naar hen glimlachte, was het Geo die hij kuste, Geo voor wie hij het portier openhield, Geo die met hem wegreed naar de romantische zonsondergang.

Hij werkte als huisschilder maar niet doorlopend, dus verkocht hij drugs – wiet, speed en pijnstillers – om wat bij te verdienen en de auto te kunnen betalen. In eerste instantie schrok Geo ervan, maar ze besefte algauw dat het lang niet zo dramatisch was als ze er in films over deden; Calvins klanten waren voornamelijk studenten, huisvrouwen uit buitenwijken en middelbare scholieren die beter wilden presteren. Ze kwamen naar zijn appartement, betaalden keurig en waren altijd beleefd. Na verloop van tijd voelde dat eigenlijk ook normaal.

Hij drong nooit aan op seks. Hij wist dat ze maagd was en dat ze daar nog niet aan toe was. Dus deden ze allerlei andere dingen: dingen met zijn handen en zijn tong die maakten dat ze zijn naam uitriep van genot en haar ogen wegrolden in hun kassen. Maar neuken, echt neuken, nooit.

'Ik wil dat de eerste keer heel speciaal voor je is,' zei hij. 'Ik kan wachten.'

En daardoor hield ze alleen nóg maar meer van hem.

Calvin nam een heel groot gedeelte van haar leven in beslag. En hoe langer ze met hem samen was, hoe minder ze Angela en Kaiser zag. Haar cheerleaderstraining, drie keer per week na school, werd een steeds grotere irritatie.

'We kunnen niet afspreken vanavond,' zei Geo op een middag tegen hem. Ze zaten in zijn auto aan de rand van de parkeerplaats achter de school, vlak bij het bos. Haar lessen waren afgelopen en over een kwartier moest ze bij de training zijn. 'Mijn vader verwacht me thuis voor het eten en ik verdrink in het huiswerk.'

Ze vertelde hem niet dat haar cijfers steeds slechter werden; ze wilde niet dat hij haar als een kind beschouwde. Hij was eenentwintig en zijn middelbareschooltijd lag al ver achter hem.

'Stop dan met cheertraining,' zei Calvin.

'Dat kan toch niet!' Ze was verbijsterd door zijn suggestie.

'Ik ben cheerleader! Er is nog nooit iemand van cheer af gegaan. Weet je wel hoe moeilijk het is om een team op te bouwen?'

'Maar het is zo dommig.' Calvin liet zijn vingertop over haar blote bovenbeen glijden. Haar schoolkilt was al kort als ze stond, maar als ze zat was hij bijna onzichtbaar. In een reflex deed ze haar benen een beetje uit elkaar en ze sloot haar ogen toen zijn vingers de rand van haar slipje streelden. Ze verlangde ernaar ze in zich te voelen, maar was nog altijd te verlegen om dat te vragen. Gelukkig hoefde dat ook niet. Hij boog zich naar haar toe en kuste haar. Zijn tong wond zich om de hare en smaakte vaag naar bier, sigaretten en suikerhartjes. Het was een smaak die ze altijd zou verbinden met het gevoel zowel kind als volwassene te zijn, wat puber zijn in wezen ook ís. Zijn vingers glipten naar binnen en ze had het gevoel dat ze tegelijkertijd smolt en verhardde.

'Stop er gewoon mee,' zei hij nog een keer. Zijn middelvinger ging bij haar naar binnen, maar niet heel diep, ze was nog maagd tenslotte, en zijn duim bleef op precies het goede plekje met haar spelen. Het was zo heerlijk, zo heerlijk dat het nooit hetzelfde kon zijn als wat ze op school over seks hadden geleerd. Ze deed haar benen nog verder uit elkaar en voelde een orgasme aankomen terwijl hij haar allemaal kusjes in haar hals gaf. 'Als je stopt, hebben wij meer tijd met elkaar en hoef ik nu niet op te houden.'

Hij trok zijn hand abrupt weg. Ze hapte naar adem doordat hij zo plotseling ophield. Het deed haast pijn.

'Tijd voor je training,' zei hij. 'Je kunt maar beter gaan. Anders ben je te laat.'

Ze staarde hem vol ongeloof aan, maar de klok op het dashboard gaf aan dat hij gelijk had. Ze had nog twee minuten om naar de gymzaal te gaan, maar als hij niet was opgehouden had het nog geen tien seconden geduurd

voor ze klaarkwam. 'Dat was echt gemeen,' zei ze.
'Ga dan niet.'
Dat kon niet. De laatste drie trainingen was ze al te laat geweest, dus klapte ze de zonneklep omlaag om haar gezicht te inspecteren en een beetje bij te komen. 'Ik baal er net zo van als jij.'
'Dat betwijfel ik.'
'Ik kan er niet zomaar mee ophouden,' zei ze. 'Angela vermoordt me!'
Hij snoof. 'Je laat je veel te veel leiden door wat zíj overal van vindt.'
'Ze is mijn beste vriendin,' zei ze. 'Ik ken haar al vanaf mijn achtste!'
'Dan zal ze begrijpen dat cheer dom is en dat je tegenwoordig betere dingen te doen hebt.'
'Nee, dat zal ze niet begrijpen.' Geo klapte de zonneklep weer omhoog. 'Ze is sowieso niet zo begripvol tegenwoordig.'
'Ze is gewoon een bitch, als je het mij vraagt.'
'Hou op!' Geo gaf een klein klapje op zijn dijbeen. 'Dat moet je niet zeggen. Ze heeft het moeilijk. Vroeger deden we alles samen en sinds ik jou ken, zien we elkaar nauwelijks meer. Dáárom is ze zo chagrijnig...'
'Zo'n bitch, bedoel je.'
'... zo geïrriteerd steeds. Ik moet meer met haar omgaan, vaker iets met háár gaan doen.' Geo pakte haar rugzak. 'Morgen is Kaiser jarig. We trakteren hem op pizza en daarna gaan we naar de film.'
'Ik dacht dat wíj morgen uit zouden gaan.' Calvins blik verduisterde.
Geo zette zich schrap. Ze wist waartoe die blik van hem kon leiden. Daarom vertelde ze het hem hier, op de parkeerplaats van de school, vlak voordat ze weg moest. Als er een kans bestond dat iemand hen hoorde of zag, liepen hun

ruzies nooit uit de hand en als ze het er dan de keer daarop over hadden, was hij gekalmeerd.

En om heel eerlijk te zijn, vond Geo het niet zo leuk om met hem uit te gaan. Ze was minderjarig en dus moest Calvin altijd iets regelen met de portier zodat die haar valse identiteitsbewijs niet al te goed bestudeerde en ze naar binnen kon glippen. Ze hield niet van alcohol dus dronk ze zelden iets, de bars waren altijd donker, verlopen en rokerig en er keek altijd wel weer een of ander figuur op de verkeerde manier naar haar zodat Calvin 'gedwongen' was ruzie met hem te gaan maken. In het begin was dat opwindend, maar na een paar maanden verloor het zijn glans. Ze miste slaappartijtjes met de meiden, over oude jaarboeken gebogen zitten en roddelen over wie er beter uitzag en wie dik was. Ze miste pizza en cola light, rondhangen in het winkelcentrum, naar de film gaan. Ze miste de vrijdagavondfeestjes na de rugbywedstrijd, ze miste gewoon zestien zijn. Ze miste Kaiser zelfs, die soms op haar zenuwen werkte met zijn puppyachtige adoratie, maar die haar aan het lachen kon maken als niemand anders. En over dat gemis kon ze haar geliefde helemaal niets vertellen omdat hij niet bij die wereld hoorde, en alles waar hij niet bij hoorde irritant vond.

'Ga mee,' opperde ze, maar ze wisten allebei dat hij dat toch niet zou doen. Ze wílde hem er ook niet bij hebben en hij had absoluut geen zin om uit te gaan met een stelletje pubers. Hij reageerde niet en toen ze zich naar hem toe boog om hem een kus te geven, wendde hij zijn gezicht af zodat haar lippen op zijn wang belandden.

Ze was drie minuten te laat voor de cheertraining. De meiden waren aan het opwarmen toen ze buiten adem de gymzaal binnenstormde.

Tess DeMarco, een andere cheerleader die het liefst Angela's beste vriendin zou zijn, nam haar van top tot teen op.

'Je bent te laat,' zei ze. 'Alwéér. De hoeveelste keer is het nu? De vierde?'

'Hou je kop, Tess,' zei Geo.

Angela, die op de vloer zat en bezig was haar hamstrings te stretchen, keek op. 'Ze heeft gelijk. Je bént te laat. Voor de vierde keer!'

Opeens was het doodstil. Niemand bewoog meer. De rest van het team luisterde altijd meteen als Angela, hun teamcaptain, iets zei.

'Ang, kom op, drie minuten!' Geo wierp een snelle blik op de klok aan de muur. 'Ik ben er. En klaar om van start te gaan.'

'Je hebt je nog niet eens omgekleed,' zei Angela. Geo was nog in haar schooluniform. 'Je had net zo goed bij Calvin kunnen blijven. Hij is toch de enige die je interesseert tegenwoordig.'

Geo voelde dat ze rood werd. Ze was zich er pijnlijk van bewust dat de andere meiden elk woord met gespitste oren volgden. Vooral Tess genoot met een hatelijk glimlachje van elke seconde.

'Ang, hou op. Ik ben in twee minuten omgekleed.'

'Als dit je allemaal zo slecht uitkomt, waarom kom je dan überhaupt nog? Het is duidelijk dat je je te goed voelt voor het team. En voor Kaiser en mij. Kaiser zegt trouwens dat je al zowat twee weken zijn telefoontjes negeert.'

'Natuurlijk kom ik wel,' zei Geo. Het begon helemaal uit de hand te lopen en ze wilde dat er zo snel mogelijk een einde aan het gesprek kwam. 'En je weet hoeveel je...'

'Dus je wilt niet stoppen? Goed, dan regel ik het wel voor je,' snauwde Angela. Ze keek de andere meiden aan. 'Wie wil dat Georgina uit het team stapt?'

Tess' arm schoot de lucht in maar de andere meiden keken elkaar met grote ogen aan; ze hadden geen idee of Angela het echt meende of niet.

'Hou op!' zei Geo geschokt. 'Je kunt niet...'

'Je bent altijd te laat voor de training,' ging Angela verder. 'En als je er bent, ben je er niet bij. Onze piramide stortte vorige week bijna in omdat jij niet wist waar je je armen moest leggen. Je bent lui, onbetrouwbaar en we weten allemaal dat je eigenlijk liever ergens anders bent dan hier. En, ik vind het kut om te zeggen, maar je bent aangekomen.'

Verschrikte geluiden alom.

'Ik ben níét aangekomen,' protesteerde Geo heftig en toen zag ze een glimlach op Angela's gezicht verschijnen. Angela wist dat ze niet was aangekomen en ze wist ook dat Geo kwaad zou worden als ze dat zei. Ze had het gezegd om gemeen tegen haar te doen, haar voor gek te zetten voor de ogen van de andere meiden.

Maar zíj kon ook gemeen doen. 'Weet je wat? Calvin heeft gelijk! Je bent een bitch!'

Nog meer verschrikte geluiden. Eén meisje sloeg zelfs ontzet haar hand voor haar mond. Niemand op St. Martin's had Angela Wong ooit een bitch genoemd. In elk geval niet in het openbaar en al helemaal niet recht in haar gezicht. Een paar meisjes deden een stap naar achteren, alsof ze zich wilden distantiëren van Geo, van de sociale paria die ze net was geworden.

'Eruit!' Angela's gezicht was paars van woede, maar ze ademde een paar keer in en wist zich te beheersen. 'Morgenochtend vóór twaalf uur moet je je uniform inleveren en je kluisje leegruimen.'

Cheerleaders en rugbyspelers hadden extra brede kluisjes. Het gold als een voorrecht er een te hebben, net zoals het een voorrecht was bij het team te horen.

'Je hoort het!' zei Tess met een triomfantelijk gezicht. 'De gymzaal is op dit moment gereserveerd voor cheertraining. En je bent geen cheerleader meer, dus zou ik maar gauw oprotten.'

Vechtend tegen haar tranen draaide Geo zich om en ze rende de zaal uit. Vrijwel meteen botste ze tegen Kaiser op die bij de kluisjes stond. Hij was gekleed voor zijn voetbaltraining. Ze deed een snelle stap naar achteren, keek op en barstte in tranen uit.

'Jee,' zei hij bezorgd terwijl hij haar bij haar schouders pakte. 'Wat is er met jou aan de hand? Gaat het? Wat is er?'

'Laat me met rust.' Ze schudde zijn handen van haar schouders en holde door de gang naar buiten.

Huilend belde ze Calvin vanuit de telefooncel bij de kantine. 'Kom me halen,' zei ze snikkend.

Hij stond binnen tien minuten voor de school. Geo was intussen gekalmeerd en haar verdriet was omgeslagen in woede. Ze vertelde hem wat er was gebeurd en hij luisterde zonder haar te onderbreken, knikte en mompelde geruststellend met zijn hand op haar bovenbeen waarin hij af en toe een geruststellend kneepje gaf.

Toen ze uitverteld was, zei hij: 'Cheer is belangrijk voor je, hè?'

Geo knikte. Ze vond het heerlijk om cheerleader te zijn. Ze vond het heerlijk om deel uit te maken van een team, op wedstrijddagen in haar uniform naar school te gaan, op vrijdagavond in de schijnwerpers te staan en voor duizenden fans op te treden. Ze had er misschien de laatste tijd wat minder aandacht aan besteed, maar dat betekende niet dat ze ermee wilde stoppen. Calvin en zij hadden er vanmiddag zelfs nog bijna ruzie om gekregen, verdomme!

'Oké,' zei hij. 'Dan lossen we het op.'

'Hoe dan?'

'We lossen het op,' zei hij nog een keer. 'Ik ken mijn leven lang al meiden zoals zij. Meiden die denken dat de hele wereld om hen draait omdat ze toevallig mooi zijn. Daar hebben ze zelf niets aan bijgedragen, ze zijn zo geboren, maar ze vinden zichzelf heel wat. Wacht een paar dagen en bied dan je excuses aan. En als het dan weer wat beter tussen jullie gaat, spreken we een keer met z'n drieën af. Ik moet haar de gelegenheid geven me te leren kennen; ze heeft een hekel aan me omdat ze me niet kent. Om dat te veranderen moet ik haar daar de gelegenheid toe geven. Dan doe ik natuurlijk heel charmant tegen haar en krijg je vanzelf je plek weer terug. Vertrouw me maar!'

Het was een goed plan, slim zelfs. Hij boog zich naar haar toe en kuste haar. Eerst zachtjes en algauw hartstochtelijk. Ze voelde dat ze langzaam ontspande. Omdat ze hem vertrouwde. Verdomme.

17

De kamer is te donker, het matras te zacht, het dekbed te warm en het huis te stil. In de gevangenis had ze een bepaalde routine; vaste tijden op de dag dat ze at, douchte, naar de wc ging, kletste met anderen, haren waste en knipte, tv-keek en sliep. En dan alles weer van voren af aan. Het zal tijd kosten om te wennen aan haar nieuwe leven, of eigenlijk haar oude leven, dat nu onbekend en vreemd voelt. Van de buitenkant ziet alles er hetzelfde uit als toen, maar het voelt allemaal heel anders. Het is gek geen vast ritme te hebben, niet verteld te worden wanneer je iets wel of niet kan doen. Ze voelt zich ontregeld, instabiel, en helemaal niet zo bevrijd als ze had gedacht.

De slaap wil niet komen en ze staart omhoog naar de *glow-in-the-dark* sterren die daar al hangen sinds haar vijfde. Haar vader was er op een dag na zijn werk mee thuisgekomen, allerlei zakjes met sterren in allerlei soorten en maten. Ze waren uren bezig geweest ze allemaal tegen het plafond te plakken. De maand ervoor was haar moeder overleden en ze had vreselijke dromen over akelige dingen die konden gebeuren, maar er zou haar niks gebeuren, beloofde haar vader, zolang de sterren boven haar gloeiden.

Hij had het mis. Natuurlijk.

Even na tienen geeft ze het op en sloft ze naar beneden om een kop thee voor zichzelf te zetten. Haar vader moet tot middernacht in het ziekenhuis werken en ze zal waarschijnlijk niet kunnen slapen tot hij thuis is. Het is raar zo in haar eentje in huis. Raar om alleen te zijn. Tenslotte is ze al vijf jaar niet meer alleen geweest.

Op weg naar de keuken werpt ze een blik door het raam in de voorkamer. Er staat een zwarte auto met getinte ramen langs de stoeprand geparkeerd; de koplampen zijn gedoofd maar het binnenlichtje brandt en ze ziet dat er iemand in zit. Ze versteent.

Dan gaat het portier open en ziet ze Kaiser Brody uitstappen. Ze laat haar ingehouden adem ontsnappen terwijl ze naar de voordeur loopt en die opendoet vóór hij kan aanbellen.

'Wat doe jij hier?' vraagt ze meteen. Het is koud buiten, er komen wolkjes uit haar mond, maar dat vindt ze niet erg. In de gevangenis zag ze haar adem nooit; de gedetineerden mochten 's avonds, als de temperaturen het laagst waren, nooit de luchtplaats op.

'Ook goedenavond,' zegt Kaiser. 'Ik wilde net weggaan, maar toen zag ik dat er een licht aanging hier. Mag ik binnenkomen?'

'Hoe lang zat je daar al?'

Hij zwijgt. 'Een tijdje.'

'Waarom?' vraagt ze.

'Je weet waarom.' Kaiser ziet er doodmoe uit, de lijnen om zijn ogen en mond zijn dieper dan de laatste keer dat ze hem zag. Hij ziet er ouder uit. Maar zij ook natuurlijk.

'Ik heb niks van hem gehoord,' zegt Geo spontaan. Ze hoeft niet uit te leggen wie 'hij' is. Dat weten ze allebei.

'Oké.' Hij draait zich om om te gaan.

'Wacht!' zegt ze en haar stem klinkt wanhopiger dan ze bedoelt. Ze wil niet dat hij weggaat. Ze wil niet alleen zijn. 'Ik ging net een kop thee zetten. Wil je ook?'

Hij keert zich weer om en schenkt haar een vermoeid lachje. 'Graag.'

Hij stapt naar binnen en ze draait de deur achter hem op

slot, doet hem op de ketting en schuift de grendel ervoor. Even staan ze nogal ongemakkelijk tegenover elkaar. Net zoals de laatste keer dat ze hem zag, valt haar opnieuw op dat hij zo'n stuk groter is dan vroeger, er heel anders uitziet en lekker ruikt. Deze versie van Kaiser strookt totaal niet met het beeld van de jongen zoals ze hem in gedachten altijd voor zich ziet. In deze versie is Kaiser een man.

Hij loopt achter haar aan naar de keuken en Geo fronst haar voorhoofd terwijl ze het aanrecht afzoekt en vervolgens het ene kastje na het andere opentrekt. 'We hadden toch een fluitketel...'

'Gebruik die anders.' Kaiser wijst op een apparaat naast de koelkast dat ze niet kent. 'Ik heb toch liever koffie, als je cafeïnevrij hebt tenminste.'

'Ik heb geen idee wat voor ding dat is.'

'Het is een Nespresso-apparaat,' zegt hij. Als hij aan haar gezicht ziet dat dat haar niets zegt, gebaart hij naar de tafel en zegt: 'Ga maar zitten. Ik zet de koffie wel; op het bureau hebben we ook zo'n ding. Het is best goede koffie, hoewel hij het niet haalt bij die in het mortuarium.'

'Het mortuarium?'

Hij grinnikt en trekt het laatje aan de onderkant van het apparaat open, waar hij een cupje uitkiest. Dan pakt hij een pak melk uit de koelkast. Naast het apparaat staat een melkschuimer en hij lijkt precies te weten wat hij doet als hij een latte voor haar maakt. Hij reikt hem haar aan en wacht terwijl ze een slokje neemt.

'Tjee!' zegt Geo. 'Heerlijk! Ik snap dat mijn vader dat ding heeft aangeschaft.'

Hij zet voor zichzelf ook een kop koffie en gaat tegenover haar aan de keukentafel zitten. Het is onwerkelijk om hier weer samen te zitten, op dezelfde plek waar ze zo vaak hebben gezeten toen ze jong waren. Toen ze pizza's en hotdogs aten, aan een werkstuk werkten, Jell-O-shots voor een feestje maakten waar ze niet naartoe mochten, met wodka van haar vader die was vergeten dat hij een fles had staan. Nu ziet ze onder zijn leren jack en stoppels van drie dagen alleen nog in zijn glimlach een glimp terug van de oude Kaiser.

Ze vraagt zich af hoe ze er in zíjn ogen uitziet.

Alsof hij haar gedachten leest, zegt hij: 'Je ziet er goed uit.'

Ze kijkt omlaag naar haar koffie. 'Leugenaar.'

'Nee, echt,' zegt hij. 'Je ziet er echt goed uit. De vrouw die ik vijf jaar geleden arresteerde, herkende ik niet. Maar de vrouw die nu tegenover me zit? Dit is de Geo die ik me herinner.'

'Dat zullen de trainingsbroek en de afwezigheid van make-up dan wel zijn,' zegt ze, maar hij lacht niet. Als ze eerlijk is, weet ze ook wat hij bedoelt.

'Ben je kwaad op me?' vraagt hij. En opeens zijn ze weer zestien.

Ze schudt haar hoofd en glimlacht een beetje. 'Waarom? Omdat je je werk deed?'

'Walter haat me.'

'Mijn vader haat niemand. Hij is beschermend. En hij voelt zich schuldig.'

'Waarover?' vraagt Kaiser verbaasd.

'Dat hij te hard heeft gewerkt. Te weinig thuis is geweest.' Geo zucht. 'Dat hij niet wist dat ik met een jongen ging die zoveel ouder was. Calvin was natuurlijk nog maar eenentwintig, maar dat was toen een groot leeftijdsverschil.'

'Enorm,' zegt hij met een knikje. 'Ik heb hem nooit gemogen. Calvin, bedoel ik, niet je vader.'

'Ja, dat weet ik. Je was toen echt een goede vriend voor me, Kai. Ik heb spijt dat ik geen betere vriendin voor jou ben geweest.'

'In elk geval weet ik nu waarom,' zegt hij. 'En voor wat het waard is: ik heb het je vergeven.'

'Dank je,' fluistert ze. Het feit dat hij haar heeft vergeven, betekent meer voor haar dan ze had gedacht.

Kon ze zichzélf maar vergeven. Ze slaakt een onhoorbare zucht; dat zal ze nooit kunnen.

'Heeft je vader je verteld wat er hier vorige week is gebeurd?' vraagt Kaiser met een gebaar naar het keukenraam. Het is te donker om iets anders dan hun eigen spiegelbeeld in de ruit te zien, maar ze weet dat hij de bossen achter het huis bedoelt. Zijn ogen zijn strak op haar gezicht gericht, intens en onderzoekend.

'Nee, dat was niet nodig. Ik heb het op het nieuws gezien; ik had een tv in mijn cel.' Ze neemt een slok koffie. 'Ze zeiden dat het een volwassen vrouw en een minderjarig jongetje waren.'

'Bij de vrouw waren de ledematen van de romp verwijderd en de minderjarige was een kind van twee. Gewurgd.'

Geo ademt scherp in.

'Ik wil je iets laten zien,' zegt Kaiser terwijl hij zijn iPhone tevoorschijn haalt. Het is een gigantisch ding, bijna een tablet, en het ziet er nog groter uit dan op de televisiereclame. Geo heeft deze nog nooit in het echt gezien. 'Een foto van het jongetje.'

'Nee,' zegt ze.

'Alsjeblieft,' zegt hij terwijl hij op zijn telefoon tikt. 'Het is belangrijk. Kijk gewoon even.'

Hij schuift het toestel over de tafel naar haar toe en hoewel elke vezel in haar lichaam 'nee, nee, niet kijken!' krijst, kijkt ze.

Het is een klein jochie. Bolle wangetjes, mollige handjes, dik buikje. Als zijn huid niet iets grijzigs had, had hij kunnen slapen. Het hart dat op zijn borstkas is getekend lijkt van bloed. Er staan twee woorden in keurige blokletters geschreven: ZIE MIJ.

'Jezus,' zegt ze zacht omdat ze niets anders weet te zeggen.

‘Ze zijn hier vlakbij gevonden.’ Kaiser maakt geen aanstalten zijn telefoon terug te pakken. ‘Op bijna precies dezelfde plek als Angela.’

‘Misschien toeval?’

‘Ik geloof niet in toeval,’ zegt hij. ‘De vrouw is op dezelfde manier vermoord als Angela en op dezelfde manier in stukken gedeeld. Met een zaag. Hoofd van de romp, armen bij de schouders en de ellebogen, benen bij de heupen en de knie, handen en voeten eraf. Haar lichaam lag verspreid in een aantal ondiepe graven; in het grootste haar torso, de rest eromheen. Het jongetje lag in een klein graf ongeveer anderhalve meter ervandaan.’

Hij steekt zijn hand uit, swipet over de telefoon en er verschijnt een andere foto op het scherm. Geo sluit haar ogen.

‘Kijk!’ zegt hij. ‘In godsnaam! Kijk!’

Ze kijkt. Een foto van een vrouw op een autopsietafel, met dezelfde grijzige huidskleur als het jongetje, haar haar stijf van aarde en vuil. Maar dat is het niet alleen; het is nog veel akeliger. Spleetjes tussen haar armen en benen en haar romp en haar nek. In stukken gezaagd, dat is duidelijk zichtbaar.

‘Dit is het werk van Calvin,’ zegt Kaiser. ‘Dat weet je. En ik weet het ook.’

Geo’s maag draait om en ze springt op uit haar stoel. Ze haalt de wc maar net, laat zich op haar knieën op de koude tegelvloer vallen en kokhalst. Ze proeft gal en braakt in de wc-pot totdat elk spoortje van de stoofpot van haar vader uit haar lijf is verdwenen. Beverig staat ze op en trekt, duizelig van de inspanning, de wc door. Dan draait ze de kraan van het fonteintje open, spoelt haar mond en plenst koud water in haar gezicht.

Ze probeert niet aan de vrouw van de foto te denken, hoe sterk die haar herinnert aan Angela. Het is pijnlijk duidelijk dat het er niet toe doet hoe lang het geleden is, hoeveel berouw ze heeft, hoeveel tijd en energie ze heeft gestoken in het te proberen te verwerken, hoeveel jaar ze in de gevangenis heeft gezeten. Wat er die nacht met Angela is gebeurd, zal nooit verdwijnen, want iets wat zo diep is verankerd, zo diep in je wezen is geëtst, kan niet verdwijnen. Niet alleen om hoe de wereld je daarna ziet, maar vooral om de manier waarop je jezelf ziet. Het was niet alleen Angela die die nacht stierf, een deel van Geo stierf ook. En ze is bang dat het haar beste deel was.

Langzaam loopt ze terug naar de keuken waar ze weer tegenover Kaiser aan de tafel gaat zitten.

Kaiser weet precies wat er in de wc is gebeurd, maar laat daar niets van merken. Hij kijkt noch tevreden, noch bezorgd.

'Wat wil je van me, Kai?' Geo kijkt hem met wazige ogen aan. Ze proeft de zure smaak van braaksel nog vaag op haar tong en ze neemt een flinke slok koffie hoewel ze nog steeds misselijk is. 'Ik weet niet wat ik kan zeggen of doen. Ik heb geen enkel contact meer met Calvin gehad sinds die dag in de rechtszaal. En dat hoop ik ook nooit meer te hebben.'

Kaiser werpt weer een blik op zijn telefoon en Geo is bang dat hij wil dat ze nog een foto bekijkt, maar tot haar opluchting stopt hij het toestel weer terug in zijn zak.

'Vertel me wat je weet over de nieuwe cosmeticalijn van Shipp Pharmaceuticals,' zegt hij.

Ze verslikt zich bijna in haar koffie. Dat is wel het laatste wat ze had verwacht van hem te horen. 'Wát?'

'Je hebt tot vijf jaar geleden voor Shipp gewerkt. Ze hebben een nieuwe lippenstiftlijn. Wat weet jij daarvan?' Hij ziet de blik op haar gezicht. 'Doe me een plezier. Alsjeblieft.'

'Ik weet er niets van,' zegt Geo verward. 'Op het moment dat ik wegging – ik was verantwoordelijk voor de tak persoonlijke verzorging en beauty – hadden we net een lijn verzorgingsproducten gelanceerd. Shampoo, conditioner, bodylotion, doucheschuim, enzovoort. We hadden geen cosmetica, maar dat was wel een plan voor de lange termijn.'

'Nou, ze maken nu ook lippenstift.'

Ze wacht tot hij verder uitweidt en als hij dat niet doet zegt ze: 'Oké. En? Dat is niet echt een verrassing, dat is altijd mijn pla...' Ze zwijgt. 'Dat is altijd de richting geweest die ze op wilden. En het is logisch dat ze met lippenstift beginnen. Je hoeft maar een paar tinten te brengen om de reacties te peilen en aan de hand daarvan kun je uitbreiden.'

'Tot nu toe zijn er tien kleuren,' zegt hij. 'En ze zijn pas een week te koop. En dan ook nog maar in één winkel in het hele land: Nordstroms flagshipstore in Seattle.'

'Oké,' zegt Geo weer. Ze heeft geen idee waar hij naartoe wil. 'Dat is niet vreemd. Shipp en Nordstrom hebben allebei hun hoofdkantoor hier en Seattle is een goede testmarkt. Als het goed verkoopt in de flagshipstore, neemt Nordstrom het op voor al hun winkels.'

'Weet je hoeveel lippenstiften er in de VS op de markt zijn? Als je alle merken, oud en nieuw, alle kleuren en huidige plus niet meer geproduceerde lijnen neemt?'

'Miljoenen,' zegt Geo zonder aarzeling.

'En raad eens hoeveel Shipp-lippenstiften er de laatste week bij Nordstrom zijn verkocht?'

'Geen idee. Dat ligt eraan hoe goed het in de markt wordt gezet.'

'Minder dan vijftig,' zegt Kaiser. 'Wat, hoor ik, niet spectaculair is en bewijst hoe moeilijk het is om nog een nieuwe cosmeticalijn te beginnen als er al zoveel keus is.'

'Er is veel concurrentie, ja. Maar dat is natuurlijk bekend bij Shipp.'

'Bijna al die nieuwe Shipp-lippenstiften zijn aan vrouwen verkocht...'

'Logisch.'

'... behalve één,' praat Kaiser door. 'De dag vóórdat de vrouw en het kind werden gevonden, is er een verkocht aan een man, een paar minuten voor sluitingstijd. We hebben de beelden van hun beveiligingscamera's opgevraagd.'

Kaiser haalt zijn telefoon weer tevoorschijn, zoekt een foto op en schuift het toestel opnieuw naar Geo.

Ze bevriest, voor de tweede keer die avond. Het is een zwart-witfoto, een beetje korrelig en van een afstand vanuit een vreemde hoek genomen, maar het is een close-up die voor haar ligt. De man die voor de toonbank staat is lang, gekleed in T-shirt, spijkerbroek en laarzen en hij draagt een pet met de klep ver over zijn gezicht getrokken. Hoewel de bovenste helft van zijn gezicht niet te zien is, herkent ze zijn kaaklijn onmiddellijk. Hij draagt zelfs een oversized horloge aan zijn rechterpols, iets wat hij altijd deed, hoewel hij gewoon rechtshandig was.

'Calvin,' zegt ze met verstikte stem.

'Weet je het zeker?'

'Hij is het. Zeker weten. Hoe kan dit?' Ze staart naar de foto en probeert te begrijpen wat dit betekent. 'Ik... Ik begrijp het niet. In de gevangenis heb ik een flard van een nieuwsitem gezien waarin ze zeiden dat hij ergens in Europa was gesignaleerd. In Polen of in Tsjechië of iets dergelijks...' Haar stem verstomt.

Kaiser swipet weer over zijn telefoon, terug naar de foto van het jongetje met het hart op zijn borst. Dan haalt hij een vel geel papier uit zijn borstzak. Dat kent ze, ze heeft het al eerder gezien, toen hij haar bezocht in de gevangenis, de eerste en enige keer. Het is het papier waar Calvin op heeft zitten krabbelen tijdens het proces, het papier met het hart erop, het hart met haar naam erin.

Hij legt het vel papier en de foto naast elkaar. De harten en het handschrift zijn bijna identiek. In het ene staat GS, in het andere ZIE MIJ.

‘Wat wil hij dat je ziet?’ vraagt Kaiser. Zijn gezicht staat neutraal maar zijn hals is rood.

‘Dat weet ik niet.’

‘Wat wil hij dat je ziet?’ Hij schreeuwt het haar toe en ze schrikt.

‘Ik weet het niet,’ reageert ze luid. Niet boos en gefrustreerd zoals hij. Ze klinkt verward, radeloos... Bang. ‘Kai, ik zweer het, ik weet het niet.’

‘Dit is een boodschap aan jou.’

‘Ik weet het n...’

‘Hij laat je niet los... Hij wil iets van je...’ zegt Kaiser toonloos. Zijn stoel schraapt over de keukenvloer als hij die naar achteren duwt en opstaat. Dan ziet ze dat zijn kop koffie leeg is. Ze herinnert zich niet dat ze hem heeft zien drinken. De hare is halfvol. En koud. ‘Dit gaat allemaal om jou... Ik voel het! Of interesseert het je niet?’

‘Natuurlijk wel!’ zegt Geo, terwijl ze naar hem opkijkt. ‘Maar ik kan niet meer wegvluchten, Kai. Dat heb ik al geprobeerd, dat weet je. Ik ben moe. Ik ben hier. Als het moet, laat hem dan maar komen. Maar als jij je daar zo ongerust om maakt, pak je hem vast wel op tijd op en gaat hij de gevangenis in, net zoals je met mij hebt gedaan.’

‘Ik heb hem gepakt...’

‘Ja, en hij is weer ontsnapt,’ zegt ze bitter. ‘Ik ben bang, ja? Wat wil je horen? Misschien gaat dit om mij en misschien ook niet. Sinds Angela heeft hij verdomme veertien jaar de tijd gehad om terug te komen en me te vermoorden. Maar dat heeft hij niet gedaan. In plaats daarvan heeft hij ándere vrouwen vermoord, drie, en wie weet hoeveel meer, omdat jullie verdomme jullie werk niet goed hebben gedaan en hem uit de gevangenis hebben laten ontsnappen. Ik was zestien toen ik het allerergste, het afschuwelijkste deed wat ik ooit in mijn leven heb gedaan en zál doen. Jij was dertig toen hij uit die gevangenis is ontsnapt en nu, vijf jaar later, nu er wéér slachtoffers worden gevonden, heb je hem nog steeds niet gepakt. We kunnen hier zitten en ruziën over wie de grootste mislukkeling is hier, maar dat zal ik je besparen: we zijn allebei mislukkelingen.'

Kai klemt zijn kaken op elkaar. Ze ziet zijn spieren aanspannen. Maar hij reageert niet.

Geo schuift haar stoel naar achteren en staat op. 'Ik zie dat je wilt vertrekken. Ik loop met je mee naar de deur zodat je nog sneller weg kunt.'

Geo loopt met hem mee door de gang en moet de neiging onderdrukken haar handen op zijn rug te leggen om hem nog sneller vooruit te duwen. Hij haalt de ketting weg, schuift de grendel opzij en draait de deur van het slot. Dan keert hij zich naar haar om. Hij kijkt haar aan, zijn gezicht afgemat, net zoals het hare.

'Nog één ding,' zegt hij terwijl hij zijn hand in zijn broekzak stopt. Hij geeft haar een kleine matzwarte huls met gouden letters. De nieuwe lippenstift van Shipp. 'De naam van de kleur lippenstift op het jongetje? "Suikerhart". Zegt dat je iets?' Hij keert zich om en smijt de deur met een boze klap achter zich dicht.

Hij ziet niet hoe Geo reageert: ze verbleekt en wordt overvallen door een nieuwe golf van misselijkheid. Als haar maag niet al helemaal leeg zou zijn geweest, was ze ter plekke over haar nek gegaan. Ze zoekt steun bij de muur en staart naar de lippenstift die hij net in haar hand heeft gedrukt.

Suikerhart. Zegt dat je iets?

Ja. Het zegt haar iets...

18

Tandenstokers in haar ogen. Zo voelt het als ze wakker wordt na een korte onrustige slaap. Haar inwendige klok wekte haar om kwart voor zes, het tijdstip waarop in Hazelwood de bel gaat die het begin van weer een nieuwe klotedag aankondigt. Ze is nog ingesteld op het gevangenisritme. Haar vader, die op het punt staat om naar zijn werk te gaan, is verrast haar zo vroeg in de keuken te zien en vertelt dat het een tijdje kost voor haar lichaam zich aanpast aan het 'normale' leven.

Of wat daar tegenwoordig voor doorgaat...

Geo zit aan haar tweede Starbucks Grande van die ochtend als ze de blik van een van de hypotheekadviseurs van het plaatselijke bankfiliaal ontmoet, een onbeschofte trut die vanaf het moment dat ze Geo's naam intoetste op het scherm al een hekel aan haar leek te hebben. Geo had eigenlijk iemand anders willen spreken, maar omdat ze geen afspraak had, kreeg ze deze trut toegewezen.

'U komt helaas niet in aanmerking voor een hypotheek,' zegt de vrouw terwijl ze haar handen op haar schoot in elkaar vouwt. 'Het spijt me. U kunt het natuurlijk bij een andere bank proberen, maar daar krijgt u waarschijnlijk hetzelfde te horen.'

Er staat geen naambordje op haar bureau maar achter de vrouw hangt een ingelijst diploma. Mona Sharp. Minor in communicatie en major in financiën. Drie jaar later afgestudeerd dan Geo. *Nou, Mona Sharp, die communicatievaardigheden van je zijn nog steeds klote.*

'Het gaat niet om een groot bedrag,' zegt Geo. 'Zoals u ziet heb ik genoeg om vijfenzestig procent te betalen bij een aankoopprijs van...'

'Het spijt me.'

'Ik ben meer dan kredietwaardig,' voert Geo aan, terwijl ze regelmatig en rustig blijft ademen. 'En ik heb in het verleden twee keer een huis gekocht en keurig de maandelijkse hypotheek betaald. En ik heb al vanaf mijn twaalfde een rekening hier, als dat u iets zegt.'

'Vanzelfsprekend waarderen we uw loyaliteit...'

'En nu wil ik toch echt de directeur spreken.'

De vrouw zucht en verlaat dan het kantoortje. Een paar minuten later is ze terug met de man die Geo meteen bij binnenkomst al had willen spreken. Harry Rudnick is al meer dan twintig jaar directeur van dit bankfiliaal. En ook bevriend met haar vader.

'Georgina, loop even mee naar mijn kantoor, alsjeblieft,' zegt Harry. 'Dan praten we daar.'

Ze loopt achter hem aan en werpt Mona Sharp als ze langs haar loopt een blik toe die duidelijk maakt hoe ze over haar denkt. De trut doet een stap naar achteren, waarschijnlijk is ze bang dat Geo een wapen in haar beha heeft verstopt. Geo rolt met haar ogen.

Harry Rudnicks kantoor is iets groter en kijkt uit op de parkeerplaats van de supermarkt. Hij doet de deur dicht. 'Ga zitten,' zegt hij met een klopje op de stoel voor zijn bureau. 'Hoe gaat het met Walt? Blij dat je thuis bent, wed ik.'

'Goed,' zegt Geo. 'En hij is inderdaad blij dat ik thuis ben, maar ik heb een plek voor mezelf nodig, Harry.'

'Was hij maar meegekomen,' zegt Harry terwijl hij met zijn vingers op zijn bureau trommelt. 'We kunnen je geen hypotheek verstrekken, Georgina.'

Haar rug verstijft. 'En waarom niet?'

'Je hebt geen baan, ten eerste.'

'Die krijg ik wel,' zegt Geo. 'En ik zie niet in waarom dat een bezwaar moet zijn als ik twee derde van het geld zo kan neerleggen. Als ik niet elke maand keurig op tijd betaal, leg je beslag op het huis. Zo simpel is het. Ik weet dat je al eerder hypotheken hebt goedgekeurd die op vermogen en niet op inkomen waren gebaseerd. En zoals je kunt zien heb ik vermogen.'

'Ja, dat zie ik.' Harry tikt iets in op zijn toetsenbord en zijn ogen turen een paar seconden naar het computerscherm. 'Maar we kunnen niet verifiëren waar dit geld vandaan komt.'

'Investeringen.'

'Legitieme investeringen?' vraagt Harry en dan slaakt hij een zucht. 'Sorry. Luister, vraag Walt om mee te komen. Zijn huis is afbetaald. Hij verdient uitstekend in het ziekenhuis. Dan kan hij garant staan.'

'Nee.'

'Waarom niet?'

'Omdat hij al genoeg voor me heeft gedaan,' zegt Geo, gefrustreerd dat ze dat moet uitleggen. Hoe anders is dit gesprek dan het gesprek dat ze tien jaar geleden met Harry voerde, toen ze haar eerste bungalowtje wilde kopen en hij de hypotheek daarvoor goedkeurde. Of dat van drie jaar later, toen ze haar bungalowtje verkocht om een echt huis te kopen. 'Ik heb hem hier niet bij nodig. Ik kan dit zelf regelen.'

'Nee, je hebt hem wel nodig. Op dit moment. Echt. Misschien kun je anders een tijdje gaan huren?'

Harry zegt het aardig, maar het enige wat ze hoort is dezelfde minzaamheid als die ochtend bij Vernizon toen ze een mobiele telefoon ging kopen. Ze kreeg een goedkeuring, maar toen de verkoper haar oude account opzocht, herkende hij haar naam. Dat was duidelijk omdat hij minachtend lachte. Geo moest zich inhouden om die klotegrijns niet van zijn gezicht af te krabben. De luxueuze roségouden iPhone die ze nu in haar zak heeft was tenminste nog een kleine troostprijs.

'Kom morgen terug met Walt,' zegt Harry. 'Hij is je vader. Laat hem je helpen.'

Het heeft geen zin om te protesteren en het heeft ook geen zin om naar een andere bank te gaan. Geo schudt zijn uitgestoken hand en vertrekt.

Op de parkeerplaats loopt ze naar haar witte Range Rover, die de hele tijd dat ze vastzat in de garage van haar vader heeft gestaan. Ze drukt op de afstandsbediening en met een zacht piepje ontgrendelen de deuren. De luxueuze SUV voelt belachelijk nu. Het is een auto voor een jonge, flitsende carrièrevrouw en Geo voelt zich niet jong en zeker niet flitsend. En ze is al helemaal geen carrièrevrouw meer.

Voor ze instapt, hoort ze een ijselijke gil van links. Ze schrikt en verstijft even. Als ze ontdekt dat het een protesterende peuter is die door haar moeder in de auto wordt gezet, laat ze haar adem opgelucht ontsnappen. In de auto, een grote Mercedes, zit al een ander kind veilig ingesnoerd, dat begint te krijsen als ze haar zusje hoort. De vader staat op het punt aan de bestuurderskant in te stappen en doet geen moeite om de vrouw met de kinderen te helpen maar werpt een blik op Geo. Hun blikken kruisen elkaar en dan kijken ze elkaar recht aan.

Andrew!

De schok op zijn gezicht als het tot hem doordringt, is bijna komisch; zijn mond valt letterlijk open en zijn ogen puilen uit hun kassen. Een paar seconden later moet hij wel weer bij zijn positieven komen omdat zijn vrouw tegen hem snauwt dat hij moet helpen.

Geo stapt in en blijft door haar getinte ruiten even naar het gezinnetje zitten kijken.

Andrew ziet er... anders uit. Geo's vroegere verloofde was net tweeënveertig toen ze werd gearresteerd, maar wat ze nu ziet is een man van middelbare leeftijd. Hij heeft een kale kruin en is aangekomen sinds ze hem voor het laatst zag. Weker. Zijn vrouw is minstens vijftien jaar jonger dan hij en gekleed in een yogaoutfit. Als het haar eindelijk is gelukt de tegenstribbelende peuter in de auto te krijgen, stapt ze in, klikt haar gordel vast en begint ze tegen hem te schreeuwen. Geo kan niet horen wat ze zegt, maar de boosheid valt duidelijk van haar gezicht af te lezen, net als de gelatenheid van het zijne.

Geo start de auto en gaat op weg naar huis. Vijf jaar geleden was ze maar een paar maanden verwijderd van een huwelijk met Andrew Shipp... De locatie was geboekt, de jurk besteld, de uitnodigingen waren verstuurd. Als ze niet naar de gevangenis had gemoeten, zou ze nu zijn vrouw zijn geweest. Ze huivert. Een leven moeten leven dat niet voor je is bedoeld, is een persoonlijke versie van de hel...

Als ze thuiskomt, wordt ze begroet door een nieuwe boodschap op de garagedeuren. Net zo rood en woedend als de tekst die haar vader er de dag ervoor heeft af gewassen. Ze parkeert langs de stoeprand en stapt uit met opnieuw het gevoel dat er van achter alle ramen ogen naar haar loeren. De graffiti was er niet toen ze die ochtend vertrok; het is duidelijk dat degene die dit doet weet wanneer er niemand thuis is. En het is ook duidelijk dat het de vandaal die hier verantwoordelijk voor is geen fuck interesseert wie het ziet, want hij of zij doet het in het volle daglicht.

De hartverwarmende boodschap van vandaag is: BRAND IN DE HEL.

Geo toetst de viercijferige code in – de verjaardag van haar moeder – om de garagedeur te openen en is blij dat het een oprolsysteem is, zodat de woorden verdwijnen. Ze moet erachter zien te komen hoe de hogedrukreiniger werkt. Haar vader mag dit niet zien. Echt niet. Niet weer. Verdomme, ze moet weg uit deze buurt.

'Ze haten je, hè?'

Ze keert zich om, verrast, en ziet een jongetje dat nog net geen tiener is met zijn fiets aan het einde van de oprit staan.

'Wie zijn "ze"?' vraagt ze, terwijl ze naar hem toe loopt.

Hij haalt zijn schouders op. Hij draagt een dun T-shirt, geen jack of hoody en een spijkerbroek, zijn haar is te lang en zijn sneakers zijn vuil. Maar hij heeft een open gezicht, kijkt niet veroordelend, eerder nieuwsgierig. 'Die het hebben gedaan,' zegt hij.

'Weet je wie dat zijn?' vraagt Geo nog een keer. 'Want dit is het huis van mijn vader en dit soort dingen zijn heel vervelend voor hem.'

De jongen haalt zijn schouders weer op en rijdt een stukje naar haar toe. 'Iemand van St. Martin's? Weet ik veel. Maar je bent beroemd.'

'Berucht, bedoel je.'

Weer haalt hij zijn schouders op. Dat is blijkbaar de primaire vorm van communicatie voor het joch. 'Zal wel. Heb je het gedaan?'

'Wat?'

'Heb je toen je vriendin vermoord?'

Hij lijkt het oprecht te willen weten. Hij fietst rondjes nu, maar het zijn kleine rondjes. Hij blijft in haar buurt. Geo kijkt naar hem, maar geeft geen antwoord. Dan zegt ze uiteindelijk: 'Wat denk jij?'

Voordat hij kan reageren, gaat de voordeur van het huis aan de overkant open en komt er een vrouw naar buiten benen. Ze marcheert rechtstreeks op hen af.

Als de jongen haar in het oog krijgt zegt hij: 'Shit! Mevrouw Heller. Straks verklikt ze dat ik aan het spijbelen ben. Ik ga!' Hij gaat op de pedalen staan, racet weg en is al bijna uit het zicht verdwenen als de overbuurvrouw van het trottoir de straat op stapt.

'Reken er maar op dat er elke dag iets nieuws staat tot je hier vertrekt!' zegt mevrouw Heller als ze voor Geo staat. Mevrouw Heller was vroeger secretaresse op een basisschool en woont al zo lang Geo zich kan herinneren tegenover hen. Tegenwoordig is ze met pensioen. Haar gezicht, zonder make-up, heeft meer rimpels dan vijf jaar geleden, maar haar ogen zijn nog net zo priemend. 'Niemand wil je hier hebben, Georgina.'

De Hellers zijn prettige buren. Cliff Heller heeft een bladblazer en neemt Walts tuin altijd als vanzelfsprekend mee. Ze halen de brievenbus leeg als Walt de stad uit is en vroeger, in Geo's kindertijd, bracht mevrouw Heller altijd een pan zelfgemaakte kippensoep als Geo ziek was. Maar waren het aardige mensen? Cliff wel, Roberta matig.

'Goedemorgen mevrouw Heller.' Geo glimlacht niet maar doet haar best om vriendelijk te klinken. De hogedrukreiniger staat intussen buiten, dus rolt ze de garagedeur weer omlaag. 'Ik neem aan dat u niet hebt gezien wie dit heeft gedaan? Het is in de afgelopen paar uur gebeurd.'

Elke wijk heeft een roddeltante die alles van iedereen weet en erop gespitst is het schorriemorrie buiten de buurt te houden. Hier is dat Roberta Heller, met stip. Gezegend – of vervloekt? – met een overontwikkeld gevoel voor rechtvaardigheid is mevrouw Heller er als de kippen bij om iemand te corrigeren die naar haar mening iets fout heeft gedaan. Geo was vroeger bang voor haar. Maar nu niet meer.

'Ik keur dit vanzelfsprekend niet goed,' zegt mevrouw Heller terwijl ze met haar koffiebeker naar de garage gebaart en er bijna iets over de rand klotst. 'Maar de mensen hier zijn boos, Georgina. Dat snap je toch wel, neem ik aan. Ik begrijp niet dat Walt je hiernaartoe heeft laten komen. Je aanwezigheid herinnert de mensen hier aan iets wat ze het liefst zouden vergeten.'

'Ik blijf niet lang,' zegt Geo.

'Blij dat te horen. Ik heb je vader altijd gemogen, weet je,' zegt mevrouw Heller. 'Cliff ook. Walt is een goed mens en hij heeft zijn best gedaan om je goed op te voeden, maar in mijn ogen was hij te weinig thuis. Heel jammer dat je je moeder op zo'n jonge leeftijd bent verloren. Als dat niet was gebeurd, was je misschien niet ontspoord.'

'Geen woord over mijn moeder!' Geo heeft het gezegd voordat ze zich kan inhouden. 'Geen woord!'

Ieder ander zou inbinden, maar niet Roberta Heller. De ogen van de vrouw glimmen en ze doet zelfs een stap naar voren om Geo eens goed de waarheid te zeggen. Met haar gezicht vlak voor dat van Geo – ze kan de koffiegeur uit haar mond zelfs ruiken – zegt ze: 'Ik dacht altijd dat je een braaf kind was, maar je hebt ons allemaal voor de gek gehouden, nietwaar? Je was helemaal niet braaf! En niemand had iets in de gaten!'

Mevrouw Heller heeft het mis. Geo was wél een braaf kind. Ze heeft nooit drugs gebruikt, nooit wiet gerookt. Ze heeft slechts één keer een paar trekjes van een sigaret genomen, in de brugklas, na school en alleen omdat het moest van Angela. Ze werd er kotsmisselijk van en heeft daarna nooit meer een sigaret aangeraakt. En op de middelbare is ze maar twee keer dronken geweest. De eerste keer was bij Angela thuis, toen ze daar met z'n tweetjes alleen waren, haar ouders waren een weekendje weg. En de tweede keer was op die afgrijselijke avond, de avond waarop haar beste vriendin overleed.

Nee, ze was helemaal geen ontspoord kind. Het enige niet-brave wat ze ooit had gedaan, was Calvin.

Maar in mevrouw Hellers ogen is dat waarschijnlijk al meer dan genoeg. Ze schudt haar hoofd, met een dramatisch vertrokken gezicht van teleurstelling. 'Je moeder zou zo teleurgesteld in je zijn.'

Geo's vuisten ballen zich en ze dwingt zichzelf diep in en uit te ademen en tot vijf te tellen. Het lijkt een eeuwigheid te duren. Dan ontspant ze haar handen. 'U bent altijd aardig voor mijn vader geweest, mevrouw Heller,' zegt ze zacht, 'dus ga ik er verder niet op in. Maar ik wil dat u nu van onze oprit af gaat.'

'Je vriendje is gewoon doorgegaan met verkrachten en vermoorden van, eh, hoeveel vrouwen waren het?' Mevrouw Heller is blijkbaar nog niet klaar. Ze windt zich zelfs steeds meer op. De beker in haar hand trilt, maar niet vanwege ouderdom. Ze is kwaad. 'Drie, is het niet? Dat zou allemaal niet gebeurd zijn als je vroeger de waarheid had verteld. En nu wéér een vrouw en een jongetje, niet veel ouder dan een baby! Dood omdat hij uit de gevangenis is ontsnapt. Hoe kun jij in vredesnaam nog een oog dichtdoen 's nachts?'

'Mevrouw Heller...'

'Je zou je diep moeten schamen! Heel erg diep! We willen jou hier niet! Niemand in deze buurt wil je hier! Je vader verdient het niet nóg meer te moeten doormaken. Hij houdt van je, Georgina, en hij is blind voor wie je echt bent.'

'En dat is?'

'Een duivelin. Met een knap gezichtje en een dure auto.'

Geo opent haar mond om iets terug te zeggen, maar doet hem dan weer dicht. Wat heeft het voor zin? Ze heeft haar straf uitgezeten, ze is haar baan kwijt, haar verloofde kwijt. Voor de rest van haar leven is ze maar één googleklik verwijderd van haar afschuwelijke verleden.

Dus Roberta Heller kan de klere krijgen. Ze kénde Angela Wong niet eens. Fuck dat rotmens met haar zelfingenomenheid en haar stinkadem.

'Weg hier! Van de oprit af!' zegt Geo. 'Voordat ik u eigenhandig op straat zet! U staat op privéterr...'

Ze kan haar zin niet afmaken omdat de vrouw het restant van haar koffie recht in Geo's gezicht gooit. Gelukkig is die niet heet meer, maar het komt zo onverwacht dat Geo haar ogen niet op tijd dichtdoet. Het brandt enorm. En er belandt ook iets in haar mond, ze proeft koffie. Zonder suiker en melk. Bitter. Net zoals Roberta Heller.

Als dit een dag eerder was gebeurd, zou het stomme mens nu in de houdgreep op de grond liggen. Maar dit is de gevangenis niet.

'Roberta!' Cliff Heller komt over de straat naar hen toe hollen. Aan zijn gezicht te zien heeft hij alles gevolgd. Hij is ontzet als hij bij hen aankomt en pakt de arm van zijn vrouw meteen stevig vast om haar lichtjes door elkaar te schudden. 'Wat doe je nou? Hou op! Onmiddellijk! Wat is er in vredesnaam met je aan de hand?'

'Ik wil haar hier niet, Cliff,' spuugt mevrouw Heller woedend. Ze rukt haar arm los terwijl ze Geo strak aankijkt. 'Ze is slecht. We zijn niet veilig met haar in de buurt. Ik weet niet wat ze te maken heeft met die doden in het bos, maar er is een verband en...'

'Hou daarmee op! Er ís geen verband!' Cliff Heller werpt een blik op Geo en ziet dat haar gezicht en blouse onder de koffie zitten. Hij voelt in zijn zak en haalt een gekreukelde zakdoek tevoorschijn die hij Geo aanreikt. Geo pakt hem zonder nadenken aan en veegt haar gezicht zo goed mogelijk droog. 'Ze heeft in de gevangenis gezeten. Daar kun je geen contact met de buitenwereld hebben. Met wat die mensen is overkomen heeft ze niks te maken.'

'Dat weet je niet.' Mevrouw Heller is zowat hysterisch van woede nu, en ze doet weer een stap naar Geo toe. Haar echtgenoot houdt haar tegen. 'Niemand weet wie ze echt is.' En ze richt zich weer tot Geo: 'Je moet je schamen! Diep schamen!'

'Ik schaam me ook,' zegt Geo.

'Hoe durf je hier terug te komen.' Roberta Hellers stem is nu een hoge krijs. 'Heb je niet al genoeg op je geweten?'

'Alsjeblieft, Georgina,' zegt Cliff Heller tegen Geo. 'Alsjeblieft, ga naar binnen. En laat de hogedrukreiniger maar buiten staan. Ik maak je garagedeur wel schoon. Dat was ik toch al van plan. Alsjeblieft, Georgina.'

Ze knikt en laat de man achter om zijn woedende vrouw tot rede te brengen. Ze staan nog even te ruziën op de oprit en dan beent mevrouw Heller met boze stappen terug. Gehuld in een wolk van verontwaardiging steekt ze de straat over. Meneer Heller, beschaamd, kijkt tersluiks om zich heen en zet dan de hogedrukreiniger aan.

Een uur later heeft Geo zich verkleed en komt haar vader met taco's en friet thuis voor de lunch. Als Walt informeert hoe haar ochtend is geweest, laat ze hem haar nieuwe mobieltje zien, dat bijna identiek is aan zijn eigen toestel. Ze zegt niets over de bank, de graffiti of Roberta Heller. En als hij heeft gezien dat de oprit nat is, zegt hij er niets over. Als ze klaar zijn, ruimt ze af.

'Ik moet weer terug naar het ziekenhuis,' zegt hij een beetje teleurgesteld. 'Wat ga je de rest van de dag doen?'

'Ik wilde een stuk gaan wandelen,' zegt ze. 'Naar Rose Hill.' Rose Hill, het kerkhof waar haar moeder begraven ligt. Het ontlokt een glimlachje aan de anders zo stoïcijnse Walt. Grace Gallardo Shaw ligt onder een boom op de mooiste plek van het kerkhof. Ze heeft een gepolijste witte marmeren steen.

'Neem wat margrieten voor haar mee,' zegt hij met een kneepje in haar arm. 'Je weet vast nog hoe dol ze daarop was.'

Geo knikt en glimlacht terug. Natuurlijk weet ze dat niet, ze was nog te klein om zich dat te kunnen herinneren, maar ze zegt het om haar vader een plezier te doen.

Op weg naar het kerkhof koopt ze twee bossen bloemen bij het kraampje. Ze betaalt contant omdat haar creditcard is verlopen; ze is vergeten een nieuwe aan te vragen bij de bank.

De margrieten zijn natuurlijk voor haar moeder. De veldbloemen, kleurig in felroze, geel en oranje, zijn voor Angela. Zij ligt ook op Rose Hill, maar aan de andere kant.

19

Sinds de ruzie bij de cheertraining de week ervoor, was de sfeer tussen Angela en haar gespannen. Maar Geo volgde Calvins advies op en hield afstand. Angela hield van dramatisch doen; soms was dat gemeend maar meestal gespeeld, en het was beter om haar af te laten koelen.

Op de derde dag hield Geo het niet meer uit en raapte ze al haar moed bij elkaar. Na school belde ze aan bij Angela's huis, met twee Slurpees in haar handen; druiven voor Angela natuurlijk en blauwe bessen voor zichzelf.

Het verbaasde haar niet dat Kaiser de deur opendeed. De arme jongen probeerde hen al sinds de ruzie met elkaar te laten praten, maar zonder succes.

'Godzijdank,' zei hij toen hij haar zag. 'Ik trek het niet meer.'

'Waar is Ang?'

'In de keuken. Op zoek naar eten wat ze toch niet mag van zichzelf. Weer helemaal in de "ik ben te dik"-stemming. Kom binnen.' Hij deed een stap opzij om Geo binnen te laten en knikte goedkeurend bij het zien van de enorme bekers bevroren limonade vol kunstmatige smaak- en kleurstoffen. 'Dat drinkt ze misschien wel. Waar is mijn Big Gulp?'

'Ik wist niet dat je hier was.' Ze stapte naar binnen en bleef een beetje onzeker in de vestibule staan. Angela kwam de keuken uit en toen ze zag dat het Geo was die had aangebeld, bleef ze abrupt stilstaan.

'Vrede?' vroeg Geo en ze stak de druiven-Slurpee naar haar uit, waarbij ze waarschijnlijk te hard in de beker kneep want het deksel sprong eraf en er klotste wat over haar hand en op de vloerbedekking.

'O, fijn. Maak er maar een puinhoop van hier,' zei Angela op hooghartige toon alsof er nooit iemand iets morste.

Kaiser keek van de een naar de ander. 'Ik haal de keukenrol,' zei hij achteruitlopend. 'En als ik over dertig seconden terug ben, verwacht ik dat jullie het hebben bijgelegd want ik word hier compleet gestoord van.'

Angela rolde met haar ogen en Kaiser verdween naar de keuken.

'Ik kwam langs om deze te brengen,' zei Geo en ze hield de Slurpee weer naar haar uit. Hoewel er nog iets op de vloer druppelde, pakte Angela hem niet aan. 'En om te zeggen dat het me spijt. Je had gelijk, in alles wat je zei. Ik ben mezelf niet de laatste tijd en dat moet veranderen. Ik ben een slechte vriendin voor je geweest. Sorry.'

'Ja, je bent echt bitcherig geweest,' constateerde Angela bot. Toen verzachtte haar afwerende houding. 'Maar ik ook, denk ik. Ik had niet zo tegen je moeten schreeuwen met de meiden erbij. Dat was niet cool.'

'Godzijdank,' zei Kaiser toen hij terugkwam met een keukenrol. 'Is St. Martin's' gevecht van de eeuw eindelijk voorbij?' Hij pakte Angela's beker, veegde die droog en gaf de keukenrol aan Geo zodat zij de vloer kon doen.

'Hou je kop, Kai,' zei Angela afwezig. De twee meiden staarden elkaar strak aan. Toen haalde Angela haar schouders op, pakte ze de Slurpee aan en nam een grote slok. 'Ja. Oké. Het is voorbij.'

'Knuffel!' zei Kaiser. Toen ze geen van tweeën in beweging kwamen, trok hij hen met zijn magere armen allebei stevig tegen zich aan. Zo stonden ze een tijdje. Niemand zei iets.

Zoals altijd verpestte Kaiser het. 'Twee meiden in je armen, de fantasie van iedere man!' zei hij vrolijk. 'Ang waar is je camera? We maken een foto!'

Ze lieten elkaar los en Angela gaf hem een klap op zijn arm. Maar met een glimlach.

Geo glimlachte ook. Ze was vergeten hoe ze dit had gemist, deze vreemde, geruststellende dynamiek van hun vriendschap.

Angela had een hagelnieuwe Nikon van haar vader gekregen, die hij zogenaamd speciaal voor haar had uitgezocht maar gewoon had gewonnen bij een golfwedstrijd. Hij lag in de keuken en Kaiser ging hem halen om een foto van hun drieën te maken in de spiegel die in de gang hing. 'Ik ga pizza bestellen,' kondigde hij daarna aan en hij liep naar de woonkamer, waar de telefoon stond. De twee meiden wisselden een blik uit en liepen achter hem aan.

De uren daarop aten ze pizza's en probeerden ze Angela's camera uit. Ze schoten een heleboel idiote foto's tot Kaiser naar huis ging. 'Hij vindt je leuk,' zei Angela toen hij weg was. Ze waren naar de slaapkamer verhuisd en luisterden naar een van haar cassettebandjes. Pearl Jam, Alanis Morissette, No Doubt. 'En niet alleen als gewone vriendin.'

'Ja, ik weet het,' zei Geo. Ze voelde zich er een beetje lullig over.

'Hij haat Calvin.'

'Ja, ik weet het,' zei ze weer en ze voelde zich nog lulliger.

Geo had Kaiser in het eerste jaar van de bovenbouw leren kennen. Hij zat achter haar bij natuurkunde en bleef maar tegen de achterkant van haar stoel schoppen, ook al had ze zich al twee keer omgedraaid en hem kwaad aangekeken. In de gang na de les liep hij vlak achter haar, net iets te dichtbij. Ze stond op het punt hem toe te bijten dat hij haar lastigviel, toen het tot haar doordrong dat zijn kluisje naast het hare lag. De rest van het jaar bleef hij haar plagen en ergeren maar in de loop van de tijd leerde ze zijn vriendschap waarderen. Hij schonk die zo verdomde gul, zonder iets anders terug te verwachten dan vriendelijkheid.

Angela wist eerst niet wat ze met Kaiser aan moest. Zijn sociale status was maar net acceptabel dankzij zijn heldendaden op het voetbalveld en zijn fanatieke basketbalspel, en als hij niet zoveel acne had gehad, zou hij er best leuk uit hebben gezien. Daarbij had hij ook nog een beugel. Maar langzamerhand begon ze hem ook te waarderen. Hij was aardig, had geen kapsones en lachte om haar grapjes.

'Hij denkt erover met iemand te gaan daten,' vertelde Angela. Ze lag achterstevoren op het bed, haar benen tegen het hoofdeind. Geo zat in kleermakerszit voor de stereo op de vloer. 'Nu jij met Calvin bent en er officieel geen hoop meer is.' Angela zweeg even voor het dramatische effect. 'Met Barb Polanco.'

'Barbara Benenwijd?' vroeg Geo vol afschuw. 'Nee! Zeg tegen hem dat hij dat niet moet doen!'

'Ik zeg helemaal niks!' reageerde Angela lachend. '*Au contraire*. Ik zei dat hij ervoor moest gaan! Het wordt tijd dat hij het een keer doet!'

Geo kende Barb oppervlakkig van de gymles en om eerlijk te zijn dacht ze helemaal niet dat Barbara Benenwijd haar bijnaam had verdiend. Ze deed echt niet voor iedereen haar benen wijd. Het was een lelijke roddel die haar ex had verspreid toen ze hem had gedumpt, en Geo schaamde zich eigenlijk dat ze haar bijnaam had uitgesproken. Diep vanbinnen wist ze ook wel waarom ze zo gemeen was. Ze was een heel klein beetje jaloers. Ze had Kaiser nooit met iemand anders hoeven delen dan met Angela en dat was eigenlijk niet echt delen. Dus zei ze nu hardop: 'Je hebt gelijk. Dat wordt tijd. Goed idee!'

Angela draaide zich om en keek haar aan. 'Dus het maakt je niet uit? Ik dacht dat je het wel leuk vond dat hij zo naar je smacht. Als hij een vriendin heeft, zien wij hem natuurlijk een stuk minder.' Ze fronste haar voorhoofd. 'Eigenlijk zijn jullie allebei zeikerds nu ik erover nadenk. Ik zou jullie nooit negeren vanwege de een of andere jongen.'

Geo kon er niets tegen inbrengen omdat het waar was. Angela had haar gebreken – ze was humeurig, had veel kritiek en was bazig – maar ze had nog nooit een jongen tussen hen laten komen. En dat zei veel, gezien het aantal jongens dat achter haar aan zat. Geo's manier van omgaan met Calvin druiste tegen alle vriendschapscodes in. Ze had veel goed te maken.

'Je had gelijk dat ik met mijn hoofd in de wolken loop.'

Ze liet zich naast Angela op het bed vallen en legde haar voeten naast de hare op het hoofdeinde. 'Onze ruzie... Die heeft me min of meer wakker geschud. Ik wil mijn hele leven niet weggooien voor een jongen. Mijn cijfers kelderen, mijn vader weet niet eens dat Calvin bestaat, ik lieg tegen hem over waar ik ben... en nu zit ik ook al niet meer op cheer. Het moet ophouden. Het is gewoon... Ik heb me nog nooit zo gevoeld... Je kent me, Ang, ik laat me niet gauw gek maken. Ik doe geen stomme dingen. Ik gebruik mijn verstand. Maar met Calvin... Met Calvin is het allemaal anders. Het enige wat ik wil is bij hem zijn. Terwijl ik weet dat dat niet goed is.'

'Hebben jullie al geneukt?' vroeg Angela op nonchalante toon.

'Nee!'

'Echt niet?' Ze leek oprecht verbaasd. 'Ik dacht dat de orgasmes je naar het hoofd waren gestegen.'

'Ik zei niet dat ik geen orgasmes heb,' zei Geo blozend. Ze voelde zich nooit echt op haar gemak als ze over seks sprak, zelfs niet met Angela, die haar maagdelijkheid het jaar daarvoor was kwijtgeraakt en er volkomen open over praatte. Dat het over Calvin ging, maakte het nog moeilijker. Ze hield van hem en vond dat bepaalde dingen privé hoorden te blijven. Maar ze voelde ook aan dat terughoudendheid over haar relatie met hem niet gunstig was voor hun vriendschap. Die had er al genoeg onder geleden. En Geo was de schuldige, zíj was veranderd, zíj had Angela buitengesloten. Ze moest meer delen over Calvin, haar er meer bij betrekken. 'We doen... andere dingen.'

'Wat dan? Beffen?' Angela vroeg het met een ondeugende grijns.

'Ang,' zei Geo met een gepijnigde frons. Ze duwde haar gezicht in een kussen. 'Ja,' antwoordde ze gesmoord. 'Bijna altijd. Hij eh... vindt het lekker.'

Angela giechelde. 'Geen wonder dat je een tijd verdwenen was. Maar ik snap het. Heeft hij geprobeerd je over te halen all the way te gaan?'

Geo haalde het kussen weer weg. 'Nee. Hij zegt dat hij het alleen wil als ik er klaar voor ben. En ik denk dat ik hard op weg ben.'

'Er is maar één eerste keer,' zei Angela praktisch. 'Wees niet zo stom als ik en verknoei die niet met de verkeerde.'

Er viel een aangename stilte tussen hen. Geo was blij: het voelde weer vertrouwd, bekend, en ze was dankbaar dat ze een tweede kans kreeg. Dat bewees alleen maar dat ze zich moest herpakken. Uiteindelijk voelde ze zich fijner als ze zich niet zo door hem liet meeslepen. Haar cijfers bijvoorbeeld, moesten vanaf nu op de eerste plaats komen. Er kwamen examens aan en ze kon het zich niet veroorloven die te verpesten.

'Neem Calvin mee naar het feest bij Chad vrijdag,' opperde Angela. 'Als hij datet met iemand van zestien, moet hij ook zien hoe jouw leven is. Niet in twee gescheiden werelden leven, Geo!'

'Dat heb ik hem al gevraagd,' zei Geo met een zucht. 'Hij zegt dat hij niet naar middelbareschoolfeestjes gaat. Hij vindt het stom dat hij zeker drie jaar ouder is dan iedereen daar. Dus heb ik tegen hem gezegd dat ik dan niet meer mee wil naar cafés, omdat ik het haat om vijf jaar jonger te zijn dan het jongste meisje daar.' Ze keek naar het plafond. 'Het is... eh... We hebben er veel ruzie over.'

'Hij slaat je toch niet, hè?' vroeg Angela. Ze probeerde achteloos te klinken, maar Geo hoorde ongerustheid in haar stem.

'Wat? Nee!' Geo bleef naar het plafond staren. 'Tuurlijk niet.'

'Tess zei dat je een tijdje geleden blauwe plekken op je arm had, alsof iemand je heel hard had vastgepakt. Dat had ze bij de training gezien.'

'Ach... Tess verzint gewoon allerlei shit omdat ze graag je beste vriendin wil zijn.' Geo's toon was heftig en ze keek Angela kwaad aan. De blauwe plekken zaten hoog op haar arm, vlak bij haar schouder en ze hoopte vurig dat Angela niet zou aandringen dat ze haar arm liet zien. 'Dat is toch overduidelijk?'

Angela trok haar wenkbrauwen op.

Geo begreep dat ze te defensief had gereageerd. 'Als hij me zou slaan, zou ik het toch zéggen,' zei ze, een stuk rustiger. In haar eigen oren klonk ze volkomen onecht. 'Ik weet dat dat soort shit niet oké is.'

Het trieste was dat ze dat ook echt wel wist...

Angela zweeg even. 'Goed,' zei ze toen. 'Nou, als hij belangrijk is in jouw leven, dan vind ik dat ik in elk geval moet proberen hem te leren kennen. Laten we dit weekend ergens samen gaan chillen. Maar vrijdag niet, dan is de rugbywedstrijd en daarna het feest van Chad, en dan kom je gewoon omdat je verdomme zestien bent en je dan zulke dingen doet. Oké, opstaan jij! Ik ga je helpen met je splitsprong. We moeten die pizza eraf krijgen.'

'Mag ik terug in het team?' Geo hield haar adem in.

'Ja, bitch,' zei Angela met een glimlach. 'Opstaan jij! Ik hou van je maar je dijen worden echt te dik en wie heeft het lef om dat tegen je te zeggen als ík het niet doe?'

20

Ze werden allebei dronken op Chads feest. Het was niet met opzet, Geo hield niet eens van alcohol, maar die vrijdag was een lange dag en ze had sinds de lunch niets gegeten.

Chad Fenton was populair op St. Martin's. Niet omdat hij een goede rugbyspeler of atleet of iets dergelijks was, maar om zijn epische feesten (omdat zijn ouders nooit thuis waren) en zijn fruitpunch (omdat zijn broer, een gesjeesde student van boven de eenentwintig, het geen punt vond de drank voor hem te kopen).

Het fruit was de sluipmoordenaar. Chad maakte zijn beruchte punch in een enorme plastic ton en gooide er van alles in: watermeloen, aardbeien, partjes sinaasappel, ananas, sodawater en wodka. Heel veel wodka. Hij maakte hem altijd 's ochtends al, zodat het fruit doordrenkt was met alcohol tegen de tijd dat de gasten kwamen. Geo verging van de honger. Ze sloeg het bier af, maar at al het fruit uit de punch op en was tegen elven al verschrikkelijk lam.

De muziek was opzwepend en stond keihard; Montell Jordan en R. Kelly dreunden uit de boxen die door het hele huis stonden. Voor het eerst in maanden voelde ze zich weer haar oude zelf. Ze werd omringd door mensen van haar eigen leeftijd, luisterde naar muziek waarvan ze hield en had niet het gevoel dat ze zich moest verontschuldigen omdat ze te jong was en te veel moest doen voor school.

Gek dat ze zich, als ze met Calvin was, een totaal ander iemand voelde. En hoewel ze de persoon die ze in zijn bijzijn was leuk vond – sexy, losser, minder geremd – hield ze er ook van om deze versie van zichzelf te zijn. Maar toch miste ze hem.

Ze had geen idee waar haar beste vriendin was en zwalkte een tijdje door het huis, waarbij ze haar best deed er minder dronken uit te zien dan ze was. Uiteindelijk ontdekte ze haar beste vriendin in de serre aan de achterkant van het huis, op de schoot van Mike Bennett, de spelverdeler van St. Martin's' rugbyteam. Haar lange benen waren bloot en haar jurkje zat opgestroopt tot aan haar kruis. Geo had net zo'n soort jurk aan, maar natuurlijk stond hij Angela beter. Alles stond Angela beter.

Geo was niet verbaasd te zien dat ze met elkaar zaten te zoenen. Ze was eerder geamuseerd. Mike en Angela hadden een knipperlichtrelatie en als het 'aan' was, leek dat grotendeels ingegeven door hun beider status als rugbyster en cheerleaderscaptain; iedereen verwachtte dat ze met elkaar dateten en dus deden ze dat. Angela was er echter vrij zeker van dat Mike gay was omdat zijn erectie regelmatig verslapte als ze bezig waren, iets wat nooit, maar dan ook nooit, met iemand anders gebeurde; dat zwoer ze. En bovendien had ze een paar maanden daarvoor in zijn kamer in de sporttas onder zijn bed een homopornoblad gevonden. Toen ze hem daarmee confronteerde, had hij het weggelachen en gezegd dat een van de jongens uit zijn team dat er waarschijnlijk als grap in had gestopt.

Maar Angela had het vlak daarna uitgemaakt. 'Ik heb geen zin om zijn dekmantel te spelen,' had ze tegen Geo gezegd. 'Maar als ik niemand heb om mee naar het eindexamenfeest te gaan, ga ik met hem. Hij is wel de spelverdeler, tenslotte!'

Als je hem nu zag, met zijn tong diep in Angela's mond, zou niemand ooit vermoeden dat hij gay was. Geo wankelde naar hen toe. De kamer draaide een beetje en onderweg struikelde ze bijna. Ze tikte Angela op haar schouder. 'Ang, ik ga.'

Haar vriendin keek op, haar lippen glanzend van Mikes speeksel. 'Hoezo? Het is pas elf uur!'

De kamer begon weer te draaien en Geo zocht steun bij de muur. 'Ik voel me niet zo lekker.'

'Holy shit, je bent ladderzat! Ik zei nog dat je niet zoveel fruit moest eten.' Angela keek naar Mark en toen weer naar Geo. 'Hoe ga je naar huis?'

'Lopend,' zei Geo. 'Ik heb frisse lucht nodig.'

'Als je met haar mee wilt, is dat oké,' zei Mike, niet bijzonder teleurgesteld, waardoor Geo dacht dat Angela waarschijnlijk gelijk had met haar vermoedens. Het klopte niet als je een meisje waar je mee zat te vrijen zonder enige vorm van protest naar huis liet gaan, en al helemaal niet als dat het mooiste meisje van de hele school was.

'Nee, nee, het gaat echt wel,' zei Geo. 'Blijf gewoon hier. Ik bel je morgen.'

Ze vond haar jas onder een berg andere jassen in de vestibule en was bezig die aan te trekken toen Kaiser door de voordeur naar binnen kwam. Hij was met Barb Polanco en ze liepen hand in hand. Geo voelde een kleine steek in haar hart, maar dat duurde maar even. Zíj had een vriend tenslotte. Dus waarom zou Kaiser geen vriendin hebben?

Omdat, klonk er een koppig stemmetje in haar hoofd, *hij voor eeuwig verliefd op míj moet zijn.* Een superegoïstische gedachte natuurlijk, maar diep in haar hart was dat wat ze wilde.

'Ga je nu al?' vroeg Kaiser terwijl hij Barb uit haar jas hielp.

Barb glimlachte verlegen naar Geo. Ze leek nog blonder

dan de week ervoor. Sinds wanneer viel Kaiser op blond? Geo dwong zichzelf terug te lachen.

'Ja. Ik ben gevloerd.'

Hij keek haar oplettend aan, fronste zijn wenkbrauwen en zei: 'Ben je lam?'

'Een beetje.'

'Heb je van het fruit zitten eten?'

'Het gaat heus wel,' antwoordde ze geïrriteerd. 'Ik zie jullie maandag.'

'Hoe ga je naar huis?'

'Ze redt het wel,' zei Barb tegen hem. 'Ze heeft het onder controle, zegt ze. Kom, ga mee een drankje halen.'

'Eén minuut,' zei hij terwijl hij Barb haar jas in haar handen duwde. 'Geo. Kom mee, ik wil je even spreken.'

Geo rolde met haar ogen. 'Het gaat best, Kai,' zei ze nog een keer, maar hij pakte haar bij haar elleboog en liet Barb gewoon in de vestibule staan, met haar jas in haar handen. Hij loodste haar naar het washok verderop in de gang en deed de deur achter zich dicht, waardoor de muziek die door het huis dreunde meteen werd gedempt.

Geo leunde tegen de droger en keek naar hem op. Het rook lekker in het kamertje, naar wasmiddel, wasverzachter en de lavendelzakjes die Chads moeder in een rieten mandje op een van de planken had staan. 'Moet je niet naar je vriendinnetje?' vroeg ze.

'Ze is mijn vriendinnetje niet,' antwoordde Kai met een bezorgde blik op haar.

'Ik ben een beetje dronken. Dat is toch niet zo erg?' zei Geo. De kamer tolde weer. 'Ik moet gewoon gaan liggen.'

'Ik breng je naar huis.'

Geo schudde haar hoofd. 'Hoeft niet. En ik denk niet dat Barb dat op prijs stelt.'

'Je hebt er geen problemen mee?' vroeg hij. 'Met Barb en mij?'

'Waarom vraag je me dat in godsnaam?' Ze fronste haar voorhoofd. Het licht in de wasruimte was fel en ze moest haar ogen half dichtknijpen als ze naar hem opkeek. 'Ik heb jou ook niet gevraagd wat je ervan vindt dat ik met Calvin ga.'

'Nee, klopt. Maar als je wilt zal ik je vertellen wat ik daarvan vind.'

'Kai, hou op...' Geo deed een stap naar de deur toe, maar Kai blokkeerde haar weg.

'Waarom kunnen wíj niet met elkaar gaan?' vroeg hij terwijl hij een stap naar haar toe zette waardoor ze zo dicht bij elkaar stonden dat hun lichamen elkaar bijna raakten. Hij legde zijn hand op haar rug en liet die onder haar haar omhoogglijden tot in haar nek. 'Je weet heus wel wat ik voor je voel.'

'Omdat we goede vrienden zijn,' zei ze. *Ziet hij er altijd al zo leuk uit of zie ik dat nu opeens omdat hij met Barb is?* Zijn blauwe ogen keken diep in de hare. *Wat heeft hij lange wimpers!*

'Dat zou juist de reden waaróm moeten zijn, niet de reden waarom níét,' zei hij.

'En Barb dan? En Calvin?'

'Nou, ik vind Barb best leuk...' zei hij, maar hij maakte zijn zin niet af.

'En ik hou van Calvin,' zei ze.

Hij liet zijn hand omlaagvallen. Dat had hem geraakt; ze zag het aan zijn gezicht. Maar wat had ze dan moeten doen? Liegen?

Plotseling boog hij zich naar haar toe en voelde ze zijn lippen op de hare. Ze waren verrassend zacht en toch gepassioneerd. Hij proefde zo anders dan Calvin. Liever. Jonger. Zachter. Wat precies was hoe hij was. Ze voelde dat ze reageerde, zich naar hem toe boog, en het was een heel ander gevoel. Met Calvin voelde ze zich altijd een beetje schuldig als ze vrijden. Over dat hij te oud was, dat hij haar leven beheerste, dat ze hem voor haar vader verborgen hield. Met Kaiser voelde ze dat allemaal niet. Ze was helemaal zichzelf, precies zoals ze was, en ze voelde zich veilig. Kaiser zou haar nooit pijn doen, nooit anders dwingen te zijn dan ze was... maar ze had ook macht over hem, ze kon hem kapotmaken.

Nee.

Ze duwde hem weg. 'Kai, ik kan dit niet.'

'Geo...' Hij hijgde en zijn gezicht was rood.

'Barb staat op je te wachten.'

'Laten we erover praten.'

Ze stapte langs hem heen en trok de deur open. De muziek klonk meteen weer oorverdovend en slokte de intimiteit op. Aan het einde van de gang stond Barb met een ander meisje te praten. Ze keek om naar de wasruimte. Toen ze Kaiser zag, leek ze opgelucht.

'Ze is leuk, Kai,' zei Geo. 'Schiet op, geniet ervan.'

'En hoe zit het met jou?' Kaiser staarde haar aan, in zijn ogen stond een mengeling van teleurstelling en verlangen te lezen. 'Wat je met Calvin hebt... Is dat echt serieus?'

'Ik hou van hem,' zei ze nog een keer. 'En als jij om me geeft, ben je blij voor me. Net zoals ik blij ben voor jou.'

Ze haastte zich door de gang en gaf Barb in het voorbijgaan een kneepje in haar arm. 'Hij blijft hier. Veel plezier,' zei ze.

Toen ze de voordeur uit stapte, sloeg de koude avondlucht haar in het gezicht. Chad Fentons feesten duurden meestal tot ver na middernacht maar ze voelde zich steeds slechter. Haar vader werkte die nacht in het ziekenhuis en ze had Calvin beloofd nog even bij hem langs te gaan, maar ze was te moe. *Nou, dan maar ruzie morgen...*

Ze keek om toen ze iemand achter zich op het trottoir hoorde. Het was Angela die haar probeerde in te halen, ze liep op een drafje, haar openhangende jas fladderde achter haar aan in de wind. In hun korte, blote jurkjes waren ze geen van tweeën gekleed op het weer; het was kouder dan normaal.

'Wat doe jíj nou?' vroeg Geo verbaasd. 'Ik dacht dat je bleef?'

'Fuck hem,' zei Angela hijgend. Ze had haar tas bij zich en hing die van de ene schouder op de andere. Haar camera zat er waarschijnlijk in, ze had de hele avond foto's gemaakt van alles en iedereen. 'Hij is echt gay. Zijn tong deed wel alles goed, maar zijn lul? Het leek wel een te lang gekookte spaghettisliert.'

Geo schoot in de lach.

'Maar we gaan nog wel naar het eindexamenbal. Als er tenminste niet een beter iemand langskomt. Voor mij, niet voor hem. Beter dan mij krijgt hij niet,' zei Angela zonder een spoor van arrogantie. Ze was gewoon praktisch wat haar sociale status betrof. Als Mike Bennett gay was en niet uit de kast kwam, had hij haar nodig om de schijn op te houden, wat prima was, zolang het voor haar ook voordelen had.

'En je auto?' vroeg Geo terwijl de wind in haar blote benen beet.

'Staat nog bij Chad. Ik heb drie biertjes op.' Angela's woorden werden geaccentueerd door wolkjes witte adem. 'Ik kan zo niet naar huis rijden. Mijn vader zit waarschijnlijk met zijn golfmaatjes te pokeren in de keuken en dan ruikt hij het meteen. Ik haal mijn auto morgenochtend wel op. Mijn ouders denken toch dat ik bij jou slaap, dus die merken er niks van.'

'En ik heb tegen mijn vader gezegd dat ik bij jóú slaap zodat ik tot laat kon blijven.' Geo huiverde van de kou. 'Heb je misschien een trui in die tas?'

'Nee, het enige wat erin zit is mijn camera. Dat ding weegt een ton.' Angela dacht even na. 'Zullen we langs Calvin gaan?'

Geo wierp een zijdelingse blik op haar. 'Echt?'

Angela haalde haar schouders op. 'Ik zei toch dat ik hem graag wilde leren kennen en dat meende ik. En buiten dat: misschien kan hij Jonas bellen en vragen of hij ook komt, dan kunnen we met z'n allen een beetje chillen. Het zou leuk zijn om eens met iemand te vrijen die geil van me wordt.'

Geo dacht er even over na. Ze was moe, maar ze had Calvin beloofd dat ze nog langs zou komen. 'Oké, dan gaan we deze kant op. Het is ongeveer twintig minuten lopen. Ik moet hem eigenlijk even bellen.'

'Nee, we verrassen hem!' zei Angela. 'En ik heb geen zin om weer terug te gaan naar Chad. Toen ik wegging zat Kai met Barbie Benenwijd in een hoekje. Ze had haar hand al in zijn broek. Ik zweer het!'

'Hou op! Dat wil ik niet weten!' zei Geo.

'Ik wist wel dat je dat niks zou vinden!' zei Angela triomfantelijk.

Even overwoog Geo om Angela te vertellen dat Kai en zij hadden gekust in het washok, maar dat deed ze toch maar niet. Dat was iets tussen Kaiser en haar. Sommige dingen zijn privé, tenslotte.

Calvin woonde op Trelawney Street in een huis dat tot drie appartementen was verbouwd. Op de begane grond woonde een ongetrouwd stel met een kind en op de eerste etage woonden twee zussen van in de dertig, allebei single, die allebei al een paar keer hadden geprobeerd Calvin te versieren. Hij woonde in een kleine ruimte boven de garage die helemaal geluiddicht was gemaakt omdat de eigenaar er vroeger oefende op zijn drumstel. Er was een aparte ingang aan de achterkant van de garage en Angela en Geo stommelden giechelend de steile trap op.

De lichten binnen waren uit, maar Geo zag de tv flikkeren achter de gordijnen. Ze klopte op de deur en wachtte. Geen antwoord.

‘Weet je zeker dat hij thuis is?’ vroeg Angela.

‘Zijn auto staat op straat geparkeerd.’ Geo gaf weer een roffel op de deur en een paar seconden later floepte het licht boven de deur aan. Calvin deed open met zijn haar in de war, alleen een spijkerbroek aan en een blikje bier in zijn hand. Hij zag eruit als een god; het licht deed zijn gespierde lijf goed uitkomen.

Angela’s ogen gleden over hem heen. ‘Shit,’ zei ze.

Calvin trok zijn wenkbrauwen op.

‘Hier heb je het dus zo druk mee,’ vervolgde Angela, meer tegen zichzelf dan tegen Geo. ‘Nou, ik begrijp het! Mogen we nog binnenkomen, lekkertje? Het is ijskoud buiten. En je bent wel heet, maar zo heet nou ook weer niet.’

‘Daar kunnen de meningen over verschillen,’ zei Calvin terwijl hij opzijstapte zodat ze erdoor konden. ‘Pas op, de mat krult op.’

Angela liep het eerst naar binnen. Terwijl ze langs hem liep, keek ze Calvin veelbetekenend aan. Geo aarzelde, ze dacht opeens aan Kaiser in het washok, hoe het er naar lavendel rook terwijl hij haar kuste, hoe zijn lichaam tegen het hare voelde, lief en zacht en hartstochtelijk.

Toen bande ze elke gedachte aan haar beste vriend uit haar hoofd en stapte ze voorzichtig maar vastberaden over de drempel.

21

Geo's nieuwe iPhone rinkelt luid en wekt haar uit de eerste echte slaap die ze sinds Hazelwood heeft gehad. Ze heeft het toestel meteen te pakken en tuurt knipperend naar het nummer. Ze kent het niet, maar ze neemt toch op en hoort een robotachtige stem die tussen de woorden pauzeert terwijl de computer een zin vormt.

'U hebt een collect call... van... Cat' – het laatste woord door Cat uitgesproken en Geo's hart maakt een sprongetje – 'uit... Hazelwood Correctional Institution... Dit gesprek kost u... één dollar en vijfenzeventig cent... en zal met uw volgende factuur worden verrekend. Om te accepteren, toets één. Om te weigeren, toets twee of hang op.'

Ze toetst één en een seconde later hoort ze Cats stem in haar oor.

'Georgina? Hoor je me, schat?'

'Ja!' zegt Geo meteen, en ondanks haar wazigheid doordat ze uit haar slaap is gerukt, springen er tranen in haar ogen. Het is pas een week geleden dat ze Cats stem hoorde, maar dat is natuurlijk wel het langst in alle vijf jaar dat ze haar kent. 'Shit! Wat fijn om van je te horen! Waarom heb je verdomme niet eerder gebeld?'

'Ik wilde je de tijd geven een beetje te wennen. En je zit er echt niet op te wachten om iets uit Hellwood te horen, lijkt me.'

Geo hoort het zachte geroezemoes van Hazelwood op de achtergrond. Stemmen met verschillende klanken en ritmes: Mexicaans, Pools, de melodische tongval van een stem die veel lijkt op die van Ella Frank, een bewaker die iemand toeblaft dat ze terug in de rij moet gaan staan. Ze ziet Cat voor zich in haar vormeloze, twee maten te grote gevangeniskleren. De telefoons hangen op een rijtje aan de muur, zes stuks, zonder schotjes ertussen, zonder privacy. Alle gesprekken worden afgeluisterd in de gevangenis. De legale, in elk geval.

'Hoe gaat het?' vraagt Geo. 'En niet liegen!'

'Kut,' antwoordt Cat en Geo onderdrukt een zucht. Maar ze wil het weten, dus zegt ze niets. 'De oncoloog zegt dat de kanker zich uitzaait. Ik heb twee nieuwe tumoren in mijn femur... wacht even, is dat het bovenbeen of het scheenbeen?'

'Bovenbeen.'

'Ja, in de femur dus. De dokter vindt dat ik weer aan de chemo moet. Maar schat, ik moet je zeggen, ik weet niet of ik dat nog wel aankan. Hij wil volgende week beginnen, maar ik voel me nu al halfdood.'

'Dat komt doordat ik niet bij je ben,' zegt Geo. Ze voelt zich ontzettend hulpeloos en plukt aan een draadje van haar gebloemde sprei. Kon ze maar bij Cat zijn en dit gesprek in levenden lijve met haar voeren. Maar ex-gedetineerden, en zeker gedetineerden die net zijn vrijgekomen, halen de bezoekerslijst meestal niet.

'Maar ik heb ook goed nieuws. Mijn vervroegde vrijlating is goedgekeurd. Als het goed is mag ik maandag weg.'

'Je méént het! Tjezus!' Geo schiet rechtop en barst bijna in tranen uit. 'En jij wacht een volle minuut voordat je me dat vertelt?'

'Ik wilde de spanning opbouwen.'

Dus Ella Franks broer, Samuel, heeft woord gehouden. En zelfs nog sneller dan Geo had gehoopt. Ze neemt zich voor hem later op de dag te bellen en nog eens uitgebreid te bedanken, zowel voor het wapen als voor zijn hulp bij het 'overtuigen' van iemand van de commissie die over Cats vervroegde vrijlating moest stemmen. Het heeft Geo een hoop geld gekost, maar het is haar elke cent waard.

'Dan heb ik net genoeg tijd om je kamer in orde te maken,' zegt Geo. 'Die zul je fijn vinden. Het was vroeger de naaikamer van mijn moeder en...'

'Schat, luister even.' Cat klinkt aarzelend. 'Ik weet niet of je nou echt wel wil dat er een oud mens bij je komt wonen. Ik ken je vader niet eens. Normaliter zijn dit soort inbreuken op iemands privacy voorbehouden aan familie...'

'Jij bént familie! En ga me nou niet beledigen door te zeggen dat je dat níét bent!' zegt Geo gedecideerd. 'Ik heb het met mijn vader besproken. Er is ruimte genoeg hier en ik heb tijd zat. En zó lang zullen we hier toch niet blijven; ik ben met een huis voor mezelf bezig en als ik dat heb, ga je natuurlijk mee. Dus: hoe laat kan ik je ophalen?'

Het blijft stil aan de andere kant van de lijn. Cat is stil tenminste; het geroezemoes op de achtergrond gaat gewoon door.

'Je hoeft me niet op te halen,' zegt Cat, maar Geo hoort de blijdschap in haar stem zelfs op een afstand van driehonderd kilometer. 'Ik neem de bus. Ik wil niet dat je helemaal terugrijdt naar deze hel, en het heeft geen zin te protesteren, want mijn besluit staat vast. Maar als je me van het busstation in Seattle wilt ophalen...' Haar stem klinkt verstikt. 'Ik kan je niet vertellen hoe fijn ik dit vind, Georgina.'

Ze kletsen nog een paar minuten. Geo vertelt Cat een zwaar gecensureerde versie van haar leven in vrijheid en zegt niets over de graffiti op de garagedeur, haar mislukte bezoekje aan de bank of haar gesprek met Kaiser over de pas gevonden doden in het bos achter het huis. Cat vertelt haar dat een van de nieuwe gedetineerden Geo's werk in de kapsalon heeft overgenomen.

'Ze schijnt een jaar op de kappersschool te hebben gezeten,' zegt Cat weifelachtig. 'Maar ik weet het niet hoor. Ze heeft blauwgroen haar. Ik ga toch niet naar een kapper die er zo uitziet?'

'Nee, natuurlijk niet! Je bent tweeënzestig!'

Ze zeggen gedag en verbreken de verbinding. Geo voelt zich stukken beter dan de paar dagen ervoor. Cats vrijlating is iets waar ze zich op kan verheugen. Sinds de dood van haar moeder is er nooit een andere vrouw in huis geweest... Walt staat niet te juichen bij het idee van nóg een ex-gedetineerde in huis en dat het ook nog iemand is die hij niet kent maakt het nog ingewikkelder, maar als arts zit het niet in zijn karakter iemand niet te helpen als hij dat kan. En Geo twijfelt er niet aan: Cat en Walt zullen het uitstekend met elkaar kunnen vinden.

Ze neemt een douche en maakt zich klaar voor de dag – ze föhnt haar haar en doet zelfs wat make-up op – ook al hoeft ze nergens heen. Ze voelt zich nog steeds onwennig. In de gevangenis had ze een vast ritme, dingen die elke dag gedaan moesten worden. Maar hier heeft ze bijna te veel vrijheid, te veel keuzes. Overweldigend. En te veel tijd om na te denken.

De bel gaat terwijl ze haar ontbijt klaarmaakt. Als ze opendoet, staat Kaiser op de oprit met zijn mobiel foto's van haar Range Rover te maken. Hij is niet met een ongemarkeerde auto vandaag; er staat een zilverkleurige politieauto langs de stoeprand. Hij draagt een hoody met een T-shirt eronder, jeans en Nikes en ziet er totaal niet uit als een politierechercheur. *Eigenlijk ziet hij er verdomd leuk uit.*

'Waarom maak je foto's van mijn auto?' roept ze.

Hij draait zich om en werpt een blik op haar. 'Kijk zelf maar,' antwoordt hij.

Ze steekt haar voeten in een paar slippers en stapt naar buiten. Zodra ze het stoepje af is, ziet ze het. Ze blijft abrupt staan. Op de zijkant van haar witte Range Rover, in weer dezelfde woedende rode verf, staat BITCH. 'Godverdomme, dit is niet waar!' Ze gooit haar handen in de lucht en staart machteloos naar haar auto. 'Alsof ze wisten dat ik hem ging verkopen. Kut. Kut. Kut.'

Kaiser maakt nog een foto. 'Kom, we gaan naar binnen, dan praten we daar,' zegt hij. Hij neemt haar op. 'Tenzij je ergens naartoe moet.'

Ze schudt haar hoofd en hij loopt achter haar aan het huis in. Ze vangt een vleugje van zijn eau de toilette op terwijl hij naast haar staat en zijn hoody openritst, die ze van hem aanpakt en in de gangkast hangt. Ze is kwaad op zichzelf dat ze überhaupt opmerkt dat hij lekker ruikt. Het is lang geleden dat ze in de buurt van een man is geweest die niet haar vader, haar advocaat of een bewaker was. En de laatste man met wie ze seks heeft gehad – gemeenschap, met penetratie – is Andrew. *Verdomme! Dit is Kaiser!* vermaant ze zichzelf. *Hou op!*

'Waarom kom je langs? Is er nieuws over het onderzoek?' vraagt ze, terwijl ze naar de keuken loopt waar haar boterham omhoog is gesprongen uit de broodrooster. 'Koffie? Ik weet nu hoe dat Nespresso-apparaat werkt.'

'Graag!' Hij leunt tegen het aanrecht. 'Ik ben hier omdat ik het vervelend vind hoe we laatst uit elkaar zijn gegaan.'

'En hoe zijn we dan uit elkaar gegaan volgens jou?'

'Nou... ongemakkelijk.' Hij haalt zijn hand door zijn haar en zucht. 'Jij was kwaad en ik voelde me er klote door. Ik weet niet... Het deed me denken aan hoe het op de middelbare school was. Ik voelde me shit toen. En nu ook. Ik vind het vervelend om je van streek te maken.'

'Ik was niet van streek,' zegt Geo, hoewel ze achteraf beseft dat ze dat eigenlijk wel was. Ze hadden ruzie over Calvin James, wat ironisch genoeg het enige onderwerp is waarover ze ruziemaken, al die jaren geleden op de middelbare al. 'Maar wat maakt jou dat uit?'

'Dat maakt me iets uit omdat ik om je geef,' zegt hij eenvoudig terwijl hij een kop koffie van haar aanneemt. Hij neemt een slokje. 'Ik heb altijd om je gegeven. Jij bent het meisje dat...' Hij zwijgt plotseling, bloost een beetje en wendt zijn ogen af.

Ze kijkt naar hem op. 'Het meisje dat je hebt laten lopen?'

'Dat wilde ik eigenlijk zeggen, maar dat klopt natuurlijk niet. Nee. Want dan zou je ooit met me hebben moeten gaan. En dat is natuurlijk niet zo.'

Het is stil en ze staan even zwijgend tegenover elkaar. Kaiser neemt een slok koffie en Geo negeert haar boterham die nu koud ligt te worden op de broodrooster. Ze ziet dat hij geen trouwring draagt. 'Ben je ooit getrouwd, Kaiser?' vraagt ze zacht.

Hij lijkt verbaasd door haar vraag en knikt dan. 'Kort. We waren geen goede combinatie. Ze is nu met iemand anders getrouwd en ze hebben een kind.'

'Andrew is ook getrouwd. Ze hebben een tweeling. Ik zag ze toevallig op de parkeerplaats van de supermarkt. Hij was met zijn gezin.'

'Hoe zag hij eruit?'

'Vreselijk,' zegt ze en ze grinniken allebei. 'Maar daardoor besefte ik wel dat hij niet de juiste partner voor me was. Ik liet me door de verkeerde dingen leiden... Zoals ik al mijn hele leven doe...' Ze laat de woorden een tijdje in de lucht hangen. Kaiser reageert niet, maar hij laat zijn ogen over haar heen glijden. Ze gaan snel over haar gezicht, haar haar. Niet op een opdringerige manier, maar observerend. Geo wordt er onzeker van. *Belachelijk! Dit is Kaiser! Wat hij van mijn uiterlijk vindt, doet er toch niet toe?* Maar ze merkt dat ze blij is dat ze haar haren die ochtend heeft gewassen en de moeite heeft genomen wat mascara en lippenbalsem met een kleurtje op te doen.

De Shipp-lippenstift die hij bij haar heeft achtergelaten, 'suikerhart', heeft ze onder in de la van haar nachtkastje gestopt en niet uitgeprobeerd. Naast de weckpot die niet kapot wilde. Diep weggestopt, waar hij hoort.

'Je ziet er goed uit,' zegt hij. 'Uitgerust.'

'Ik slaap beter,' zegt ze. 'Het is verbazingwekkend, alle dingen die nu normaal zijn. Dat je langer dan acht minuten kunt douchen, met water zo warm als je zelf wilt en zonder slippers of de angst dat iemand het douchegordijn openrukt voordat je klaar bent. Mijn vader heeft gisteren biefstuk gebakken. En vanmorgen kreeg ik een telefoontje van een vriendin uit Hazelwood die binnenkort vrijkomt. Ze komt hier logeren. Ze heeft kanker. En niet... niet veel tijd meer.'

Kaiser knikt. Er verschijnt een lachje om zijn mond. Hij begrijpt het. Hij weet het van haar moeder.

'Was het heel afgrijselijk?' vraagt hij. 'De gevangenis?'

'Ja, sommige dingen wel,' zegt ze. 'En andere dingen waren oké. Je past je aan, snap je? Kwestie van wennen.' Ze is zich ervan bewust dat hij nu te dichtbij staat, te lekker ruikt, er te schoon uitziet. Ze doet een pas naar achteren.

'Ik heb een paar foto's van je auto genomen,' zegt hij, 'en ik zal er een rapport over maken als ik terug ben op het bureau. Hoewel ik niet denk dat daar iets uit zal komen. We kunnen natuurlijk geen huiszoekingsbevel voor alle huizen in deze buurt krijgen om te zien of we een spuitbus rode verf in de garage kunnen vinden. Enig idee wie het heeft gedaan?'

'Nou, het is niet de eerste keer,' zegt Geo en ze vertelt over de twee boodschappen op de garagedeur. 'Ik zou het liefst de schuld geven aan die oude trut van de overkant, maar zoiets zou ze nooit doen. Iemand zoals ik in de buurt is slecht voor haar status, dus zal ze daar nooit de aandacht op vestigen.'

'Mevrouw Heller? Ze herkende me niet toen ik haar vorige week sprak,' zegt Kaiser met een lachje. 'Ze herinnerde zich gelukkig niet dat ik die jongen was die haar ruit met een basketbal aan diggelen heeft gegooid.'

Geo schiet in de lach. 'O ja! Dat was ik vergeten!'

'En weet je nog dat ze naar buiten kwam met die krulspeld in haar haar...'

'En die viel eruit en jij trapte er per ongeluk op en toen brak-ie...'

'En ze raapte hem op en keek me aan en zei...'

'Je bent een verwoestende tornado, jongeman!' zeggen ze in koor en ze liggen allebei slap van de lach.

Geo krijgt gewoon pijn in haar buik, maar het voelt heerlijk.

'Hoe oud was ik? Zestien?' Kaiser komt bijna niet uit zijn woorden.

'Vijftien,' zegt Geo terwijl ze een traan wegveegt. 'Het was aan het einde van de onderbouw. Dat weet ik nog omdat dat de laatste keer was dat ik kort haar had.'

'Ja! Het weekend dat je jarig was!' zegt hij. 'Ik was vergeten dat je ouder bent dan ik.'

'Drie maanden maar.' Ze geeft een tik op zijn arm. 'En het is heel onbeleefd me daaraan te herinneren.'

'Ach, je kunt makkelijk doorgaan voor vijfentwintig.'

'Maar ik voel me vijfenveertig.'

'Ik ook.' Hij kijkt met een lach op haar neer en opeens, opeens voelt alles... beter. 'Waarom ga je je auto verkopen?'

'Ik wil hem niet meer. Hij is te duur en te pretentieus, het soort auto dat een goed verdienende yup heeft als ze wil showen dat ze dat is.' Ze lacht flauwtjes naar hem. 'Zo iemand ben ik niet meer. En ook niet degene die ik was op mijn zestiende, trouwens!'

'Wie ben je dan wel nu?' vraagt hij zacht.

'Een werkeloze ex-gedetineerde die geen flauw idee heeft wat ze in godsnaam moet met de rest van haar leven.' Dat is het eerlijkste antwoord dat ze kan geven. 'En ik kom erachter dat het niet uitmaakt hoeveel spijt ik heb – en ik heb zo verdomde veel spijt – of hoeveel tijd ik in de gevangenis heb gezeten, of hoeveel studies ik heb afgemaakt, of hoeveel geld ik heb verdiend... Het maakt allemaal niks uit. Ik zal altijd beoordeeld worden op die ene afgrijselijke daad van toen ik zestien was. Daar klaag ik niet over omdat ik weet dat ik het verdien, maar ik kan het nooit, nooit meer goedmaken. Want als ik wist hoe ik dat moest doen, zou ik het doen. Hoe dan ook.'

'Vind jezelf opnieuw uit, word een nieuw mens,' zegt hij en pas als hij haar wang aanraakt beseft ze dat ze huilt.

'Ik dacht dat ik dat al had gedaan. Hoe vaak kan iemand zijn eigen resetknop indrukken?'

'Zo vaak als nodig is. Je moet het loslaten. Jezelf vergeven. Zelfs als niemand anders dat doet.'

Geo weet niet echt hoe ze hier opgekomen zijn, maar ze voelt een onbedwingbare behoefte om het hem uit te leggen. En hij lijkt het te willen horen.

'Het is niet dat ik het niet los kan laten,' zegt ze. 'Het is juist dat ik dat heb gedáán. Als dat niet zo was, als ik toen meteen de waarheid had verteld en Calvin bij de politie had aangegeven, hadden de mensen me misschien nog wel kunnen vergeven. Ik was zestien, een kind nog en kinderen maken fouten. Maar wat iedereen het ergst vindt is niet wat ik die nacht heb gedaan, maar dat ik gewoon doorging met mijn leven, gewoon deed alsof er niks was gebeurd. Naar de universiteit ging, carrière maakte, een mooie auto kocht, me verloofde met een rijke vent. Terwijl ik dat niet verdiende. Zonder te boeten. Dát is wat de mensen me niet kunnen vergeven. En dat snap ik, ik snap het echt. Omdat het bijna net zo afgrijselijk is als wat ik had gedaan.'

'Pfft.' Kaiser laat een lange zucht ontsnappen. 'Dat getuigt van verdomd veel zelfinzicht.'

'Ik heb er lang over kunnen nadenken,' zegt ze. 'En het is

mijn schuld dat er meer vrouwen zijn vermoord. En nu ook nog een klein jochie...'

'Je kon niet weten dat hij dat soort dingen zou blijven doen,' zegt Kaiser. 'Je wist niet echt wie hij was. Waarschijnlijk wist Calvin toen zélf niet eens wie hij was.'

Geo zoekt Kaisers gezicht af naar een teken van sarcasme of veroordeling, maar ziet alleen vriendelijkheid en medeleven. 'Waarom ben je zo aardig voor me?'

'Omdat we vrienden zijn,' zegt Kaiser. 'We hebben een geschiedenis samen. Dat betekent iets voor me.'

'Je krijgt hem te pakken, hè?'

Hij knikt. 'Dat is me één keer gelukt en dat lukt me ook een tweede keer.' Hij aarzelt even. 'Eigenlijk is er iets wat ik je moet vertellen over het slachtoffer. Over het jongetje.'

'Wat dan?'

'Hij was gea...'

Dan begint zijn telefoon luid te rinkelen. Ze schrikken allebei en Geo beseft hoe dicht ze bij elkaar staan. Hij haalt het toestel tevoorschijn, kijkt op het schermpje, fronst zijn wenkbrauwen en steekt zijn vinger op. Hij verdwijnt de woonkamer in en ze hoort hem zachtjes praten. Even later is hij terug.

'Ik moet gaan,' zegt hij, terwijl hij de telefoon in zijn broekzak stopt.

'Je wilde me iets vertellen over het jongetje.'

'De volgende keer,' zegt hij. 'Het was toch gewoon informatie, meer niet. Maar ik heb nu geen tijd om het erover te hebben. Er is een aanwijzing over Calvin.'

Ze verstijft en krijgt meteen een vieze smaak in haar mond. 'Wat voor aanwijzing?'

'Niet iets wat met jou te maken heeft. En het kan zijn dat er niets uitkomt.' Kaiser loopt de gang in, grist zijn hoody van de kapstok en kijkt haar dan aan. 'Je weet zeker dat je niets méér kunt vertellen? Helemaal niets?'

Geo denkt aan de brieven die ze in de gevangenis heeft ontvangen, tien waren het er, waarvan ze er maar één heeft gelezen. De rest ligt in een doos onder haar bed.

'Nee, niets,' zegt ze en ze raakt zijn arm even aan. 'Maar ik begrijp waarom je me dat blijft vragen. Echt. Als er iets gebeurt, laat ik het je weten.'

Ze doet de deur achter hem dicht, draait hem op slot en laat een lange ademteug ontsnappen. Er zijn dingen die bij het proces bekend werden, verschrikkelijke dingen, afgrijselijke dingen. Ze heeft de rechtbank verteld – en daarmee het publiek – wat die moest weten. De rest houdt ze voor zichzelf. En dat zal ze altijd doen. Ze was niet perfect, maar Angela ook niet. In elk verhaal is er een held en een boef.

Soms is dat een en dezelfde persoon.

22

Geo zag als door een waas hoe Angela, haar beste vriendin, naar haar vriendje keek. Angela's lippen waren ietsjes geopend en haar tong streek lichtjes langs haar bovenlip. Iets wat ze deed als ze iets of iemand leuk vond. Geo dacht altijd dat ze dat onbewust deed, maar dat was natuurlijk níét zo. Dat besefte ze nu.

Calvin nam hen allebei op, in hun korte jurkjes, en zette de televisie uit.

'Willen de meisjes iets drinken?' vroeg hij terwijl hij een T-shirt van het bed griste en dat aantrok. Als hij doorhad dat Angela zo naar hem stond te kijken, liet hij dat niet merken. 'Ik heb bier, sinaasappelsap, wodka, rum, cola...'

'Doe mij maar een rum-cola,' zei Angela.

'Sinaasappelsap,' zei Geo. Ze liep naar het bed, gooide haar jas uit en ging op de rand zitten. Ze vroeg zich af waar Angela zou gaan zitten. Het was een klein appartement, vijftien vierkante meter, nog niet eens. Behalve Calvins bed stonden er alleen een tweezitsbankje en een kleine eettafel met twee houten stoelen.

Maar Angela ging niet zitten. Ze prutste aan de stereo-installatie. Ze boog zich eroverheen met haar rug naar de kamer. De zoom van haar jurkje kroop zo ver op dat je een stukje van haar billen zag.

Alsof ik niet besta... Alsof ze bij haar eigen vriendje op bezoek is...

Calvin kwam uit het keukentje met de drankjes en Geo

nam een grote slok. Ze kokhalsde een beetje toen ze doorslikte. Er zat wodka in – waar ze niet om had gevraagd – maar aan de andere kant had ze het gevoel dat ze misschien nog alcohol nodig zou hebben. Hij gaf Angela haar drankje aan en kwam toen naast Geo op het bed zitten. Hij kuste haar, waarna zijn lippen even op de hare bleven rusten. Ze voelde dat ze ontspande.

'Je smaakt zoet,' zei hij. 'En dronken. Lekker, vind ik. Maar niet leuk dat je zonder mij hebt gedronken.'

'Ik heb niet echt gedronken. Ik heb alleen wat fruit gegeten.'

Hij fronste zijn wenkbrauwen omdat hij niet begreep wat ze daarmee bedoelde, maar vroeg niet om uitleg. 'Het is laat. Waar denkt je vader dat je bent?'

'Bij háár thuis,' zei Geo met een knikje naar Angela.

Angela bekeek hen met een glimlachje. Maar Geo zag ook iets anders in haar blik. *Jaloezie.* En dat deed haar goed omdat de rollen daarmee, net zoals op de dag dat ze Calvin hadden ontmoet, weer omgedraaid waren. Normaliter was zij nooit het meisje op wie andere meisjes jaloers waren en ze genoot ervan dat dat nu eens een keer wél zo was.

'En waar denken háár ouders dat ze is?' vroeg Calvin. Met een ondoorgrondelijke uitdrukking op zijn gezicht wierp hij een blik op Angela.

'Bij mij thuis,' zei Geo.

Het was warm in het appartement en ze had het nog warmer door de alcohol. Ze boog voorover om haar enkellaarsjes uit te trekken.

Angela had haar jas en schoenen ook al uitgedaan en drentelde wat door het appartement terwijl ze alles bekeek, hoewel er niet veel te bekijken viel. Een kleine keuken met een koelkast, een gasfornuis en een paar keukenkastjes. De badkamer was net groot genoeg voor een douchebak, een fonteintje en een wc. Calvins bed, met een roodgeruit dekbed erop, stond in de zit-slaapkamer. Tegen de muur ertegenover stonden de stereo en de televisie, en tegen een van de zijmuren het tweezitsbankje. Op zich was het niets bijzonders allemaal, maar Geo vond het een heerlijk huisje.

Angela haalde haar camera uit haar tas. 'Kom op, geef elkaar nog eens een kus. Ik wil een foto van jullie samen. Jullie zijn allebei zo verdomde hitsig.' De camera flitste. Calvin kuste haar en weer flitste de camera. 'Creep' van Radiohead stond op en Angela draaide de volumeknop nog verder open. Het appartement was geluiddicht, dus stoorden ze niemand.

Geo's glas was leeg en Calvin stond op om het nog een keer vol te schenken. De kamer begon weer te draaien. Geo was maar één keer eerder dronken geweest, bij Angela thuis, toen haar ouders weg waren en vergeten waren de drankkast op slot te doen. Ze pakte haar tweede glas van Calvin aan, dronk het leeg en liet zich toen achterover zakken op het bed. *Nog één slok en ik ga over mijn nek.*

De camera flitste nog een paar keer en even later zag ze dat Calvin hem in zijn handen had. Angela danste in het midden van de kamer. Terwijl ze ronddraaide, waaide de korte rok van haar jurkje op. Haar perfect zonnebankbruine bovenbenen waren goed te zien en Geo ving een glimp op van Angela's witte kanten slipje. Voordat ze erdoor geïrriteerd kon raken, richtte Calvin de camera op haar gezicht en moest ze een glimlach forceren.

Ze hoestte achter haar hand en proefde iets zuurs. Calvin merkte op dat ze niet lekker was en kwam naar het bed toe. Hij wreef over haar blote been. 'Voel je je wel goed?'

'Ja hoor,' zei ze, maar in werkelijkheid begon ze zich steeds misselijker te voelen. Ze greep zijn T-shirt beet, trok hem naar zich toen en zei in zijn oor: 'Hou verdomme op met dat gestaar naar haar.'

'Ze wíl dat er naar haar wordt gestaard,' zei Calvin, terwijl hij haar hand weg schudde. 'Het betekent verder niks.'

'Jij wilt ook nooit dat er jongens naar míj staren.'

'Omdat jij niet om aandacht loopt te bedelen. En dus is het dan mijn plicht je tegen hun blikken te verdedigen.' De muziek stond hard en hij boog zich over haar heen om zich verstaanbaar te maken, zijn adem voelde warm in haar hals. 'Maar meiden zoals die vriendin van je verwelken helemaal als jongens geen aandacht aan ze besteden. Daar gaan ze aan kapot. Zíj is het type dat iedereen wil neuken. Maar jij bent het meisje met wie ze willen trouwen. Ik wil jóú, Georgina. Alleen jou.'

Oké, het waren natuurlijk maar woorden, maar ze voelde zich er beter door. Ze kuste hem en hij kuste haar terug, gretig, zijn handen vlogen omhoog over haar bovenbenen, onder haar jurk en samen lieten ze zich weer achterover zakken op het bed.

'O, mijn god! Jongens!' riep Angela, '*Get a room*!'

'We hébben al een kamer,' zei Calvin.

Angela sloeg haar drankje in één keer achterover, het tweede sinds ze er waren. Of misschien het derde. Er droop wat van langs haar kin. Ze veegde het achteloos weg en wankelde even.

'Sorry, we stoppen wel,' zei Geo giechelend. Haar misselijkheid was even weg.

Maar ze stopten niet. Calvins erectie drukte tegen haar been en ze bewoog er zachtjes tegenaan terwijl hij haar hals bleef kussen. De wodka maakte haar veel ongeremder dan anders. Of misschien kwam het doordat zíj nu eens een keer degene was met de geile jongen die zijn handen niet van haar af kon houden, en Angela er maar een beetje bij bungelde als het vijfde wiel aan de wagen.

Radiohead was afgelopen en de eerste tonen van 'Closer' van Nine Inch Nails vulden de kamer. Een sexyer nummer was er niet.

'Dans voor ons,' zei Calvin. Hij tilde zijn hoofd net lang genoeg op om naar Angela te lachen. 'Kom op. Dat wil je toch? Geef het maar toe!'

Angela lachte, ze zwaaide lichtjes op haar benen. De zware beat was precies goed van tempo, niet te snel en niet te langzaam, prima om op te dansen. Ze zette haar glas op de stereo neer, draaide de volumeknop nog een tandje hoger en begon heupwiegend te dansen. Na jaren jazz- en klassiek ballet was ze – net als Geo – een geoefend danser. Ze hief haar armen boven haar hoofd en zong de woorden geluidloos mee, terwijl haar lange haar tot aan haar middel omlaaggolfde en meedeinde op het ritme van haar bewegingen.

You let me violate you

You let me desecrate you

Toen liet ze haar arm plotseling zakken en wees op Geo. 'Kom met me dansen.'

Geo lachte en schudde haar hoofd, maar Calvin leek het een goed idee te vinden. Hij legde zijn hand op haar borst, kuste haar opnieuw en keek haar met een scheef lachje aan. 'Ja, dat lijkt me geil.' Hij boog zich over haar heen en zei in haar oor: 'Je bent veel en veel lekkerder dan zij.'

Help me

I've got no soul to sell

Gesterkt door de drank en Calvins woorden, deed ze wat hij wilde. Ze hees zich van het bed en liep enigszins onzeker naar het midden van de kamer. Angela pakte haar bij haar middel en draaide haar zo dat ze met haar billen tegen Angela's kruis stond. Ze liet haar handen over Geo's schouders glijden, stopte bij haar borsten en masseerde die een paar seconden. Geschokt maar te dronken om te protesteren – Angela en zij hadden elkaar nooit eerder op die manier aangeraakt – wierp ze een blik op Calvin. Hij genoot ervan, dat was duidelijk: hij lag met een brede, alleszeggende grijns op het bed, met zijn rug tegen de kussens en zijn armen achter zijn hoofd.

De muziek omhulde hen als een deken.

I want to fuck you like an animal

I want to feel you from the inside

Toen ze zich bewust werd van Calvins blik op hen, draaide Geo zich om, zodat ze met haar gezicht naar Angela toe stond. Angela's ogen stonden glazig en haar gezicht glansde van dronken genot. Ze boog naar Angela toe en kuste haar. Er ging een schokje van verrassing door het lijf van haar vriendin. Ze hadden nooit eerder zoiets gedaan, maar Geo vond het superopwindend omdat ze wist dat Calvin keek. Angela moet hetzelfde hebben gevonden, want haar lippen gingen uiteen en ze begonnen te tongen. Geil. Hartstochtelijk.

Haar lippen waren zacht. Angela was kleiner dan een jongen en tederder. Het voelde allemaal... beleefder op een bepaalde manier. Natter. Zoeter. Ze smaakte naar Cola en rum en lipgloss. Het was niet superlekker maar ook niet supersmerig om met haar te tongen. Het was... anders. En niet zo raar als Geo verwacht zou hebben als ze er ooit over had nagedacht.

Opeens stond Calvin achter haar. Zijn handen gleden omhoog onder haar jurkje, zijn lippen streken langs de zijkant van haar hals. Angela en zij bleven tongzoenen met elkaar, maar de ogen van haar vriendin waren nu wijd open. Ze keek, en miste niets.

Toen begon alles weer te draaien en voelde Geo een hevige golf misselijkheid. *O nee! Niet kotsen! Dat verpest alles! En het is net zo leuk!*

'Ik moet even liggen,' zei ze haastig terwijl ze kokhalsde. Snel maakte ze zich los van de andere twee en ze wankelde naar het bed. 'Dansen jullie maar verder.'

Ze liet zich op de matras neervallen en zuchtte van opluchting; het was zo heerlijk om even te kunnen liggen, haar ogen dicht te doen en te verdwijnen in de dreunende muziek. Ze hoorde Calvin iets zeggen waar Angela om moest lachen en ze wrong haar ogen weer open omdat ze wilde zien wat er gebeurde. Ze dansten nog steeds. Angela drukte haar kruis tegen Calvin aan en Calvin schudde zijn hoofd, maar trok haar grijnzend tegen zich aan, sloeg zijn armen om haar heen en drukte zijn onderlijf tegen het hare terwijl ze samen dansten op de beat.

Niet leuk. Maar het is gewoon voor de lol, toch? Angela is mijn beste vriendin en Calvin is gek op míj! Ze houden van me en gaan echt niets raars doen! Het betekent niks. Even rust, dan ben ik straks weer fris en gaan we verder met feesten...

Ze sloot haar ogen. Heerlijk. De muziek vervaagde en alles werd zwart.

Geo had geen idee hoe lang ze weg was geweest, maar haar oren waren eerder wakker dan haar ogen. De muziek was opgehouden. Ze hoorde grommen, hijgen, kreunen.

Toen ze eindelijk haar ogen opende, was het donker in het appartement en duurde het even voor ze kon focussen. Alle lichten waren uit behalve het nachtlichtje in de keuken dat een flauw schijnsel verspreidde. Nog steeds liggend – haar hoofd woog wel een ton en er bonkte iets achter haar ogen – forceerde ze zich om te kijken waar de geluiden vandaan kwamen.

Ze kwamen van het tweezittertje tegen de zijmuur. Ze zag Calvin. Hij lag boven op iemand. Geo kon een arm onderscheiden die over de rand bungelde, een glimp jurk, blote benen wijd open gespreid. Calvin, háár Calvin, lag tussen die benen en bewoog ritmisch op en neer.

Angela!

Een wit kanten slipje op de vloer. Verfrommeld. Calvins spijkerbroek ernaast, en zijn boxershort.

Op het bankje kon Geo de rondingen van zijn blote kont zien spannen terwijl hij stootte, hij gromde als hij dat deed, een geluid dat ze nooit eerder van hem had gehoord.

Ze liggen te neuken!

Geo opende haar mond om iets te zeggen maar er kwam geen geluid uit haar keel. Haar ogen hadden zich intussen aangepast aan de duisternis en ze zag nu Angela's gezicht. Haar ogen staarden glazig haar kant op. Haar mond ging open. Ze vingen elkaars blik en Angela's lippen vormden een woord dat Geo niet kon horen. Maar het was duidelijk wat ze zei, ook al kon ze niet liplezen. *Nee!*

Calvin kreunde en stootte nog één keer waarna hij schokkend klaarkwam. Hij trok zich terug en Geo zag zijn penis, nog stijf, glinsteren in het gedempte licht. Hij had geen condoom om. Hij stond op en griste zijn boxer en spijkerbroek van de vloer. Angela lag nog in dezelfde houding op de bank; in haar blote kut met haar benen uit elkaar en haar jurk opgestroopt tot aan haar middel. Roerloos. De blik in haar ogen was dof, haar gezicht was asgrauw en toen ze haar hoofd draaide, liep er een stille traan langs haar slaap haar oor in. Ze kreunde zacht en deed toen eindelijk haar benen bij elkaar.

De mist in Geo's hoofd was dik. Wat ze zag leek onmogelijk. Ze kon het niet in zich opnemen. Wat was er gebeurd? Had Angela het wel gewild? Wíst ze het überhaupt?

Eindelijk kreeg ze iets uit haar keel: 'Wat heb je gedaan?' vroeg ze schor.

Calvin draaide zich meteen om toen hij haar hoorde. Hij vertrok zijn gezicht in een grimas. 'Zíj wilde het,' zei hij. 'Ze heeft me helemaal gek gemaakt. En ze hield er niet mee op. Het is háár schuld! Ik kan er niks aan doen. Dus als je kwaad bent, moet je háár hebben!' Hij bukte zich, pakte Angela's slipje van de vloer en gooide dat naar haar toe. 'Doe aan!' De afkeer in zijn stem was onmiskenbaar.

Op het bankje begon Angela, nog steeds halfnaakt, te jammeren. Het was het afschuwelijkste geluid dat Geo ooit had gehoord. Haar beste vriendin klonk als een baby, zwak, weerloos.

'Wat heb je gedáán?' Geo keek Calvin opnieuw aan. 'Dit is... dit is helemaal niet goed...' Ze kwam met moeite overeind. Haar hoofd bonkte, alsof er iemand een basketbal tegen aan gooide, steeds opnieuw.

Eindelijk zei Angela iets. 'Hij ging gewoon door,' snikte ze, terwijl ze Geo met grote ogen aankeek. 'Ik zei nee, ik zei dat hij moest ophouden, maar dat deed hij niet...'

'Hou je kop, bitch,' snoerde Calvin haar de mond. 'Ze vroeg erom, ze wilde maar al te graag,' zei hij weer. Angela begon luider te snikken. 'Die vriendin van je is een slet. Het is niet goed, maar ze heeft me zo opgegeild dat ik niet anders...'

'Je hebt me verkracht!' krijste Angela. Haar gegil doorkliefde de kamer als een bliksemflits, zonder waarschuwing. 'Je hebt me verdomme verkracht, vuile klootzak!'

Geo wreef over haar slapen. Ze had enorme steken in haar hoofd.

Calvin staarde naar Angela. Geo herkende zijn opgetrokken lippen, zijn tot spleetjes geknepen ogen, zijn gebalde vuisten. Ze wist precies wat die betekenden. *Angela moet niet schreeuwen, dat maakt het alleen maar erger. Ik moet haar waarschuwen!* Maar haar hersens werkten supertraag, de woorden vormden zich niet in haar hoofd.

'Hou je kop!' schreeuwde Calvin. 'Vuile slet! Je hebt erom gevraagd...'

'Ik heb er niet om gevraagd! Je hebt me verkracht, klootzak!' Angela was woest. Ze rukte haar jurk omlaag en probeerde rechtop te gaan zitten. Haar haar viel in een slonzige kluwen voor haar gezicht, haar make-up was uitgelopen, haar mascara vormde donkere kringen onder haar ogen. 'Je bent ziek! Je hebt me verkracht! Het deed godverdomme pijn! Je bent een walgelijke klootzak! Ik bel de politie, dan kun je verrotten in de gevangenis, vuile zieke klo...'

Ze kreeg de kans niet om haar zin af te maken omdat Calvin haar een dreun in haar gezicht gaf. Ze viel naar achteren op het bankje, versuft, maar was een paar seconden later weer bij haar positieven. Verrassend snel schoot ze overeind. Ze rende naar de deur.

Maar voordat ze daar was, sprong Calvin boven op haar. Van achteren deze keer. Hij klemde zijn handen om haar keel en samen vielen ze op de grond. Angela wist zich los te wringen maar hij pakte haar opnieuw vast, nu bij haar haren, haar hoofd ging met een schok naar achteren. Toen zette hij zijn knie in Angela's rug om haar in bedwang te houden, rukte zijn riem uit zijn broek, sloeg die om haar hals en trok hem aan. Angela klauwde woedend naar Calvins armen, haar buik werd in het tapijt gedrukt, maar haar benen trapten en schopten in de lucht alsof ze aan het zwemmen was.

Het gebeurde allemaal zo snel dat het niet echt leek.

'Calvin, stop!' Geo probeerde van het bed af te komen en het lukte haar haar twee voeten op de grond te zetten en op te staan, maar toen ze een stap wilde doen, viel ze bijna. 'Calvin! Stop! Alsjeblieft!'

Hij hoorde haar niet, of hij trok zich niets van haar aan. Hoe dan ook, hij stopte niet.

Angela's ogen puilden uit en haar benen schopten nog een paar keer, maar haar verzet was gebroken.

Geo probeerde nog een stap te zetten, maar de kamer tolde ongenadig om haar heen en ze viel. Toen ze opkeek van de vloer, zag ze dat Angela niet meer trapte. Maar Calvin trok de riem nog steeds aan, totdat hij die eindelijk losliet. Zijn armen vielen langs zijn zij.

Angela bewoog zich niet. Haar hoofd lag op een onnatuurlijke manier één kant op gedraaid, haar wang in de vloerbedekking geperst, haar mond hing open. Er liep een sliert speeksel langs haar kin. Haar ogen waren wijd open, maar leeg, volkomen leeg. Ze zag eruit als een levensgrote slappe pop die iemand keihard op de grond had gesmeten.

Geo wendde haar hoofd af. Ze gaf over.

'Help me!' commandeerde Calvin haar, terwijl hij over Angela heen stapte. Hij trok het dekbed van het bed en spreidde dat uit over de vloer. 'Schiet op, help me.'

'Wat doe je?' Geo kokhalsde. Naast haar lag een plas braaksel die het appartement met een walgelijke geur vulde. Calvin leek het niet te merken. Door de stank ging ze bijna weer over haar nek maar ze dwong zichzelf op te staan. 'Ze is gewond. We moeten het alarmnummer bellen. Voor een ambulance.'

'Ze is dood.'

'Ze is niet dood,' gilde Geo. *Dat kan niet! Belachelijk! Natuurlijk is ze niet dood! Dat kan niet! Angela Wong! Cheerleader. Alleen maar goede cijfers! Superpopulair! Daarstraks zat ze nog op Mike Bennetts schoot. We hebben net nog gedanst! Ze lachte... Net nog! Ze kan verdomme niet dood zijn! Nee! Nee!*

Maar daar lag ze. Uitgestrekt op de vloer. Roerloos.

O god! Ja. Ze is dood! Calvin heeft haar vermoord. En verkracht.

Geo gaf weer over, ze braakte alles uit wat ze nog in haar maag had.

Ik moet hier weg! Hulp halen. Iemand waarschuwen!

'Het is net zo goed jóúw fout,' zei Calvin alsof hij haar gedachten las. Hij tilde Angela met moeite op, legde haar slappe lichaam op de rand van het dekbed en begon haar daar in te rollen.

Idioot genoeg flitste er een herinnering door Geo's hoofd: Angela en zij die *springrolls* maakten. 'We moeten de politie bellen,' zei ze en voor het eerst klonk haar stem coherent. 'Waar is je telefoon?'

'Als je de politie erbij haalt, komen we allebei in de gevangenis.' Er stonden zweetdruppels op Calvins voorhoofd van de inspanning. 'Het is net zo goed jóúw schuld! Jíj hebt haar meegenomen.'

'Niet! Dit is niet mijn schuld!'

'Het is jóúw fout!' zei hij terwijl hij met zijn wijsvinger naar haar priemde.

Geo kromp ineen.

'Jíj hebt haar meegenomen! Jullie hadden verdomme nauwelijks iets aan. En ze begint te dansen en me op te geilen, wrijft haar kut tegen mijn kruis. De slet...'

'Hou je kop! Dit is haar schuld niet!'

'Help me verdomme!' beval Calvin haar weer. 'Ze moet hier weg. We bedenken later wel iets.'

'Dat kan ik niet,' zei Geo, plotseling in tranen. 'Ik hield van haar.'

'En ik hou van jou,' zei Calvin.

Ze knipperde met haar ogen. Het was de eerste keer dat hij dat zei.

'En als je van míj houdt, als je ooit van me hebt gehouden, help je me om haar hier weg te krijgen. Als je dat niet doet, gaan we allebei de gevangenis in. Laat haar niet je hele leven verwoesten. We kunnen dit oplossen. Godverdomme, help me. Nú!'

Toen ze niet in beweging kwam, zei hij zacht en bijna vriendelijk maar dreigend: 'Georgina, alsjeblieft. Zorg alsjeblieft dat ik jou niet ook nog iets moet aandoen.'

Angela Wong, de koningin van St. Martin's en Geo's beste vriendin, lag nu als een opgerold hoopje op de vloer.

Calvin trok zijn schoenen aan. En een trui over zijn T-shirt. Toen bukte hij, tilde Angela met moeite op en hees haar op zijn schouder.

'Doe de deur open,' commandeerde hij.

Ze begroeven haar in het bos achter Geo's huis, de enige plek die ze kon bedenken waar op dit tijdstip in de nacht geen verkeer was. Ze hielp haar vriendje het lijk van haar beste vriendin het bos in te dragen en het leek wel of ze op z'n minst tien kilometer hadden gelopen voor ze een goede plek vonden... hoewel dat later maar een paar honderd meter bleek te zijn.

Iedereen heeft in zijn leven een moment dat bepalend is, een moment waardoor het onherroepelijk een andere wending neemt, tot in de kern wordt geraakt en het voor altijd verandert. Het laatste beeld van Angela – met aarde over haar gezicht omdat Calvin die over haar heen schepte – zou Geo haar leven lang bijblijven. Veertien jaar lang, voordat de politie kwam om haar te arresteren, zag ze het elke nacht voor zich. Toen hielden de dromen op.

Maar het schuldgevoel? Dat verdwijnt nooit. Het hangt om je heen als een smerige stank die je nooit, nooit meer, zelfs niet met liters bleek, weg krijgt. Je kunt een nieuw leven beginnen, een nieuwe liefde vinden, de gevangenis in gaan en boeten voor je afgrijselijke daad, maar het schuldgevoel blijft, het stinkt als een rottende hoop vuil onder je bed en gaat nooit meer weg.

Want die stank, die rottingsgeur, ben je zelf.

23

De brieven die Geo in de gevangenis heeft ontvangen zijn geopend en gelezen, ze liggen om haar heen op haar bed. Een voor een vouwt ze ze dicht en ze stopt het blauwe papier terug in de enveloppen. Dan legt ze ze weer in de doos die ze in de la van haar nachtkastje zet, de onderste la, naast de lege weckpot.

Ze voelt alles en niets tegelijk.

Het is gemakkelijk om in het verleden te verdwalen, om begraven te worden onder het gewicht en de wirwar aan herinneringen die ze met zich meetorst. De enige manier om te overleven, om toch nog een soort leven te kunnen hebben, is ze op te bergen in laatjes, laatjes die je dichtschuift en niet meer opendoet. Dat hoofdstuk uit haar leven, haar tijd op de middelbare school, zit in zo'n laatje. Het is het beste er gewoon niet aan te denken. Omdat er geen andere manier is om door te kunnen.

Het duurt langer dan ze verwachtte om zich weer normaal te voelen na Hazelwood. Alles lijkt een luxe die ze niet verdient. Lange, hete douches. Laat opblijven. Uitslapen. Netflix. Pizza bestellen. Creditcards. Zelfs de keuze aan tampons bij de plaatselijke supermarkt is ongelofelijk. In de gevangenis was er maar één soort; je kocht ze per twee en ze waren vreselijk.

Ze vindt het onprettig het huis uit te gaan. Behalve mevrouw Heller, die juist opvallend naar haar staart, doen de andere buren hun uiterste best haar te mijden. Een vrouw die een stuk verderop in de straat woont liep vanmorgen met een wandelwagen langs het huis, op weg naar het park. Ze stak de straat over toen ze Geo de vuilnisbak zag buitenzetten, alsof ze bang was dat Geo haar iets aan zou doen. Of de baby... *Mijn god, denken de mensen nou echt dat ik zoiets zou dóén?* Maar verhalen raken verdraaid en hoe meer tijd er verstrijkt, hoe erger ze worden.

Later die middag maakt iemand bij de groenteboer een foto van haar terwijl ze een blikje bonen koopt. Bonen, nota bene! En de klootzak probeert het niet eens stiekem te doen; hij trekt zijn telefoon tevoorschijn en flitst gewoon. *Zijn Facebookpost voor die dag, waarschijnlijk...*

Nu is ze weer thuis. Ze zit op de bank, gewikkeld in de plaid van haar moeder die haar vader niet weg kan doen, hoewel hij vol vlekken zit en op sommige plekken is doorgesleten. De tv staat aan en ze heeft het geluid hard gezet in een poging haar gedachten af te leiden. Ze weet dat ze eenzaam is en de ironie daarvan ontgaat haar niet. In de gevangenis had ze vrienden. Haar afsprakenboek in de kapsalon zat altijd bomvol. De mensen waren blij haar te zien, met haar te praten, er werd gelachen. Ze voelde zich nuttig. Nu heeft ze een luxueuze smartphone die nooit rinkelt en de enige e-mails die ze krijgt zijn van Domino's, over de pizzaspecialiteit van die dag.

Ze heeft alle vrijheid, maar kan er niet van genieten. Dat is de ergste straf.

Maar Cat komt gauw vrij. Dan wordt het beter. Dat kán niet anders!

Die ochtend heeft ze achter zes advertenties aan gebeld van de website van de Emerald Beauty Academy; allemaal kapsalons die een nieuwe haarstylist zochten. Geo had een opfriscursus gedaan in Hazelwood en was nu helemaal klaar om aan het werk te gaan. Maar toen ze haar naam noemde en beleefd naar de manager vroeg, werd er twee keer direct opgehangen, twee keer gezegd dat ze al waren voorzien en werd ze twee keer uitgenodigd om langs te komen, waarschijnlijk omdat ze haar naam niet herkenden. Want toen ze er haar gezicht liet zien, was het meteen duidelijk. De eerste manager verbleekte toen ze haar zag en had haar verzocht meteen te vertrekken. En de eigenaar van de tweede zaak had haar bij haar bezoek vol ongeloof aangekeken en toegebeten: 'Dit kan niet waar zijn! Je denkt toch niet dat ik mijn klanten aan jou toevertrouw? Het kan me niet schelen hoe goed je bent, maar jij krijgt van mij geen scherpe voorwerpen in handen!'

'Ik kan ook de telefoon opnemen, de haren opvegen, mezelf bewijzen...'

'Het spijt me, maar het blijft "nee".' De vrouw, ongeveer even oud als Geo, schudde haar hoofd. 'Ik heb een bescheiden zaak hier en ik kan geen negatieve publiciteit gebruiken.'

Geo bedankte haar voor haar tijd en keerde zich om om te gaan.

'Je weet niet meer wie ik ben, hè?' hoorde ze de vrouw achter zich zeggen toen ze bij de deur was. 'Ik heb ook op St. Martin's gezeten. Met Angela. En met jou...'

Geo draaide zich langzaam om.

De receptioniste, die vlakbij zat, deed net of ze druk bezig was op de computer en luisterde zogenaamd niet, maar het was duidelijk dat ze het hele gesprek volgde.

'Ik ben Tess DeMarco,' zei de eigenaresse van de kapsalon. 'Ik zat ook in het cheerteam.'

Geo knipperde verrast met haar ogen. Tess was op de middelbare school een brunette geweest en heel slank. Nu was ze blond en gezet. Maar toen Geo in haar ogen keek, was de blik erin onveranderd: haatdragend en jaloers.

'Het is raar,' zei Tess, terwijl ze op haar af kwam lopen. 'Toen Angela werd vermist, was zowat het eerste wat er in me opkwam dat jij haar misschien iets had aangedaan. Omdat jullie de week ervoor zo'n afschuwelijke ruzie hadden gehad bij de cheertraining. Ik herinner me je gezicht toen ze in het bijzijn van iedereen tegen je stond te krijsen; je was woedend en ontzettend in verlegenheid gebracht. Maar daarna was alles weer koek en ei tussen jullie dus schaamde ik me zelfs dat ik dat even had gedacht. Maar het was waar! Ik had gelijk, hè?'

Geo zei niets.

'Ik geloof in karma,' fluisterde Tess. 'Dat jij hier nog bent en Angela niet, betekent alleen maar dat jouw straf je nog te wachten staat. Die komt echt wel. Dus rot godverdomme op, Georgina. Ik wil je hier, nooit, nooit meer zien.' Ze hield de deur open en terwijl Geo naar haar auto liep, bleef ze haar door de etalageruit staan nakijken.

Het is geen verrassing dat Tess zich Angela herinnert als de vleesgeworden perfectie; Angela Wong kon stralen als de zon en als ze haar licht op je liet schijnen, gaf dat je het gevoel dat je speciaal was, belangrijk, kostbaar. Maar als je het verbruide, meestal om kleine onbenullige dingen, sloot ze je buiten. Een tussenweg was er niet. Angela stortte zich overal vol overgave in, en als je met haar omging, móést je daar wel in meegaan.

Kaiser is de enige die misschien kan begrijpen hoe het was. De enige die net zo dol op Angela was als Geo, haar verlies op dezelfde manier had gevoeld, haar net zo miste als zij. Maar, anders dan zij, kwam hij er jaren later pas achter wat er met Angela was gebeurd. En werd hij al die tijd bijna gek van het níét weten. Terwijl zijzelf zowat gek was geworden van het wél weten...

Ze moet in slaap zijn gevallen op de bank, want als ze wakker wordt van de bel, is het een uur later. Met haar plaid nog omgeslagen doet ze open.

Het is Kaiser die op de stoep staat en hij ziet er net zo

doodmoe uit als zij zich voelt. Hij draagt zijn badge, dus is het een officieel bezoek.

'Kom binnen,' zegt ze.

'Ik had eerst moeten bellen,' zegt hij, terwijl hij zich omdraait en de voordeur achter zich sluit. 'Maar ik was in de buurt. Er moest wat nagetrokken worden in het bos en ik zag je auto staan.'

'Nog nieuws?'

Hij schudt zijn hoofd, de frustratie staat op zijn gezicht geëtst. 'Nee. Niets. De aanwijzing over Calvin is op niets uitgelopen. Ik heb het gevoel dat ik iets mis, iets wat recht voor mijn neus ligt maar wat ik over het hoofd zie. Ik word er gestoord van.'

Geo kijkt op en hun ogen ontmoeten elkaar. Hij heeft weer datzelfde luchtje op, het ruikt mild kruidig en zoet en opnieuw is ze zich hyperbewust van hem en beseft ze hoe lang ze al niet meer met iemand heeft gevreeën. Gevangenisseks telt niet.

'Ik ben blij je te zien,' zegt ze en dat is ze. 'Ik wou...'

'Wat?'

'Niks.' Ze laat zich op de bank neerzakken en de plaid glijdt van haar schouders. Geo's dagelijkse outfit als ze nergens naartoe hoeft bestaat tegenwoordig uit een T-shirt en een joggingbroek.

Kaiser gaat tegenover haar zitten en kijkt haar aan. 'De vorige keer stond ik op het punt je iets te vertellen, toen mijn telefoon ging,' begint hij. 'Over de dubbele moord hier in het bos. Over het jongetje.'

'Ja, dat herinner ik me. Wat was het?'

'Het kind is – was – het zoontje van het vrouwelijke slachtoffer.'

Geo fronst haar voorhoofd. 'Hè? Ik snap het niet? Ik heb zijn ouders op het nieuws gezien. Ze gaven een persconferentie. Zijn moeder was ontzettend verdrietig...'

'Dat is zijn adoptiemoeder. De vrouw met wie het jongetje is gevonden, was zijn biologische moeder.'

Het is lang stil terwijl Geo het nieuws laat bezinken. Ze is zich akelig bewust van alle verschillende laatjes in haar hoofd die knarsend en rammelend opengaan en tegen elkaar aan botsen. Het is een oorverdovende herrie. Een janboel. Maar uiterlijk is er niets te zien is van alle beroering binnen in haar.

'Dat is nog niet alles,' vervolgt Kaiser. 'Zijn biologische vader was Calvin James.'

Het tumult in haar binnenste valt stil. Alles valt stil. De wereld stopt. Geo is als verlamd.

'Ik heb het je niet eerder verteld omdat we dit niet vrijgeven aan de pers. Niet tot we weten wat het betekent,' zegt Kaiser. 'Ik heb het de ouders van het joch, de Bowens, niet eens verteld. En dat doe ik ook niet totdat we bewijzen hebben dat Calvin de dader is, dat Calvin hen heeft vermoord.'

'Maar waarom vertel je het aan mij?' vraagt ze.

'Omdat ik niet weet aan wie ik het anders zou moeten vertellen,' zegt hij. 'Je bent de enige levende persoon die Calvin goed heeft gekend.'

Ze sluit haar ogen, laat een lange adem ontsnappen, en doet ze dan weer open. 'Wat wil je van me weten dan? Of ik denk dat Calvin in staat is zijn eigen kind te vermoorden?'

'Lijkt je dat een mogelijkheid?' Kaisers blik laat haar gezicht geen moment los. 'Jij hebt hem beter gekend dan wie dan ook. Je hebt met eigen ogen gezien waartoe hij in staat is. Negentien jaar is lang, lang genoeg om in een monster te veranderen.'

Geo lacht, maar zonder een greintje humor. 'O, Kai,' zegt ze wrang. 'Calvin is niet veránderd in een monster. Calvin is altijd een monster geweest. Ik had het toen alleen niet in de gaten.'

Ze heeft zich nooit zo klein, zo alleen gevoeld. Zelfs niet

in de gevangenis. Daar was ze altijd omringd door geroezemoes, het geklets van andere vrouwen die in hetzelfde schuitje zaten. Ze snapte waarom ze daar zat en wist de vijf jaar binnen te doorstaan omdat ze wel moest. Het was op een zekere manier geruststellend dat ze wist waar ze aan toe was, dat ze opgesloten zat. Ze voelde zich er veilig. In eerste instantie niet, maar later wel. En hier, in de vrijheid, zonder houvast, is ze doodsbang.

Ze zegt er niets over, maar Kaiser lijkt aan te voelen wat er in haar omgaat. Hij pakt haar hand, geeft er een kneepje in en kijkt haar aan met een blik vol medeleven.

Het heeft even geduurd, maar ze kan de jongen van vroeger weer in hem zien, de jongen die met zijn hele hart van haar hield, gewoon, omdat ze was wie ze was, de jongen die niets terug wilde dan haar vriendschap, hoewel hij één keer duidelijk had gemaakt dat hij hoopte op meer. Voor ze het beseft, heeft ze zich naar hem toe gebogen en geeft ze hem een kus.

Hij deinst geschrokken naar achteren maar hij kan geen kant op – tenzij hij opstaat – omdat de armleuning van de bank in de weg zit. Maar hij staat niet op. Hij kust haar terug, heftig, intens, met één hand in haar haar en de andere op haar wang. Het voelt hetzelfde als die avond in het washok op Chads feest. Als ze toen een andere keuze had gemaakt – als ze toen 'ja' tegen Kaiser had gezegd in plaats van hem weg te duwen – zou het allemaal niet zijn gebeurd. Dan was ze niet naar Calvin toe gegaan en had Angela nog geleefd.

Kaiser kust haar mond, haar hals, het zachte plekje achter haar oren en dan haar mond weer. Ze drukt zich tegen hem aan, kan niet dicht genoeg bij hem zijn. Haar hand glijdt onder zijn shirt, ze maakt zijn riem los. Zijn hand voelt naar haar beha en dan zijn haar beha en T-shirt uit. Zijn lippen sluiten zich om haar tepels. Ze is zo opgewonden dat het bijna pijn doet. Ze wíl hem. Elke vezel in haar lichaam schreeuwt om hem. Hij kust haar hartstochtelijk, nog net niet ruw, en ze voelt zijn handen overal. Dan staat hij op, ongeduldig, en rukt haar joggingbroek omlaag. Het raam van de zitkamer is vlakbij, maar het kan haar niks schelen. *Fuck de buren, laat ze maar kijken!* Hij begraaft zijn gezicht in het kruis van haar slipje en laat dan zijn hand naar binnen glijden. Het voelt zo goed dat ze bijna klaarkomt.

Even later dwingt ze zichzelf zich van hem los te maken. Ze moet zeker weten dat híj het zeker weet. Ze wil hem niet voor de gek houden. Ze is het zat om mensen te bedriegen, om te doen alsof ze iemand is die ze niet is, te doen alsof ze niet slecht is.

'Je weet dat ik geen goed mens ben, hè?' zegt ze. 'Voordat we iets doen, voordat we verdergaan, moet ik zeker weten dat je dat weet. Ik heb mensen kwaad gedaan, Kai. Ik heb afschuwelijke dingen op mijn geweten.'

'Dat weet ik,' zegt Kaiser. 'Dat weet ik. Maar je bent de enige die ik zie, Georgina. Je bent altijd de enige voor me geweest.'

Ze zijn boven, in haar slaapkamer, de kamer van haar jeugd. Hoewel ze alleen thuis zijn, is de deur op slot. De middagzon stroomt in roze banen door de kanten gordijntjes de kamer in. Ze heeft geen overgordijnen. Alles is helder verlicht, alles is duidelijk te zien.

Ze ligt op het bed als hij haar slipje uittrekt. Hij neemt de tijd en stroopt het langzaam omlaag over haar heupen, haar benen, haar enkels en haar voeten. Nu is ze helemaal naakt. Hij laat haar wachten. Hij laat zijn ogen over haar lichaam glijden, genietend. Ze opent haar benen zodat hij kan zien wat hij wil zien. Eindelijk.

Zijn gezicht is rood van opwinding. Hij glimlacht. Geen verliefd lachje, een geamuseerd lachje.

‘Wat is er?’ vraagt ze en ze komt half overeind, plotseling gealarmeerd. ‘Zie ik er anders uit dan je dacht?’

Kaisers grijns wordt breder. ‘Nee, dat is het juist. Je bent nóg mooier. Maar als dit was gebeurd toen ik zestien was – en je hebt geen idee hoe erg ik daarnaar verlangde – zou ik nu al zijn klaargekomen in mijn onderbroek.’

Opgelucht schiet ze in de lach. ‘Dat is geen probleem, hoor.’

‘Zeg!’ zegt hij. ‘Ik ben geen puber meer, hoor! Daar kom je nog wel achter.’

Hij trekt zijn shirt, zijn jeans en zijn boxershort uit. Hij ziet er niet uit zoals ze had gedacht, maar ze heeft zich ook nooit een voorstelling van hem gemaakt. Hij hoeft aan geen enkele verwachting te voldoen. Maar hij is prachtig. En hard. Hij is er klaar voor.

Kaiser dringt langzaam maar gepassioneerd bij haar naar binnen en ze geeft zich aan hem over.

24

Een uur later is hij weg. De lakens ruiken nog naar hem en Geo laat zich terug op het bed zinken. De eerste steekjes twijfel steken de kop op. Zij ex-gedetineerde, Kaiser rechercheur. Dat kan toch nooit meer worden dan dit – een middagje seks? Hij ziet haar waarschijnlijk als het meisje dat hij vroeger nooit kon krijgen en nu die frustratie uit zijn systeem is, hoort ze misschien nooit meer iets van hem. Politiemensen hebben een heldencomplex, toch? Ze hebben iemand nodig om te kunnen redden. Of, in Geo's geval, te verlossen.

Behalve dat... het voor haar niet zo is. Samenzijn met Kaiser geeft haar het gevoel dat ze precies op de plek is waar ze hoort te zijn. En sinds Angela's dood heeft ze dat gevoel nooit meer gehad.

Ze rolt op haar zij, trekt de onderste la van haar nachtkastje open, haalt de weckpot eruit en zet die naast zich. Starend naar de fonkelende vlekjes zonlicht op het glas gaan haar gedachten terug naar de nacht van de moord.

Het was vier uur 's nachts voordat ze thuis was. Er was niemand; haar vader had nachtdienst. Alle ramen van de huizen waren zwart en ook de straten waren aardedonker; er was geen straatverlichting in hun wijk. Ze had niet naar Calvin kunnen kijken; ze zaten allebei onder de aarde en het bloed en zijn handen waren ruw van al het graven. Het interieurlichtje van zijn Trans Am floepte aan toen hij het portier opendeed en er klonk een zacht piepje vanaf het dashboard omdat de sleuteltjes nog in het contactslot zaten.

'Georgina,' had hij gezegd, maar ze was al uitgestapt en had zich omgedraaid voordat hij zijn zin kon afmaken. Eenmaal binnen had ze zich de trap op gesleept. Alle spieren in haar lijf deden pijn alsof ze door een bulldozer was overreden, haar dronkenschapsmisselijkheid kwam weer opzetten en omdat de paniekadrenaline begon weg te trekken, had ze het ijskoud en beefde ze over haar hele lijf. Haar jurkje, dat precies goed had geleken voor Chads feest, was nu alleen maar belachelijk. Het zat onder de aarde, gras, stukjes boombast, bladeren... en bloed. Heel veel bloed. Zoveel bloed...

In de badkamer stroopte ze het smerige, plakkerige ding van haar lijf. Het viel in een hoopje op de badmat. Daarna stapte ze onder de douche en ze draaide de kraan op z'n allerheetst, alsof het bijna kokende water de afschuwelijke avond en alle gebeurtenissen kon wegwassen.

Want ja: het was net zo goed haar schuld als die van Calvin. Hij had gelijk. Zíj had Angela mee naar zijn appartement genomen.

Het vuil, de aarde en het opgedroogde bloed aan haar handen spoelden in donkerbruine strepen weg over de douchevloer. De aarde die ze over Angela's lichaam hadden gegooid. Over haar gezicht.

Hoe had ze dit kunnen laten gebeuren? Ze wist dat Calvin gewelddadig kon zijn tegen haar. En ze was er ook bij geweest als hij in cafés op tilt sloeg omdat andere jongens te veel naar haar keken. Ze had gezien hoe hij de hele avond naar Angela keek, opgegeild en tegelijkertijd walgend van haar wellustige gedrag.

Haar vriendje, haar geliefde, de jongen met wie ze 'ging', had haar beste vriendin verkracht! Misschien was Angela te ver gegaan met dat wellustige dansen en geflirt van haar en misschien had ze hem zelfs gekust... dat wist Geo niet, ze was stomdronken en zelfs even buiten westen geweest; ze had niet gezien hoe het was begonnen. Maar ze wist verdomde goed hoe het was geëindigd!

Angela wilde dat hij stopte. Ze had 'nee' gezegd. Geo had van de andere kant van de kamer gezien dat haar lippen het woord 'nee' vormden. Calvin moest dat gehoord hebben. Dat kon niet anders. En Geo had niets gedaan om haar te helpen.

Ze bleef onder de douche staan tot het water begon af te koelen. Daarna liep ze naar haar slaapkamer, trok een sweatshirt aan en begroef ze zich onder het dekbed.

Op de een of andere manier viel ze in slaap...

De ochtend daarop werd ze gewekt door de telefoon. Ze deed één oog open om een wazige blik te werpen op het draadloze toestel op haar nachtkastje en zag Angela's vaste nummer op het schermpje. Automatisch stak ze haar hand uit om op te nemen. Toen verstijfde ze... Omdat het Angela niet kon zijn die belde.

Angela is dood.

Ze schoot overeind en keek naar de telefoon die maar blééf rinkelen. Het schermpje flitste.

Buiten was haar vader het gras aan het maaien. Hij was dus thuis. Over drie kwartier zou hij naar boven komen, een douche nemen en een paar uur proberen te slapen. Dat deed hij altijd als hij vrijdags nachtdienst had gehad.

De wereld ging gewoon door, alsof er niets was gebeurd. Alles was zoals altijd... behalve één ding.

Angela is dood.

Langzaam pakte ze de hoorn op. 'Hallo?'

'Georgina? Met Candace Wong.' De stem van Angela's moeder klonk monter en energiek. 'Sorry als ik je wakker bel, lieverd, maar kan ik Angie even spreken?'

'Ze is...' Geo slikte moeizaam. 'Eh... Angela is niet hier, mevrouw Wong.'

'O?' De vrouw zweeg even. 'Ik dacht dat ze bij jou zou slapen?'

Geo ademde diep in. *Ik moet het zeggen! Ik móét vertellen wat er is gebeurd, dat Angela dood is. Maar hoe, hoe?*

Mevrouw Wong vatte haar aarzeling verkeerd op. 'Vertel het maar gewoon, meid. Ze had ons gisteravond moeten bellen zodra ze bij jou was. Victor heeft tot twee uur vannacht zitten pokeren. Je zou toch denken dat hij het zou merken als zijn enige dochter niet belt.' Ze klonk boos, maar niet op Angela.

Candace Wong zou nooit meer boos zijn op haar dochter...

Geo's hart bonkte. Haar hoofd ook. Haar maag brandde alsof ze iets bijtends had gegeten. Ze had krampen in haar buik.

'Ik... Ze heeft niet bij mij geslapen vannacht. Ze was nog bij Chad toen ik wegging.'

Ze kneep haar ogen dicht. Ze had net de eerste – en de belangrijkste – leugen ooit verteld.

'Chad Fenton?' vroeg mevrouw Wong. 'O ja, ze zei iets over een feest daar. Dus jullie zijn niet samen weggegaan? En Kaiser, waar was Kaiser dan?'

Zeg het! Zeg het! Nu! We zijn wel samen weggegaan, maar niet naar huis...

'Nee... ze... we...' Geo ademde diep in, de gedachten tolden door haar hoofd. 'Ik voelde me niet lekker, dus ik ben vroeg weggegaan en naar huis gelopen. Angela en Kai waren nog op het feest toen ik wegging.' De woorden kwamen als vanzelf, ze vielen gewoon uit haar mond.

'Dan moet haar auto dus nog bij Chad staan.' Mevrouw Wong klonk pissig. 'Echt, Georgina, ik was het er totaal niet mee eens dat haar vader die auto voor Angela kocht. Ze is al verwend genoeg. Hebben jullie gedronken gisteren?'

We hebben superveel gezopen. En ik heb fruit uit de punch

gegeten en was ongelofelijk lam. Ik ben zelfs 'out' gegaan.

'Een beetje.'

Een diepe zucht. 'Nou, het is niet aan mij om je nu een preek te geven over minderjarigen en alcohol, dat is aan je vader. Gelukkig zijn jullie zo verstandig geweest niet achter het stuur van een auto te kruipen. Maar er staat Angie wat te wachten als ze thuiskomt, reken maar! Huisarrest; en niet zo'n beetje ook! Ze zit zwaar in de problemen.'

Ja, ze zit zwaar in de problemen. Erger kan niet. En ze komt nooit meer thuis... Nooit!

'Ik tennis met Chads moeder,' vervolgde mevrouw Wong, haar toon een beetje samenzweerderig. 'Rosemarie is nogal een bon vivant en ik weet dat haar man alcoholist is. De drankkast daar is nooit op slot en hun oudste zoon – die van school is gegaan – drinkt ook! Nou, ik ga haar zo maar even bellen.' Weer een zucht, geërgerd deze keer. 'Kun jij intussen ook wat rondbellen, Georgina? Jij weet beter dan ik waar ze kan uithangen. Als je haar te pakken krijgt, zeg dan maar dat ze meteen naar huis moet komen! Ik bel Kaiser zo, maar als ze vannacht bij een jongen heeft geslapen, dan zwaait er echt wat!'

Ze ligt in het bos, mevrouw Wong. Begraven onder de aarde...

Geo kneep haar ogen dicht. Ze móést de waarheid vertellen. Dat was het minste wat ze kon doen. Dit was haar kans om eerlijk te zijn, voordat ze nog meer leugens vertelde, voordat ze erachter kwamen wat voor afgrijselijks er die nacht was gebeurd.

Het was nu of nooit.

Zeg het verdomme! Maar de woorden kwamen niet. In plaats daarvan hoorde Geo zichzelf zeggen: 'Ik bel wel rond. En als ik haar spreek, zeg ik dat ze meteen naar huis moet bellen.'

Wie beweerde dat liegen moeilijk was, had het totaal verkeerd. Liegen was makkelijk! Als een heet mes dat vanzelf door zachte boter glijdt. Liegen was een rijtje woorden combineren tot een zin om iemand gerust te stellen, door net te doen of alles goed was.

De waarheid vertellen, dát was moeilijk. *Onmogelijk.*

Candace zei gedag en hing op. Op het nachtkastje lag Geo's adressenboekje met de nummers van al haar vrienden. Ze moest ze allemaal bellen en vragen of ze iets van Angela gezien of gehoord hadden, vragen of zij misschien wisten waar ze was.

Want dat deden leugenaars. Ze logen. En dan logen ze nog meer om hun leugens te verdoezelen.

Ze stond op en keek omlaag toen ze iets kleins onder haar voet voelde. Het was een rood suikerhartje dat blijkbaar afkomstig was uit de intussen bijna lege weckpot op haar nachtkastje. Het cadeau van Calvin. Het leek een druppel bloed op het crèmekleurige tapijt.

Haar maag draaide om. Letterlijk, voor haar gevoel. De badkamer haalde ze in elk geval niet meer. Snel pakte ze de prullenbak en kotste daarin, hevig en pijnlijk kokhalzend omdat er bijna niets meer in haar maag zat nadat ze alles er gisteravond al had uitgegooid. Met de prullenbak in haar hand liep ze door de gang naar de wc in de badkamer, waar ze tot haar afgrijzen ontdekte dat haar jurkje nog als een kreukelig vod op de badmat lag, op de plek waar ze het die nacht had uitgetrokken. Snel griste ze het weg. Door het raam van de badkamer was de grasmaaier te horen. Haar vader deed de achtertuin nu. Dat kostte hem nog zeker twintig minuten.

Ze propte het jurkje en de badmat in de prullenbak, boven op haar braaksel, en ging de trap af naar beneden. Daar liep ze rechtstreeks naar de garage. De cementvloer voelde koud en stoffig onder haar blote voeten toen ze een paar volle vuilniszakken uit de grote blauwe bak haalde, de prullenbak erin duwde en de vuilniszakken er weer bovenop liet vallen. Toen ging ze terug naar haar slaapkamer om haar vrienden te bellen, precies zoals ze Candace Wong had beloofd.

Het was niet zo dat ze een monsterlijk besluit had genomen, het besluit om te liegen. Het was een reeks kleine beslissingen, een reeks kleine leugentjes, die samen één grote leugen werden.

Kort na het avondeten stond de politie voor de deur. Geo's knieën voelden week toen ze de twee agenten in uniform zag. Ze nam hen mee naar de woonkamer waar haar vader de laatste hap pizza die ze hadden besteld in zijn mond stak. Walter wist dat Angela's moeder eerder die dag had gebeld en hij was bezorgd om zijn dochters hartsvriendin, maar hij wist ook dat Angela de reputatie had nogal een feestbeest ze zijn. Hij ging ervan uit dat Angela een vriendje had over wie ze niets tegen haar ouders had gezegd. Geo liet hem in die waan.

Ze was heel kalm terwijl ze met de agenten sprak. Maar vanbinnen krijste ze het uit. Als de agenten ook maar íéts vermoedden, vertelde ze het, nam ze zich voor. De waarheid. Echt.

'Ik was dronken gisteravond,' zei ze. Ze hoefde niet naar haar vader te kijken om te weten dat zijn gezicht nu een masker van geschoktheid en afkeuring was. Hij had haar antwoord niet verwacht omdat ze haast nooit dronk. 'Het was niet de bedoeling, maar ik had sinds de lunch niks gegeten en er lag fruit op de bodem van de punchbowl...'

'Nooit het fruit eten!' zei een van de agenten, de jongste van de twee. Hij glimlachte wrang. 'Dat heb ik helaas aan den lijve ondervonden.' Op zijn naamplaatje stond VAUGHN.

De andere agent, niet erg veel ouder, wierp een geërgerde blik op hem. TORRANCE heette hij. Ze waren de verpersoonlijking van de bekende *good cop/bad cop*-verdeling:

Torrance de klootzak en Vaughn de aardige die je aan het praten kreeg.

'Vertel verder,' spoorde Torrance haar aan.

'Ik voelde me niet lekker en wilde naar huis, dus ging ik op zoek naar Ang. We waren na de wedstrijd samen naar Chads feest gegaan. Ze was met Mike Bennett en ze zaten te... eh... een beetje te kussen. Ang had ook wat gedronken. Maar ik zag dat ze het naar haar zin had, dus zei ik gedag en toen ben ik weggegaan.'

'Jullie zijn zestien,' zei Torrance met een ijzig gezicht. 'Drinken jullie vaak?'

'Helemaal niet,' zei Geo, nogal defensief, hoewel ze daar natuurlijk geen recht toe had. Haar vaders lippen waren een dunne streep, hij was totaal niet onder de indruk. 'Ik hóú niet eens van alcohol en Ang drinkt alleen als echt alle anderen het doen. Ze is echt niet zo'n type dat drank nodig heeft om het leuk te hebben.'

'Ga verder,' zei Torrance weer.

'Dat was het. Ik kwam Kaiser, een vriend van ons, op weg naar buiten nog tegen en we praatten even. Toen ben ik in mijn eentje naar huis gelopen. Ik was vóór twaalven thuis en voelde me aardig slecht. Voor ik naar bed ging heb ik overgegeven.'

Ze dacht aan haar jurk, onder de sporen van gisteravond, in een prullenbak met kots gepropt in de vuilnisbak in de garage. Misschien zouden de agenten iets verdachts vinden aan haar verhaal en de kleding die ze de avond ervoor had aangehad willen zien. *Als dat zo is, vertel ik alles. De waarheid.*

Maar ze vroegen niks. Ze leken totaal niet argwanend. In plaats daarvan stelden ze een paar vragen aan haar vader die bevestigde – een beetje schuldig – dat hij de hele nacht dienst had gehad in het ziekenhuis en niet wist dat zijn dochter dronken was thuisgekomen.

'En je zegt dat je Angela voor het laatst met Mike Bennett bij Chad Fenton thuis hebt gezien?' vroeg de jongste agent.

'Ja.' Ze vroeg zich af of hij de vraag nog een keer stelde om te proberen haar op een leugen te betrappen. Ze was alleen van het feest vertrokken. Kaiser kon dat bevestigen als ze hem dat vroegen en buiten hem nog een stuk of tien mensen. Maar er kon ook iemand hebben gezien dat Angela haar een paar minuten later achterna was gehold. *Als dat zo is... Als ze het vragen, dan vertel ik het. De waarheid.*

Maar weer gingen ze er niet op door, weer vroegen ze niet verder. In plaats daarvan zei de oudere agent: 'Heeft Angela een vriendje van wie haar ouders niets weten? Heeft ze het ooit over weglopen gehad?'

Denken ze dat? Zoeken ze in die richting? Geo wierp een korte blik op haar vader die licht triomfantelijk leek omdat ze hetzelfde vermoedden als hij.

'Als ze een ander vriendje had dan Mike, heeft ze daar niets van gezegd tegen mij,' antwoordde Geo, en dat was het eerste eerlijke antwoord van die dag. 'En weglopen? Ik weet niet met hoeveel vrienden en vriendinnen van haar u al hebt gesproken, maar Ang is populair. Volgens mij lopen mensen weg als ze balen van hun leven, maar Ang híéld er juist van.'

'Nou, ik denk dat dat alles is wat we wilden weten,' zei agent Torrance terwijl hij opstond. Agent Vaughn volgde zijn voorbeeld. 'Als je nog iets bedenkt, bel me dan alsjeblieft.' Hij liet zijn kaartje achter op de salontafel, gaf haar vader een hand en vertrok.

Geo deed de voordeur achter hen op slot. Ze wist dat ze nu een preek zou krijgen omdat ze alcohol had gedronken. Wat oké was; ze was niet van plan om er ruzie over te gaan maken. Ze wilde nu toch alleen maar thuis zijn.

'Dus? Hoe lang heb ik huisarrest?' vroeg ze toen ze de kamer weer binnenkwam voordat haar vader iets kon zeggen.

'Is dat de straf die ik je nu hoor te geven?' vroeg Walt een beetje moedeloos. 'Heb ik je ooit eerder huisarrest gegeven?'

'Nee.'

Hij wreef met beide handen over zijn gezicht. 'Je moet niet drinken. En je moet 's nachts zeker niet in je eentje naar huis lopen. Er zwerven een hoop engerds rond hier.'

Ik weet het. Ik ben er één van. 'Deze buurt is veilig, pap.'

'Daar gaat het niet om,' zei hij. 'Sinds de dood van je moeder zijn we maar met z'n tweetjes. En ik werk veel, wat betekent dat jij veel tijd in je eentje bent.'

'Dat is geen pro...'

'Dat is wél een probleem, goddomme,' onderbrak hij haar. 'Je bent zestien. Het is normaal dat je me nodig hebt. Dat je op me kunt rekenen en me moet kunnen bellen als je opgehaald wilt worden. Het is een probleem dat je dronken van een feestje vertrok en vond dat je rond middernacht zo'n eind moest lopen. Ja, we wonen wel in een veilige buurt, maar er lopen overal gestoorde idioten rond. Je had me moeten bellen. En wat belangrijker is: dat moet je altijd kunnen doen.'

'Maar je was aan het werk.' Geo zag dat hij echt van streek was. Mijn god, als hij wist wat...

'Mijn belangrijkste werk is hier. Thuis,' zei Walt. 'Ik heb genoeg nachtdiensten gedraaid om ermee te kunnen stoppen. Ik doe het alleen omdat het beter betaalt. Maar daardoor heb ik minder tijd met jou, eet ik 's avonds in de ziekenhuiskantine en zit jij hier thuis in je eentje aan de maaltijd. Dat is eigenlijk belachelijk. Je bent de allerbelangrijkste persoon in mijn leven en ik moet mijn werk daarop aanpassen. Dit is een signaal voor ons allebei, begrijp je?'

Haar vader interpreteerde de uitdrukking op haar gezicht verkeerd en glimlachte naar haar. 'Maak je niet druk, ik ben niet van plan je te verstikken. We hebben allebei onze eigen ruimte nodig. Maar ik moet je ergens kunnen ophalen tot we een eigen autootje voor je kunnen kopen. En ik hoor de meeste avonden thuis te zijn voor het avondeten.' Zijn schouders zakten. 'Stel dat jíj het was die werd vermist? Dat jíj op een nacht niet thuiskwam? Je bent alles wat ik heb, Georgina. Ik weet hoe weinig tijd Angela's ouders aan haar besteden, hoe weinig aandacht ze voor haar hebben. En moet je nu zien: niemand weet waar ze is. Ik durf het me niet eens voor te stellen.'

'Ik weet zeker dat ze wel weer komt opdagen.' De leugen bleef in Geo's keel hangen. Ze verslikte zich er bijna in.

De politie ondervroeg iedereen die op het feest was geweest, maar Mike Bennett kreeg het het zwaarst voor zijn kiezen. De spelverdeler van het rugbyteam van St. Martin's High School werd meegenomen naar het bureau en vierentwintig uur vastgehouden. Zijn ouders moesten een advocaat inschakelen. Alle gasten van het feest – het waren er minstens honderd – bevestigden Geo's verklaring dat Angela het grootste deel van de avond samen met Mike was geweest. Hij vertelde dat Angela hem op een gegeven moment alleen op het feest had achtergelaten en dat hij een lift naar huis had geregeld bij een vriend, Troy Sherman, een speler uit zijn team. Troy was bij Mike blijven slapen nadat ze nog een paar biertjes hadden gedronken bij Mike thuis en in slaap waren gesukkeld nadat ze een video van hun laatste wedstrijd hadden bekeken. Mike ontkende heftig dat ze een homoseksuele relatie hadden en weigerde überhaupt toe te geven dat hij homo was, ook al suggereerden de agenten dat hij een inhechtenisneming kon voorkomen als hij eerlijk was. Mikes ouders dreigden de agenten met een proces als ze niet ophielden met hun verdenkingen; hun zoon werd gescout door diverse universiteitsteams. De politie liet hem gaan bij gebrek aan bewijs.

Mike Bennett, zo diep in de kast als maar kon, bleek die maandag in de kleedkamer tegen een paar kameraden te hebben gezegd dat het hem niet zou verbazen als Angela was weggelopen om een carrière als pornoster te beginnen. 'Ik heb nog nooit een meid ontmoet die zo geil was als zij. En dat cheerleadergedoe? Gewoon een act,' zei hij. 'Ze hield van kinky.'

Natuurlijk had hij niet willen uitweiden over wat Angela's 'kinky' inhield, maar van alle roddels die in de weken erna voorbijkwamen, was dat het verhaal dat Geo het meest raakte. Tuurlijk, Angela had wel het een en ander uitgevreten met Mike, maar niet zóveel! Hallo! Mike was gay! Hij loog gewoon om zijn eigen seksuele voorkeur te maskeren. Geo stond meermalen op het punt hem daarmee te confronteren.

Maar dat kon ze niet. En daarbij was het natuurlijk ongelofelijk hypocriet om Mike Bennett met zijn eigen leugens te confronteren.

De verdwijning van Angela Wong was groot nieuws en bracht een enorme stroom geruchten op gang. Ze werd opeens door allerlei mensen gezien op plekken waar ze nooit kwam, met personen die ze helemaal niet kende. Angela was het gesprek van de dag, in elke klas, bij elke les, of de leerlingen Angela nou kenden of niet. En hoe meer erover werd gepraat, hoe spannender de verhalen werden, soms waren ze zelfs zo idioot dat Geo erom had moeten schateren als ze de waarheid niet had gekend.

'Ik heb gehoord dat ze voor het laatst in de buurt van de 7-Eleven is gezien,' zei Tess DeMarco tegen Geo aan het einde van de middag tijdens de wiskundeles. 'En dat ze op de bus naar San Francisco is gestapt. Ze woont er bij een oudere vent. Nou, ik wed dat ze binnen een week terug is en haar ouders gewoon op de kast wil jagen.'

'O, je praat weer tegen me?' had Geo gesnauwd, terwijl ze

terugdacht aan hoe graag Tess had gewild dat ze uit het team werd gezet. Was dat echt pas vorige week?

'Huh? We zijn toch altijd vriendinnen geweest?' Tess knipperde verbaasd met haar ogen en deed net of ze niet begreep waar Geo op doelde. De trut die Angela's beste vriendin had willen worden had er geen gras over laten groeien en had tijdens de lunch al enorm met Mike Bennett zitten slijmen. En Mike was natuurlijk alleen maar blij dat hij meteen een andere meid aan zijn arm had die de rol van Angela overnam.

Lauren Benedict, ook lid van het cheerteam, zei met een benauwd stemmetje: 'Maar serieus, stel dat er iets ergs met haar is gebeurd? Dat ze er bijvoorbeeld achter is gekomen dat Mike gay is en hij haar heeft vermoord? Wie weet ligt ze wel ergens dood in een greppel.'

'Mike Bennett ís helemaal geen homo,' reageerde Tess gedecideerd met rode wangen. 'Praat niet over dingen waar je niks van weet, Lauren.'

Geo schudde haar hoofd en begroef zichzelf in haar wiskundeboek. Het enige wat ze wilde was thuis zijn. Ze had al haar energie bij elkaar moeten schrapen om naar school te gaan die ochtend. 'Hou je kop, jullie allebei. Ik meen het.'

Het was pas drie dagen geleden, die verschrikkelijke nacht, maar het gewicht van alle leugens begon zijn tol al te eisen: Geo kon niet eten, niet slapen. Angela's moeder had al wel zes keer gebeld om te vragen of ze nog iets nieuws van haar schoolvriendinnen had gehoord. Die telefoontjes waren een kwelling, en elke keer als ze ophing voelde ze zich weer slechter. Na het laatste was ze naar de wc gehold, waar de kipschotel die haar vader voor het avondeten had gemaakt er weer helemaal uit kwam. Walt schreef het toe aan haar ongerustheid over haar beste vriendin. En natuurlijk was het dat ook, maar niet op de manier waarop hij en iedereen dacht.

Geo bleef verwachten dat de politie binnen zou vallen om haar te arresteren. Ze kon zich niet voorstellen hoe ze nog één dag op school kon doorkomen en net zo verward en ongerust kon doen als iedereen. De vierde nacht kreeg haar uitputting eindelijk de overhand en viel ze in slaap, om daarna in paniek, met haar haren tegen haar zweterige voorhoofd geplakt, wakker te schrikken uit een nachtmerrie.

'Jij!' had de oudere agent in haar droom tegen haar geschreeuwd. Ze was in de kantine op school en iedereen staarde naar haar toen de twee agenten, met getrokken pistool en zwaaiend met hun badge, binnenstormden. 'Door jóú ligt ze nu te rotten in de aarde. Door jóú. Jóú!'

Ze huilde in haar kussen, met zulke harde snikken dat haar hele lijf ervan schokte. Ze móést iets doen. Ze móést het vertellen. Zo kon ze niet leven. En het was ook verschrikkelijk voor Angela's ouders. In elk geval moest ze het aan haar vader vertellen. Hij zou weten wat ze moesten doen, maar bij alleen de gedachte al, voelde ze een enorme knoop in haar maag. Ze haatte het om haar vader te moeten teleurstellen. Maar ze wist natuurlijk dat hij nog veel en veel erger teleurgesteld in haar zou zijn als hij erachter zou komen wat ze had gedaan en het niet van haar zou horen.

Het was één uur. Walt sliep allang, zijn slaapkamerdeur was dicht. Morgenochtend zou ze meteen alles aan haar vader opbiechten en dan gingen ze samen naar het politiebureau. Ja! Het zou haar leven verwoesten, maar ze hád tenminste een leven om te verwoesten. Angela niet. Haar beste vriendin.

Toen ze dat besluit eenmaal had genomen, lukte het haar om weer in slaap te vallen, maar een uur later schrok ze alweer wakker van een klopje op haar slaapkamerraam.

Ze draaide zich om en verstijfde toen ze Calvins gezicht zag. Sinds die afschuwelijke nacht hadden ze geen contact meer gehad en ze ging ervan uit dat ze allebei, of in elk geval één van hen, handboeien om zouden hebben als ze elkaar weer zagen.

Ze stapte haar bed uit. Ze was gekleed in een oude trainingsbroek en een T-shirt met een gat onder de oksel. Haar gezicht glom en haar haar was bijeengebonden in een slordig staartje. Er zaten drie puistjes op haar kin van de stress. Calvin had haar nooit anders meegemaakt dan helemaal opgedirkt, maar dat interesseerde haar nu geen zier. Ze hadden elkaar al gezien tijdens het allerergste wat ze ooit hadden gedaan, daarmee vergeleken waren vet haar en pukkels niets.

Ze deed het raam open en hij klom naar binnen, waarbij hij een volgepropte sporttas met zich meesleepte.

'Waar staat je auto?' vroeg ze, ongerust dat zijn felrode Trans Am voor de deur stond en de hele buurt die zou zien.

'Verkocht.'

Ze vroeg niet waarom. Het maakte haar niet uit.

Hij zakte op de rand van haar bed, liet zijn tas op de grond vallen en pakte de weckpot met suikerhartjes van haar nachtkastje. Er zaten er nog maar een paar in. Hij schudde ze op zijn hand en wierp ze een voor een in zijn mond.

Eindelijk was de pot leeg.

'Hoe gaat het?' Hij nam haar op en trok zijn wenkbrauwen op bij het zien van haar lubberende broek en haar slonzige haren. 'Je ziet er niet uit.'

'En ik voel me nog slechter.'

'Nou, hou daar dan mee op. Je kunt er toch niks meer aan veranderen,' zei hij.

'Ik ga het morgen aan mijn vader vertellen,' vertelde Geo. 'Het is sowieso een kwestie van tijd voor de politie erachter komt.'

'Nee.' Calvin pakte haar hand en gaf er een kneepje in.

Ze probeerde zich los te trekken maar hij liet haar niet

gaan. 'Als ze iets weten, als ze iets vermoeden, hadden ze ons nu wel opgepakt. Niemand komt erachter zolang wij onze kop houden.'

'Ik voel me ziek. Doodziek. Vanbinnen,' zei ze terwijl ze hem aanstaarde. 'Jij niet? Kun je eten? Slapen? Ik kan niks, helemaal niks!'

Hij liet haar hand los en liet zijn vingers door zijn haar glijden. 'Denk er dan niet aan.'

'Hoe kan ik er nou níét aan denken?' vroeg Geo met een klein stemmetje. 'Je hebt haar vermoord!'

'Jij hebt haar net zo goed vermoord.'

Haar hoofd schoot omhoog. 'Niet! Dat is niet waar! Hoe kun je dat nou zeggen?'

'Voor de wet komt het op hetzelfde neer. Je hebt me geholpen haar lichaam te verplaatsen. Jij hebt me geholpen het te begraven. Je hebt gelogen tegen de politie.' Calvin zei het zachtjes, zakelijk, alleswetend. 'Als dit ooit uitkomt, ben je net zo schuldig als ik.'

'Dus je gaat ervandoor?' vroeg ze met een gebaar naar zijn tas. 'Dat kom je me vertellen? Ze stellen nog steeds vragen en ze zijn nog steeds bezig met zoeken. Ik kan niet... Ik kan niet blijven liegen tegen iedereen. Ik kan niet blijven liegen tegen haar moeder.'

'Je hoeft niet te liegen. Je zegt gewoon níks.'

Hij keek haar strak en overtuigd aan. Oppervlakkig gezien zag hij er hetzelfde uit als altijd: knap, relaxed, zelfverzekerd. Maar onder de oppervlakte zag ze ook iets anders, iets waarvan ze weleens een glimp had opgevangen als ze ruzie hadden, iets wat heel even naar buiten kwam en dan weer snel terugschoot in zijn schuilplaats. Maar het verschool zich niet langer. Ze voelde het. Ze voelde dat het naar haar loerde, ergens vanuit zijn binnenste.

'Ik hou van je,' zei Calvin. 'Dat is niet veranderd. Je kunt met me meegaan.'

Haar maag draaide om. Wat hij ook voor haar voelde, het kon niet zo zijn dat liefde zo hoorde te voelen. Wat zij hadden was ziek, giftig, iets waar ze aan dood zou gaan als ze niet zo ver mogelijk uit zijn buurt bleef.

'Dat kan niet,' zei ze. 'Ik moet mijn school afmaken en ik kan mijn vader niet in de steek laten.'

Hij knikte. 'Ik weet het. Maar ik wilde het toch vragen.'

Hij boog zich naar haar toe en kuste haar. Het stond haar tegen en ze probeerde haar gezicht af te wenden, maar hij pakte allebei haar handen beet terwijl zijn kussen steeds heftiger werden. Hij had nog een suikerhartje in zijn mond, ze voelde iets hards op zijn tong. Zoet en zuur tegelijk. Een smaak waar ze nu misselijk van werd.

'Stop,' zei ze, maar hij luisterde niet.

Hij duwde haar achterover op het bed en ging boven op haar liggen, negentig kilo sterke spieren die haar neerdrukten. Het was niet veel anders dan wanneer hij haar kuste na een flinke ruzie, als hij probeerde haar terug te winnen omdat hij haar had geslagen, gestompt of geknepen. Dus ook nu onderging ze zijn hartstochtelijke liefkozingen bewegingloos, omdat ze uit ervaring wist dat protest en verzet hem alleen maar kwader maakten, omdat hij zich dan afgewezen voelde. Als ze stillag en hem liet begaan, zou hij uiteindelijk merken dat ze geen zin had en ophouden.

Zijn adem was afstotelijk zoetzuur terwijl hij haar hals, haar oren, haar schouders kuste, zijn lippen steeds verder omlaaggleden en hij haar T-shirt omhoogschoof. Toen hij haar tepel likte, kreunde ze. Het was zo verkeerd, zo verschrikkelijk, afschuwelijk, akelig verkeerd... maar het voelde ook een beetje goed. Hoe afgrijselijk het ook was, ze kon niet ontkennen dat ze opgewonden werd van hem. Dit was Calvin tenslotte, dit was hun manier. En daarbij was hij ook nog de enige op de wereld tegen wie ze niet hoefde te liegen.

En, mijn god, ze hield nog van hem. Zulke diepe gevoelens als ze voor hem koesterde, verdampten niet zomaar in een paar dagen, hoe graag ze dat ook wilde en hoe goed ze ook wist dat dat moest.

Ze protesteerde niet toen hij haar joggingbroek omlaagtrok, haar slipje opzijschoof om bij haar natte plekjes te kunnen en die nog natter maakte. De koele hitte van het zuur op zijn tong voegde nog een extra laag genot toe; ze hapte naar adem. Ze walgde van zichzelf, maar kon er niets tegen doen. Hij had dit al zo vaak bij haar gedaan, hij wist precies wat hij moest doen, waar hij moest zijn, hoe lang.

Toen ze hoorde dat hij zijn riem losgespte, schoten haar ogen open. Ze hadden nooit echte seks gehad, geen gemeenschap, nooit geneukt. Ze was maagd en ze duwde zijn hand weg terwijl ze rechtop probeerde te gaan zitten.

'Nee, Calvin, dat wil ik niet,' zei ze. 'Nee, Calvin, alsjeblieft. Je kunt beter gaan, nu.'

Hij grijnsde. Zijn tanden glansden in het gedempte licht. 'Weet je nog dat ik altijd zei dat we zouden wachten op het juiste moment?' vroeg hij terwijl hij zijn gulp openritste. Zijn erectie was duidelijk zichtbaar onder zijn boxer en hij keek haar met een intense blik aan terwijl hij zichzelf kneedde door de dunne stof. 'Dit ís het juiste moment, Georgina. Na vanavond zie je me nooit meer. En ik wil de eerste man zijn die ooit in je is geweest.'

'Nee,' zei Geo. 'Ik wil het niet. Oké? Alsjeblieft...'

Voordat ze haar zin kon afmaken lag hij alweer boven op haar. Zwaarder nu, sterker. Hij pinde haar armen met één hand boven haar hoofd, trok met de andere haar slipje omlaag en spreidde haar benen verder uit elkaar. Ze was nat van zijn eerdere liefkozingen maar wilde niet meer dat hij haar aanraakte. Ze wilde dit niet, ze wilde niet verdergaan. Ze wilde dat hij ophield.

Ze wurmde een arm los en bonkte hem op zijn rug. 'Calvin, alsjeblieft, ik wil niet...'

'Ik ga je ontmaagden, Georgina. Ik ben je eerste, zodat je me nooit zult vergeten.'

Zijn penis drong bij haar naar binnen, plotseling en met geweld. Er schoot een scherpe pijnscheut door haar lijf. Ze slaakte een kreet en hij legde zijn hand over haar mond terwijl hij in haar stootte, dieper, en het deed meer pijn dan ze zich ooit had voorgesteld. Ze klauwde naar zijn rug maar haar korte vingernagels hadden weinig effect toen ze hem probeerde te krabben. Dit was niet de Calvin die ze dacht te kennen, de Calvin die op seksgebied altijd zacht en lief voor haar was geweest, die er trots op was als ze het lekker vond. Dit was helemaal geen seks. Dit was heel iets anders.

Dit was onderwerping. Dit was iets van haar afpakken wat hij wilde hebben en zij niet wilde geven. Verkrachting.

'Stop,' jammerde ze toen de hand op haar mond iets weggleed. 'Alsjeblieft. Stop.'

Hij hoorde haar, natuurlijk hoorde hij haar, maar Calvin was in zijn eigen wereld, waarin wat híj wilde het enige was wat telde. Er bestond niets anders. Uiteindelijk gaf Geo het op en verslapte ze, met haar armen werkeloos naast zich op de matras. Het had geen zin om te vechten. Verzet maakte het alleen maar erger, pijnlijker.

Dit was haar karma. Dit had ze verdiend. En het was verschrikkelijk.

Hij vertrok op dezelfde manier als hij was gekomen, door het raam. Na die nacht heeft ze hem nooit meer gezien. Pas jaren later... bij het proces.

Kaiser had haar kortgeleden gevraagd of ze bang was geweest dat Calvin terug zou komen om haar kwaad te doen. Ze had geantwoord dat het haar niets kon schelen als dat zou gebeuren. Calvin had haar in de nacht dat hij haar beste vriendin had verkracht en vermoord al het ergste aangedaan wat hij kon. En wat er daarna nog van haar over was, had hij haar ontnomen in de nacht dat hij haar had verkracht in haar eigen slaapkamer, met haar vader aan de overkant van de gang.

Geo staart naar de lege weckpot op haar nachtkastje, waarin vroeger al haar onschuld, al haar goedheid zat. Ze had hem al die tijd bewaard. Een therapeut zou het een heerlijke kluif vinden om te analyseren waarom ze hem nooit had weggegooid. En nog belangrijker: waarom ze hem op een plek had neergezet waar ze hem goed kon zien.

Het antwoord was eenvoudig. Het was om haar te herinneren aan wat ze Angela had aangedaan. Een straf. En een herinnering aan haar eigen pijn, de pijn die ze over zichzelf had afgeroepen, jong en dom als ze was.

Haar telefoon pingt. Geo kijkt op het schermpje en ziet dat het een berichtje van Kaiser is. Haar hart maakt een sprongetje en er verschijnt een lachje op haar gezicht. Misschien kan het toch iets worden tussen hen... Zolang ze hem nooit het héle verhaal vertelt.

Haar gezicht betrekt als ze leest wat hij heeft gestuurd. *Weer twee doden gevonden. In de bossen achter St. Martin's. Volwassen vrouw en kind, op dezelfde manier vermoord als de eerste twee.*

Een seconde later komt er nog een berichtje: *Calvin in de stad gesignaleerd. Blijf binnen. Doe de deur op slot.*

DEEL VIER

DEPRESSIE

‘Niets is bedrieglijker dan een voor de hand liggend feit.’

– Arthur Conan Doyle

25

Mo heeft lang blond haar, warmbruine ogen, een ontspannen grijns en een kwijlprobleem. Dat komt doordat Mo een hond is. En niet zomaar een hond, maar een lijkenhond. De staart van de golden retriever slaat ritmisch op het gras als Kaiser naar hem toe loopt. Hij ligt onder een boom, een paar meter van de plaats waar de lichamen zijn gevonden, in de bossen achter St. Martin's High School. Kaiser en Mo kennen elkaar, ze hebben elkaar al een paar keer eerder ontmoet.

Mo's baasje kijkt op. Ze glimlacht. Jane Bowman, een vrouw van voor in de zestig, is in wandeltenue: een waterdicht jack van The North Face, Dri-FIT-broek, Merrell-schoenen. Geen make-up, ze maakt zich nooit op, en haar lange grijze haren zijn bijeengebonden met een zwart haarelastiek.

'Ik dacht dat je met pensioen was,' begroet hij Jane met een glimlach en ze omhelzen elkaar warm.

'Dat dacht ik van hem ook,' zegt ze met een blik op Mo die overeind komt.

De hond duwt zijn neus tegen Kaisers been.

Kaiser hurkt neer en aait de hond een dikke minuut voordat hij weer rechtop gaat staan. 'Vertel maar wat er is gebeurd.'

'Nou, je weet dat Mo een oudje is, net zoals ik,' zegt Jane terwijl ze liefdevol neerkijkt op Mo's harige kop. De hond is weer in het gras gaan liggen en kauwt op een speelgoedbot, niet in het minst gehinderd door alle drukte verderop, waar politiemensen en forensisch onderzoekers bezig zijn. 'De botten beginnen te kraken, de heupen spelen op en dus was het vorig jaar voor ons allebei tijd om met pensioen te gaan. Maar werkhonden hebben de neiging om zich te gaan vervelen als ze met pensioen zijn. Net als mensen. Dus je kunt je voorstellen hoe blij hij was toen hij vanmorgen door de bossen liep en opeens een geur oppikte. We waren aan de oostkant van het bos, op het pad, toen hij opeens helemaal opgewonden werd, z'n neus tegen de grond drukte en begon te rennen. Eerst wist ik niet of ik hem nou aan de lijn moest doen of niet, maar ik had hem lange tijd niet zo enthousiast gezien, dus liet ik hem maar gaan. Het was een hele toer hem bij te houden en dat lukte ook niet bijster. Slecht voor de heupen, maar ja. Hij liep rechtstreeks naar deze plek, bleef staan en begon als een razende te blaffen. Toen ik eindelijk bij hem was, zag ik dat de aarde was omgewoeld. Ik had helemaal niet in de gaten dat we zo'n eind hadden gelopen. Helemaal tot aan St. Martin's!'

'Als jullie over het pad aan de oostkant zijn gekomen, hebben jullie zowat een halve kilometer afgelegd,' zegt Kaiser met een bewonderende blik op de oude hond.

Mo kijkt op en grijnst.

'Ja, zoiets, ja. In elk geval, ik ken de procedure natuurlijk. Dus heb ik een oude vriend bij de politie gebeld dat er hier waarschijnlijk iets begraven lag. Het heeft een paar uur geduurd voordat jullie er eindelijk waren, maar goed, jullie zíjn er nu!' Jane glimlacht. 'En wat denk je? Natuurlijk had Mo gelijk!'

Kaiser bukt zich en geeft de hond nog een paar liefkozende klopjes in zijn nek. 'Ik hoop dat hij een hondenkoekje van je heeft gehad.'

'Twéé zelfs. Hij heeft het dik verdiend.' Ze zwijgt even en haar glimlach verdwijnt. 'Ik heb een glimp opgevangen van wat er lag. Niet best wat er met die vrouw is gebeurd. En een kind! Pfft! Ik hoop dat je die klootzak te pakken krijgt, Kai.'

Ze nemen afscheid en Kaiser loopt terug naar de plaats delict. Twee doden, net als de vorige keer. De vrouw lijkt een paar jaar ouder dan Claire Toliver, het laatste slachtoffer. En het kind – een meisje deze keer – is ook iets ouder. Drie, misschien vier jaar. Haar pop ligt een paar meter verderop. Verder is alles hetzelfde. De vrouw is in stukken gezaagd en het kind gewurgd. En op de borst van het meisje is met eenzelfde lippenstift eenzelfde hart getekend met dezelfde woorden erin.

ZIE MIJ.

Net als bij Claire Toliver, zijn de ogen van de vrouw verwijderd. Lege oogkassen met rauwe randen. En net als bij Claire Toliver, heeft Kaiser weinig hoop ze te vinden.

Hij vraagt zich af of de moordenaar ze ergens in een potje bewaart, zoals Ed Gein. Of misschien eet hij ze op, zoals Jeffrey Dahmer. Of hij gooit ze gewoon weg, het gaat hem erom ze uit hun kassen te halen. Wat betekent het? ZIE MIJ. Wat wil de moordenaar dat ze zien?

Of is het op de een of andere manier een straf voor de vrouw? Alle vrouwen? Een specifieke vrouw? Omdat ze níét zien?

Kim staat naast hem. Hij hoort het gekras van haar potlood op haar notitieblokje en het geluid ervan is irritant en storend. Kim schrijft alles op omdat de informatie dan beter in haar geheugen blijft hangen. Kaiser werkt niet op die manier. Hij denkt in beelden, maakt mentale foto's en laat zijn gedachten vrijelijk hun gang gaan, ze dwalen waar ze maar heen willen. En dat doet hij het liefst in doodse stilte, die nu door haar gekras wordt verpest.

Ze hebben al een paar dagen niets persoonlijks tegen elkaar gezegd en het valt hem op dat ze op het werk of wanneer ze alleen met hem is haar trouwring om heeft, wat eerder niet zo was. Hij heeft geen idee waarom nu wél. Misschien was het weekendje weg met Dave om hun trouwdag te vieren geslaagd en is de romantiek weer terug in hun relatie. Hij is nieuwsgierig, maar vertikt het om ernaar te informeren; het zijn zijn zaken niet en ook nooit geweest. En het enige wat nog doder is dan hun affaire, zijn de twee verse lijken in de aarde.

Kim stopt haar notitieblokje weg. 'Denk je dat ze ook een dochter van Calvin James is?'

'Ik denk helemaal niets op dit moment,' reageert hij. Hij klinkt vijandiger dan hij wil, dus voegt hij eraan toe: 'Maar daar zijn we snel genoeg achter.'

'Ik kan er niet bij dat iemand tot zoiets in staat is.' Ze schudt haar hoofd, haar paardenstaartje zwaait heen en weer, en haar gezicht is in een grimas vertrokken.

Kaiser begrijpt wat ze bedoelt. Het is akelig dit soort slachtoffers te zien, en al helemaal als het kinderen zijn. Maar het hoort ook nooit iets te worden wat je makkelijk afgaat, het moet altijd iets afgrijselijks blijven.

'Waarom dood je je eigen kind?' vervolgt Kim ontzet. 'En, als dit hetzelfde is als de vorige keer, waarom moet de moeder dan dood? En waarom haalt hij de ogen eruit? Ik snap er niks van, ik kan niet eens een reden bedénken.'

'Les nummer één bij seriemoordenaars is dat ze nooit logisch denken,' zegt Kaiser. 'Calvin James is niet zoals jij en ik. Misschien was hij dat ooit, maar hij is veranderd in iets anders. Toen ik hem vijf jaar geleden arresteerde, was het overduidelijk dat hij een sociopaat is. Mensen met zo'n stoornis handelen niet volgens logische patronen. Dus de waaroms zijn onbelangrijk; dat is straks iets voor zijn gevangenispsych. Het enige wat me interesseert is dat we hem te pakken krijgen, die klootzak.'

'We weten wie het meisje is,' horen ze een agent achter

hen zeggen. Hij loopt zwaaiend met zijn mobiel op hen af. 'De ouders hebben haar vanmorgen als vermist opgegeven. Ik heb het rapport hier, zal ik dat naar u doorsturen?'

Even later komt het rapport op Kaisers telefoon binnen. Hij opent het document en scrolt erdoorheen.

'Wie is het?' vraagt Kim.

Hij geeft het toestel aan haar, zodat ze het zelf kan lezen. Het kind heet Emily Rudd. Twee dagen geleden was ze jarig en is ze vier geworden. Ze woonde in Issaquah, een stad ongeveer dertig minuten ten oosten van Seattle. Hetzelfde verhaal als dat van Henry: toen de ouders wakker werden, bleek ze niet in haar bed te liggen. Op zich was dat niet zo verontrustend omdat ze weleens slaapwandelde en ze haar al regelmatig op andere plekken in huis hadden gevonden. De politie in Issaquah zag geen directe aanleiding om een misdrijf te vermoeden.

Maar het blijkt dus wel om een misdrijf te gaan. Een van het ergste soort...

'Jezus,' zegt Kim terwijl ze zijn toestel teruggeeft. 'Die arme ouders.'

'Laat die agent nagaan of ze is geadopteerd. Ik zet spoed achter het DNA, hoewel het natuurlijk al duidelijk is als we bevestigd krijgen dat het kind is geadopteerd. En blijf ook werken aan de identificatie van de vrouw.'

'Vanzelfsprekend. Maar ik denk dat we snel met Georgina Shaw moeten gaan praten. Voor zover we weten, is zij de enige die nog leeft en een intieme relatie met Calvin James heeft gehad. Heb je nog contact met haar gehad?'

'Vluchtig.' Hij voelt dat zijn kaakspieren spannen en probeert dat tegen te houden, maar Kim heeft het direct in de gaten; ze weet wat het betekent als hij dat doet.

'Kai!' zegt ze geschokt en hij hoort aan haar toon dat ze precies weet wat hij heeft gedaan. Maar hij wil er niets over horen, en al helemaal niet van haar. Ze hebben zich allebei schuldig gemaakt aan ongeoorloofde relaties en zij heeft het recht niet nu een preek af te steken. Maar dat doet ze toch. 'Dat meen je niet! Ze is betrokken bij dit onderzoek!'

'Dat is ze niet! Ze heeft er niks mee te maken.'

'Het is volkomen ongepast.'

Hij keert zich naar haar toe. 'Ik geloof niet dat ik van jou een preek hoef over relaties en wat wel en niet gepast is,' zegt hij zacht.

Kims gezicht wordt rood. 'Oké, die heb ik verdiend,' zegt ze bijna bedeesd. Ze werpt een blik over haar schouder om er zeker van te zijn dat niemand hen kan horen. 'Maar toch, als je iets met haar hebt omdat je boos bent op mij, dan denk ik echt...'

'Maak jezelf geen illusies,' zegt Kaiser met een glimlachje. 'Echt. Ik ben blij dat Dave en jij weer op de goede weg zitten. Wij hebben een tijdje met elkaar geneukt, dat is nu voorbij en dat vind ik prima. En het betekent ook dat mijn persoonlijke leven jou niet meer aangaat, oké?'

Kim kijkt alsof ze een klap in haar gezicht heeft gekregen. Haar wangen kleuren dieprood en er staan tranen in haar ogen. Ze wendt zich af en veegt snel over haar ogen terwijl ze zich probeert te herpakken.

Hij weet dat ze het er nooit meer over zullen hebben en het zal hem niet verbazen als ze, zodra deze zaak is opgelost, een overplaatsing aanvraagt. Zo gaat het nu eenmaal met affaires. Die zijn van nature tijdelijk; er komt altijd een einde aan. Hoe dan ook. En meestal niet op een prettige manier.

'Chef?' Er staat een andere politiemedewerker achter Kaiser, weer met zijn mobiel in zijn hand. Hij raakt Kaisers schouder even aan. 'De ouders zijn zojuist op het bureau aangekomen.'

'Dat is snel!'

'Ze werken allebei hier in Seattle,' zegt de agent. Hij wijst op de telefoon in zijn hand, de lijn met het bureau staat nog open. 'Wat kan ik tegen ze zeggen?'

'Dat ik onderweg ben.'

Verdriet manifesteert zich bij iedereen anders en Kaiser heeft lang geleden al geleerd dat je daar geen oordeel over moet vellen. Je kunt mensen niet vertellen hoe ze zich horen te voelen, wanneer ze dat horen te voelen en hoe ze dat horen te uiten. Daniel Rudd en Lara Friedman, Emily Rudds ouders, storten bijna finaal in bij het nieuws van de dood van hun dochtertje. Ze huilen, jammeren, schreeuwen, willen allerlei details weten die Kaiser nog niet heeft. Hij verzekert hun dat ze een snelle dood is gestorven en dat er geen uiterlijke tekenen van geweld zijn aangetroffen. Ze willen haar zien, eisen haar te zien, maar de lichamen liggen op de snijtafel in het mortuarium. Kaiser laat hun een foto zien – de minst afschuwelijke, waarop ze lijkt te slapen – en ze bevestigen dat het hun dochtertje is.

Nauwelijks een uur later zijn ze kalm en beleefd. Hun houding is bijna professioneel: rode, maar droge ogen, ze zitten dicht naast elkaar zonder elkaar aan te raken en ademen en praten normaal. Daniel Rudd is traumachirurg in het Harborview Medical Center en Lara Friedman is kinderarts in het Seattle Children's Hospital. Kaiser vermoedt dat het door hun beroep komt dat ze in staat zijn zo te reageren, hun verdriet te parkeren tot een later tijdstip.

Ze hebben nog twee kinderen, een tweeling, jongetjes, het resultaat van een in-vitrofertilisatie. Shawn en Shane zijn zes jaar oud en Lara Friedman laat Kaiser een foto zien van de drie kinderen. Ze zitten op een bankje in het park; de twee jongens met hun kleine zusje tussen hen in. Emily lijkt fysiek niet op haar broertjes. De jongens hebben blond haar en blauwe ogen terwijl haar haren en ogen donker zijn; maar dat ze een band met elkaar hebben is duidelijk. De ouders bevestigen dat Emily is geadopteerd.

'Zelfs na de tweeling had ik niet het gevoel dat ons gezin compleet was,' vertelt Lara met haar handen in haar schoot gevouwen. De koffie die Kaiser voor haar uit de kantine heeft meegenomen staat onaangeraakt af te koelen in het kartonnen bekertje. 'Ik wilde niet weer het hele IVF-proces door, dus hebben we ons opgegeven bij een adoptiebureau, een christelijke organisatie gespecialiseerd in het plaatsen van kinderen van ongehuwde tienermoeders.'

'Wat kunt u me vertellen over Emily's biologische ouders?' vraagt Kaiser.

'Waarom is dat belangrijk?' vraagt Daniel Rudd fronsend. 'Die zijn niet in beeld. Sasha wilde ons niet eens vertellen hoe de vader heette. Hij weet niet dat ze een kind heeft gebaard.'

'Is Sasha de biologische moeder?'

'Ja.' De man staart hem aan. 'Maar nogmaals: wat doet dat ertoe? Na de geboorte heeft ze nooit meer iets met Emily te maken gehad.'

'Het is relevant voor het onderzoek,' zegt Kaiser rustig. 'Dat is het enige wat ik daar nu over kan zeggen. Ik zou het op prijs stellen als u zo veel mogelijk details over haar vertelt.'

'Haar naam is Sasha Robinson,' zegt Lara met een blik naar haar man die zegt dat hij zijn mond moet houden. 'Een lieve meid. We hebben haar ongeveer op de helft van haar zwangerschap ontmoet, en hebben haar thuis uitgenodigd om ons gezin te leren kennen. Ze was achttien toen, was aan de drugs geweest en had haar school niet afgemaakt. Ze woonde bij haar oma in een woonwagenpark, waar ze in armoede was opgegroeid. Het was duidelijk dat het belangrijk voor haar was dat haar baby bij een gezin met geld terechtkwam. Ze wilde dat haar kind naar de beste scholen kon en vond het fantastisch dat we de jongens al hadden omdat de baby dan altijd grote broers zou hebben die haar beschermden...' Haar stem stokt en ze zwijgt.

'We hebben haar twee keer gezien tijdens haar zwangerschap en toen nog een keer direct na de bevalling,' neemt David het van haar over. Hij klinkt verslagen. 'Daarna hebben we haar twee jaar niet gezien of gesproken. Dat was haar keuze. Ze gebruikte weer drugs en was niet in staat om Emily te zien. Wij vonden het oké als ze beperkt contact met Emily had als ze clean was, maar dat wilde ze niet. Ze wilde Emily niet leren kennen. Voor ons was dat eigenlijk een opluchting. Dat soort dingen kunnen heel gecompliceerd worden.'

'Maar toen Emily twee was, hebt u contact met Sasha gehad?' vraagt Kaiser.

'We hebben haar gebeld,' zegt Lara. 'Emily had ernstige gedragsproblemen. Hyperactiviteit. Ver boven normaal voor een kind van haar leeftijd. Ze werd snel woedend en was erg agressief, zelfs gewelddadig. Slaan, schoppen, bijten, krabben... Ze heeft zelfs een keer geprobeerd Shanes keel dicht te knijpen toen hij haar het speelgoed niet gaf dat ze wilde hebben. De jongens waren af en toe gewoon bang voor haar.'

'De voor de hand liggende optie was medicatie,' zegt Daniel. 'Maar daar geloven wij niet in. Door die ADHD-medicijnen kan zo'n kind een zombie worden. Dus hebben we therapie voor haar geregeld, haar dieet veranderd en een parttimeoppas gezocht om Maria wat minder zwaar te belasten.'

'Maria is?'

'De au pair,' zegt Lara. 'Ze woont bij ons in.'

'En heeft die extra hulp geholpen?'

'Geen zier. Ze was echt een moeilijk kind.' Ze bijt op haar lip, wendt haar ogen af; het schuldgevoel omdat ze iets negatiefs over haar dochtertje heeft gezegd staat op haar gezicht geschreven.

'En de vader?' vraagt Kaiser. 'Bent u ooit meer over hem te weten gekomen?'

'Het enige wat Sasha over hem wilde zeggen was dat hun relatie heel kort heeft geduurd,' zegt Daniel. 'Het klonk als iets voor de lol, misschien een onenightstand. Ze wilde zijn naam niet noemen.'

'Of misschien heeft ze die nooit geweten,' zegt Lara met een zucht. 'Misschien zal ze tegen u openhartiger zijn, maar óns wil ze niet meer spreken.'

En dat zal ze ook nooit meer doen. 'Waarom?' vraagt Kaiser.

'Toen we haar belden, hebben we haar verteld dat het nodig was een complete genetische geschiedenis van Emily op te stellen,' zegt Daniel. 'We zeiden dat we begrepen dat ze ons niets wilde vertellen over Emily's biologische vader, maar dat het, om ons dochtertje te kunnen helpen, nodig was meer over hem te weten. We hebben haar uitgelegd dat Emily gewelddadig was, agressief, dat we bang waren dat ze haar broertjes iets aan zou doen. Ze raakte erdoor van streek en hing op. Daarna nam ze nooit meer op als we haar belden.'

De ouders van Emily Rudd lijken praktische mensen, vastbesloten om te helpen, van plan alle vragen zo efficiënt mogelijk te beantwoorden.

Kaiser besluit dat het tijd is om eerlijk tegen hen te zijn. 'Ik zal u opening van zaken geven,' zegt hij. 'Tegelijkertijd met Emily, is er een ander slachtoffer gevonden. Een vrouw.'

De ouders wisselen een blik.

'U denkt dat het Sasha is,' zegt Daniel toonloos. 'Dat moet wel, anders had u al die vragen niet gesteld. Maar, zoals ik al zei, had Sasha geen enkele relatie met Emily. Het enige contact dat er was, was met ons...'

'Mag ik u een foto laten zien?' vraagt Kaiser terwijl hij zijn telefoon tevoorschijn haalt. 'Van het vrouwelijke slachtoffer?'

Lara schudt haar hoofd. Daniel steekt met een zucht zijn hand uit om Kaisers telefoon aan te pakken. Hij is er inmiddels achter hoe hij het censuurbalkje over de ogen moet plaatsen en heeft de foto bijgesneden, zodat alleen het gezicht van het slachtoffer te zien is. Hij is niet van plan Emily's ouders te vertellen dat de vrouw in stukken is gezaagd en het hoofd niet aan het lichaam vastzit.

De man kijkt naar de foto. Zijn gezicht verraadt niets. Weer schrijft Kaiser dat toe aan de pokerface van iemand met zijn beroep. 'Nou, deze vrouw líjkt in elk geval op Sasha. Dezelfde neus, dezelfde kin. Vanwaar het zwarte balkje?'

'Wegens ernstig letsel daar.'

Daniel rolt met zijn ogen. 'Ik ben traumachirurg, rechercheur. Nog maar kortgeleden heb ik een tiener behandeld die met hoofdletsel en een loshangende oogbol werd binnengebracht: die bungelde verdomme uit zijn oogkas! Dat soort dingen zie ik elke dag. En nog veel erger. Dus als u me de ongecensureerde versie laat zien, kan ik waarschijnlijk bevestigen dat zij het is.'

Kaiser zucht en veegt over het scherm naar de foto zonder balkje.

Daniel knippert exact één keer met zijn ogen als hij die ziet. De man is niet van zijn stuk te krijgen. 'Ja,' zegt hij, 'dat is Sasha.' Kort en duidelijk.

Lara maakt geen aanstalten de foto te bekijken, dus stopt Kaiser zijn telefoon weer weg.

'Hoe is ze vermoord?' vraagt Daniel terwijl hij opstaat. Hij begint te ijsberen; zijn stoïcijnse kalmte lijkt wat af te brokkelen.

'Gewurgd, denken we,' antwoordt Kaiser, en hij zwijgt verder. 'We zullen de doodsoorzaak later vandaag bekendmaken.'

'Waarom vroeg u naar Emily's biologische vader?' Uit zijn

toon blijkt dat Daniel geagiteerd begint te raken. 'Denkt u dat hij hier iets mee te maken heeft?' Als Kaiser niet meteen reageert, staat hij abrupt stil. 'Mijn god! Ja dus!'

'We beschouwen hem als een verdachte, ja.'

'Maar u weet zijn naam niet,' zegt Daniel. Hij wisselt een blik met zijn vrouw. 'O, shit. Die weet u wel!'

'Ik kan het niet geloven,' zegt Lara. Haar stem hapert en ze verbergt haar gezicht in haar handen. Haar verdriet, dat ze een tijdje daarvoor even had geparkeerd, komt weer met volle kracht naar boven. Ze kan nauwelijks ademhalen en haar stem klinkt verstikt. 'U denkt dat Emily's eigen vader haar heeft vermoord? En Sasha ook? Wat voor een gestoorde...' Ze stopt, en hapt naar adem alsof ze nu pas hoort wat ze zelf zegt. 'Het was genetisch!' Haar ademhaling versnelt en er verschijnen kleine zweetdruppeltjes op haar voorhoofd. 'Dáár heeft Emily het van! O god! O god! Ik begrijp hier niks van! Waarom vermoordt hij zijn eigen kind?'

'Diep ademhalen,' zegt Daniel, opnieuw ijsberend met een bezorgde blik op zijn vrouw.

'Dat weet ik ook wel,' snauwt Lara. Het is de eerste keer dat ze scherp klinkt. Ze ademt een paar keer diep in, haar borst rijst en daalt hevig. Na een keer of vijf is ze kalmer.

'U moet met Sasha's oma gaan praten. Ze heeft verteld dat ze het goed met elkaar konden vinden, dat haar oma de enige was die haar heeft bijgestaan tijdens haar drugs- en drankverslaving. Zij is misschien in staat te bevestigen of de man die onze dochter heeft vermoord ook de man is die u zoekt.'

'Hoe heet hij?' vraagt Daniel. Hij zit weer naast zijn vrouw. Maar op een afstandje. Ze raken elkaar niet aan, kijken niet naar elkaar. 'De moordenaar?'

'Dat vertel ik liever niet totdat we het zeker weten,' zegt Kaiser.

'Nou, ik hoop dat u die klootzak te pakken krijgt,' zegt hij.

‘En ik hoop dat hij zich verzet, zodat u hem dood moet schieten.’

‘Dan!’ zegt zijn vrouw zwakjes. Maar ze is het met hem eens.

En Kaiser, heimelijk, ook...

26

'De Wilgen' is een prachtige naam voor een groepje verwaarloosde woonwagens op een veldje langs Highway 99. Er staan er een stuk of vijftig in verschillende soorten en maten op stevige balken. Allemaal wit en allemaal smerig. Midden op het terrein staan een paar houten picknicktafels; daar is ook een afgeragd speeltuintje met een kapotte schommel en een gebroken glijbaan. Het is een deprimerende plek en ondanks de naam valt er geen wilg te bekennen.

Emily Rudds biologische oma woont in een wagen helemaal achteraan op het veldje, een wagen die zich in niets onderscheidt van de rest, buiten de vier rozenstruiken die ervoor staan en op het moment niet bloeien, maar in de lente een lust voor het oog moeten zijn. Kaiser stapt het wankele trapje naar de voordeur op en klopt aan.

Een oudere vrouw doet open. Ze is gezet, met een flinke boezem. Ze neemt hem op door de kapotte hordeur. Haar pluizige haar is bijna wit met nog een paar plukjes zwart erin en haar blauwe, gebloemde jurk is schoon en keurig gestreken. Er hangt een leesbril aan een kettinkje van kleine schelpjes om haar hals.

'Kan ik iets voor u doen?' vraagt ze door het gaas van de hordeur heen.

Kaiser steekt zijn badge op. 'Sorry dat ik stoor, maar ik ben op zoek naar Caroline Robinson.'

'Dat ben ik.'

Verbouwereerd knippert hij met zijn ogen. Emily Rudd was wit, dacht hij, net zoals haar biologische moeder. Dus verwachtte hij dat Sasha's grootmoeder ook wit zou zijn. Maar de vrouw die voor hem staat is gekleurd, haar huid is zo bruin als koffie met een drupje melk erin. *Nooit iets voetstoots aannemen! Dat is weer eens duidelijk!*

'Ik ben rechercheur Kaiser Brody, bureau Seattle. Ik ben hier vanwege Sasha.'

De ogen van de vrouw worden spleetjes. Ze is waarschijnlijk halverwege de tachtig maar hij heeft het gevoel dat ze nog zo scherp is als een havik. 'Waar beschuldigen jullie haar nu weer van?'

Het is veelzeggend hoe ze de vraag formuleert. Van de oma van een drugsverslaafde had Kaiser een vermoeidere, geïrriteerdere reactie verwacht, iets in de trant van: wat heeft ze nou weer op haar kerfstok. Maar de vrouw staat nu al aan Sasha's kant; wat het nog moeilijker maakt haar te moeten vertellen dat ze dood is.

'Niets,' zegt hij. 'Mag ik binnenkomen?'

'Dus ze is dood?' Caroline Robinsons stem klinkt kalm maar de hordeur trilt even.

Opnieuw verbouwereerd door haar directheid, antwoordt hij: 'Ja, mevrouw Robinson, daarom ben ik hier, om u dat te vertellen.' Hij had het haar liever binnen gezegd, maar ze laat hem geen keuze.

'Kom erin,' zegt ze. De hordeur gaat open.

Kaiser stapt de woning binnen. De wagen blijkt groter dan hij vanbuiten lijkt. Hij staat tussen de keuken en de woonkamer, op een kleurige mat met in grote letters WELKOM erop. De keuken is lichtblauw, de kastjes zijn witgeschilderd en hebben transparante plastic greepjes. Er hangen gebloemde gordijnen voor de ramen en de kleine ronde tafel, waaraan je met gemak met drie personen kunt zitten en met wat inschuiven met vier, wordt opgefleurd door een pot veldbloemen. De apparatuur is oud, begin jaren tachtig, maar smetteloos. De woonkamer is zachtgeel; het bruine vloerkleed versleten maar schoon. Er staan slechts een geruite slaapbank, een houten salontafel en een bescheiden flatscreentelevisie. *Ellen* staat op, met het geluid heel zacht. Aan de achterkant van de wagen zijn twee slaapkamers.

Het is een gezellig huis. Het ruikt naar koffie en Kaiser ziet een vers gezette pot op het aanrecht staan.

'Wilt u een kop?' vraagt mevrouw Robinson als ze ziet dat hij ernaar kijkt. 'Ik weet dat het middag is, maar koffie is mijn enige zonde.'

'Dan kunnen we elkaar een hand geven,' zegt Kaiser. 'En ja graag, dank u.'

Ze schenkt twee koppen in en gebaart naar het aanrecht waar melk en suiker klaarstaan. Hij neemt geen van de twee en wacht terwijl ze wat in haar eigen koffie doet en dan aan de kleine tafel gaat zitten.

'Wat is er met mijn kleindochter gebeurd?' vraagt ze als ze allebei een slokje hebben genomen.

Kaiser voelt dat Caroline Robinson een vrouw is die veel heeft meegemaakt en de naakte waarheid wil horen, geen gesuikerde versie. Hij is niet van plan haar te beledigen door het mooier te maken dan het is of dingen achter te houden.

'Sasha's lichaam is vanochtend vroeg gevonden. Ze was begraven in het bos achter St. Martin's High School.'

'Begraven?' Ze fronst haar voorhoofd. 'Hoe bedoelt u? Ik dacht dat het een overdosis was. Ze is alweer meer dan zes maanden clean, maar een drank- en drugsverslaving is een eeuwig gevecht.'

Kaiser knikt. 'We zullen natuurlijk testen op drugs in haar bloed, maar voorlopig lijkt het erop dat ze is vermoord.'

Caroline Robinson ademt scherp in. 'Hoe?'

'Toen ze drie maanden zwanger was, besefte ze pas echt wat haar te wachten stond. Ze vroeg me hoe ik over adoptie dacht en ik heb geantwoord dat ik achter haar stond, wat ze ook koos. Ze twijfelde een tijd.' De rimpels tussen de wenkbrauwen van de vrouw worden dieper en ze staart in herinneringen verzonken voor zich uit. 'De ene dag wilde ze het kind houden en de volgende dag weer niet. Haar grote angst was dat het haar kindje hetzelfde zou vergaan als haar. Ik heb mijn best gedaan haar zelfvertrouwen mee te geven, maar dat had ze nauwelijks. Haar moeder – mijn dochter – was ook verslaafd en heeft toen Sasha twee was een mes in haar hals gekregen bij een gevecht met een andere junk. Dood. Haar vader heeft ze nooit gekend. Hij overleed aan een overdosis in het jaar dat ze werd geboren. Sasha heeft haar middelbare school nooit afgemaakt, maar ze was niet dom. Ze herkende het patroon, ze wist dat de kans groot was dat de geschiedenis zich zou herhalen als ze haar kindje hier zou grootbrengen. Ze wilde iets beters voor haar baby.'

Kaiser glimlacht naar haar. 'U lijkt me anders heel gezond.'

'Ik heb het gen niet,' zegt mevrouw Robinson vlak. 'Wat het ook is wat iemand verslavingsgevoelig maakt, ik heb het niet. Mijn vader was een regelrechte alcoholist maar mijn moeder heeft nooit een druppel aangeraakt. En ik... O, ik heb het weleens geprobeerd. Een shotje whisky, gepikt van mijn vader toen hij niet oplette, maar ik vond het walgelijk. Roken heb ik ook maar één keer gedaan, ik was er een hele dag goed ziek van. Ze zeggen dat verslaving erfelijk is en daar ben ik van overtuigd. Ik ben mijn hele leven omringd geweest door drank en drugs maar ben nooit in de verleiding gekomen.'

Kaiser knikt en ze nemen allebei een slok koffie. Dan vraagt hij: 'Heeft Sasha u iets over de vader verteld?'

'Niet veel. Het heeft maar kort geduurd. Ze zei dat hij

geen blijver was, hij zwierf van de ene naar de andere plek. Ik heb hem één keer gezien. Ik vond het eigenlijk niks dat hij een stuk ouder was, maar hij leek me wel oké.'

'U hebt hem ontmoet?' vraagt Kaiser verrast.

'Hij bracht haar op een avond thuis op het moment dat ik het vuilnis buitenzette. Toen móést hij wel.' Een lachje. 'Hij stapte uit. Knappe vent.'

'Mag ik u een foto laten zien?' Als ze knikt haalt Kaiser zijn telefoon tevoorschijn. 'Is dit de vader?'

Caroline Robinson zet haar bril op, de schelpjes bungelen langs haar hals. 'Ja,' zegt ze, nadat ze een paar seconden naar het schermpje heeft getuurd. De foto is de politiefoto van Calvin James. 'Hij ziet er heel anders uit dan toen, maar hij is het. Ik geloof dat hij Kevin heette. O, nee, wacht, het was Calvin! Net als in die strip, *Calvin en Hobbes*.'

Kaiser laat zijn adem ontsnappen. 'Ik weet dat het vier jaar geleden is, maar herinnert u zich iets bijzonders aan zijn uiterlijk? Was zijn haar bijvoorbeeld net zo donker als op deze foto?'

'Nee, het was lichter bruin, langer en een beetje slonzig. Hij had een stoppelbaardje en een bril en ik herinner me een tatoeage op zijn pols. Hier, aan de binnenkant,' ze tikt een centimeter of twee onder haar handpalm.

Toen Kaiser Calvin James arresteerde, had hij geen tatoeages, dus moet hij die in de gevangenis of vlak nadat hij was ontsnapt hebben laten zetten. 'Wat voor een tatoeage?'

'Een hartje,' zegt mevrouw Robinson. 'Rood. Alleen de omtreklijn, ik geloof dat er initialen in stonden maar ik weet niet meer welke. Ik heb er alleen een glimp van gezien toen hij mij een hand gaf.'

Kaiser heeft wel een idee wat die initialen waren; hij ziet het gele vel papier weer voor zich waarop Calvin tijdens het proces heeft zitten tekenen. *Een hart. Met letters erin.* GS. *Georgina Shaw.*

'Weet u nog in wat voor auto hij reed?'

Ze schudt haar hoofd. 'O, god, ik weet niet veel van auto's. Een mooie was het, ja, een stevige. Amerikaans.'

'Met nummerborden uit Washington?'

'Dat heb ik niet gezien.'

'Kleur?' Kaiser kan zich niet voorstellen dat Calvin nog steeds die rode Trans Am van vroeger heeft.

'Zwart,' zegt ze. 'Denk ik.'

Niet dezelfde auto dus. Maar Calvin hield in elk geval van grote Amerikaanse wagens. Toen Kaiser hem arresteerde bij de Canadese grens, reed hij in een blauwe Mustang.

Caroline Robinson staat op en loopt naar de woonkamer. Ze gebaart dat Kaiser haar moet volgen en dat doet hij natuurlijk. Op de tafel in de woonkamer staat een ingelijste foto die ze hem overhandigt. 'Ik weet dat u Sasha alleen hebt gezien toen ze dood was,' zegt ze, 'maar zo zag ze eruit toen ze nog leefde. Op deze foto is ze achttien en was ze helemaal clean. Ze was mooi.' Er staan tranen in haar ogen en haar handen beven. 'Helaas heb ik geen recentere foto's van haar.'

Wat ze zegt is niet overdreven, eerder een understatement. Sasha Robinson was een schoonheid. Lang, met gekmakende vrouwelijke vormen, haar lichtbruine huid het enige teken van haar zwarte voorouders. Ze had donkere ogen, lange donkerbruine haren. Op de foto zit ze aan een van de picknicktafels op het woonwagenterrein, haar lange benen over elkaar geslagen, haar soepelvallende wijde jurk verbergt haar zwangere buik. Kaiser staart naar de foto en plotseling stokt de adem in zijn keel.

Sasha Robinson is het evenbeeld van Georgina als tiener! De gelijkenis is niet alleen opvallend, hij is... bijna angstaanjagend.

En nu hij zich dat realiseert, beseft hij dat Claire Toliver er ook ongeveer zo uitzag. Hetzelfde type: lang donker haar, goudbruine huid, voluptueus. 'Weelderig' was het woord dat in hem opkwam, herinnert hij zich.

Net zoals Sasha Robinson. Net zoals Georgina Shaw...

'Ze was mooi, echt een schoonheid,' zegt Kaiser uiteindelijk en hij meent het. 'Nogmaals, mijn welgemeende condoleances. Maar ik zal u niet langer ophouden, mevrouw Robinson. Dank u wel voor uw tijd.'

Hij loopt terug naar de keuken, drinkt zijn koffie in één teug leeg, spoelt de kop snel af onder de kraan en zet hem in het afdruiprek. Als hij zich omdraait naar mevrouw Robinson, staat ze met een glimlachje naar hem te kijken.

'Uw moeder heeft u goed opgevoed.'

'Ja, mevrouw,' zegt hij met een glimlach terug.

'U bent een stuk beleefder dan die andere man die een tijdje geleden langskwam en allerlei vragen over Sasha stelde. Toen u aanklopte, dacht ik zelfs dat híj weer voor de deur stond.'

Kaiser fronst zijn voorhoofd. 'Een andere man?'

'O, een week geleden, misschien iets langer,' zegt ze. 'Een of andere jonge vent die zei dat hij voor de sociale dienst werkte en kwam informeren hoe het met Sasha ging. Ze had twee keer op kosten van de staat in een ontwenningskliniek gezeten en kortgeleden een aanvraag voor bijstand ingediend, dus het was niet echt een verrassing. Hij deed nogal vervelend toen ik zei dat ze niet thuis was. En toen ik hem niet kon vertellen waar ze was, werd hij ronduit onbeschoft! Alsof ik dat expres achterhield! Ik vond zijn houding bijzonder vervelend en dat heb ik hem ook gezegd. Die millennials van tegenwoordig hebben echt geen idee hoe het hoort.'

'Had u hem al eens eerder gezien?' vraagt Kaiser terwijl zijn hersens overuren maken. Het kan Calvin niet zijn, dan had ze het wel gezegd. En hij was een stuk jonger. 'Wat wilde hij precies weten?'

'Hij vroeg naar Sasha's drugsgebruik en ik zei dat ze clean was. Maar het ging voornamelijk om de baby. Hij wilde weten of ze een zoon of een dochter had gekregen en waar het kind was. Hij zei dat daar nergens iets over was te vinden. Ik vroeg hem waarom dat belangrijk was als Sasha niet meer verantwoordelijk voor haar was. Ze had een uitkering voor zichzelf aangevraagd, niet als alleenstaande moeder. Dat verraste hem; hij wist niet dat Sasha de baby had afgestaan voor adoptie. Hij wilde de naam van het adoptiebureau weten en die heb ik hem gegeven, in de hoop dat ik dan van hem af was. Achteraf gezien had ik dat misschien niet moeten doen; Sasha had wettelijk niets meer over haar kind te zeggen, dus daar had hij eigenlijk niets mee te maken.'

'Heeft hij een kaartje achtergelaten?'

Mevrouw Robinson schudt haar hoofd. 'Nee, en ik ben vergeten er een te vragen. Ik weet het niet, misschien lag het aan mij... Ik vond dat hij raar reageerde en ik mocht hem niet; daardoor was ik misschien te defensief.'

Maar in Kaisers oren klinkt het ook vreemd. De vrouw had gelijk dat ze wantrouwig was. Natuurlijk was het normaal dat de overheid kon komen controleren bij een bijstandsaanvraag van een alleenstaande moeder, maar Sasha had haar kind afgestaan en daar volgens haar grootmoeder ook niet over gelogen op het aanvraagformulier. Ze had een uitkering aangevraagd voor een alleenstaande.

'Heeft hij dan gezegd hoe hij heette?'

Ze schudt haar hoofd opnieuw. 'Dat zal hij wel gedaan hebben toen hij binnenkwam, maar dat gaat bij mij het ene oor in en het andere oor uit. Denkt u dat dit op de een of andere manier iets te maken heeft met de dood van Sasha en Emily?'

'Ik hou alle opties open.' Dat is alles wat hij haar nu kan zeggen. Hij doet de hordeur open en stapt de koele buitenlucht in.

‘Eh... Wat ik nog wil vragen...’ zegt mevrouw Robinson op zachte toon. ‘Hoe gaat het met Emily’s ouders?’

‘Redelijk. Naar omstandigheden,’ zegt hij.

‘Ze zullen natuurlijk wel veel met de dood te maken hebben in hun beroep. Omdat ze allebei arts zijn. Maar niet op deze manier. Niet zo dicht bij huis.’ Ze zucht. ‘Wanneer mag ik Sasha zien?’

‘Mevrouw, ik...’

‘O! O, ja...’ Opeens verschrompelt ze. Haar hele lijf zakt in. ‘O mijn god, ik was het vergeten. Ze is...’ Caroline Robinson wankelt en Kaiser kan haar nog net vastgrijpen voordat ze door haar knieën zakt. ‘Sorry,’ zegt ze naar adem happend. ‘Ergens had ik me wel voorbereid op deze dag. Ik heb mijn vader verloren, mijn dochter. Ik dacht dat ik gewapend was. Maar niet voor zoiets. Ze probeerde haar leven écht weer op de rit te krijgen...’ Er ontsnapt een snik uit haar keel. Maar ze onderdrukt hem. ‘Nou, ik heb deze week het een en ander te vertellen in de rouwgroep.’

‘De rouwgroep?’

Ze recht haar rug, schudt Kaisers hand vriendelijk van zich af en ademt een paar keer diep in. Haar bril bungelt op haar gevulde boezem. Even later doet ze haar best te glimlachen, een glimlach die niet voor hem bestemd is, ze glimlacht in zichzelf. Het is de geruststelling dat ze dat in elk geval nog heeft, het vertrouwen dat ze er wel weer bovenop komt. Die reactie heeft hij wel vaker gezien bij moeders, oma’s of zussen die net slecht nieuws hebben gekregen.

‘Ik ga er al twintig jaar naartoe,’ zegt ze. ‘Ik leid de wekelijkse bijeenkomst in St. Andrews, een kerk drie straten verderop. Dat is hoe ik het volhoud, rechercheur. Het ene verdriet na het andere.’

‘Hoe lukt het u om steeds de kracht weer op te brengen?’ Kaiser heeft er niets mee te maken maar hij wil het oprecht graag weten. Hij kan Calvin James wel vermoorden; daar kan hij wel duizend redenen voor bedenken. Eén ervan is in elk geval het feit dat hij deze bewonderenswaardige vrouw nóg meer verdriet aandoet, na alles wat ze al voor haar kiezen heeft gekregen. 'Hoe kunt u het aan?'

'Een kwestie van doorgaan,' zegt Caroline Robinson. 'Iemand moet blijven leven om hen te gedenken. Als ze door niemand worden herinnerd, lijkt het of ze nooit hebben bestaan. En wie zou dat moeten doen? Ik ben de enige nog.' Ze wendt haar gezicht even af en kijkt hem dan weer aan. 'Ik ben de enige nog.'

27

Kaiser was in de rechtszaal toen de rechter Calvin James veroordeelde tot vier keer levenslang, één leven voor elke moord die hij had gepleegd, inclusief die op Angela Wong. Georgina was er niet; ze zat al in de gevangenis waardoor ze de ontknoping miste.

Na diverse verklaringen van familieleden van de slachtoffers te hebben gehoord, werd het vonnis voorgelezen. De gedupeerde families huilden. Het recht had gezegevierd, maar dat voelt in een strafrechtzaak anders dan bij andere zaken. Er is geen beloning; op z'n hoogst is er een soort opluchting omdat er een hoofdstuk dat nooit geschreven had moeten worden kan worden afgesloten. Het leed van de getroffenen wordt er niet minder door en het brengt de doden niet terug.

Kaiser troostte de ouders van Angela die dag in de rechtszaal. Candace Wong Platten omhelsde hem stevig, fluisterde woorden van dank en gaf hem een kus, waardoor er wat lippenstift op zijn wang achterbleef die hij pas kon wegvegen nadat ze de zaal had verlaten. Victor Wong had Kaisers hand met twee handen omvat en met tranen in zijn ogen gezegd: 'Ons meisje kan in vrede rusten.'

Kaiser had geknikt. Hij geloofde dat een dode altijd in vrede rust. Het zijn de nabestaanden die lijden.

Op het moment dat de parketwachter hem de handboeien omdeed, ving Calvin James Kaisers blik. Hij was nu nog in pak en stropdas, maar over een paar minuten zou dat weer verwisseld zijn voor een oranje gevangenisoverall. Terwijl Calvins advocaat alle papieren bij elkaar zocht, probeerde de veroordeelde iets tegen Kaiser te zeggen.

Kaiser zag zijn lippen bewegen maar kon hem door al het geroezemoes om hen heen niet verstaan, dus liep hij naar hem toe. 'Wilde je me iets zeggen?' vroeg hij.

De twee mannen waren ongeveer hetzelfde gebouwd en van ongeveer hetzelfde gewicht, maar Kaiser was een centimeter of vijf langer. Het was vreemd. Op zijn zestiende was Calvin eenentwintig geweest en had Georgina's vriendje zoveel groter en sterker geleken. Intimiderend. Nu was hij gewoon een man. Een moordenaar, ja, maar ook een ouder wordende man zonder bijzondere opleiding of training met alleen de drang om vrouwen te vermoorden; op de ergst mogelijke manier. Een man van wie hij in een eerlijk gevecht zou winnen, schatte Kaiser in.

'Ik zei dat het me verbaast dat ik de doodstraf niet heb gekregen,' zei Calvin.

'Dat is een gesprek dat je met je advocaat moet voeren.' Kaisers ogen flitsten even naar Calvins advocaat die aan de telefoon was en richtten zich toen weer op Calvin. 'Had je dat liever gehad? Ik wel, in jouw plaats.'

De parketwachter pakte de gevangene bij de arm en begon met hem naar de zijdeur te lopen die naar de cellen onder het gebouw leidde. Van daaruit zou Calvin naar Walla Walla, Washington worden overgebracht, waar hij de rest van zijn leven opgesloten zou zitten.

'Mensen zoals ik zouden niet moeten bestaan,' zei de Sweetbay Strangler met een blik over zijn schouder naar Kaiser. 'Hoor je me, Kaiser? Mensen zoals ik zouden niet moeten bestaan.'

Kaisers telefoon pingt en hij is terug in het heden. Er is een e-mail over de DNA-uitslagen van Emily Rudd. Het is bevestigd: ze is Calvin James' dochter. Dat is geen verrassing voor hem. En het bevestigt ook een ander belangrijk feit: ondanks de paar keer dat de Sweetbay Strangler ergens op de wereld leek te zijn herkend, is hij sinds zijn ontsnapping uit de gevangenis toch ten minste twee keer in de regio geweest, lang genoeg om kinderen te verwekken.

Dat is twee keer dat de seriemoordenaar dicht genoeg in de buurt was om hem op te kunnen pakken en twee keer dat Kaiser daarin heeft gefaald. Hij zucht diep en wrijft over zijn slapen; hij voelt hoofdpijn opkomen.

Kim zit achter haar bureau, tegenover het zijne, en is bezig met iets wat niets met de moorden te maken heeft. Op de televisie lijkt het of rechercheurs maar aan één zaak werken tot die is opgelost en de slechterik is gepakt en veroordeeld. Maar in het echte leven gaat het niet zo. Kaiser werkt aan meerdere zaken. Kim ook. Soms werken ze er samen aan en soms niet. Ze voelt dat hij naar haar kijkt en slaat haar ogen op. Hij wendt zijn blik meteen af en als hij zijn ogen even later weer op haar richt, is ze opgestaan en loopt ze in de richting van de kantine, waarschijnlijk om aan hem te ontsnappen.

Hij is niet boos dat ze terug is bij haar man; en al helemaal niet omdat ze nooit echt van hem weg is geweest. Hij is niet eens boos dat ze niets met hem heeft besproken. Kim is hem tenslotte niets verschuldigd; Kaiser wist hoe het zat toen ze iets met elkaar begonnen en hun relatie van een vriendschappelijke in een seksuele veranderde.

Maar desondanks voelt hij het verlies. Blijkbaar kan dat ook als je iets kwijtraakt wat je nooit echt hebt willen hebben. Kaiser heeft nooit echt geïnvesteerd in zijn relatie met Kim, hun verhouding was het eenvoudigweg niet waard. Dat is het probleem: die halfslachtige houding, ergens tussen werkelijk betrokken zijn en er geen moer om geven. Zo'n relatie kan nooit vervullend zijn; het enige wat je ziet is wat er niet goed aan is. Maar als het voorbij is, steekt het je toch en raakt het je op de een of andere manier.

Zijn relatie met Georgina daarentegen is exact het tegenovergestelde. Met haar is er geen twijfel, geen grijs gebied. Hij kan niet half met haar zijn, het is alles of niets. En na gisteren weet hij dat hij alles wil, er helemaal voor wil gaan. Hij heeft geen keus. Georgina is de vrouw van wie hij al sinds zijn veertiende houdt en niets – jaren, afstand, misdaden – kan dat ongedaan maken. En het klopt: hij kiest al zijn hele leven de foute vrouwen.

Georgina raakt zijn hoofd en zijn hart, vervaagt zijn gezonde verstand en maakt een oerinstinct om haar te beschermen in hem wakker. Dat ze iets misdadigs op haar geweten heeft, is van geen enkel belang voor hem. Natuurlijk kan hij het zich vanwege zijn beroep eigenlijk niet veroorloven om te houden van iemand zoals zij. Maar dat doet hij wel. Het is nu eenmaal niet anders.

Hij herinnert zich nog goed hoe haar haar rook die avond van Chad Fentons feestje, hoe ze zich met haar hele lijf tegen hem aan drukte in de wasruimte. Even was er niets anders op de wereld, had hij nergens liever willen zijn. Hij weet nog hoe zacht haar lippen waren, hoe haar adem rook naar met wodka doordrenkt fruit. Hij herinnert zich zijn fysieke opwinding en zijn tegenstrijdige gevoelens: hoe hij haar aan de ene kant wilde vertellen wat hij voor haar voelde maar haar aan de andere kant niet wilde afschrikken. Niets is zo hevig als het verlangen van een zestienjarige naar een onbereikbare geliefde. Georgina neemt zijn hele hart in beslag.

Precies zoals Calvin James het hare in beslag nam.

'Ik ben gebeld door het lab,' hoort hij Kim zeggen. Hij kijkt op. Ze is terug uit de kantine en heeft twee mokken koffie in haar handen. Ze zet er eentje op zijn bureau en trekt haar stoel bij. 'Ze bevestigen dat er geen DNA-sporen zijn aangetroffen op Emily Rudd en Sasha Robinson, precies zoals bij de andere twee.'

Kaiser knikt en wil het liefst dat ze weer terugrolt naar haar eigen bureau, maar zo zitten ze nu eenmaal vaak als ze overleggen. 'Bedankt,' zegt hij terwijl hij een slokje koffie neemt.

'Waar ik mee zit, en ik weet zeker dat jij er ook over hebt nagedacht,' zegt Kim, 'is dat veel dingen totaal niet kloppen met Calvin James' vroegere modus operandi. Ik snap dat mensen kunnen veranderen maar seriemoordenaars veranderen meestal juist niet; ze handelen volgens een vast patroon. En daar wordt maar heel zelden van afgeweken.'

Kaiser heeft daar ook over nagedacht. Natuurlijk. Maar omdat er geen andere aanwijzingen zijn, heeft hij er verder geen aandacht aan besteed. Calvin James is gewoon de beste verdachte die ze hebben.

'Hij heeft Angela Wong, zijn eerste slachtoffer, in stukken gezaagd, ja. Maar de drie vrouwen die hij in de jaren erna heeft vermoord niet.' Kim neemt een slokje koffie. 'Maar bij deze laatste twee vrouwelijke slachtoffers heeft hij dat weer wél gedaan. En dan doodt hij nu dus ook kinderen. Niet zomaar kinderen; zijn éígen kinderen. Niet op de manier waarop het meestal gaat als ouders hun kinderen doden – in woede of een vlaag van verstandsverbijstering of iets dergelijks – maar opzettelijk. Hij spoort ze op. Jaagt op ze.'

'Hij escaleert.'

'Ja, is dat wel zo?' vraagt Kim zich af. Ze zegt het niet als protest maar nadenkend; ze is bezig een punt te maken.

'Als de lijken niet achter het huis van Georgina waren begraven en de lippenstift niet op de kinderen was gebruikt, zouden we dan ook denken dat het Calvin was? Hij heeft nooit eerder condooms gebruikt. Zijn zaad is aangetroffen op alle drie de andere slachtoffers. Maar bij deze twee nieuwe moorden is er steeds zaaddodende pasta van een condoom aangetroffen en juist geen greintje DNA.'

'Hij wordt gewiekster. Hij weet dat we zijn DNA hebben.'

Ze haalt haar schouders op. 'Waarom zou hij dan nog moeilijk doen? Hij dumpt de lijken op plekken die naar Georgina Shaw leiden. Hij gebruikt lippenstift die haar vroegere bedrijf nu fabriceert en maar zeer beperkt verkrijgbaar is. Hij tekent harten op de kinderen. Hij weet dat dat allemaal dingen zijn die naar hem wijzen, dus blijkbaar wíl hij dat wij dat zien. Waarom gebruikt hij dan een condoom? Waarom mogen wij het niet zeker weten? De laatste twee slachtoffers zijn tenslotte zwanger geraakt van zijn kinderen, dus toen heeft hij naar alle waarschijnlijkheid geen voorbehoedsmiddelen gebruikt. En waarom spoort hij ze nu pas op? De kinderen waren twee en vier jaar oud. Wat is zijn motivatie om de moeders te traceren en te vermoorden? En zijn biologische kinderen – die allebei geadopteerd waren door een andere familie – waarom vermoordt hij hen ook? Het is een heel werk, het kost tijd, het vergt zorgvuldige planning en research; allemaal dingen die niet aan de orde waren bij Angela Wong en de drie vrouwen die hij na haar heeft vermoord.'

Kaiser reageert niet. Hij heeft het allemaal wel gedacht, natuurlijk, maar nooit zo methodisch en overzichtelijk als Kim naast elkaar gelegd.

'Ik denk dat we met twee verschillende daders te maken hebben, Kai,' zegt ze nu. 'We moeten Calvin natuurlijk nog steeds te pakken zien te krijgen, maar ik heb sterk het gevoel dat we wat betreft deze moorden in de verkeerde richting zoeken.'

Intuïtief wil hij haar tegenspreken en alle fouten in haar redenering aanwijzen. Maar het probleem is dat ze gelijk heeft.

'Denk gewoon even mee,' pleit Kim alsof ze zijn gedachten leest. 'Laten we het in elk geval in overweging nemen en deze twee dubbele moorden op z'n minst bekijken alsof Calvin James er niets mee van doen heeft.'

'Oké,' legt Kaiser er zich met een toegeeflijk knikje bij neer. 'Dat dit moeders en kinderen zijn ís ook anders natuurlijk. Normaliter is in zo'n geval de echtgenoot en vader van het kind de eerste verdachte en zouden we het beschouwen als de destructie van een gezin. Maar we hebben twee moeders en twee kinderen, op dezelfde manier gedood. Wat verder nog overeenkomt is dat ze allebei hun eigen kind niet grootbrachten maar het hadden afgestaan voor adoptie.'

'Oké. Dus welk soort moordenaar wordt getriggerd door een moeder met kind?'

'Een moordenaar die de band tussen hen wil vernietigen. Iemand...' Kaiser fronst zijn wenkbrauwen en schudt zijn hoofd. Hij houdt niet van dit soort gepsychologiseer, het denken in daderprofielen en het graven in het brein van een misdadiger. En daarbij is het zijn vak niet; het risico dat hij het verkeerd heeft, is groot. 'Iemand die de moeder wil ontheiligen. Haar wil domineren, haar pijn wil doen, daarom verkracht hij haar. Als we er tenminste van uitgaan dat het verkrachting wás, wat we niet kunnen bewijzen. Dat hij haar daarna ook nog in stukken zaagt, wil zeggen dat hij haar minacht, dat hij haar hele leven, haar hele bestaan, niets waard vindt.'

'Maar hij verwondt de kinderen niet. Hij doodt ze alleen. Waarom?'

'Hij wil hun geen pijn doen. Maar hij wil ook niet dat ze blijven leven.'

'En wat betekent "zie mij"?'

Kaiser denkt erover na, laat allerlei theorieën door zijn hoofd gaan. 'Hij wil dat het kind ziet... Nee. Hij wil door het kind gezien worden. Nee. Hij wil dat iemand anders hem ziet. Het kind is de boodschap.' Hij verkilt terwijl er iets in hem opkomt. Een gedachte als een klap in zijn gezicht. Zijn hoofd schiet omhoog. 'Tjezus!'

Kim knikt. 'Ga verder.'

'Het kind is de boodschap,' zegt hij langzaam. 'Híj is iemands kind. Dát is wat de moordenaar ons wil vertellen. Híj is iemands kind.'

'Technisch gezien zijn we allemaal iemands kind,' zegt Kim, maar er speelt een glimlachje om haar mond. Ze begrijpt waar hij heen gaat en moedigt hem aan sneller te denken.

'Dat is het ontbrekende puzzelstukje,' zegt Kaiser en hij krijgt kippenvel, hij heeft het opeens ijskoud. 'Wie het kind is, waar het vandaan komt, dat is de sleutel tot deze hele zaak.'

'Laten we dan nu proberen het met de rest te verbinden.' Kim leunt naar voren. 'De lichamen zijn op twee significante plekken gevonden. De eerste is het bos in de buurt van Georgina's huis.'

'Niet in de buurt van, er vlak achter.' Kaiser kan zichzelf wel voor z'n kop slaan. Hij is zo gefocust geweest op de locaties en het feit dat de lijken in stukken waren gezaagd, dat hij de zaak als vanzelfsprekend aan Georgina heeft gelinkt en niet goed heeft nagedacht over de rest. 'Op dezelfde plek als waar Angela Wong begraven lag. En het lijk was op dezelfde manier in stukken gezaagd: hoofd, bovenarmen, ellebogen, polsen, dijen, knieën, enkels. Meerdere ondiepe graven. De tweede vindplek is in de bossen achter Georgina's middelbare school. Ook dat slachtoffer was in stukken gezaagd...'

'Ik weet dat jij er niet in gelooft, maar ik moet je er toch op wijzen dat de vindplaatsen op toeval kunnen berusten,' zegt Kim. 'De bosachtige locaties in Sweetbay zijn beperkt, dus kan de moordenaar de plekken op grond van hun geschiktheid hebben gekozen.'

‘En de lijken bij toeval op exact dezelfde manier in stukken gezaagd hebben als Angela?’ Hij schudt zijn hoofd. ‘Zelfs als ik zou aannemen dat de plekken waar ze gevonden zijn niet opzettelijk zijn uitgekozen, dan kan ik echt niet geloven dat de manier waarop de lichamen in stukken zijn gedeeld ook toeval is.’

‘Maar waarom is Angela überhaupt in stukken gezaagd? Denk even met me mee,’ zegt Kim. ‘Het kan zijn dat dat niet is gebeurd omdat de moordenaar psychisch gestoord was, maar uit praktische overwegingen. De bossen hier zijn dicht en de grond zit vol boomwortels en stenen. Je kunt niet al te diep en te breed graven. Misschien is dát de reden dat ze in stukken is gezaagd. En als een andere moordenaar een volwassen lichaam in dezelfde bossen wil begraven is hij misschien wel gedwongen het op dezelfde manier te doen.’

Het leek idioot om te denken dat een lijk om praktische redenen in stukken was gezaagd, maar Kaiser begreep Kims punt. ‘Oké...’

‘Dus dan is het enige wat Georgina nog met de moorden verbindt, het feit dat de lippenstift afkomstig was van het bedrijf waar ze vroeger werkte. Ze was onderdirecteur van de afdeling Lifestyle of zoiets. Ik heb wat gegoogeld en een artikel in een *Pacific Northwest* van vijf jaar geleden gevonden, waarin Shipp Pharmaceuticals werd geportretteerd. Daarin zegt ze dat ze hoopt dat het bedrijf een nieuwe richting inslaat en onder haar leiding een cosmeticalijn lanceert. Ze blijkt niet alleen scheikunde en bedrijfskunde te hebben gestudeerd, maar heeft ook de opleiding tot schoonheidsspecialist gevolgd. Ze had verdomme een diploma! Het opzetten van een cosmeticalijn was haar droom! De moordenaar móét weten – dat kan niet anders – dat het haar aandacht zou trekken als hij uit alle lippenstiften waaruit hij kon kiezen een lippenstift uit de nieuwe lijn van Shipp gebruikte.’

‘Tja, we weten al vanaf het begin dat deze nieuwe moorden te maken hebben met Georgina,’ merkt hij op.

‘Met Georgina, ja, maar niet noodzakelijkerwijs met Calvin,’ zegt Kim terwijl ze met haar vuist op tafel slaat om dat te benadrukken. Hij schrikt ervan. ‘We moeten bewijs hebben – DNA, een getuige, íéts – dat Calvin James zijn eigen kinderen heeft vermoord. En dat hebben we nog niet.’

Kim heeft gelijk. Verdomme, ze heeft helemaal gelijk! Ondanks zijn pogingen om objectief te blijven, is Kaiser in de val getrapt waarin geen enkele rechercheur die zijn badge waardig is ooit zou moeten trappen. Hij zocht naar bewijzen om zijn theorie te staven, in plaats van een theorie te vormen op basis van het bewijsmateriaal. Hij ging ervan uit dat Calvin de dader wel móést zijn, omdat alles verband hield met Georgina. Dieptreurig. Beschamend.

‘Hij is iemands kind,’ mompelt hij zacht, meer tegen zichzelf dan tegen Kim. ‘Maar van wie?’

Kim staat op en rolt haar stoel terug naar haar eigen bureau. ‘Je moet met Georgina gaan praten. Je hebt altijd gezegd dat er dingen zijn die ze je nooit heeft verteld. Als er meer te weten valt, ben jij waarschijnlijk de enige aan wie ze dat zal vertellen. Jullie hebben een verleden samen. Ze vertrouwt je.’

Ze klinkt zakelijk, niet betrokken, maar dan ziet hij het. De stijve manier waarop ze zich beweegt, het vermijden van zijn ogen, het omlaaggaan van haar mondhoeken.

Getrouwd of niet, het einde van hun affaire voelt voor Kim ook als een verlies.

28

Kaiser leerde Georgina kennen tijdens de scheikundeles. Ze zaten in de derde en het was hun eerste schooldag.

Het eerste wat hij dacht was dat ze heerlijk rook. Het tweede wat hij dacht was dat ze mooi was. Niet op een in het oog springende manier zoals Angela, die zelfs op haar slechtste dag zo overduidelijk een beauty was dat niemand eromheen kon. Georgina was op een subtielere, wat minder uitbundige manier mooi, het soort schoonheid dat niet trendy of opvallend is, maar klassiek, een schoonheid die je pas ziet als je beter kijkt, een schoonheid die ver na de middelbare school pas echt tot bloei komt.

Klassieke schoonheden hoef je niet te vertellen dat ze mooi zijn. Ze geloven je niet. Maar dat is juist een deel van hun schoonheid. Omdat ze zich er niet naar gedragen.

Het klaslokaal was maar halfvol en ze had een ruime keuze aan plaatsen waar ze kon gaan zitten, maar Georgina koos de plek vlak voor Kaiser. Haar lange donkere haar gleed over de rand van zijn tafeltje terwijl ze haar multomap opensloeg naar een leeg vel gelijnd papier met drie perforatiegaatjes. Ze klikte met een pen die gevuld was met paarse inkt en schreef de datum op het lege vel. *3 september.*

Toen draaide ze zich om. 'Hoi, ik ben Geo,' zei ze.

'Geode?' vroeg hij omdat hij haar niet goed verstond. *Wat is dat voor een belachelijke naam?*

'Geo,' herhaalde ze, heel duidelijk articulerend. 'Een afkorting van Georgina. Ik heb een bloedhekel aan die naam dus alsjeblieft, noem me Geo.'

'Hoezo? Ik vind het een mooie naam. Jij later misschien ook.'

'Pff... Ik betwijfel het.'

'*Her name is Geo and she dances on the sand...*' zong hij. Vanzelf, het kwam er zomaar uit.

'O ja, die heb ik nog nóóit gehoord,' zei ze en ze rolde met haar ogen bij zijn verschrikkelijke vertolking van 'Rio' van Duran Duran. 'Dat is een nummer uit de tijd dat ik nog een kleuter was. Tjezus, je lijkt mijn vader wel! Die wil alleen maar jarentachtigmuziek horen!'

Nou, ik hou mijn kop al dicht. Wie wil er nou met iemands vader vergeleken worden... Het snoerde hem de mond en ze draaide zich weer om. De rest van de les kon hij alleen haar perfecte achterhoofd zien. Soms trapte hij per ongeluk-expres tegen haar stoel zodat ze zich omdraaide en geërgerd zei dat hij moest ophouden. Het was stom, dat wist hij heus wel. Maar hij was verkocht. Verliefd, tot over zijn oren.

Dat was het begin van hun vriendschap, die ontstond door hun gedeelde moeite met scheikunde en de lol elkaar zo veel mogelijk te irriteren. Toen Georgina hem aan Angela voorstelde, mocht hij haar beste vriendin in eerste instantie niet. Ze speelde de baas over Georgina en nam haar vaak apart om het over 'meidendingen' te hebben, waardoor hij zich het vijfde wiel aan de wagen voelde en dat natuurlijk ook wás. Maar Angela en hij wenden aan elkaar, raakten zelfs op elkaar gesteld en aan het einde van dat jaar waren ze een onafscheidelijk driemanschap. O, hij had ook maten, natuurlijk, maar zijn vriendinnen waren zijn echte vrienden. En ze vertrouwden hem, ze vertelden hem dingen over hoe het is om een meisje in de puberteit te zijn. Dingen die de meeste jongens nooit te weten komen. Hij was vaak de doorslaggevende stem als ze niet konden besluiten wat ze aan moesten of zouden eten, degene die hun vertelde welke jongens klootzakken waren en welke oké, de scheidsrechter als ze met elkaar kibbelden (wat maar zelden zo was, maar áls ze ruzie hadden was het voor hen alle drie zo heftig als een derde wereldoorlog).

Hij vertelde Georgina nooit dat hij verliefd op haar was. Maar Angela wist het en ze praatten er een paar keer over. Een van Angela Wongs beste eigenschappen was haar eerlijkheid, wat tegelijkertijd ook haar slechtste was. Ze had er geen moeite mee je te vertellen dat je er niet uitzag in die kleren, je muzieksmaak afgrijselijk was en er iets tussen je tanden zat.

'Ze ziet je niet op die manier,' zei Angela op een middag in augustus in de zomervakantie na de vijfde klas. Ze waren in het winkelcentrum en hij 'hielp' haar bij het uitzoeken van een nieuw feestjurkje; wat betekende dat hij alles wat ze aanpaste overdadig prees. Geo en haar vader waren een week naar haar grootmoeder in Toronto, dus was hij gedwongen deze belangrijke taak op zich te nemen.

'Welke manier?'

'Als meer dan een vriend. Je zit nu al twee jaar in het vriendenhokje. Haar nu gaan vertellen wat je voor haar voelt, gaat daar niets aan veranderen. Het enige wat je ermee bereikt is dat jij je klote voelt omdat ze je dan wel moet vertellen dat ze niet hetzelfde voor jou voelt. Wat, ook al wist je dat dat het antwoord zou zijn, toch een dolksteek in je hart zal zijn. En raad eens wat er dan gebeurt?' Angela draaide zich naar hem om, pissig, hoewel er nog helemaal niets was gebeurd. 'Uiteindelijk verandert er niets. Jullie blijven vrienden maar er is iets ongemakkelijks tussen jullie. En weet je wie daar het meeste last van heeft? Ik!'

'Maar ik denk echt...'

'Richt je op andere meiden,' zei ze terwijl ze voor de drie spiegels heen en weer draaide en haar glanzende zwarte haar van de ene naar de andere kant liet golven. Ze had een roze jurkje aan dat haar geweldig stond, maar aan haar gezicht te zien niet geweldig genoeg. 'Je gaat naar de vijfde! Je bent leuk, al ben je mijn type niet. De meiden zullen dit jaar voor je in de rij staan. Vraag er een paar mee uit. Kijk hoe dat bevalt.'

Angela verdween een paar maanden later. Eerst was het nauwelijks te bevatten. Er werd gezegd dat ze was weggelopen, maar dat leek Kaiser onzin; ze had er tenslotte geen enkele reden toe. Het enige wat hem logisch leek, was dat haar iets was overkomen, iets akeligs, maar daar wilde niemand aan. Onbegrijpelijk.

De plotselinge afwezigheid van Angela Wong liet een enorm gat achter en de enige die hetzelfde gemis moest voelen, dezelfde leegte, was Georgina. Ze hadden het samen moeten doormaken, samen gek moeten worden, samen moeten janken en schreeuwen, elkaar moeten steunen, moed in moeten praten.

Maar Georgina trok zich terug. Het begon de maandag na Chads feest, de laatste keer dat Angela was gezien, de avond waarop Kaiser had besloten het advies van zijn beste vriendin in de wind te slaan en zijn andere beste vriendin de liefde te verklaren. Na dat weekend begon Geo hem te ontlopen. In eerste instantie subtiel: niet terugbellen, in de bibliotheek zitten tijdens de lunchpauze in plaats van in de kantine, uit school meteen naar huis gaan en hem niet opwachten om naar de 7-Eleven te gaan.

Hij weet het aan het feit dat ze van streek moest zijn over Angela en zich ongemakkelijk voelde omdat ze elkaar hadden gekust. Maar het werd erger. Ze veranderde van richting als ze hem zag in de gang. De paar keer dat ze elkaar spraken, waren haar reacties kort.

'Is het omdat we hebben gekust?' vroeg hij haar een paar weken later uiteindelijk. Hij had er niet over willen beginnen, maar niet met haar praten was voor hem als niet kunnen ademen. Hij blokkeerde haar de weg bij de ingang van de school. Hij begreep er niets van. Hun beste vriendin was verdwenen. Wie konden elkaar beter helpen dat te verwerken dan zij tweeën?

Ze had gelachen. *Gelachen!* 'Het idee...' zei ze en ze liep weg.

De maand erna zag Kaiser haar instorten, zonder daar iets aan te kunnen doen. In de eerste paar weken na Angela's vermissing was Georgina gespannen, snel geïrriteerd, keek ze doorlopend over haar schouder alsof ze bang was dat wat het ook was waardoor Angela uit hun leven was weggerukt, ook haar te pakken zou nemen. De roddels kwetsten haar en ze verdedigde haar beste vriendin fel tegen de verhalen dat Angela was weggelopen, een geheime liefde had, beroemd wilde worden. Halverwege december herkende Kaiser haar nauwelijks. Ze had vet haar, haar huid zat vol puistjes. Eén keer rende ze zelfs de kantine uit omdat ze moest overgeven.

Na de kerstvakantie kwam ze niet terug. Toen hij haar belde, vertelde haar vader dat ze werd behandeld voor een depressie en dat hij had geregeld dat ze thuisonderwijs kreeg.

Het was een gesprek van tien minuten waarin Walter Shaw Kaiser vertelde dat Angela's verdwijning blijkbaar gevoelens van verlies en verlatingsangst hadden losgemaakt bij zijn dochter, verdriet uit haar kindertijd omdat haar moeder aan kanker was overleden toen ze vijf was.

Kaiser bleef elke paar weken bellen om te vragen hoe het met haar ging, maar als haar vader niet thuis was, werd er niet opgenomen. Hij ging twee keer op de terugweg van school bij haar langs. De eerste keer deed Walter open en zei hij dat zijn dochter niet in staat was bezoek te ontvangen en de tweede en laatste keer werd er niet opengedaan maar zag hij Geo's gezicht wel achter de roze kanten gordijnen van het raam van haar slaapkamer. Bleek. Uitgeput. En bang.

Waar ze ook doorheen ging, het was een hel, dat was duidelijk.

De september daarop was ze terug op school voor haar examenjaar. Het leek alsof het jaar ervoor niet bestond. Ze leek stiller en meer in zichzelf gekeerd, maar ze glimlachte weer en zag er min of meer uit als haar oude zelf, hoewel ze iets was aangekomen. Ze gaf zich niet op voor cheer of volleybal, maar volgde extra vakken als compensatie voor de lessen die ze het jaar ervoor had gemist. Ze ging naar geen enkel feestje en zat in de lunchpauze meestal in de bibliotheek huiswerk te maken. Zonder buitenschoolse activiteiten had ze tijd voor een parttimebaantje bij Jamba Juice, waar ze de klanten vriendelijk bediende.

Op een zaterdagmiddag halverwege het jaar liep Kaiser er binnen; hij had er even niet aan gedacht dat zij er werkte. 'Hoe gaat het?' vroeg hij toen ze zijn bestelling opnam.

'Goed,' zei ze terwijl ze hem zijn wisselgeld overhandigde alsof ze elkaar niet kenden. Ze keerde zich om om zijn smoothie te maken. Er waren geen andere klanten.

'Hé,' zei hij. 'Hé!'

Ze stopte, keerde zich weer naar hem om. De klep van haar petje overschaduwde haar ogen zodat hij de blik erin niet kon lezen.

'Het gaat wel, Kai,' zei ze. 'Dat wilde je weten, toch? Het gaat best. Maar sorry, ik wil niet praten. Ik wil niet met je chillen. Ik moet doorgaan, gewoon doorgaan, dat is de beste manier.'

'Dat begrijp ik,' zei hij. Hij zette twee handen op de toonbank en boog zich naar haar toe. 'Maar dat betekent niet dat we geen vrienden meer kunnen zijn. Ik mis haar ook, hoor. Ze was ook míjn vriendin. Of was je dat vergeten?'

Ze kwam terug naar de toonbank, raakte zijn hand even aan en glimlachte naar hem. 'Dat weet ik. En het spijt me heel erg voor je. Maar je herinnert me aan haar, snap je? Je herinnert me aan vroeger. Hoe het was. En dat kan ik niet aan. Ik ben er bijna aan onderdoor gegaan. Dus alsjeblieft, als je ooit iets om me hebt gegeven, laat me dan met rust.'

Hij vertrok zonder zijn smoothie mee te nemen, geraakt op een manier die dieper ging dan een gebroken hart. Hij kende haar niet meer, dat was duidelijk.

Hij ondernam nooit meer een poging tot een gesprek. Hij zwaaide niet naar haar en keek zelfs niet als hij haar in de gang op de school tegenkwam. Eén keer, toen het meisje met wie hij aan het einde van zijn laatste jaar even had gedatet plotseling superveel zin had in een smoothie, waren ze bij Jamba Juice naar binnen gelopen. Georgina had hun bestelling opgenomen en ze hadden allebei gedaan alsof ze elkaar niet kenden.

'Wat is er met jullie twee gebeurd?' vroeg het meisje toen ze wegliepen met hun drankjes. 'Waren jullie vorig jaar niet heel goed bevriend?'

'Ja,' zei hij. 'We waren beste vrienden. Of tenminste, dat dacht ik.'

'We zien wat we willen zien,' zei het meisje, 'niet wat er ís.'

Kaiser kan zich haar naam niet eens meer herinneren. Rachel of iets dergelijks. Renée? Ze hadden maar drie of vier dates gehad voordat het om iets stoms eindigde. Wat dat was kan hij zich ook al niet meer herinneren. Maar hij zal nooit vergeten wat ze die dag zei. Het klonk zo wijs in zijn toen nog net geen achttienjarige oren, ook al was het een cliché.

Hij beseft nu eindelijk wat er aan de hand was met Georgina. Hij weet waarom ze een jaar weg was van St. Martin's, waarom ze zich thuis verschool, waarom ze hem niet wilde zien. Negentien jaar later is het allemaal volkomen helder en kan Kaiser zichzelf wel voor zijn kop slaan dat hij het niet eerder doorhad terwijl het verdomme zo overduidelijk is.

Je ziet wat je wilt zien, niet wat er is.

DEEL VIJF

ACCEPTATIE

‘Ik weet dat ik geen stap naar je toe moet doen,
dat brengt me alleen maar spijt.
Begrijp je niet dat ik je schaduw niet langer ben?
Je bent mijn liefde kwijt. De diepste liefde die ik had.
Ik heb geleerd half te leven.
En nu wil je me terug?’

– Christina Perri, ‘Jar of Hearts’

29

De positieve zwangerschapstest bevestigde alleen maar wat Geo al vermoedde.

Haar cyclus was altijd heel regelmatig, elke negenentwintig of dertig dagen. Toen ze twee keer achter elkaar niet ongesteld werd, spijbelde ze het laatste uur van school zodat ze bij de drogist niemand tegen zou komen en kocht ze een test. De instructies waren duidelijk en zodra ze thuis was plaste ze over het staafje, met de badkamerdeur stevig op slot voor het geval ze de werktijden van haar vader door elkaar haalde en hij opeens thuiskwam. Het resultaat was snel zichtbaar, in minder dan dertig seconden. Zodra er ook maar een zweempje blauw te zien was, betekende het dat ze zwanger was.

Het venstertje werd zo verdomde blauw dat het bijna paars was. Ze wikkelde het staafje in papieren zakdoekjes en verstopte het helemaal onder in het afvalemmertje in de badkamer. Toen liet ze zich op de klep van de wc neerzakken en barstte ze in tranen uit.

Ze was zwanger van Calvin. En het was geen liefdesbaby. Ze was zwanger van hem omdat hij haar had verkracht.

Ze maakte een afspraak bij een abortuskliniek voor de week erop en vroeg zich daarna elke dag doorlopend serieus af of het niet beter zou zijn als ze de straat op rende en zichzelf voor een bus wierp. Toen ze die woensdagochtend aankwam bij de kliniek (tegenover haar vader had ze gedaan alsof ze ziek was zodat hij een briefje voor haar schreef waardoor ze weg kon blijven van school), bleek haar afspraak twintig minuten verlaat vanwege een spoedgeval. Dat was lang genoeg voor Geo om in paniek te raken.

Ze belde haar vader vanuit een telefooncel op de parkeerplaats om te vragen of hij haar kwam halen. In de auto vertelde ze hem dat ze zwanger was maar de baby niet wilde en het ook niet over haar hart kon verkrijgen om het kindje weg te laten halen. Wie de vader was, weigerde ze te vertellen. Ze zei alleen dat het niet iemand was van school (waar) en dat ze hem nooit meer wilde zien (ook waar). Walter Shaw luisterde en raakte bij elk woord meer van streek. Thuis zei hij dat ze beter naar bed kon gaan. En dat deed ze.

Toen ze de volgende ochtend wakker werd en naar beneden ging, zat haar vader met een kop koffie voor zichzelf en een mok kruidenthee voor haar aan de keukentafel op haar te wachten. 'Wat je ook beslist, ik sta achter je,' zei hij en ze barstte weer in tranen uit.

Walters gewoonlijk zo stoïcijnse gezicht vertrok van verdriet. 'Het komt doordat ik altijd werk en je geen moeder hebt, hè? Je wilde iets van jezelf om van te houden?'

'O, jezus pap, nee!' Ondanks haar emotionele verwarring, rolde ze met haar ogen. 'Het... het gebeurde gewoon. Echt, het is niet iets wat ik wilde, zelfs niet onbewust.'

'Als je seksueel actief was, had ik een afspraak voor je kunnen maken bij de...'

'Pap, alsjeblieft.' Geo wist dat ze een hoogrode kleur had. 'Ik was niet... seksueel actief. Het is maar één keer gebeurd.'

Ze sloot haar ogen en voelde het gewicht van Calvin weer op zich drukken, zo zwaar dat ze niet kon bewegen en slechts oppervlakkig kon ademhalen. Nee, ze had het niet gewild. Ze was verkracht. Maar dat kon ze niet vertellen. Aan niemand. Want als ze dat wel deed en ze Calvin oppakten... *Wie weet wat hij dan vertelt? Over Angela? Over mij?*

Soms komt je karma op een later tijdstip. Soms komt het meteen.

'Dus wat wil je?' vroeg Walter voorzichtig.

'Ik denk dat adoptie het verstandigst is. Niet dat ik me kan voorstellen dat ik moet bevallen... O god...' Ze huiverde. Maar ze kon zichzelf niet toestaan daarover na te denken.

'Maar ik kan me ook niet voorstellen dat ik het laat weghalen. En ik kan me al helemaal niet voorstellen moeder te zijn.'

Haar vader knikte. Ze kon moeilijk peilen wat hij ervan vond. Een abortus zou hun levens zeker gemakkelijker maken. Een abortus betekende dat ze haar schooljaar gewoon kon afmaken zonder dat iemand er iets van wist. Haar lichaam zou niet veranderen, ze zou niet steeds dikker worden, geen striae krijgen. Ze hoefde niet door een pijnlijke bevalling heen, daarna niet te leven met het idee dat er ergens een kind van haar rondliep, zich niet haar hele leven af te vragen hoe het met hem of haar ging.

Ze was negen weken zwanger. Het was nog niet eens een echt mensje, toch?

Maar dat was het wel. Voor haar. Voor haar was het een mens, een persoon.

'Maar ik kan niet... ik kan niet zwanger naar school, pap,' zei ze. 'Ik wil niet dat iemand het weet.'

Walts gezicht stond vastberaden. 'Ik ga wel met je mentor praten; we verzinnen wel iets.' Hij omvatte haar kin met een warme hand. 'Weet je het zeker? Als je het niet wilt, is dat ook goed. Het is jouw beslissing. En je hebt nog tijd.'

'Ik kan het niet,' zei ze. 'Ik kan niet nog een dode aan. Hoe dan ook.'

Walt dacht dat ze het over haar moeder had. Wat ook zo was, maar niet alleen.

Ze spraken af dat ze het eerste semester nog zou afmaken,

maar Geo had zo'n last van misselijkheid dat ze al vaak niet naar school kon. En na de kerstvakantie ging ze helemaal niet meer. Ze kreeg haar proefwerken thuis gestuurd en volgde schriftelijke lessen met behulp van een leraar aan huis.

Het was niet heel moeilijk om de veranderingen van haar lichaam te verhullen, ze had een kleine buik en droeg meestal een oud overhemd van haar vader met een trainingsbroek eronder, waarvan ze de tailleband oprolde tot onder haar buik.

Als ze naar buiten moest – naar een afspraak bij de dokter of naar de bibliotheek – droeg ze een wijde trui of een ruim jack.

In haar vijfde maand zocht ze contact met een adoptiebureau dat haar verschillende 'gezinsprofielen' voorlegde; ze kon kiezen met wie ze wilde kennismaken.

Ze ontmoette verschillende echtparen en hoewel ze allemaal aardig waren en in verschillende stadia van hoop of wanhoop verkeerden, was er één koppel dat er duidelijk boven uitstak voor haar: Nori en Mark Kent.

Nori en Mark waren respectievelijk achtentwintig en dertig, zo'n vijf à tien jaar jonger dan de meeste paren die graag wilden adopteren. Nori Kent had iets wat 'polycysteus ovariumsyndroom' werd genoemd, waarvan Geo intussen wist wat het was omdat twee van de vrouwen die ze eerder had gesproken er ook aan leden. Ze mocht Nori en Mark meteen. Ze waren al samen sinds hun eerste jaar op de universiteit en drie jaar getrouwd. Zo lang stonden ze ook al op de lijst van ouders die wilden adopteren.

'We weten dat we jong zijn,' zei Nori Kent. Ze was Japans, geboren in Tokio, maar opgegroeid in Oregon. Haar huid was porseleinwit en volkomen gaaf, en haar haar, lang, steil en inktzwart, viel als een zijden gordijn over haar schouders. Ze had amandelvormige, lichtbruine ogen. 'Maar op mijn eenentwintigste werd ik, nadat ik was gestopt met menstrueren, gediagnosticeerd met PCOS. Daarna ben ik bij verschillende artsen geweest die me allemaal vertelden dat de kans op zwanger worden vrijwel nihil was. En over adoptie hadden we altijd al een goed gevoel.'

'We hebben ons aangemeld omdat we hoorden dat het lang kon duren voordat iemand ons uitkoos,' ging Mark verder. Hij was lang, met lichte krullen die een beetje dunner begonnen te worden bij de slapen. Hij was het klassieke Angelsaksische type: witte huid, rode wangen en grote handen waarmee hij druk gebaarde terwijl hij sprak. 'We begrijpen dat er veel concurrentie is. De meeste echtparen zijn een stuk ouder dan wij en meer gesetteld, met grote huizen en betere banen.'

Mark gaf wiskundeles op Puget Sound State en Nori was inkoper bij Nordstrom. Gewone banen, gewone mensen. Ze hadden net hun eerste huis gekocht, een kleine starterswoning, iets ten noorden van Seattle, en ze hadden een Engelse buldog die Pepper heette en op z'n kop werd gezeten door Kit Kat, hun Siamese kat. Ze lieten foto's zien van het kamertje dat voor de baby was bestemd. Het lag aan de achterkant van het huis en had een groot raam dat uitkeek op de rozenstruiken in de tuin. Nori reed in een vier jaar oude Toyota Highlander en Mark nam de bus naar zijn werk. Ze waren niet rijk, maar ze hielden wel van elkaar.

Geo voelde een diepe vriendschap en een sterke verbondenheid tussen hen. Ze zag het aan hoe hij naar haar keek, hoe hij haar hand aanraakte als ze nerveus was en te snel praatte, de manier waarop ze haar hoofd tegen zijn schouder legde als ze tegen hem aan leunde en hoe ze met haar ogen rolde om zijn flauwe grapjes. Hen samen zien maakte Geo blij en verdrietig tegelijk.

'Ik kies jullie,' zei ze aan het einde van het twee uur durende kennismakingsgesprek. Ze zaten tegenover haar in een gezellige kamer bij het adoptiebureau. Tussen hen in stond een salontafel waarop hun gezinsprofielboek lag. 'Dat mag ik jullie eigenlijk niet rechtstreeks vertellen, het moet via de jurist hier die het dan weer aan jullie overbrengt, maar ik heb mijn besluit genomen en ik wil jullie niet langer in spanning laten.'

'Ik...' begon Nori en ze barstte in tranen uit.

'Weet je het zeker?' vroeg Mark Kent. Hij staarde Geo vol ongeloof aan. 'Omdat we het begrijpen als je het een paar dagen wilt overdenken...'

'Ik kies jullie,' herhaalde Geo. Ze stond op, een beetje moeizaam omdat het niet gemakkelijk was om uit de diepe bank te komen. Mark stak zijn hand uit om haar te helpen. Ze wuifde hem met een glimlach weg.

'Waarom *wíj*?' vroeg Mark, geschokt, met grote ogen.

Nori keerde zich naar hem toe met een blik die zei: o god! Dat moet je niet vragen! Stel dat ze van gedachten verandert!

'Omdat jullie me doen denken aan mijn ouders toen mijn moeder nog leefde,' zei Geo. Dat was de beste uitleg die ze had; in elk geval voor zichzelf. Ze zag dat het voor hen niet veel verklaarde. 'Beloven jullie van de baby te houden?'

'Ja,' zeiden ze tegelijkertijd.

'Beloven jullie van elkaar te houden?'

'Ja,' zei Mark met een kneepje in de hand van zijn vrouw.

Nori knikte. Er stonden tranen in haar ogen en haar wangen waren nat. 'Ja,' zei ze.

'Oké,' zei Geo en ze liet toe dat ze om de salontafel heen liepen en haar omhelsden. Toen ze voelde dat Nori beefde – ze trilde over haar hele lichaam – omarmde ze haar nog steviger.

Drie maanden later beviel ze, twee weken te vroeg, in een privékamer in het ziekenhuis waar haar vader werkte. De weeën begonnen vroeg op een zaterdagochtend en werden steeds pijnlijker tot het punt dat ze betwijfelde of ze er nog wel een kon verdragen. Ze kreeg een ruggenprik en viel een paar uur in slaap totdat ze genoeg ontsluiting had om te persen.

Haar vader bleef aan haar bed, hoewel het Nori was die ze naast zich wilde hebben toen ze in het midden van de nacht begon te persen.

De ruggenprik had alle pijn verdoofd. Tot de eerste perswee; vanaf dat moment kon ze alles voelen. Het was een ondraaglijke pijn en hoewel de verpleegster haar bleef vertellen dat ze door moest gaan met persen, leek het iets wat ze onmogelijk kon doen omdat ze het gevoel had dat ze dan open zou scheuren. Nori hield haar ene hand vast en haar vader de andere en Geo perste en perste, terwijl haar haar in natte slierten tegen haar gezicht plakte en ze haar tanden zo hard op elkaar klemde dat ze bang was dat ze zouden breken. Twee uur later hoorde ze de gynaecoloog zeggen: 'Nog één keer heel hard persen,' en dat deed ze, zo hard ze kon, terwijl ze het uitgilde van de pijn, een onvoorstelbare pijn, en de druk was zo verschrikkelijk, het kón niet... het kón gewoon niet. Toen hoorde ze Nori zeggen: 'Ik zie het hoofdje!' en een paar seconden later, nadat er haastig van alles om haar heen gebeurde, hoorde ze de baby huilen.

'Het is een jongen,' zei een van de verpleegsters. 'Zes pond, dertien ons.'

De verpleegster hield de baby in haar armen, gewikkeld in een blauw-roze gestreepte handdoek, en hij had een blauw-roze gestreept ziekenhuismutsje op. Hoewel er in Geo's dossier stond dat de baby naar de Kents ging, keek de verpleegster toch naar Geo om te zien of ze hem wilde vasthouden. Geo schudde haar hoofd en liet zich terug in de kussens zakken terwijl Mark de kamer binnenkwam en Nori voor het eerst de baby in haar armen kreeg. Haar gezicht vertrok van blijdschap. Ze keek Geo aan en vormde onhoorbare woorden met haar lippen: dank je wel.

Geo was uitgeput en viel in een diepe slaap. De volgende ochtend werd ze laat wakker. Haar vader zat in een hoekje van de kamer met een kop koffie en de krant. Ze had pijn, veel pijn. Een rauwe pijn. De verdoving was helemaal uitgewerkt en ze voelde zich alsof ze was overreden door een bulldozer. Alles deed pijn. Haar vagina voelde beurs. Naast haar bed stond een vaas vol witte en roze bloemen met een envelop met haar naam erop ertegenaan.

'Dat is een brief van de Kents,' zei haar vader. 'Wil je hem nu lezen of liever later?'

'Later,' zei Geo met een blik omlaag naar haar eigen lichaam. Tot haar verbazing zag ze er nog steeds zwanger uit.

Ze had naïef aangenomen dat ze na de bevalling meteen weer zoals vroeger zou zijn, maar dat was overduidelijk niet zo. Haar buik was nog steeds enorm, maar slap en leeg. De baby die erin had gezeten was weg. Ze had nooit zijn gezichtje gezien, nooit zijn kleine handje vastgehouden, hem nooit verwelkomd, nooit afscheid van hem genomen. Dat had ze ook zo gewild, maar de pijn in haar hart was dieper en heviger dan de pijn in haar lijf. Ze raakte haar buik aan die de dag ervoor nog strakgespannen was maar nu meegaf. Ze had een zoon en die was weg. Ze had hem nooit gekend, nooit gezien, nooit in haar armen gehouden, maar het verlies voelde hartverscheurend, alsof ze haar hele leven van hem had gehouden, hem haar hele leven had vastgehouden en haar hele leven met hem samen was geweest.

'Papa,' zei ze. Ze herkende haar eigen stem niet. Het was de stem van een kind, klein en angstig, de stem van een verloren ziel die steeds verder afdwaalde en nooit de weg terug zou kunnen vinden. 'Papa, hij is weg...'

De snikken begonnen in haar buik en haar spieren daar, toch al gekneusd en pijnlijk, krijsten het uit van de pijn terwijl ze huilde om het verlies van haar kind, van haar moeder, van Angela, het verlies van de persoon die ze had gedacht dat ze was en de persoon die ze dacht te worden. Ze had een leven weggenomen en een leven op de wereld gezet, maar de ene daad compenseerde de andere niet. Het was een verlies dat groter was door de oneindigheid ervan, het verdriet over alles voelde als een enorm gat dat nooit, nooit meer dicht zou gaan.

'Mijn dappere meisje,' zei haar vader, zijn stem haperde terwijl hij haar haar streelde. 'Mijn dappere, dappere meisje.'

Op dat ogenblik – met haar vader die haar zo stevig vasthield als hij kon, en de niet aflatende pijnscheuten door haar gesnik – was ze het liefst dood geweest.

De adoptie werd dertig dagen later officieel. Een periode waarin de Kents niets van zich lieten horen. Geo begreep waarom. Ze had op elk moment in die dertig dagen kunnen vragen de baby te zien, van gedachten kunnen veranderen, haar kindje zelfs terug kunnen eisen. Maar met het verstrijken van de tijd en het helen van haar lijf, heelde ook haar geest. Haar verscheurde hart begon dicht te gaan, en was, hoewel nog steeds heel gevoelig, niet langer een gapende wond waar het bloed uit gutste. Op de dertigste dag las ze de brief van Nori. Het was een brief die overstroomde van dankbaarheid en liefde.

Wat je Mark en mij hebt gegeven is een vreugde die nergens mee te vergelijken is, en we beloven net zo allesomvattend en onvoorwaardelijk van hem te houden als jij zou hebben gedaan. Dank je wel, uit het diepst van ons hart. We hebben hem Dominic John genoemd, naar onze beide grootvaders...

Op dag eenendertig, toen de adoptie officieel was, schreef ze hen terug.

Van harte gefeliciteerd! Ik weet dat jullie fantastische ouders zullen zijn voor jullie prachtige zoontje...

Ze hielden geen contact, hoewel ze alle drie hadden ingestemd met een semi-open adoptie, wat betekende dat Dominic John Kent op elk moment dat hij wilde zijn biologische moeder kon spreken of ontmoeten. Maar het moest van hém uitgaan, op zíjn voorwaarden, en Geo kon er dan mee instemmen of niet.

Ze streelt de stapel brieven naast haar. De brieven op blauw briefpapier, de brieven die ze in de gevangenis had ontvangen. Ze kon zich er niet toe zetten ze te lezen, maar ze kon ze ook niet weggooien. Ze heeft ze inmiddels allemaal een paar keer gelezen; brieven van de zoon van wie bijna niemand weet dat hij bestaat. Dominic is achttien nu, ouder dan zij was toen hij werd geboren.

Beste mevrouw Shaw,
Ik ben uw biologische zoon Dominic...

Hij wil haar ontmoeten, met haar praten, de leegtes in zijn leven vullen, ondanks Geo's oprechte poging goede ouders voor hem uit te kiezen. Zijn brieven zijn goed geschreven en staan vol hartverscheurende details. Hoe kon ze weten dat Dominics ouders op zijn vijfde zouden scheiden? Dat Marc Kent zou trouwen met de vrouw met wie hij Nori had bedrogen en twee eigen kinderen met haar zou krijgen? En dat Mark uiteindelijk de voogdij over zijn geadopteerde zoon – die hij toch nauwelijks meer zag – zou opgeven en Nori zijn enige opvoeder werd? Nori, die nooit zou hertrouwen maar in plaats daarvan vriend na vriend mee naar huis nam in een poging haar woede en verbittering over Marks verraad te boven te komen. En dat een van die vrienden, de laatste, Dominic aanraakte op een manier waarop een kleine jongen nooit aangeraakt zou moeten worden? Hoe had ze kunnen voorzien dat Nori op een dag zou omkomen bij een auto-ongeluk omdat haar pedofiele vriendje dronken achter het stuur zat en Dominic daarna bij het ene na het andere ongeïnteresseerde verre familielid terechtkwam om uiteindelijk in het pleegzorgcircuit te belanden?

Hoe had ze kunnen weten dat haar keuze voor de adoptieouders van haar zoon gebaseerd bleek op wat ze dácht te zien en dácht te voelen, maar wat allemaal niet de waarheid bleek te zijn omdat iedereen als het erop aankomt alleen maar aan zichzelf denkt? Hoe had ze kunnen weten dat haar zoon een afschuwelijk leven tegemoet ging? En dat ze het er achteraf bekeken zelf, als alleenstaande tienermoeder, waarschijnlijk veel beter had afgebracht en hij bij haar in een liefdevolle, veilige omgeving zou zijn opgegroeid?

Hoe kon ze zich in vredesnaam tegenover haar kind verontschuldigen voor het feit dat ze hem op de wereld had gezet?

En hoe kon ze hem in vredesnaam ooit vertellen dat Calvin James zijn biologische vader was en dat ze zich niet alleen moest verontschuldigen voor het feit dat hij bestond maar ook voor zijn genen?

Hoe kan ze hem vertellen dat zijn vader zijn eigen kinderen vermoordt omdat mensen zoals hij 'niet horen te bestaan'. Ja, ze weet dat Calvin dat heeft gezegd, hij had het na zijn veroordeling zo hard gezegd dat diverse mensen het hadden gehoord. Ze had het in de krant gelezen, in de gevangenis. Hoe moet ze Dominic vertellen dat hij gevaar loopt? Dat zijn vader hem wil doden?

Maar het móét. Omdat er niemand anders meer is dan zij om hem te beschermen. En na alles, na alle verschrikkelijke dingen die ze heeft gedaan en heeft laten gebeuren, is het verdomme wel het minste wat ze kan doen.

30

Er zijn mensen die ze moet bellen, voorbereidingen die ze moet treffen. Maar haar telefoon gaat en als Geo op het schermpje kijkt wie het is, herkent ze het nummer niet.

'G,' zegt een bekende stem als ze opneemt. 'Hoe gaat het? Hoe bevalt het leven buiten Hellwood?'

'Ella!' reageert ze verrast. Ella moet met een illegaal mobieltje bellen en Geo begint meteen te malen over de reden van Ella's telefoontje. Hazelwoods belangrijkste drugsdealer heeft tegenwoordig een nieuwe accountant en die overstap is voor zover ze weet zonder problemen verlopen. Geo heeft Ella duidelijk gemaakt dat ze er voorgoed mee ophield zodra ze buiten de gevangenispoort was en ze hoopt dat Ella Frank niet belt om te vragen of ze van gedachten wil veranderen. Ella is niet het soort vrouw tegen wie je 'nee' zegt, niet twee keer.

'Goed. Het is fijn om weer thuis te zijn. Wat is er aan de hand?'

'Ik kan niet lang praten omdat ik in de bibliotheek ben,' zegt Ella. 'De bewaker komt zo terug. Dit is geen zakelijk telefoontje.'

Geo blaast haar adem uit en beseft op dat moment pas dat ze die inhield. 'O, oké. Ik heb je broer ontmoet en hem alle informatie gegeven. Alles loopt zoals het moet, hoop ik.'

'Ja, hij heeft me verteld dat je langs bent geweest en alles is in orde.' Ella aarzelt even en haar stem klinkt zacht als ze verder praat. 'Luister, G. Ik bel je omdat ik wil dat je het van mij hoort: Cat is vannacht overleden.'

Nee. Dat kan niet. Geo doet haar mond open om iets te zeggen, maar er komt geen woord uit haar keel.

'Ze is vanmorgen gevonden in haar cel nadat ze zich niet meldde tijdens het appèl.'

'Dat kan niet! Ik snap het niet. Ze zou morgen vrijkomen!' zegt Geo. Haar hersens weigeren pertinent te geloven wat Ella zegt. 'Ik heb haar pas nog gesproken. Ze was opgewekt. Ik haal haar morgen op bij de bushalte hier.'

'Ze voelde zich de laatste paar dagen al slecht. Een van de meiden heeft haar eergisteren gevonden in de badkamer. Ze was half bewusteloos en we hebben geprobeerd haar over te halen naar de ziekenboeg te gaan, maar ze hield vol dat dat niet nodig was. Ze was gewoon een beetje duizelig en uitgedroogd, zei ze. Vannacht is ze in haar slaap overleden.' Ella's stem klinkt meelevend. 'Ze denken dat haar hart ermee is gestopt of dat ze een beroerte heeft gehad terwijl ze sliep. Je weet hoe ziek ze was, Geo. Haar lichaam was gewoon óp.'

'Ja, maar ze had niet daar moeten sterven!' De woorden komen heftiger en harder uit haar mond dan ze wil en Geo ademt diep in om te kalmeren. 'Sorry. Het was niet mijn bedoeling zo te schreeuwen. Het is alleen... Ze zou hier komen wonen, bij mij. Ik had haar beloofd dat ik haar niet daar zou laten sterven. Dat heb ik haar belóófd.'

'Het spijt me, G. Ze was een goed mens en een goede vriendin. Ik wilde dat je het wist. Ik weet dat ze alleen naaste familie inlichten.'

'Ze had geen naaste familie. Ze had mij.'

Ella reageert daar niet op omdat ze allebei weten dat er niets op te zeggen valt. Er gaan een paar seconden voorbij.

Uiteindelijk vraagt Geo: 'Wat gebeurt er nu verder met haar?'

'Ze hebben haar al weggehaald. Haar man laat haar cremeren, hoorde ik. Ze heeft hem blijkbaar een tijd geleden al verteld wat ze wilde.'

De ontrouwe echtgenoot die van haar wilde scheiden. De klootzak die al met een ander was. Geo doet haar ogen dicht.

'Dank je wel dat je me hebt gebeld.'

'Tuurlijk. Pas goed op jezelf, ja? En als je iets nodig hebt, je hebt Samuels nummer.' Dan zegt ze gedempt: 'Ik weet dat je een wapen hebt maar als je meer nodig hebt – als je beveiliging nodig hebt – dan regelt hij dat. Ik heb gezegd dat hij op je moet letten. Ik weet dat er van alles aan de hand is, ik volg het nieuws.'

'Bedankt,' zegt Geo, maar ze klinkt hol.

Ze verbreken de verbinding en dan komen de tranen, heet, snel en woedend. Haar lijf schokt van het snikken. Ze heeft in haar leven maar van drie vrouwen gehouden: haar moeder, Angela en Cat. In die volgorde.

En nu zijn ze alle drie dood.

Stop! Genoeg! Ze kan de doden niet tot leven wekken, maar ze kan, ze moet, de mensen beschermen die nog wél in leven zijn. Haar zoon, bijvoorbeeld...

Als ze haar vaders werkkamer in loopt, gaat de deurbel. Ze kijkt uit het raam om te zien wie het is. Er staat een politiewagen voor het huis en de man voor de deur is in uniform. Niet Kaiser, dus.

Ze negeert de bel ook de tweede keer en gaat achter Walters bureau zitten. Haar vader heeft een laptop die hij gebruikt om thuis te kunnen werken. Hij is niet beveiligd met een wachtwoord. Terwijl ze het apparaat opstart, werpt ze nog een blik uit het raam en ziet ze dat de politieauto nog steeds voor het huis staat. De motor is uit en de agent in de auto lijkt aan de telefoon te zitten.

Geo's iPhone gaat. Het is Kaiser, maar ze neemt niet op. Een paar seconden later krijgt ze een tekstbericht.

Waar ben je? Heb politie voor je huis gezet. Maak je niet

ongerust, het zijn voorzorgsmaatregelen. Kom later langs om het uit te leggen. Als je thuiskomt, blijf daar dan.

Ze antwoordt niet. Ze is thuis en er zijn zaken die geregeld moeten worden. Familiezaken.

Ze zoekt Facebook op en logt voor het eerst sinds vijf jaar in op haar oude account. In Hazelwood had ze wel via het verboden mobieltje dat ze daar had op Facebook gekund, maar het leek haar nou niet bepaald aantrekkelijk om daar foto's te moeten zien van bruiloften, pasgeboren baby's, nieuwe huizen en leuke huisdieren. Het kon haar geen reet schelen hoe iedereen dacht over politiek, wie links stemde en wie rechts, wie naar de sportschool was geweest, wie spiritueel was geworden of hoe iemands eten eruitzag in een chic restaurant. Zíj at smerig kantine-eten, geserveerd op een metalen bord met verschillende vakken. Ze hoefde niet te weten hoe de *filet mignon* smaakte bij John Howies. (En voor de volledigheid: die hád ze al eens gegeten en hij smaakte verdomde fantastisch.)

Maar nu is het anders. Ze moet iemand vinden. Ze typt de naam Dominic Kent in en er komen op z'n minst vijftig namen van over de hele wereld naar boven. Geërgerd probeert ze Dominic Kent Spokane, gebaseerd op het afzenderadres van de brieven, maar dat levert weer niets op. Dan tikt ze Dominic Kent Seattle in. Er zijn er twee.

De eerste kan hem niet zijn. De man op de profielfoto is in de vijftig en heeft een jachtgeweer in zijn handen. Maar de tweede is een mogelijkheid. De profielfoto is een stripfiguur met een mes door zijn schedel met daaronder de tekst: 'Alles is fantastisch!'

Ze klikt het profiel aan. Het is afgeschermd en geeft geen openbare informatie, maar het moet hem zijn. Ze stuurt een vriendschapsverzoek en besluit dan dat het beter is om ook een persoonlijke boodschap te sturen. Voordat ze heeft bedacht wat ze wil zeggen, popt er een melding op.

Je bent nu bevriend met Dominic Kent.

En een seconde later krijgt ze een boodschap in haar inbox: *Hoi! Wauw! Gevonden! Cool!*

Geo schrijft terug. *Hallo Dominic. Ik heb je brieven gelezen. Dank je wel dat je me hebt geschreven. Het spijt me dat het zo lang heeft geduurd voordat ik contact opnam.*

Dominic: *Geen probleem. Ik snap het. Dus je bent nu weg uit Hazelwood?*

Geo: *Ja. Eindelijk.*

Dominic: *Hoe was het? De gevangenis bedoel ik. Sorry, zoveel vragen.* LOL.

Geo glimlacht. *Geen probleem. Vertel je graag alles wat je wilt weten. Ben je in Seattle? Ik wil je spreken en het is nogal dringend. Geen probleem om naar je toe te komen. Of anders kunnen we afspreken waar jij maar wilt.*

Er verstrijkt een volle minuut. Geo's hart bonkt als een bezetene. Dat hij haar brieven schreef toen ze vastzat betekent nog niet dat hij haar wil ontmoeten. In de overeenkomst met de Kents van achttien jaar geleden stond dat het initiatief voor contact van Dominic moest komen. Maar aan de andere kant stond er ook in dat ze van hem zouden houden en goed voor hem zouden zorgen. Dus fuck die overeenkomst.

Natuurlijk was het veel gemakkelijker geweest als ze Kaiser over Dominic had ingelicht en hij haar zoon had opgespoord om hem voor Calvin te waarschuwen. Maar dat zou verkeerd zijn. Het hoort van haar te komen.

Eindelijk komt er een antwoord: *Is vandaag te snel? Ik kan naar jou komen, ik heb een busje. Heb je familiefoto's? En is je vader er ook? Zou hem graag ontmoeten.*

Het adoptiebureau moet hem verteld hebben over Geo's familie, of misschien hadden de Kents dat gedaan toen hij klein was. Over Walt. En ook dat haar moeder overleden is, want Dominic vraagt niet naar zijn oma.

Geo: *Hij werkt tot zes uur maar je kunt blijven eten en*

kennis met hem maken als hij thuiskomt. Mijn adres is 425 Briar Crescent. Ik ben opgegroeid in dit huis, dus er zijn hier een heleboel familiefoto's die ik je kan laten zien.

Dominic: *Ik kan er over een uur zijn. Ik verheug me op onze ontmoeting!*

Geo: *Prima! Tot zo!*

Ze bereidt zich voor alsof het een eerste afspraakje met een man is die ze heel graag beter wil leren kennen, wat eigenlijk natuurlijk ook zo ís. Ze springt snel onder de douche, föhnt haar haar en maakt zich licht op om er verzorgd maar niet overdreven opgetut uit te zien. Ze trekt een legging aan met een leuke trui erop waarvan ze was vergeten dat ze die had. Dan haast ze zich naar de keuken waar ze de rollade met kruiden insmeert die ze eigenlijk had gepland voor Cat. Het vlees moet vier uur in de oven dus zet ze het er meteen in omdat ze anders te laat gaan eten. Er staat een fles redelijk goede wijn in de voorraadkast en als ze hem wil pakken, schudt ze haar hoofd om haar eigen domheid. *Tjezus! Hij is pas achttien! Hij mag nog niet drinken en als hij dat misschien toch doet... Ik ben zijn moeder! Ik kan hem toch geen alcohol aanbieden?*

O god, ik ben zijn móéder. Plotseling is ze bloednerveus. Ze gaat naar de woonkamer, gaat daar zitten en probeert haar zenuwen de baas te worden.

Zal hij me mogen? Of haat hij me? Op Facebook klonk hij vriendelijk. Intelligent, ook al was het maar een kort gesprekje.

Er komt een oude, witte Isuzu-pick-up door de straat aanrijden die langs de stoeprand parkeert. *Daar is hij al!* De agent die de opdracht heeft Geo te beschermen, stapt onmiddellijk uit zijn auto en Geo opent de voordeur.

'Het is goed,' roept ze met bonkend hart naar de agent. 'Ik verwacht hem. Hij is familie.'

De agent knikt, tilt zijn hand op om haar te laten weten dat hij haar heeft gehoord en stapt weer in zijn auto.

Nu gaat ze haar zoon ontmoeten!

Ze wacht op het stoepje voor de halfgeopende voordeur als de bestuurder van de Isuzu langzaam uitstapt. Dan komt hij enigszins aarzelend over de oprit naar het huis toe. Geo's hand vliegt naar haar keel als ze hem van dichtbij ziet. Ze deinst met een enorme stap naar achteren en struikelt bijna over de drempel.

De man die op haar afloopt is Calvin James...

31

Het is Calvin niet. Natuurlijk niet.

Maar de fysieke gelijkenis is groot: dezelfde lengte, hetzelfde donkere haar dat in James Dean-stijl uit zijn gezicht is gekamd. Hij beweegt net zo soepel en is net zo gespierd als Calvin was, zijn sterke armen tekenen zich af onder de dunne stof van zijn hoody.

Het enige wat hij níét heeft is Calvins branie, het vermogen alle aandacht op zich te vestigen als hij ergens binnenkomt. Dominic heeft dat niet. Zijn glimlach is verlegen en hij lijkt nerveus. Maar hij is natuurlijk pas achttien, zijn zelfvertrouwen komt waarschijnlijk met de jaren.

'Hoi,' zegt Geo en het woord komt in een lange ademloze zucht uit haar mond; ze klinkt als een dom wicht. *Hoooooi.*

'Hallo. Dank je wel dat ik zo snel mocht komen.' Dominic heeft een lage stem, identiek aan die van Calvin, wat haar ook van haar stuk brengt. Maar Calvin had een luie, nonchalante manier van praten, Dominic praat sneller en zorgvuldiger. Een beetje zoals Walt. 'Er staat een politieauto voor het huis. Is alles in orde?'

Ze is van slag maar dat lijkt hij ook te zijn en ze wisselen een ongemakkelijk glimlachje uit. 'Alles in orde,' zegt ze. 'Maak je geen zorgen, hij valt ons niet lastig. Kom erin.'

Het is een frisse herfstdag en er komt een koude windvlaag met hem mee als hij naar binnen stapt. Dominic kijkt om zich heen, ziet dat ze op haar sokken is en bukt zich om zijn schoenen uit te trekken en die keurig naast elkaar op de mat te zetten. Hij merkt dat ze hem opneemt, maar dat lijkt hij geen probleem te vinden.

'We hebben dezelfde ogen,' zegt hij.

Hij heeft gelijk. Donker, licht amandelvormig. Ze glimlacht. 'Wil je iets drinken?'

Hij schudt zijn hoofd. 'Nee, dank je. Ik was vroeg dus ik ben bij de 7-Eleven verderop in de straat gestopt om een Big Gulp te halen.'

'Dat is de 7-Eleven waar ik...' Ze stopt en slikt haar woorden in. Ze wilde zeggen 'waar ik je vader heb ontmoet' maar hij weet nog niet wie zijn vader is. Ze kan hem dat soort dingen nog niet vertellen. Ze heeft geen idee of hij daar al aan toe is.

Hij wacht beleefd tot ze haar zin afmaakt maar als ze dat niet doet, kijkt hij om zich heen. Ze wringt haar handen, dwingt zichzelf daarmee te stoppen en gebaart naar de woonkamer.

'Op de schoorsteenmantel staan foto's,' zegt ze. 'Ga gerust je gang.'

Hij knikt en loopt de woonkamer in. Ze volgt hem. Hij loopt precies zoals zijn vader. Het is vreemd om te zien dat sommige dingen blijkbaar helemaal genetisch bepaald zijn, zoals iemands houding en manier van lopen. Hij is Calvin, van top tot teen, met misschien een vleugje Walt.

Dominic pakt de foto van haar vader en moeder op hun trouwdag op en er trekt een lachje over zijn gezicht. Als ze het ziet, gebeurt er iets met haar hart: het smelt en zwelt tegelijkertijd. Dat is háár lachje. Haar nadenkende lachje.

Na al die tijd, denkt ze. *Ik heb altijd van je gehouden.*

'Je ouders?' vraagt hij. Misschien ziet hij hoe ontroerd ze is, maar hij zegt niets.

'Ja, jouw grootouders. Walter en Grace Shaw.'

'Ik weet het een en ander over hen uit het dossier,' zegt hij terwijl hij de foto terugzet. Hij gaat op de stoel zitten die het dichtst bij de haard staat en strekt zijn benen. 'Toen ik achttien werd, heb ik het adoptiebureau geschreven en alle informatie opgevraagd die ze me konden verstrekken. Ik bleek overal inzage in te hebben en ik kreeg het volledige dossier opgestuurd. Over jou stond er niet veel nieuws in; ik wist het allemaal al, maar de namen van je ouders stonden er ook in. Ik heb ze gegoogeld, maar ik kon weinig over hen vinden. Toen heb ik in de bieb gezocht in de rouwadvertenties uit de kranten en zo heb ik het overlijdensbericht van je moeder gevonden. Er stond een foto van haar bij. Ze was drieëndertig toen ze stierf, toch? Jij lijkt heel erg veel op haar.'

Geo glimlacht. 'Ik weet het. Toen ik ouder werd schrok mijn vader er weleens van. Mijn stem ging net zo klinken als de hare. Toen ik op de universiteit zat en op kamers woonde, was ik op een dag spontaan langs huis gegaan. Ik had mijn vader niet verteld dat ik zou komen en stond in de keuken het eten klaar te maken, toen ik hem hoorde thuiskomen van zijn werk. Ik draaide me om en hij stond krijtwit naar me te staren. Hij zag háár. Ik ken dat gevoel want...' Ze slikt haar woorden in en zwijgt.

'Kunnen we het over hém hebben?' vraagt Dominic. 'Mijn vader, bedoel ik. Ik heb het gevoel dat híj het hete hangijzer is.'

Geo ademt diep in. Hoe moet ze het in vredesnaam zeggen? Maar het moet! Op de een of andere manier zal ze de woorden moeten vinden. 'Natuurlijk.'

'Ik weet wie hij is,' zegt hij dan.

Geo heeft Calvins naam niet op het geboortebewijs laten zetten. Ze heeft het de Kents absoluut niet verteld. En hoewel ze haar vader ook nooit heeft verteld hoe hij heet, heeft hij het begrepen tijdens het proces. De timing klopte.

'Mijn moeder heeft me toen ik een jaar of elf, twaalf was verteld hoe je heette. Mijn adoptievader was toen allang uit beeld, hij was hertrouwd en zijn vrouw had net hun tweede kind gebaard. En mijn moeder dronk. Veel. Niet toen ik heel klein was, maar na de scheiding. Toen ik je naam wist, ben ik verder op onderzoek uitgegaan.'

'Het spijt me zo,' fluistert Geo.

'We woonden toen in Vancouver, al een paar jaar. Mijn moeder kreeg een baan op een van de universiteiten daar en haar ouders woonden er. Ze wilde dichter bij hen in de buurt wonen nadat ze uit elkaar waren. Daarom stemde mijn vader er ook mee in haar de volledige voogdij te geven. Anders had ze niet naar Canada mogen verhuizen, maar hij vond het blijkbaar geen punt. Hij was zelfs opgelucht dat hij niets meer met mij van doen had, heb ik begrepen. Ik zag hem toch al zowat nooit.'

'Het spijt me,' zegt Geo weer. Door de zakelijke manier waarop haar zoon zijn verhaal doet, wordt ze aan zichzelf herinnerd. Het is verdrietig. Hoe onbewogener ze klinkt, hoe pijnlijker het is, weet ze.

'Mij niet,' zegt hij. 'Mensen veranderen. Ze zeggen dat ze net zoveel houden van een adoptiekind als van een eigen kind, maar ik weet zeker dat dat niet waar is. Ik herinner me nog dat ik bij pa en Lindsay was, zijn nieuwe vrouw, toen ze net hun eerste kind hadden. Een jongen. Via de babyfoon hoorde ik papa in de babykamer. Hij probeerde Holden in slaap te krijgen en toen dat eindelijk was gelukt, vroeg Lindsay: "Was het ook zo erg toen Dominic net geboren was?" En papa antwoordde: "Nee, dit voelt honderd keer beter."'

Geo knijpt haar ogen even dicht. 'O god. Dat had hij nooit mogen zeggen. En jij had dat nooit moeten horen. Niet alle adoptieouders voelen het zo.' *Maar de ouders die ik voor jou heb uitgezocht dus wel.*

Dominic haalt zijn schouders op. 'In elk geval, toen mijn moeder me een paar jaar later je naam vertelde, heb ik je opgezocht en vond ik de overlijdensadvertentie van je moeder. En later vond ik nog veel meer. Toen je in het nieuws was omdat je moest getuigen in een moordzaak.'

Geo sluit haar ogen. 'Ja, dat klopt.'

'In het artikel dat ik las stond dat de verdachte en jij met elkaar waren gegaan. Toen je zestien was en op de middelbare school zat. Ik heb het uitgerekend. En toen zag ik zijn foto. We lijken erg op elkaar.'

Het understatement van de eeuw. 'Ja.'

'Dus hij is het, hè?' vraagt Dominic. 'De Sweetbay Strangler is mijn vader.'

Ze wenst uit de grond van haar hart dat hij die bijnaam niet had uitgesproken. Ze is geschokt dat hij die zelfsként. En hoewel haar zoon het antwoord al weet, is toch duidelijk aan zijn gezicht te zien dat hij wil dat zij het bevestigt. *Omdat ze de enige op de wereld is die dat kán*. 'Ja, Calvin James is jouw vader.'

Dominic reageert niet, hij zit doodstil. De blik in zijn ogen vervaagt en even is hij ergens anders. *Denkt hij aan het leven dat hij had kunnen hebben?*

'Heb je het gedaan?' vraagt hij.

'Wat?' Geo knippert met haar ogen.

'Angela Wong,' zegt Dominic. 'Ik heb het proces gevolgd. Jij had een deal. Maar heb je haar vermoord? Veel mensen denken dat je de dader bent en er veel te licht vanaf bent gekomen.'

Ook dit zegt hij zonder een spoor van emotie, zonder oordeel. Er is maar één manier om er antwoord op te geven: hem de waarheid vertellen. Na alles wat hij heeft meegemaakt, het rotleven dat hij heeft gehad en die verdomde genen die hij in zich heeft, is dat wel het minste wat ze voor hem kan doen.

'Ik heb haar niet gedood,' zei ze. 'Maar ik heb Calvin geholpen het te camoufleren. En gelogen. Tegen de politie, haar ouders, mijn vader, mijn vrienden. Tegen iedereen.'

'En daar ben je lang mee weggekomen.'

'Ik...' Geo wil dat hij het begrijpt. 'Ik verwachtte oprecht dat ik gepakt zou worden. Ik dacht echt dat ze erachter zouden komen. Maar op de een of andere manier gebeurde dat niet. Jaar na jaar, niemand bedacht hoe het zat, tot we veertien jaar verder waren.'

'Waarom heb je jezelf niet aangegeven? Als je haar niet hebt gedood en je was pas zestien, waarom ben je niet naar de politie gegaan? Waarom heb je alles niet eerlijk opgebiecht? Je was nog zowat een kind. Ik weet bijna zeker dat je er met weinig vanaf was gekomen.'

Geo krimpt in elkaar. Natuurlijk had ze verwacht dat ze het hierover zouden hebben, maar ze had niet gedacht dat het gesprek zo hard zou zijn, dat Dominic zo vastberaden zou zijn in zijn zoektocht naar informatie. Ze wil hem heel graag een antwoord geven waardoor hij het begrijpt, maar ze weet niet of dat wel kán, omdat ze het zelf ook nog steeds niet helemaal begrijpt.

'Ik denk dat ik het voor mezelf goedpraatte door te denken dat Angela er niet door terug zou komen,' zegt ze uiteindelijk. 'Dat ze wist dat ik van haar hield en dat het me speet en het nooit de bedoeling was dat dit zou gebeuren. Ik was heel, heel dronken die avond, wat geen excuus is – ik weet het – maar ik was echt ladderzat. Was ik dat niet geweest, dan had ik haar misschien kunnen redden. Maar dat is niet zo en toen was ze opeens dood. En haar familie...' Geo knijpt haar ogen dicht en ademt diep in. '... heeft veel geleden door mij. Ze hebben zich jarenlang moeten afvragen wat er met hun dochter was gebeurd en zijn er ziek van geworden terwijl ik hun al die tijd alle antwoorden had kunnen geven. Dat heb ik niet gedaan. En toen veertien jaar later de waarheid aan het licht kwam, moesten ze weer door alle verdriet heen.'

'Het was heel slecht om haar dood te verzwijgen,' zegt

Dominic. 'Als je haar had vermoord, was dat misschien nog te vergeven geweest. Maar er zo lang over liegen? Gewoon doorgaan met je leven terwijl haar ouders kapotgingen aan de onzekerheid over wat er met hun dochter was gebeurd? Ik bedoel, wie doet nou zoiets? Dan moet je wel heel erg slecht zijn.'

Hij zegt het zonder een spoortje humor, ironie of sarcasme. Het is een logische conclusie; gewoon woorden die bij elkaar een zin vormen. Ze treffen haar diep, dieper dan een mes ooit zou kunnen. *Hij heeft gelijk. Helemaal gelijk.* Ze kan er niets tegen inbrengen. Haar zoon, achttien nog maar, heeft haar in één zin getypeerd. Want ze is slecht. Een slecht mens.

'Ja,' fluistert ze.

'Ik weet nu waar ik het van heb.' Dominic knakt met zijn knokkels en werpt een blik op de schoorsteenmantel waar alle familiefoto's staan. 'Met zulke biologische ouders en adoptieouders was er echt geen hoop voor me, of wel? Nori en Mark hebben nooit echt van me gehouden.'

'Dat deden ze wél!' Ze weet dat ze radeloos klinkt, maar ze wil dat hij iets goeds, iets positiefs heeft om zich aan vast te houden. 'Ik heb hun gezichten gezien toen je net was geboren. Ze waren dol- en dolblij.'

'Nee, je hebt háár gezicht gezien.' Dominic spuugt de woorden uit. 'Mijn moeder heeft me alles verteld over die dag. Zíj was dolblij, maar híj zag eruit alsof hij moest overgeven.'

Shit! Dat klopt! Geo ziet Mark Kents gezicht weer voor zich. Hoe bleek hij was, geschokt, alsof hij niet kon geloven dat het werkelijk gebeurde, zijn ogen die verschrikt alle kanten op vlogen, op zoek naar een manier om weg te vluchten. Het was op dat moment niet echt tot haar doorgedrongen. *Of wel?*

'Mijn moeder is altijd heel eerlijk tegen me geweest,' gaat

hij verder. 'Té eerlijk misschien. Sommige dingen had ze waarschijnlijk beter niet kunnen vertellen, want een kind hoeft niet alles te weten. Ze heeft me de werkelijke reden verteld waarom ze me hebben geadopteerd. Ze waren al jaren samen en mijn vader begon het saai te vinden. Hij had haar al een paar keer met een ander bedrogen.

Zij dacht dat een baby de boel zou repareren, dat hij, als hij een gezin had, zijn vertier niet meer buiten de deur zou zoeken, maar ze kon niet zwanger worden. Ze had problemen met haar eierstokken.' Het laatste zegt hij op een toon die druipt van minachting. 'Dus begonnen ze een adoptieprocedure. Ze verwachtte eigenlijk niet dat ze echt een kind toegewezen zouden krijgen: ze waren jong, hadden weinig geld, hadden net hun eerste huis gekocht. Ze dacht dat het hen dichter bij elkaar zou brengen, dat dat aan Mark zou bewijzen hoe erg ze het vond dat ze hem geen kinderen van hemzelf kon geven.'

'Dat wist ik allemaal niet,' zegt Geo terwijl ze hete tranen weg knippert. *Het wordt almaar erger*. En ze heeft hem het allerergste nog niet eens verteld. 'Dat wist ik echt niet. Ze leken zoveel van elkaar te houden, helemaal gelukkig met elkaar.'

'Dan heb je waarschijnlijk gezien wat je wílde zien.'

Ze buigt haar hoofd. *Hij heeft alweer gelijk*. Vóór de Kents had ze meerdere echtparen ontmoet. Mensen die ouder waren, langer samen, veel langer hadden geprobeerd samen kinderen te krijgen. Waarom had ze niet een van hen gekozen?

Omdat ik verdomme een kloteslecht beoordelingsvermogen heb. Bij alles. Altijd al. Daarom.

'In elk geval; mijn moeder is dood,' zegt Dominic, weer net zo zakelijk als daarvoor. 'Haar laatste vriendje, die met z'n poten aan mij zat, was alcoholist. Ze kwamen terug van een etentje en hij had zoals gewoonlijk weer te veel gezopen en reed de auto te pletter tegen een gebouw. Wist je dat die klootzak nog leeft? Zíj was op slag dood want de airbags gingen niet open aan haar kant, maar hij leeft nog en woont ergens in Idaho. Hij heeft een dwarslaesie of iets dergelijks.'

'Dat spijt me heel erg.' Geo zegt het voor de zoveelste keer. Ze huilt nu voluit en veegt haar tranen woedend weg. 'Dominic, het spijt me. Ik heb dit nooit voor je ge...'

'Wat wilde je dan?' onderbreekt hij haar. Hij kijkt haar strak aan, hij lijkt het zich echt af te vragen, zijn donkere ogen branden van wat oprechte nieuwsgierigheid lijkt. 'Dat wil ik echt graag weten, Georgina. Wat wilde je? Wat dacht je, toen je op je zestiende zwanger werd van een moordenaar?'

'Ik wilde niet...'

'Er moeten signalen zijn geweest,' gaat Dominic verder, niet van de wijs gebracht door haar reactie. 'Waarschuwingssignalen, rode vlaggen, hoe je het ook noemt. Daarvóór. Was mijn vader – Calvin, niet die andere sukkel – gewelddadig? Moest hij alles onder controle hebben? Heeft hij je ooit geslagen?'

Geo beeft over haar hele lijf. Ze kan geen antwoord geven, niet praten. Maar ze móét antwoord geven op zijn vragen, omdat ze hem over Calvin moet vertellen. Over het monster dat Dominics vader is.

'Ja, hè? Hij heeft je geslagen,' zegt Dominic een beetje verbaasd. 'Hij heeft geweld tegen je gebruikt. Maar het maakte je niet uit. Je had zelfs seks met hem! Vind je dat opwindend, als iemand je slaat?'

'Het was geen seks, het was...' Voor de derde keer houdt Geo de woorden binnen. Maar het is al te laat.

'Het was?' Dan dringt het tot hem door. 'Hij heeft je verkracht!' De woorden hangen even in de lucht en dan gooit hij zijn hoofd naar achteren en barst hij in lachen uit. Het is een lach die diep uit zijn binnenste komt, een lach vol pijn en verdriet. 'Holy fuck. Het wordt steeds beter, deze shitzooi!'

'Dominic...'

'Oké,' zegt hij. 'Diep inademen. Je was zestien. Dat is twee jaar jonger dan ik nu ben en ik weet wat voor sukkel ik twee jaar geleden was. Ik snap het, Georgina, ik snap het helemaal.' Hij zwijgt. 'Wacht. Dat klinkt raar. Moet ik je Georgina noemen?'

'Je kunt me noemen zoals je wilt,' zegt ze terwijl ze haar snikken probeert te onderdrukken. 'Geo is ook goed.'

'Geo,' zegt hij. 'Oké. Heb je nog meer foto's? Van mijn grootouders? Heb ik tantes en ooms? Neefjes en nichtjes? Vertel eens meer over de familie.'

'Er liggen boven nog wat albums, in de kamer van mijn vader,' zegt Geo. Ze staat op, blij een paar minuten alleen te kunnen zijn om haar zelfbeheersing te hervinden. 'Maar als ik terugkom, moet ik je nog iets belangrijks vertellen.'

Ze loopt de trap op, rechtstreeks naar de badkamer. Ze draait de deur meteen op slot en zet de koude kraan wagenwijd open. Dan huilt ze de ogen uit haar kop, als een klein kind. Na precies twee minuten dwingt ze zichzelf ermee op te houden door ijskoud water in haar gezicht te gooien tot het snikken ophoudt. Ze staart naar zichzelf in de spiegel. Een vlekkerige huid, uitgelopen eyeliner. Ze pakt een tissue om de zwarte strepen weg te vegen.

Het is één grote ramp. Maar wat had ze dan gedacht?

Ze had gewoon níét gedacht. Dat was het. Al die jaren dat haar kind ouders had gehad die niet echt van hem hielden, en niet echt van elkaar hielden. Een vader die hem in de steek liet, een moeder met een alcoholistische vriend die hem aanrandde. Onverschillige familieleden. Pleegzorg. Een biologische moeder die de gevangenis in moest omdat ze een moord had verzwegen. Een biologische vader die een seriemoordenaar was.

En het ergste moet nog komen – de 'klap op de vuurpijl', zou haar vader zeggen – dat ze haar zoon moet vertellen dat zijn leven gevaar loopt.

Voor ze de badkamer uit gaat, werpt ze een blik uit het raampje om te zien of de politiewagen nog langs de stoeprand is geparkeerd. Hij staat er nog en aan de vreemde hoek van zijn nek te zien, zit de agent te dutten. *Mooi. Dat zal zeker helpen als er onraad dreigt.* Ze neemt zich voor zich erover te beklagen bij Kaiser.

Op weg naar de trap ziet ze een beweging in haar slaapkamer. Dominic is naar boven gekomen en zit op het voeteneinde van haar bed door een van haar jaarboeken van de middelbare school te bladeren. Ze blijft in de deuropening staan en er gaat een golf van misselijkheid door haar heen. Zoals hij daar nu zit, zo nonchalant, zo zonder enige gêne terwijl haar vader niet thuis is. Precies Calvin.

Hij kijkt op en glimlacht. Het lijkt of het afschuwelijke gesprek dat ze drie minuten geleden beneden hebben gevoerd, nooit heeft plaatsgevonden. Hij klopt naast zich op het bed.

'Kom zitten,' zegt hij alsof hij de ouder is en zij het kind. 'Je eindexamenjaarboek, denk ik? Van de vijfde kan ik het niet vinden, maar dat is natuurlijk logisch... Toen was je zwanger van mij.'

Ze laat zich naast hem op het bed neerzakken. 'Ja, toen heb ik het jaar hier thuis afgemaakt.'

'Dit was ze?' vraagt hij terwijl hij wijst op een korrelige zwart-witfoto van Geo en Angela. Hij was op een vrijdag na de wedstrijd genomen; ze staan er allebei lachend op, met zwaaiende paardenstaarten, witte pompons in hun handen, dezelfde sweaters met lange mouwen en korte rokjes met het Bulldogs-embleem. 'Dit was Angela?'

'Ja,' zegt Geo. Ze heeft die foto tientallen jaren niet gezien en het doet pijn hem nu onder ogen te krijgen.

'Ze was een schoonheid,' zegt hij en weer verraadt zijn stem geen spoortje oordeel. 'Maar jij ook.'

'Dat vond ik toen zelf helemaal niet.'

'Ja, dat snap ik wel,' zegt hij en ze kijkt naar hem op. 'En niet omdat er ook maar iets verkeerd was met jou. Ik heb minstens tien foto's van haar geteld in dit boek. Ze trok alle aandacht, of niet? Een heldere ster waarbij alles – zelfs andere sterren – verbleekte.'

'Dat is lief dat je dat zegt,' zei Geo. 'En poëtisch.'

'Hoe heb je mijn vader ontmoet?'

Geo vertelt hem het verhaal van de 7-Eleven, hoe ze vanaf het eerste moment gek op hem was.

'We waren veel bij elkaar,' zegt ze. 'Mijn cijfers gingen achteruit. Ik was tot 's avonds laat weg. Soms kwam hij stiekem hier, door het raam,' ze wijst, 'als mijn vader vroeg thuis was en ik niet weg kon. Maar we hebben nooit... Hij gedroeg zich als een heer.'

'Tot hij daarmee ophield...'

Ze knikt.

'Het zijn de kleine dingen waar ik nieuwsgierig naar ben,' zegt Dominic terwijl hij het jaarboek dichtklapt. 'Ik heb natuurlijk veel over jullie gelezen, er stond best veel over in de kranten hier. In de bibliotheek van Vancouver kon ik alles vinden. En toen we terugverhuisden naar Seattle, werd het nog eenvoudiger. Maar er is veel wat je niet uit de kranten kunt halen.'

'Wat wil je weten?'

Hij haalt zijn schouders op. 'Wat ik zei: kleine dingen. Ik heb ooit eens een beschrijving van hem gelezen en daarin stond dat hij gek was op roze suikerhartjes. Ik ook.' Hij steekt zijn hand in zijn broekzak en haalt daar een plastic verpakking uit. Snoephartjes. De helft is al op. Hij biedt er haar een aan en opnieuw gaat er een misselijkmakende déjà-vugolf door haar heen.

'Nee dank je, ik vind ze afschuwelijk,' fluistert Geo en hoewel ze het niet bedoelt als grap, begint Dominic te lachen.

'Kleine dingen,' zegt ze nadenkend. 'Eh... Hij rook altijd lekker. Hij was goed met auto's. Hij hield van livemuziek, we zijn samen naar een paar concerten geweest. Soundgarden. Pearl Jam.'

'Dus hij had een goede muzieksmaak.' Dominic knikt goedkeurend en gooit een suikerhartje in zijn mond. Dan stopt hij het zakje weer in zijn zak. 'Enne... Waar denk je dat hij nu uithangt?'

'Dat weet ik echt niet,' zegt Geo en opeens is het moment gekomen om het hem te vertellen. *Nu!* Ze ademt diep in en keert haar gezicht naar hem toe zodat ze hem aankijkt. 'Dominic, je weet natuurlijk dat Calvin vijf jaar geleden, vlak nadat ik werd opgesloten, uit de gevangenis is ontsnapt. Dus hij wordt gezocht.'

'Ik weet het.'

'Maar niet alleen omdat hij uit de gevangenis is ontsnapt. Hij heeft meer gedaan...' Geo ademt nog een keer diep in. 'Hij heeft nóg vier moorden gepleegd. Twee vrouwen... en hun kinderen.'

Dominic verstrakt.

'Zíjn kinderen,' zegt Geo met verstikte stem. 'Zijn eigen vlees en bloed. Hij spoort ze op en vermoordt ze. En ik ben bang... Ik ben bang dat hij ook achter jou aanzit. Daarom staat hier een politiewagen voor de deur. Ter beveiliging van mij. En van jou.'

Dominics gezichtsuitdrukking is moeilijk te peilen. Ze heeft geen idee of hij geschokt is of niet. Haar zoon heeft Walters stoïcisme, dat is overduidelijk.

'Dus die moorden waarover ik in de krant heb gelezen? Dat is zijn werk?' Dominic leunt wat naar achteren, het jaarboek glijdt van zijn schoot en belandt op de vloer. Ze maken geen van beiden aanstalten het op te rapen. 'Dus hij is degene die die vrouwen in stukken zaagt? Die die kinderen heeft gewurgd en dan met lippenstift hartjes op ze tekent? Jezus! De zieke klootzak. Mijn god!'

'Ja,' fluistert Geo met pijn in haar hart. *Hij is nog maar achttien, verdomme! Het is zo vreselijk voor hem! Zo vreselijk! Voor iedereen...* 'Dat is in elk geval wat de politie denkt. En ik ook.'

Hij knikt, zijn gezicht nog steeds ondoorgrondelijk. 'Weet de politie eigenlijk dat ik hier ben? Dat vriendje van je van de middelbare school, hij die je heeft gearresteerd, weet hij dat ik hier ben?'

'Nee,' zegt ze, een beetje verrast. Dominic is goed op de hoogte, hij weet zelfs dat Kaiser en zij bevriend waren op de middelbare school. 'Ik wilde je eerst alleen spreken, het je persoonlijk vertellen. Maar ik denk dat we hem nu moeten bellen. Hij zal je ergens onderbrengen waar je veilig bent. Mijn telefoon ligt beneden, dus ik ga...'

Ze wil opstaan, maar Dominic legt zijn hand op haar arm. 'Niet bellen.'

'Nee, dat moet echt.' Ze ontmoet zijn blik. 'Je bent niet veilig. Wíj zijn niet veilig. Je hebt zelf gelezen wat hij met die andere kinderen heeft gedaan...'

En dan dringt het tot haar door. *De lippenstift, de getekende hartjes. Dat kan hij niet weten, dat is achtergehouden voor de pers, het heeft in geen enkele krant gestaan, is nooit op de televisie geweest.* Ze weet het van Kaiser, die heeft het haar verteld. Het was alleen bekend bij de politie...

Dominics ogen zijn op haar gefixeerd en ze ziet aan zijn gezicht dat het ook tot hém doordringt. Hij had niets moeten zeggen over de lippenstift. Dat kan hij niet weten.

Maar hij weet het. En nu weet hij dat zíj het weet.

Ze springt van het bed af, maar voordat ze een stap naar de deur kan doen, wordt ze met een harde ruk teruggetrokken. Ze voelt haarplukken loskomen uit haar hoofdhuid. Hij is sterk, misschien zelfs sterker dan Calvin vroeger was, en hij ligt boven op haar. Hij houdt haar in bedwang met zijn gewicht terwijl zij onder hem trapt, wringt en kronkelt. Zijn handen sluiten zich om haar keel en hij knijpt zo hard dat het lijkt of haar strottenhoofd zal breken. Zijn tong glijdt langzaam van haar kin naar haar jukbeen, zijn adem ruikt naar suikerhartjes.

'Mama' zegt hij ademloos terwijl hij diep in haar ogen kijkt. 'Zie je me?'

Hij houdt een hand op haar keel terwijl hij met de andere haar legging en dan zijn eigen jeans omlaagrukt. Zijn intense blik laat haar niet los.

Calvins ogen waren groen. Dominics ogen zijn bruin. Net zoals de hare. Het lijkt alsof ze in haar eigen ogen kijkt.

Ze verzet zich hevig, vecht harder dan ze ooit heeft gevochten, met elke vezel in haar lijf.

Ergens diep vanbinnen beseft ze dat de cirkel rond is. Dit gaat eindigen waar het begon. Dit is haar karma: gedood worden door het beest dat ze zelf heeft gecreëerd. Al haar daden, al haar beslissingen, leiden hiernaartoe. Haar zoon is een monster. Ja. Maar hij heeft het niet allemaal van zijn vader.

Een deel heeft hij van haar.

Toen de nieuwe lijken werden gevonden, in stukken gezaagd, had ze moeten weten dat het Calvin niet was.

32

Het was bijna twee uur 's nachts toen ze Angela's lichaam in het dekbed hadden gerold en ze de deur uit waren gegaan. De straat was verlaten, de buren sliepen. Calvin hees het lijk over zijn schouder en liep de trap van zijn appartement naar de oprit af, de houten treden kraakten onder zijn voeten. Geo volgde hem, ze had een van zijn sweatshirts aan over haar dunne jurkje. Toen ze bij de auto waren, gaf hij haar de sleutels. Ze maakte de kofferbak open en stond ernaast terwijl hij het populairste meisje van school erin dumpte.

Het duurde even voordat hij Angela's lichaam zo had neergelegd dat de klep dicht kon. Geo stond een eindje van hem af, dichter naar de straat toe. Ze ademde diep in en uit. Het was mistig, flink mistig, niet ongewoon voor de tijd van het jaar, een mist die bescherming bood maar ook verstikkend voelde. De straatverlichting brandde, wazige koepels licht die het trottoir in beide richtingen beschenen. Ze woonde op een afstand van twintig minuten lopen van hier. Ze kon gewoon naar huis gaan, het alarmnummer bellen, de dood van haar beste vriendin melden.

Moord.

Het was niet moeilijk voor te stellen wat er dan zou gebeuren. Ze had genoeg films gezien om te weten hoe het gaat nadat er iemand meldt dat er een moord is gepleegd. Er zouden politieauto's met blauwe zwaailichten naar haar huis komen racen, naar Calvins appartement scheuren en vervolgens de hele buurt doorkruisen, op zoek naar Calvin.

Arrestaties. Zij, Calvin. Het verhoor. Vragen en vragen, de hele nacht. Haar vader naast haar, nog in zijn ziekenhuiskleding, zijn gezicht een masker van afschuw en verdriet, niet in staat te begrijpen hoe dit kon gebeuren. De krantenkoppen die in grote zwarte letters schreeuwden wat Calvin en zij hadden gedaan, met korrelige foto's van hun tweeën eronder, als kersverse criminelen, een foto van Angela ernaast, die er onmogelijk fantastisch uitzag. De roddels op school, iedereen die zou weten wat ze had gedaan, het gefluister, de geruchten. Tess DeMarco die beweerde dat Geo altijd al jaloers was geweest op haar zogenaamde beste vriendin en dat het haar totaal niet verbaasde dat ze Angela had vermoord. De huilende gezichten van meneer en mevrouw Wong, die van woede vertrokken wanneer ze haar vroegen waarom ze hem niet had tegengehouden, waarom hun kleine meisje dood was. Een proces. Meer krantenkoppen. De gevangenis. Zeker. Ze was zestien, geen veertien, ze zou zeker gevangenisstraf krijgen.

'In de auto,' zei Calvin; zijn adem kwam in een lange witte wolk naar buiten. Hij was gekleed in jeans en een T-shirt, maar hij had het zo te zien niet koud. Hij had het warm, rode wangen van de inspanning van het sjouwen van Angela's lijk. De kofferbak van de Trans Am was dicht nu, en het was haast onvoorstelbaar dat het lichaam van de vriendin van wie ze bijna haar hele leven had gehouden, erin lag. 'Schiet op.'

Geo keek nog één keer de straat in. Het was zo stil, zo verlaten. Iedereen sliep, warm in hun bed, niemand wist nog van het afgrijselijke wat er was gebeurd, niemand was zich bewust van alle horror die nog zou komen. De mist, zwaar en wit in het zachte licht van de straatlantaarns, ontnam haar het zicht. Ze kon niet verder kijken dan het vijfde huis. Ze draaide zich om en keek de andere kant uit. Ook mistig.

Geen helder zicht. Geen duidelijke weg.

Ze stapte in.

Geo kende de omgeving beter dan Calvin; zij was er opgegroeid, hij niet. Ze gaf hem aanwijzingen totdat ze bij haar straat waren en toen ze Briar Crescent insloegen, zei ze: 'Doe je lichten uit.'

Hij deed wat ze zei en plotseling was alles donker. Briar Crescent had geen straatlantaarns; de mist omhulde hen als een cocon.

'Ik zie niks,' zei hij.

Ze kon zijn zweet ruiken, uien en zout. 'Rechtdoor. Langzaam rijden.'

Hij reed verder tot ze het einde van de doodlopende straat bereikten. Pas toen begreep hij waar ze waren.

'We zijn bij jou! Dacht je naar huis te gaan?'

Ze wierp een blik op het huis waarin ze was geboren en opgegroeid. Er was niemand thuis. Het buitenlicht was aan en door de mist kon ze vaag het blauw van de voordeur zien.

'Nog niet.'

Ze stapten uit en Calvin maakte de kofferbak open. Elk geluid leek te hard in de stilte van de nacht. Ze tilden Angela's lichaam eruit en Calvin hees het weer over zijn schouder. Hij gaf haar het zaklampje dat aan zijn sleutelring hing, maar dat had Geo niet nodig. Ze wist waar het pad was, niet meer dan een platgetreden spoor dat het bos in leidde waar ze toen ze klein was zo vaak had gespeeld. Het licht van de maan was voldoende.

Geo wist dat er elk moment een van de buren van een feest kon thuiskomen en zou zien dat ze iets langs en zwaars, gewikkeld in een dekbed, uit de kofferbak van Calvins auto tilden. Elk moment kon er een buurman met een volle blaas wakker worden en naar de wc gaan, een blik uit het raam werpen, de Trans Am aan het einde van de doodlopende straat zien staan en op onderzoek uitgaan. Elk moment kon er een buurvrouw die niet kon slapen haar boek wegleggen en voor het raam gaan staan om te kijken naar de dikke mist die was opgekomen en te mijmeren over de geheimen die eronder verborgen gingen. Elk moment konden de bewoners van Briar Crescent een glimp opvangen van silhouetten die aan het einde van de straat bij de ingang van het bos door de mist bewogen en voor de zekerheid het alarmnummer bellen.

Maar dat deed niemand.

Niemand zag of deed iets, verdomme!

Ze stopten bij een open plek ter grootte van een voetbalveld, ongeveer driehonderd meter het bos in. Geo besefte pas hoe erg ze zweette toen ze een losse haarlok uit haar gezicht wilde vegen en voelde dat die kletsnat was. Ze knipte het zaklampje aan en gebruikte de smalle heldere lichtbundel om rond te kijken.

'Dit is de enige plek waar we haar kunnen achterlaten,' zei ze. 'Voor de rest zijn er overal te veel bomen.'

Hij knikte instemmend. De verschuiving was zo subtiel dat ze geen van twee beseften dat er iets was veranderd: Geo had de leiding genomen, dat was duidelijk, zonder woorden. 'Ga terug naar mijn huis, naar het schuurtje in de achtertuin. Het zit niet op slot. Pak daar twee schoppen en twee paar handschoenen. Mijn vader is niet thuis maar doe zachtjes en doe het snel want de deur knarst als je hem opendoet. Schiet op!'

Ze gaf hem het zaklampje en stond naast het lijk in de donkere mist, de kou stuitte op haar bezwete lijf; ze had het gevoel dat de damp van haar afsloeg. De grond veerde onder haar voeten en het rook naar vocht en aarde. Ze ademde diep in. Ergens achter zich hoorde ze geritsel, bladeren die knisperden, maar het was duidelijk dat het iets kleins moest zijn wat dat veroorzaakte, een eekhoorn of een vogel. Ze schrok niet, raakte niet in paniek. Ze stond bewegingloos en leek heel diep in zichzelf verzonken, weg van alle chaos, op het plekje dat iedereen ergens in zich heeft, maar waar bijna nooit iemand naartoe gaat. De plek waar je immuun bent. Waar je niets voelt.

Even later was Calvin terug met de handschoenen en de schoppen. Ze begonnen te graven. Eerst ging het gemakkelijk, de aarde aan de oppervlakte was compact maar zacht. Na een centimeter of dertig werd de grond keihard. Rotsachtig. Algauw deden Geo's armen en handen pijn van de inspanning. Ze stopte om uit te rusten. Calvin ging nog een tijdje door totdat ook hij moest stoppen om op adem te komen. Ze waren allebei aan een kant begonnen en hadden nu twee kuilen gegraven, die van elkaar werden gescheiden door ongeveer vijfentwintig centimeter keiharde rots. Het was onmogelijk om er, zoals ze van plan waren geweest, doorheen te komen.

'Ik zit op bijna een meter diep, maar verder kom ik niet. En ook niet breder,' zei hij. 'Er zitten te veel stenen.'

'We moeten blijven graven,' zei Geo kalm en hoewel ze 'we' zei, wisten ze allebei dat ze 'je' bedoelde.

'Het gaat niet. Hier heb je een bulldozer voor nodig.'

'Ga terug naar het schuurtje voor een zaag. Er hangen er drie aan de muur achterin. Neem de grootste mee. Je ziet het vanzelf.' Hoewel Geo haar eigen stem herkende, leek het alsof iemand anders het zei. Ze klonk als een nieuwslezer: afstandelijk, neutraal.

Even later was hij terug met de zaag. Zijn T-shirt plakte tegen zijn huid. Hij was nu al twee keer heen en weer gehold en het risico dat ze ontdekt werden groeide met de minuut.

Maar op de een of andere manier zag wéér niemand hen.

Hij keek haar aan, wachtend op instructies. Het deed er op dat moment niet toe dat híj degene was die Angela had verkracht en vermoord, dat hij eenentwintig was en zij zestien. Zij had de leiding. Hij had haar nodig om hem te vertellen wat hij moest doen.

'Zaag haar in stukken,' zei Geo.

'Wát?' vroeg Calvin. Hij staarde haar aan. 'Ik...'

'Ik graaf nog een gat. Als we niet één grote kuil kunnen graven, moeten we er een paar maken. Zaag haar in stukken.'

'Nee! Rot op! Echt niet!' Zijn gezicht was een en al geschokte afschuw. 'Ben je verdomme gek geworden? Echt niet!'

'Wil je dit afmaken of niet? Wat kunnen we anders doen?'

Hij begon Angela's lichaam uit het dekbed te rollen, grommend van inspanning.

Ze schrokken allebei toen ze zagen hoe grauw haar huidskleur was. Ze was nog maar net dood, maar ze was wasbleek met een grijzige ondertoon. Haar gezicht was vreemd slap, haar armen en benen gleden zwaar langs haar lichaam en de blik in haar nog geopende ogen was dof.

Ze zag er niet uit alsof ze sliep. Ze zag er niet uit alsof ze bewusteloos was. Ze zag er dood uit.

Calvin boog met een van afkeer vertrokken gezicht met de zaag over haar heen. Hij keek nog een keer naar Geo op. Ze knikte en begon toen weer te graven, een nieuwe kuil, ongeveer een meter van de andere vandaan.

'Ik kan het niet,' zei hij met zwakke stem.

Ze negeerde hem en ging door met graven. Ze ramde de schop in de aarde. *Ram, schep, weg. Ram, schep, weg.*

Een paar seconden later zei hij weer: 'Ik weet niet waar ik moet beginnen.'

Ze keek op. Geïrriteerd. Hij was doornat van zijn eigen zweet, zijn haar plakte tegen zijn voorhoofd en zijn gezicht was verwrongen van afkeer en walging. Zo had ze hem nog nooit gezien. Afstotelijk. Zwak. Op dat moment kon ze zich niet voorstellen waarom ze ooit verliefd op hem was geworden.

'Begin in het midden,' zei ze en ze ging door met graven.

Het geluid van vlees waarin wordt gezaagd is niet te vergelijken met iets anders. Het is niet hard, niet staccato, zoals bij hout. Het is niet stil, bijna onhoorbaar, zoals bij deeg. Het klinkt dieper, natter, je hoort wat weerstand maar het geeft ook mee. Heen en weer en heen en weer... De zaagtanden scheurden haar beste vriendin open. En raakten bot. Een schrapend geluid.

Ze keek op toen hij kokhalsde, net op tijd om te zien hoe hij zichzelf helemaal onderkotste. Er stroomden tranen over zijn gezicht. Angela lag op de aarde, haar been bijna los gezaagd van haar heup, maar niet helemaal.

'Ik kan het niet...' zei hij verstikt.

Geo pakte haar schop steviger vast. Ze kon zijn braaksel ruiken, een scherpe mix van pizza, bier en maagzuur; bijna dezelfde stank als toen zij eerder die avond had overgegeven in zijn appartement. Ze had Calvin nooit eerder kwetsbaar meegemaakt en op dat ogenblik was ze het liefst naar hem toe gelopen, had ze hem het liefst zo hard mogelijk met de schop op zijn kop geslagen, zo vaak als nodig was, tot hij ook dood was. Misschien zou de mist lang genoeg blijven hangen en kon ze genoeg kuilen voor allebei graven.

Maar ze was geen moordenaar. Ze wist niet wat ze dan verdomme wél was, maar ze was geen moordenaar.

'Ga dan maar graven,' zei ze.

Ze wisselden van plek.

Geo nam de zaag in haar handen, de houten greep voelde nog warm van Calvins handen, zelfs door haar handschoenen heen. Haar vader werkte op de spoedeisende hulp en had vaak over zijn werk verteld, hij had haar zelfs tot in de details verteld over zijn stage op chirurgie tijdens zijn opleiding. Ze wist dat je het beste in het gewricht kon zagen omdat je daar de minste weerstand ondervond. Dat deed ze toch ook met kippendijen? Pas nog? Gisteren? Ze wist het niet meer. Misschien vorige week. Of vorige maand.

Ze knielde naast Angela neer. Haar ogen waren nog steeds open. Ze streek met haar hand over het gezicht van haar beste vriendin. Nu waren ze dicht.

Niet kijken, schat. Niet kijken.

Ze tilde de zaag op, klemde haar tanden op elkaar en maakte af wat Calvin was begonnen; de tanden van de zaag drongen in het vlees en ontheiligden Angela's lichaam.

Ontheiligden Geo's ziel.

Toen ze klaar was, verdeelden ze samen de stukken van Angela's lichaam over de kuilen, schepten er aarde overheen en stampten die stevig aan. Bedekt met bloed, braaksel en vuil liepen ze tegen vier uur het bos weer uit. De mist was intussen iets minder dik.

En nog steeds zag niemand iets.

In de achtertuin spoelde Calvin de schoppen en de zaag schoon met de tuinslang. Het roodgekleurde water verdween in het gras. Daarna liepen ze terug naar de voorkant van het huis. Voordat hij in de auto stapte, probeerde Calvin nog iets tegen haar te zeggen, maar ze besteedde er geen aandacht aan.

Hij reed weg. Het zou dagen duren voor ze hem weer zag, voordat hij midden in de nacht met zijn weekendtas opdoemde voor haar slaapkamerraam, om afscheid te nemen en haar het kleine beetje dat er nog van haar over was, tegen haar wil, ook nog af te nemen.

Als ze dan niet waren opgepakt, tenminste. In films leken de slechten nooit ongestraft te blijven, nooit zomaar weg te komen met een misdaad.

Maar voor dit moment was het gedaan. Geo deed het enige wat ze nog kon doen.

Ze ging het huis binnen.

33

Dominic ligt nog steeds op haar, zijn gewicht is onderhand ondraaglijk. Hij is woedend, nog steeds bezig met datgene waar hij voor kwam, maar het lukt niet. En als het niet lukt, zal hij haar simpelweg vermoorden.

Wat Geo liever zou hebben. Hoewel het volgens de wet niet zo is, zijn er ergere dingen dan moord. Daar is ze inmiddels wel achter. Verkrachting heeft niets met seks te maken. Verkrachting gaat om dominantie, macht, controle. Het gaat erom iemand iets kostbaars af te nemen en een lege huls achter te laten.

Ze voelt dat ze het bewustzijn aan het verliezen is. Dominics hand omklemt haar keel nog steeds en hij is onmogelijk sterk. Ze kan niet gillen, ze kan zich nauwelijks bewegen en ze voelt het verzet langzaam uit zich wegsijpelen.

Dan, een seconde later, wordt hij van haar af gerukt. Plotseling is de pijn weg, ze hapt naar adem, verzwakt. Ze ziet wazig. Dominic ligt op de vloer. Er staat iemand over hem heen gebogen.

Op de een of andere manier moet ze denken aan de mist in de nacht van de moord op Angela. Als haar blik verheldert, begrijpt ze waarom.

Calvin!

Hij staat en Dominic ligt, verbijsterd, met een donkere plek op zijn jukbeen waar hij een stomp heeft gekregen. Zijn lip is opengesprongen en hij ligt op zijn zij, gewond en kwetsbaar. Even ziet Geo een glimp van de jongen die hij misschien was geweest als zij ervoor had gekozen hem te houden.

'Gaat het, Georgina?' vraagt Calvin.

Hij ziet er heel anders uit dan de laatste keer dat ze hem zag. Zijn haar is langer, lichter, en hij heeft een volle baard met wat grijs erin. Zijn kleren zijn oud, armoedig. Ze knikt en gaat rechtop zitten. Zijn ogen glijden over haar onderlichaam en plotseling dringt het tot haar door dat ze naakt is daar. Met tranen van woede in haar ogen sjort ze haar slipje en legging haastig omhoog.

Ze schaamt zich. Omdat iemand het heeft gezien. Wat haar zoon haar net probeerde aan te doen. Zelfs al is die iemand Calvin, het is nog steeds het ergste wat er kan gebeuren.

Op de vloer begint Dominic meer bij bewustzijn te komen. Er ontsnapt een lachje uit zijn keel.

Calvin kijkt omlaag en geeft hem een schop tegen zijn hoofd.

'Wacht,' krijgt Geo met veel moeite uit haar keel. Ze zit nog op het bed en schuift zo ver mogelijk naar achteren totdat ze met haar rug tegen het hoofdeinde aan zit. 'Calvin! Wacht! Niet... niet doen.' Ze dwingt zichzelf zich te focussen. 'Hoe ben je hier binnengekomen? Er staat een agent voor de deur.'

'Die heb ik onschadelijk gemaakt,' zegt haar vroegere vriendje met gefronst voorhoofd. Zijn blik gaat van haar naar de jongen op de vloer en weer terug. 'Ik hou een oogje op je. Die nieuwe moorden, dat ben ik niet. Ik zou nooit een kind kwaad doen.'

'Ik weet het.' Ze doet haar ogen even dicht. De agent die haar moest bewaken kon niet ouder zijn dan dertig. Wat erg voor zijn familie. Zijn moeder.

Weer een lachje van Dominic. 'Kan ik mijn broek optrekken?' vraagt hij en hoewel zijn woorden er een beetje onduidelijk uit komen omdat zijn lippen beginnen op te zwellen, klinkt hij bijna gezellig. 'Het begint een beetje koud te worden daar beneden.'

Het pistool dat ze van Ella Franks broer heeft gekregen ligt nog op de plek waar ze het heeft verstopt en Geo's hand glijdt onder het kussen terwijl de twee mannen in gesprek zijn. De kleine kolf ligt goed in haar hand en als ze hem stevig omklemt, ontgrendelt ze tegelijkertijd de veiligheidspal. De klik wordt gedempt door het kussen.

'Nee, klootzak,' zegt Calvin op net zo'n toon als Dominic. Zijn arrogante manier van praten is nog hetzelfde als bijna twintig jaar geleden. 'Je had er geen moeite mee hem omlaag te trekken, dus we laten het zo.'

'Mama,' zegt Dominic zonder zich te bewegen.

Geo werpt een korte blik op hem en ziet dat hij lacht. Een afschuwelijk lachje. 'Misschien moet je tegen papa zeggen dat het niet goed is voor een kind als zijn vader hem klootzak noemt. Dat ondermijnt zijn zelfvertrouwen.'

Calvins ogen worden groot en zijn blik schiet meteen naar Geo, op zoek naar bevestiging van iets wat onmogelijk waar kan zijn.

'Verrassing!' zegt Dominic, zijn stem druipend van sarcasme. 'Het is een jongetje!'

'Hoe...' vraagt Calvin terwijl hij haar strak aankijkt. 'Hoe kan...' vraagt hij verbijsterd.

'En dan gaat de stijve penis van de man in de vagina van de vrouw...' begint Dominic monotoon, als een voice-over van een voorlichtingsfilm.

'Hou je kop,' zegt Calvin maar hij geeft hem niet weer een schop. Zijn blik houdt die van Geo nog strak vast. 'Hoe zit dat?' vraagt hij dringender.

'Dat weet je toch,' zegt ze met een klein stemmetje. Haar blik gaat naar de tatoeage op de binnenkant van Calvins pols. Die had hij vroeger niet, maar hij moet er al lang zitten, de rode inkt is een beetje vervaagd. Ze ziet de initialen. GS.

Hij heeft haar verdomme onsterfelijk gemaakt op zijn eigen arm!

'Waarom heb je me dat niet verteld?' vraagt hij zacht. 'Dat had ik willen weten.'

'Jij was weg,' zegt ze. 'En daar was ik blij om. Ik wilde je nooit meer zien.'

Calvin staart haar nog een seconde langer aan en kijkt dan op Dominic neer, die nog steeds op zijn zij ligt en het gesprek nieuwsgierig volgt. 'Sta op en trek je broek op. Geen plotselinge bewegingen of ik maak je af.'

Dominic doet wat hem wordt opgedragen en staat langzaam op. Nu ze naast elkaar staan, is het overduidelijk dat Dominic Calvins zoon is. Ze zijn even lang, hebben dezelfde trekken. Maar Calvin is zelfverzekerd en Dominic gedraagt zich alleen stoer, wat heel iets anders is.

'Jezus,' zegt Dominic en hij rolt met zijn ogen. 'Nou weet ik waar ik mijn gewelddadige trekjes vandaan heb.'

'Hou je kop,' zegt Calvin nog een keer.

Geo trekt het pistool onder het kussen vandaan.

De twee mannen zijn verrast, hun gezichten vertrekken op precies dezelfde manier. Dominic doet een stap naar haar toe maar Calvin grijpt zijn arm beet. Hij knikt naar Geo die van het bed af komt en tegenover hen gaat staan. Calvin trekt Dominic naar achteren tot hij tegen de muur staat zodat er ongeveer anderhalve meter ruimte is tussen Geo en vader en zoon. Het had net zo goed anderhalve centimeter kunnen zijn; de slaapkamer voelt piepklein en akelig benauwd.

Ze richt haar ogen op haar zoon. 'Hoe wil je dat dit eindigt, Dominic?'

'O, dus nu heb ik opeens de keus?' zegt hij met weer dat afschuwelijke lachje. 'Nu laat je mij over mijn eigen lot beslissen? Nee maar! Je had me moeten aborteren, trouwens. Waarom heb je dat niet gedaan?'

'Omdat ik van je hield,' zegt ze en dat is de waarheid.

Hij gelooft haar niet en dat kan ze hem niet kwalijk nemen. Hij weet niet wat liefde ís. Hij weet niet hoe het voelt. Met liefde – gezonde liefde, het soort liefde dat geen pijn doet, niet verwondt, iemands zelfrespect niet ondermijnt – is het hetzelfde als met alle andere dingen in het leven: je moet het leren.

'Ik haat je,' zegt Dominic en zijn keel slaat dicht. Maar niet van verdriet. Van woede. Woede die zijn woorden vergiftigt, elke lettergreep. 'Ik haat je! Erger kun je iemand niet haten.'

'Het spijt me.'

Calvin zegt niets, hij kijkt alleen van de een naar de ander.

Er valt een stilte waarin niemand beweegt. Geo vraagt zich af wat ze moet doen. Ze weet niet of ze in staat is te schieten, een van de mannen of allebei, maar ze kan ze ook niet laten gaan. Vooral Dominic niet. Dominics wonden zijn te diep, ze zullen nooit meer helen. En gewonden verwonden anderen weer.

'Wauw! Ik ben eindelijk met mijn ouders herenigd! Na achttien jaar! Is het niet fantastisch?' zegt Dominic lachend. Hij schatert het uit. Hysterisch. De schaterlach van iemand die lacht hoewel er niets te lachen valt, een uiting van opgekropte, giftige emoties. 'Stelletje klootzakken! Kijk toch eens wat jullie hebben gepresteerd!' Hij lacht nog harder, zijn hele lijf schokt ervan.

In de verte klinken sirenes. Ze komen dichterbij, hun gejank galmt door de gewoonlijk zo rustige buurt. De politie is in aantocht.

Dominic gooit zijn hoofd naar achteren en slaat dan bijna dubbel. 'Kijk wat jullie hebben gedaan!'

Het is geen jammeren en ook geen krijsen, het is iets ertussenin. Dierlijk, agressief, krankzinnig. Geo voelt een triestheid in haar hart die veel dieper gaat dan verdriet en schuldgevoel.

'Hoe wist je het? Waarom ben je hier?' vraagt ze aan Calvin.

'Toen ik over de eerste twee moorden las, ben ik teruggekomen,' zegt Calvin. 'Begraven in het bos, hun lichamen op dezelfde manier in stukken gezaagd. Het was alsof iemand me naar huis probeerde te roepen.'

Hun ogen ontmoeten elkaar. Dat is het enige geheim dat ze nog delen na al die jaren. Hij heeft de politie nooit het hele verhaal van die fatale nacht verteld – over de zaag, het overgeven, hoe Geo het overnam en het werk afmaakte – daar is helemaal niets van naar buiten gekomen tijdens het proces. Calvin had het kunnen vertellen. De hele waarheid, niet alleen over zichzelf, maar ook over haar. Maar dat heeft hij nooit gedaan. Hij heeft er nooit één woord over losgelaten. In plaats daarvan staat hij nu in haar slaapkamer, met een idioot verbleekt hartje op zijn pols met haar initialen erin, hoewel ze nooit, nooit samen zullen zijn. Dat is typisch Calvin, net als de weckpot met hartjes: snoep dat hij haar cadeau had gegeven maar uiteindelijk zelf had opgegeten.

Ze staart naar de twee mannen. Haar eerste liefde en haar laatste. Was dit de liefde voor haar? Dit gedrocht? Deze verwrongen, zieke, monstrueuze liefde?

'Ik snap nu waarom je die kinderen ook hebt gedood,' zegt Calvin met een blik op Dominic. 'Míjn kinderen. Je hebt het gedaan om mij te treffen.'

'Nee, stomme idioot.' Dominic lacht vreugdeloos. 'Ik heb het gedaan om háár te treffen! Háár pijn te doen. Waarom hadden die andere kinderen wel goede moeders? Waarom kwamen zij wel goed terecht? Waarom ik niet? Ik wil afmaken waar ik aan ben begonnen, pa. Help je me? Jij mag eerst.' Hij lacht weer vreugdeloos. 'O nee, jij bent al geweest.'

'Georgina, je moet weg hier,' zegt Calvin met zijn ogen op Dominic gericht. 'Nu, meteen! Ik laat niet toe dat hij je kwaad doet. Ga via het raam.'

'Dat kan ik niet,' zegt ze. Ze beeft, het gewicht van negentien jaar geheimen en leugens dreigt haar te vermorzelen.

'Hij is onze zoon.'

'Ja, hij is onze zoon. En mensen zoals hij, mensen zoals ik, horen niet te bestaan.'

Hij heeft gelijk natuurlijk. Als ze nu weggaat, maken ze elkaar af. Dat is duidelijk. De uitdrukking op hun gezicht is identiek. Ze zijn niet te redden. Hopeloos. Ziek. Niet te helen. En eindelijk neemt ze het besluit dat ze al die jaren geleden niet kon nemen.

'Ik hou van jullie,' zegt ze. De woorden komen verstikt uit haar keel. 'En het spijt me. Het spijt me verschrikkelijk.' Ze richt het pistool en schiet. Dan richt ze weer en schiet nog een keer.

Haar vingers voelen verdoofd. Het pistool valt uit haar hand, het belandt zonder geluid op de vloerbedekking. Ze zakt op de grond en huilt zo hevig dat het lijkt of ze breekt vanbinnen, nog harder dan die ochtend na de bevalling.

Ze kruipt naar Dominic toe, pakt zijn hoofd vast en trekt dat op haar schoot. Snikkend strijkt ze de zweterige haren op zijn voorhoofd uit zijn gezicht. Ze streelt zijn wangen, zijn kin, de brug van zijn neus, zijn wenkbrauwen. Ze drukt haar neus tegen zijn voorhoofd en ademt hem diep in. Zijn ogen zijn open. Hij kijkt naar haar op. Haar ogen. Haar moeders ogen. Bruin. Zacht. En dof nu. Levenloos.

Haar zoon. Haar prachtige zoon.

Ze opent haar mond en krijst haar verdriet uit. Een jammerklacht diep uit haar binnenste, een geluid dat nooit eerder uit haar keel is gekomen. In eerste instantie weet ze niet eens dat zíj het is die ze hoort. Naast haar op de vloer schokt Calvins been, zijn arm. Hij is neergeschoten maar niet dood, ondanks het kogelgat in zijn borst.

Ze pakt het pistool op met haar rechterhand, haar linkerhand blijft Dominic strelen. Dan schiet ze Calvin door het hoofd.

Misschien moest het uiteindelijk zo aflopen.

Epiloog

Het graf van Angela Wong ligt op een open plek op Rose Hill Cemetery, aan de kant waar het meeste licht komt. Haar ouders hebben een steen van rozenkwarts voor haar uitgezocht en als de zon schijnt, zoals nu, sprankelen de zilveren en gouden spikkeltjes erin je tegemoet.

Geo staat ervoor, ze heeft haar vest in haar tas gestopt en geniet van de zachte voorjaarsbries op haar blote armen. Deze keer heeft ze rozen meegebracht, roze rozen. Maar in plaats van het boeket op de grafsteen te leggen – zoals ze altijd doet als ze hier komt – trekt ze de bloemblaadjes een voor een los en strooit ze over het gras uit. De roze blaadjes zijn nog mooier tegen de groene achtergrond en ze denkt dat Angela het met haar eens zou zijn. Ze buigt voorover en raakt de steen even aan, laat haar wijsvinger langs de uitgehakte letters en cijfers glijden die de naam, de geboortedatum en de sterfdatum van haar beste vriendin vormen.

Angela Wong heeft zestien jaar, twee maanden en vierentwintig dagen geleefd. Een fractie van wat een lang, rijk leven had moeten zijn.

'Ik hou van je,' zegt Geo hardop. Een meter of vijftien van haar vandaan staat een tuinman de struiken te knippen die dit deel van de begraafplaats omringen. Hij kan haar niet verstaan maar zelfs als hij dat wel kon: hij heeft dit soort dingen al eerder gezien en gehoord. 'Ik had een Slurpee voor je meegebracht, druiven natuurlijk, maar die heb ik onderweg zelf opgedronken. Je zou me eens moeten zien.

Ik ben tien kilo aangekomen. Was jij maar hier om me te vertellen dat mijn dijen echt te dik zijn.'

Ze glimlacht. Voor het eerst sinds Angela's dood kan ze met meer blijdschap dan verdriet aan haar terugdenken, hoewel allebei die gevoelens er natuurlijk nog zijn; ze zitten als oude vrienden zij aan zij. Het verschil is dat ze elkaar niet langer dwarszitten.

'Ik mis je, Ang.'

Ze blijft nog even staan. De tuinman kijkt naar haar en zwaait even. Ze kennen elkaar van zien, hoewel ze nooit met elkaar hebben gesproken en elkaars namen niet weten. Ze zwaait terug en loopt het geplaveide pad op dat helemaal naar de andere kant van de begraafplaats voert.

Haar moeders graf ligt in de schaduw, onder een enorme eik. Geo heeft pas kortgeleden ontdekt dat haar ouders een stuk grond bezitten op het kerkhof, dat tientallen jaren eerder door Walts ouders is gekocht toen die naar deze regio verhuisden. Er is plaats voor Geo als ze zou willen, maar hopelijk is dat niet iets waar ze binnen afzienbare tijd over na hoeft te denken. Het is kil onder de boom en ze haalt haar vest weer uit haar tas. Haar moeders grafsteen is eenvoudiger en kleiner dan die van Angela en gemaakt uit wit marmer. Grace Maria Gallardo Shaw heeft drieëndertig jaar, zeven maanden en vijf dagen geleefd. Het is moeilijk voor te stellen dat Geo nu ouder is dan haar eigen moeder is geworden. Niet veel, maar toch voelt het vreemd. Ze herinnert zich haar moeder als de mooiste, wijste vrouw ter wereld.

Met wat moeite gaat ze op de grond zitten, tussen het graf van haar moeder en dat ernaast, een jonger graf. Het is bedekt met gras en de steen die eindelijk klaar is, nadat Geo hem een paar maanden geleden heeft besteld. De vorm lijkt op de steen van haar moeder, maar is van diep antracietkleurig marmer. Het doet haar pijn ernaar te kijken. Het graf is zo nieuw.

Haar telefoon gaat en ze haalt het toestel uit haar tas om te zien wie er belt. Ze glimlacht en neemt op.

'Hoi,' zegt ze.

'Hoi,' zegt Kaiser. Ze hoort dat hij in de auto zit. 'Alles oké?'

'Ja hoor. Ik ben op Rose Hill. De steen is eindelijk klaar en ik wilde zien hoe hij eruitziet.'

Het blijft even stil en ze weet dat Kaiser probeert de juiste woorden te vinden. Dan is het enige wat hij vraagt: 'En?'

'Hij is prachtig. Ik ben blij dat we het hebben gedaan.'

Weer blijft het even stil. Ze hoort een claxon. 'Ik voel me goed,' zegt ze hoewel hij niets heeft gevraagd.

'Ja, ik hoor het,' zegt Kaiser met een glimlach in zijn stem. 'Ik ben op weg naar huis. Ik wilde wat gegrilde kip halen. Doordat jij steeds zegt dat je daar zo'n zin in hebt, heb ik het nu ook. Komt je vader nog vanavond? Want dan haal ik nog wat van dat bier dat hij zo lekker vindt.'

Geo grinnikt. 'Slijmbal.'

Ze verbreken de verbinding en ze zit nog een tijdje in de schaduw te kijken naar de steen die nu naast die van haar moeder ligt. Dominic Kent heeft achttien jaar, zes maanden en twee dagen geleefd, voordat hij werd gedood door zijn biologische moeder in het huis van zijn biologische grootvader. Mark Kent was door de politie op de hoogte gesteld van het overlijden van zijn zoon en had na de autopsie zijn lichaam kunnen opeisen, maar had daar van afgezien. Hij had geen bezwaren gehad toen Geo liet blijken dat zíj haar biologische zoon wilde laten begraven. Het had nogal wat voeten in de aarde gehad voordat dat was geregeld, maar nu lag hij bij de familie op Rose Hill.

Ja, het had voor een hoop opgetrokken wenkbrauwen gezorgd, vooral in hun eigen buurt. Maar de afschuwelijke graffititeksten op de garagedeur van haar vader waren eindelijk opgehouden. Ze waren er nooit achter gekomen wie daar verantwoordelijk voor was geweest en de mensen leken het te vergeten. Geo verwachtte niet dat iemand zou begrijpen waarom ze haar zoon bij haar familie wilde begraven. Ze wilde haar zoon de rust en vrede geven die hij zijn leven lang niet had gekend, en waar zij, als zijn moeder, voor had moeten zorgen. Wat de politie met Calvins lichamelijke resten had gedaan, vroeg ze Kaiser nooit.

Haar vader had haar gesteund. Niet alleen door het goed te vinden dat Dominic bij de familie werd begraven, maar hij had ook aangeboden voor de begrafenis en de grafsteen te betalen. Omdat hij van zijn dochter houdt. En als er andere keuzes waren gemaakt, had hij misschien ook wel van zijn kleinzoon gehouden. In elk geval krijgt hij een tweede kans. Geo wrijft over haar buik en voelt de baby bewegen.

Voordat ze weggaat, haalt ze nog een zakje suikerhartjes dat ze ook bij de 7-Eleven heeft gekocht uit haar tas. Ze zet het op Dominics graf. Waarschijnlijk eet de tuinman ze op, maar dat is prima. Ze glimlacht bij de gedachte.

Geo keert zich om. Ze gaat naar huis en stapt vanuit de schaduw de zon in.

Woord van de schrijver

Hoewel mijn boeken allemaal op zichzelf staan, spelen ze zich af in dezelfde half verzonnen wereld van de Pacific Northwest waarover ik vanaf mijn eerste boek al schrijf. Dat is ook de reden dat sommige personages uit oudere verhalen weer in nieuwe opduiken om even gedag te zeggen. (Komen Kim Kellogg en Mike Torrance jullie niet bekend voor?) Als je een van mijn eerdere boeken hebt gelezen, zul je ook plekken als de Sweetbay-buurt, Puget Sound State University en de Green Bean herkennen, die allemaal aan mijn fantasie zijn ontsproten (en gelukkig maar, want er worden mensen vermoord in Sweetbay!).

Hazelwood Correctional Institute is een volledig fictieve vrouwengevangenis. Schrijvers hebben allerlei redenen om plaatsen te verzinnen, maar de hoofdreden is altijd dat het het verhaal dient. In dit geval zijn Geo's ervaringen in 'Hellwood' gebaseerd op de situatie in verschillende bestaande gevangenissen waar ik research naar heb gedaan (zoals het Washington Corrections Center for Women in Washington State), gecombineerd met mijn eigen rijke verbeeldingskracht. Ik begrijp goed dat sommige lezers liever over werkelijk bestaande plekken lezen en ik hoop dat jullie me, zoals altijd, kunnen vergeven.

Dankwoord

Schrijvers schrijven alleen, maar hebben hulp van redacteuren en uitgevers die meestal veel slimmer zijn dan zij. Ik heb het geluk dat ik een geweldig team van mensen om me heen heb die me volledig steunen, zowel professioneel als privé.

Dank aan Keith Kahla, mijn redacteur, omdat je dit boek meteen zag zitten en mijn visie erop begreep. Je hebt me aangemoedigd het beste uit mezelf te halen en het is een plezier met jou en de rest van het fantastische team van St. Martin's Press en Minotaur Books te werken. Alice Pfeifer, je lost de gekste problemen snel en zonder moeite op. Andrew Martin, Sally Richardson, Jennifer Enderlin en Kelley Ragland, ik ben ontzettend dankbaar voor jullie steun. Ik hoop dat we met z'n allen nog aan heel veel boeken zullen werken.

Dank aan Darren Blohowiak, mijn echtgenoot, dank je dat je me nooit toestaat te twijfelen aan het creatieve pad dat ik ben ingeslagen. Dank je wel dat je naar me luistert als ik obsessief zit te stressen, het geen punt vindt dat het mijn werk is om fictief mensen te vermoorden (wat heel veel research vereist, dus als ik ooit word gearresteerd, beloof me dat je mijn computer dan in de fik steekt!). Er is een bijzondere man voor nodig om van me te houden zoals ik ben, en jij bent die man! Ik hou van je.

Dank aan mijn zoon, Maddox John Blohowiak, je was nog niet eens twee toen ik dit boek schreef en ik vond het heerlijk je in de kamer naast de mijne te horen zingen en lachen. Ouder worden kan veel dingen moeilijker maken, maar ik ben een betere schrijver sinds jij er bent. Ik weet wat ik mis als ik opgesloten zit in mijn schrijfhok en door moet werken: hoe eerder ik klaar ben, hoe eerder ik eruit mag om met jou te spelen. Dank je wel dat je mijn aandacht gefocust houdt. Je bent het licht in mijn leven. Mammie houdt van je, Mox.

Dank aan mijn vrienden en vriendinnen: Dawn Robertson, Annabella Wing, Lori Cossetto, Shellon Baptiste, Ed Aymar, Micheleen Beaudreau, Teri Orrell, Jennifer Baum, Jennifer Bailey, Scott Kubacki en Maki Breen. Als ik slechts één iemand zoals jullie in mijn leven had, prees ik mezelf al gelukkig. Dat jullie allemaal in mijn leven zijn moet betekenen dat ik ergens toch iets goed doe. Dank je wel voor duizend gesprekken en ik verheug me op de tienduizend die nog komen gaan. Ik hou van jullie!

Dank aan mijn grote broer, John Perez. Onze verhuizing naar Canada was zonder jou waarschijnlijk niet mogelijk geweest. Dank je wel dat je ons een plek hebt verschaft om te wonen zodat ik met mijn gezinnetje naar huis kon komen. Speciale dank aan Nida Allan en Roberto Pestaño (oftewel mam en pap) voor het doorgeven van jullie liefde voor verhalen en het vertellen daarvan. Erika Perez, je bent meer een kleine zus van me dan een nichtje en je inspireert me elke dag met je harde werken en vastberadenheid.

Dank aan alle Pestaños en alle Perezzen op de wereld, jullie zijn de beste cheerleaders die een schrijver zich kan wensen. Dank aan de Blohowiaks uit Green Bay, Wisconsin, ik voel me gezegend met mijn warme, aardige schoonfamilie. Sorry dat ik een fan van de Seahawks ben (maar niet heus). Ik hou van jullie.

Dank aan Minty LongEarth. Een toevallige ontmoeting in de rij op het vliegveld van New Orleans, leidde tot cocktails en een gesprek van twee uur. Jouw kijk op gevangenissen, pleegzorg, seriemoordenaars en psychopaten was fascinerend en je bevestigde dat het echte leven veel erger is dan alles wat ik kan verzinnen. Dank je wel dat je je ervaringen met mij hebt gedeeld.

Dank aan mijn trouwe lezers. Jullie e-mails, Facebookberichten, Tweets en Instagramposts vrolijken me elke dag weer op. Dank je wel dat jullie om mijn verhalen geven en met me mee reizen.

Dank aan de schrijversgemeenschap, die heel stimulerend is en ik besef dat ik bof dat ik er deel van mag uitmaken. Schrijversvrienden zijn goud waard en ik ben duizendmaal dank verschuldigd aan Mark Edwards die me vaker dan ik wil toegeven moed in heeft gesproken. En ook duizendmaal dank aan de Thrill Begins-groep, die me voorziet van een haast constante stroom foute plaatjes en ongepaste grappen om me door de dag heen te helpen. Ik mag van geluk spreken dat ik in al die jaren zoveel contacten met collega-schrijvers en uitgevers heb opgedaan. Allemaal veel dank voor jullie vriendelijkheid, jullie humor en jullie steun. Tot op de volgende conferentie en hou een plekje voor me vrij aan de bar!

En dan is meneer Rogers er nog, mijn docent Engelse literatuur op de middelbare school. Hij is de eerste die een van mijn korte verhalen las, me een cijfer gaf en suggesties deed hoe ik het nog kon verbeteren. Toen ik hem de herschreven versie liet zien, ging mijn cijfer omhoog en nam hij het verhaal op in de bloemlezing van de school. Dat was de eerste keer dat ik met een redacteur werkte én de eerste keer dat ik mijn naam gedrukt zag. Waar u ook bent, meneer Rogers, uw adviezen zitten nog steeds in mijn hoofd. Dank u wel!

En als laatste dank aan mijn agent, Victoria Skurnick. Lest best. Heel veel dank. Met jou gaan werken is de beste en slimste zet die ik ook heb gedaan. Dank je wel dat je in me gelooft en voor me vecht, en voor je optimisme en aanmoediging toen het tijd was om een cruciale beslissing te nemen. Ik kan niet in woorden vatten wat je voor mij betekent. Victoria, je bent top!